·安徽师范大学文学院学术文库·

俗 雅 文 津

SU YA WEN JIN

徐德明 著

安徽师范大学出版社

·芜湖·

责任编辑:潘　安　王一澜
装帧设计:杨　群　欧阳显根
责任印制:郭行洲

图书在版编目(CIP)数据

俗雅文津 / 徐德明著.—芜湖:安徽师范大学出版社,2014.12
(安徽师范大学文学院学术文库)
ISBN 978-7-5676-1145-0

Ⅰ.①俗…　Ⅱ.①徐…　Ⅲ.①中国文学—现代文学—文学研究②中国文学—当代文学—文学研究　Ⅳ.①I206.6

中国版本图书馆CIP数据核字(2014)第001554号

本书由安徽师范大学教育基金会宝文基金资助出版

俗 雅 文 津

徐德明　著

出版发行:安徽师范大学出版社
　　　　　芜湖市九华南路189号安徽师范大学花津校区　　邮政编码:241002
网　　址:http://www.ahnupress.com/
发 行 部:0553-3883578　5910327　5910310(传真)　　E-mail:asdcbsfxb@126.com
印　　刷:安徽芜湖新华印务有限责任公司
版　　次:2014年12月第1版
印　　次:2014年12月第1次印刷
规　　格:700 mm × 1000 mm　　1/16
印　　张:18.5
字　　数:300千
书　　号:ISBN 978-7-5676-1145-0
定　　价:37.00元

总　序

　　安徽师范大学文学院的前身是1928年建立的省立安徽大学中国文学系,是安徽省高校办学历史最悠久的四个院系之一。这里人才荟萃,刘文典、郁达夫、苏雪林、周予同、潘重规、卫仲璠、宛敏灏、张涤华、祖保泉等著名学者都曾在此工作过,他们高尚的师德、杰出的学术成就凝固成了我院的优良传统,培养出了一大批出类拔萃的各类人才。

　　文学院现设有汉语言文学、汉语言、秘书学、汉语国际教育等4个本科专业;文学研究所、语言研究所、古籍整理研究所、美育与审美文化研究所、艺术文化学研究中心等5个研究所(中心)。拥有中国语言文学博士后科研流动站,中国语言文学一级学科博士点,中国语言文学、艺术学理论2个一级学科硕士学位点;设有中国古代文学等10个硕士学位二级学科授权点和学科教学(语文)、汉语国际教育两个专业学位点;有1个安徽省A类重点学科(中国语言文学),3个安徽省B类重点学科(中国古代文学、汉语言文字学、中国现当代文学);1个国家级特色专业建设点(汉语言文学专业),1个国家级教学团队(中国古代文学),2门国家级精品课程(文学理论、大学语文),1个省级刊物(《学语文》)。

　　文学院师资科研力量雄厚,现有专任教师82人,其中教授26人,副教授40人,博士51人。2009年以来,本学科共主持省部级以上科研项目74项,其中国家社科基金项目20项(含重大招标项目1项),获得省部级以上奖励13项。教师中,有国家首届教学名师1人,享受国务院特殊津贴12人,皖江学者3人,二级教授8人,5人入选省级学术和技术带头人,6人入选省级学术和技术带头人后备人选。

　　走过80多年的风雨征程,目前中文学科方向齐全,拥有很多相对稳定、特色鲜明的研究领域。唐诗研究、"二陆"研究、宋辽金文学研究、词学研究、现代小说及理论批评研究、当代文学现象研究、《文心雕龙》研究、古典诗歌接受史研究、梵汉对音研究、句法语义接口研究、儿童语言习得研究等在全国居于领先地位或在学术界有较大影响。特别是李商隐研究的系列成果已成为传世经典，国务院学位委员会委员、北京大学教授袁行霈先生说，本学科的李商隐研究，直接推动了《中国文学史》的改写。

经过几代人的薪火相传，中文学科养成了严谨扎实的学术传统，培育了开拓创新的学术精神，打造了精诚合作的学术团队，形成了理论研究与服务社会相结合、扎根传统与关注当下相结合、立足本位与学科交融相结合、历代书面文献与当代口传文献并重的学科特色。

新世纪以来，随着老一辈学者相继退休，中文学科逐渐进入了新老交替的时期，如何继承、弘扬老一辈学者的学术传统，如何开启中文学科的新篇章，成了摆在我们面前的迫切任务。基于这一初衷，我们特编选了这套丛书，名之为"安徽师范大学文学院学术文库"，计划做成开放式丛书，一直出版下去。我们认为对过去的学术成果进行阶段性归纳汇集，很有必要，也很有意义，可以向学界整体推介我院的学术研究，展现学术影响力。

现在呈现在读者眼前的是第一辑，文集作者均是资深教授或博士生导师，有年高德劭的老一辈专家，有能独当一面的中年学术骨干，有崭露头角的青年才俊，可以反映出文学院近年科研的研究特点与研究范式。

新时代，新篇章。文学院经过八十余年的风雨砥砺，取得了辉煌的成就。赭塔晴岚见证了我们的发展，花津水韵预示着我们会更上层楼；"傍青冥而颉颃白日，出幽谷而翱翔碧云"。我们坚信，承载着八十多年的历史积淀，文学院的各项事业必将走向更大的辉煌！

我们拭目以待……

丁　放　　储泰松
2014年8月

目　录

第四篇　世变风俗：乡下人进城

第一篇
俗世炼狱：老舍及其作品

《断魂枪》:"遗民"生命与另类武侠

老舍的短篇小说《断魂枪》具有现代历史叙事与文类价值。小说风格简约,五千字写出了色彩浓淡不一却印有深刻历史印记的人物。沙子龙、王三胜和孙老者都是武林中人,《断魂枪》可谓是武侠小说,然而质地与武侠文类殊异。主人公沙子龙着墨似浅却深,在近现代全球化背景上,对阐释中国历史文化别具作用。写沙子龙而弱化情节,既与小说中其他人的突出的情节、动作构成鲜明对比,又和传统习见、20世纪20、30年代流行的武侠小说截然有别。老舍钟爱沙子龙,20世纪40年代末在美国又用英文写成话剧,以此种形式来表现(在三幕四场话剧《五虎断魂枪》中这一人物仍是"神枪王",却改名叫作王大成)人物。

小说叙述的人事为新文学中罕见:沙子龙生活在清末,有独门功夫"五虎断魂枪",在江湖上走过镖,现在改行开客栈。某一日,武林中孙老者来访求"五虎断魂枪",先在土地庙前轻易胜了练把式的王三胜(沙子龙走镖时的大伙计),继而与沙子龙见面,结果相安无事离去,也没有得传枪法。老舍承认这是篇武侠小说,然而它既不炫"武",也无一般意义上的"侠",更缺乏扣人心弦的技击与惊险情节。究竟如何论定《断魂枪》的文类?它是反武侠文类的一次创造,借武侠的躯壳写出中国人在世界现代性巨大变动中的被动地位,某一类人于时代/朝代的"遗民"记号与生命经验。

"遗民"沙子龙

《断魂枪》呈现的社会性与个人生命的一般价值在于:处于中国现代社会开端时的人们不得不面对的变化,及中国人无法直面世界的尴尬;其特殊性则是以一个武林中人宣示近代生活的前朝后世。

小说着力把握住生命与时代及世界/中国政治、经济变动之间的关系，把握住被动的生命和世界的联系方式。在写实风格的虚构中，个体生命存在的标志之一是它归属于一段时间，在某一时间、时段内，人物跟那个时代的诸种因素发生关系。沙子龙生活在传统中国向现代转型阶段："走镖"的他过的是前现代生活，一旦火车通商、现代工业文明逐渐渗透到中国，他就不得不服从现代工商社会的规律。历史发生不依人的意志为转移的重大转折，个人往往无法适应，从前现代向现代工业社会转变的过程中，中国人的生活态势完全被动。老舍20世纪30年代的小说多数写被动的人，那些对自己的被动认识得越清楚的人，其内心叙述越悲凉，沙子龙经历的外部世界的变化与被遗落的经验，终于转化成他的内心悲剧。

除了沙子龙，小说另两个人物孙老者、王三胜不大明白身外的世界。孙老者视武术至上，心中有宗教一样的信念：尽我有生之年把天下最高明的武术都学会，便一生功德圆满。王三胜未必有追求，他的武艺被用来炫耀，愿意和那些外行打交道，摆个场子唬人，弄几个钱糊口。他吹嘘"拳打南山猛虎，脚踢北海蛟龙"，一碰上孙老者就输了，于是人们发现他的功夫其实不行。小说虽然把王三胜写得很热闹，孙老者也不凡，但是直接切入人的生命核心的还是沙子龙。沙子龙有深刻的自我意识：知道属于自己的世界完了，知道自己是被动的，他的被动和世界的变动联系在一起。沙子龙的生命陷落与郁结于心而又无言/难言的悲哀情结才是《断魂枪》的核心。

沙子龙生活中即将发生国体鼎革，皇权时代正向现代民主共和偏移，小说暗示了帝王制度即将崩溃，"有人还要杀下皇帝的头呢"。革命即将到来，谁在革命，革谁的命，沙子龙搞不清楚，只是他走镖的饭碗已经被打破。人对世界变化的知情度不一样，读书识字的人可以了解天下大事，一个山乡角落里的人常常"不知有汉，无论魏晋"。沙子龙虽然走南闯北，可他的精明只限于走镖行当。一样地生于晚清，他不是走过海外、到日本留学的知识界中人，他不曾受到梁启超们的启蒙，也不是军政界参与变法的人物，他对世界不知情，生活是被动的。知识分子对晚清政治改良与世界情势是知情的，而老舍笔下绝大多数平民都不是知识分子，他们与知识界对世界的知情度有差别，小说中沙子龙、孙老者和王三胜对当下世界的认知也有差别。

在晚清情境中的个别生命的主体亦随对世界的了解而被定义，小说命题实指属于旧时代的主体在现代社会中的陷落。"断魂枪"三个字乃是主人公沙子龙生命主体陷落的隐喻，有详加分析的必要。先从核心词"枪"谈起，"枪"的所指有三个层面：一是物质的枪；二是指武术中的技艺、专门套路；三是人和枪融为一体，成为立身处世/谋生的本钱，这套枪可以帮沙子龙在江湖立足，供他吃饭、开镖局。"魂"指精神，它是人/鬼/神想象的中介符号，是人希望尽力延伸自己生命活力的语言表达。这里"魂"既是指沙子龙的精神、人格，又是他独擅枪法的神话，也可以延伸讨论——中华武术到沙子龙而几乎登峰造极，但是否已经面临寿终正寝的危机，或是仅余一缕幽魂！如何说这套枪是有魂的呢？枪本来没魂，武艺也是没魂的，是物质的枪以及那套武艺和人的精神状态联系在了一起。"断"是时代的断裂，沙子龙对当下世界无法把握，他陷落在因被动而产生的精神迷茫乃至萎靡中。沙子龙的经历仿佛是从天上掉到地面，像一只受伤的鸟飞不起来。是什么让他的魂断了，又是什么让枪没用处了？这个"断"字，从被动者沙子龙的生计来说，让这套枪法寄生与逞威的经济脉络被阻断了；从主动方面讲，是一个强大、陌生的外来力量的闯入，以其（快枪）工业技术的先进性完全取代了中国传统武术，这个力量体现着全球巨大变化的现代性。

对晚清中国人来说，现代性就是一个"变"字，是面对不断的突然变化而极端被动。现代性体现于器物层面，也体现于政体制度，更体现于被触动者的精神震撼。从19世纪末以来的100多年中，中国现代性最大限度地体现为不停的政治变动与战争。现代性像一把利剑斩断了中国人和过去生活的联系，斩落了沙子龙独步天下的枪法的威风，所以就中国的普通民生而言，现代性是双刃剑，它伤及许多生命，破坏了他们的生活。沙子龙的整个生活方式必须要变，他不得不改行。沙子龙不知变因，但知道应变，他识时务地及早改行了。可是，从镖局到客栈的经历是失落，标志着地位的改变，赖以谋生的方式的改变。沙子龙的镖局是天下独一无二的，镖局的主人是江湖至尊；天下可以有无数沙子龙的客栈，客栈的主人是庸常市民，也是前朝"遗民"。沙子龙丢失了镖局抓住了客栈，他往日的走镖经验中，日常打交道最多的是客栈，开客栈不是往前走而是回头看，沙子龙的客栈是一个"遗民"的记号。

沙子龙被推动着一脚踏进新时代的门边，整个身子还留在旧世界，他经历着一场"新时代的旧悲剧"（老舍20世纪30年代的一个中篇小说名）。小说的第一个陈述句是"沙子龙的镖局已改成客栈"，"已"字表达的是一个过去完成的方式，不是今天改，也不是明天才开始改，是已经无奈地改成客栈了。世界局势的变化，国家政体即将发生的变化并非冲着沙子龙，所有人都要面临，大家都得换个活法。沙子龙应变并不成功，他不善经营客栈，冷冷清清。他已经被迫接受了客栈老板的身份与生活，白天有生意就做，没生意就抓本《封神榜》看。《封神榜》叙述怪力乱神的时代，是正统王权商王朝的末世，另外一个王权周王朝还没有建立起来。沙子龙不是一个读书人，他唯独对这本小说有兴趣，有自家身世的感慨包寓其中，可叹《封神榜》年头的武艺尚能安邦定国！

老舍擅长大落墨笔法，小说从东亚现代性落笔，呈现整个东方生存空间的巨大变化，由东南亚渐渐聚焦中国人的生活，集中于核心人物沙子龙。西方帝国主义的武力征服，令"东方的大梦没法子不醒了"。东方受西方入侵，"炮声压下去马来与印度野林中的虎啸"，"虎啸"代表自然、未开化的蛮荒，炮声体现现代工业世界的杀伤力。炮声/虎啸，标志强势的西方工业文明入侵到蛮荒落后的东方世界里；联系"炮声"与"虎啸"的是表现世界不平衡的"压"字。"半醒的人们"以沙子龙为代表，孙老者还在梦中执著伟大的武术，王三胜根本没醒。中国人崇拜祖先、信奉神明，他们的祷告失灵了，失去国土、自由与主权。国门被打开，"门外立着不同面色的人……，枪口还热着呢"——充满着威慑。东方丛林中人们的"长矛毒弩，花蛇斑彩的厚盾"都没有用。"龙旗的中国也不再神秘"，龙的文化失去了和西方对抗的力量，其政体也不行了，国内的革命党散布着要推翻皇权的恐怖，中国人面临全面的政治、经济和文化价值的失落与崩溃。沙子龙的"五虎断魂枪"应运而殁，"火车穿坟过墓破坏着风水"，现代通商不再需要镖旗、钢刀、口马、江湖上的智慧与黑话，"义气与声名，连沙子龙，他的武艺、事业，都梦似的变成昨夜的"。昨夜的梦必须醒来,但沙子龙梦醒之后无路可走!中国现代文学中写个人生命与整个世界的关涉,文字深刻、俭约者仅见于此。

沙子龙的心灵悲哀魂牵梦绕,变成"月夜练枪"的意象一再呈现。夜间,沙子龙把小院的门关好,熟习他的"五虎断魂枪"。练枪时一个人回忆当年勇,在虚拟练习中召回"荒林野店的威风",找回过去属于自己的世界。可是他回不去了,现代性一刀斩断了和过去的联系,稍稍清醒的人无不如张爱玲"感受着现代惘惘的威胁"。沙子龙使用原始武力、靠身体搏斗的方式征服世界,这样建立的江湖世界的秩序被西方工业文明轻易颠覆了。沙子龙们所有的能为不过是无奈地诉诸记忆和现代性对抗,发出沉重的感喟——"不传!"沙子龙失落的世界固然与武术这个行当相关,但他能代表所有刚刚被推到现代社会门口的人的心态——不甘接受自己的失落。沙子龙成了一个陷落的主观意志世界的标本,这是对大多数中国人的一场现代性锻炼。老舍尊崇人本而对现代文明有些不屑,之所以极力呈现月夜练枪的意象,是为了在陷落中实现反超越——沙子龙武侠身份亡而荣誉、价值和尊严的魂灵不灭,这是断魂枪中不断之魂。

孙老者的来访与王三胜等小辈们不时地讨教,其实源于对世事暗昧不明。尽管不认同于其蒙昧,耽于过去的人们还是触动了沙子龙,刺激他重温枪法。重温是一个心理过程,贯注于"重温"全过程的却是"凄凉",沙子龙身心一体,"只是摸摸这凉、滑、硬而发颤的杆子,使他心中少难过一些而已"。重摸枪杆并不能重操旧业、也不能西北走镖路上故地重游,因此沙子龙未必少些难过的感受:"凉"源于内心的苍凉,枪已经不能给他温暖;"滑"则证明这枪抓不实在了,属于他的生活偷偷地从手下滑走了;这是一段坚"硬"的生活,现存的世界没有一丝温暖,沙子龙的心在发"颤"。他想少一点难过——回到记忆中会一时忘记难过,可是一旦醒来情何以堪。入梦容易,从梦中出来就很难受了。他越是难受越要摸枪,"只有在夜间独自拿起枪来",而"在白天,他不大谈武艺与往事",在一个人的世界里,他仍然是自尊的,有价值的。这个世界只是夜间遗世独立地存在,它已经虚幻了,这是一个遗民的世界。

老舍为什么要创造出这个遗民世界,为什么选择武林中人写

《断魂枪》？一方面是对历史的反思和对现代性的悲观，另一方面联系着他的旗人身份。老舍1935年写《断魂枪》时，虚构中的沙子龙的客栈掌柜的历史已经过去了30年，民国也已经有了20多年历史。这20多年间，作为大清朝遗民的旗人的日子不好过，他们经历过双重的悲哀——物质生活的艰难与精神心理的失落，舒家在八旗中隶属正红旗，老舍的亲戚朋友家在艰难中煎熬的正不知凡几。而旗人生活走向没落并非从辛亥革命开始，无论是《茶馆》还是《正红旗下》，老舍呈现的旗人生活从戊戌以后就开始走了下坡路。当清朝政体还没有灭亡的时候，它的子民已经成了遗民，这虽然是个后见之明，但其中包含有真理。用什么来表现这个无可挽回的衰败过程，以什么样的人来展现这个过程中的心灵悲剧，这是对老舍创造力的挑战。老舍用沙子龙的形象来回应与证实了王纲解纽、皇权崩溃之前就已经是一个遗民语境。

老舍将遗民世界的建构基点放在武林中人沙子龙身上，这不同于后来写作的《正红旗下》中的大姐夫多甫或定大爷、《茶馆》中的松二爷，老舍不愿限制在原来的官绅与吃"铁杆庄稼"的阶层中表现遗民世界。官绅与一般旗人的地位的衰败与政体关系太紧密，而难以突出近代中国政体更替的更大原因——现代性。所谓遗民的定义应该超出其旗人范围。晚清/民初的遗民不同于"明遗民"，种族对抗的心理构架更多地让其位于前现代/现代心理构架，这一阶段的遗民是执著于原来的生活与生产的社会组织形态而又落空的人们，这样的人们遭遇现代性而产生自我的陷落，他们更多的是一种"心理遗民"。像沙子龙那样，他们从前现代社会的运行轨道中被突然甩出来，而又无法在近期内适应未曾定型的现代社会，在职业发生变更的同时，心理定势的固守/突破是最大的问题。沙子龙的武林中地位与身份的选择也有其必然，走镖与工商界的关系至为紧密，因为工商交通是现代社会最突出的表征，走镖的经济交通方式的遗落是对遗民身份定义的一方面。老舍是旗人，中年在山东一度习武锻炼身体，交往的拳师应该是小说的原型。旗人毕竟是遗民中最主要的成分，他们曾经在马背上得中原天下，三百年来都在习武，也许晚清时只落得为一只鸽子打群架的用场（《茶馆》第一幕），或是在春季射箭、夏令相扑营的比试中显一下身手（参看《点石斋画报》），

"武艺"在旗人生活中占的分量仍不轻。老舍写一个武林中人作为遗民的代表，和旗人习武的惯常生活相距不远；写一个不限于旗人的武林中人，才能超越种族界限，成功地塑造前现代的遗民。

真正的遗民心理终将"遗世独立"，沙子龙和周围人群的关系更是他遗民身份的注脚。走镖时的沙子龙统领一大帮人，王三胜和小顺们一帮伙计跟定了他，一道享受着威风与饮馔，也一道辛苦跋涉。这时候的沙子龙是一呼百应的盟主。即便沙子龙改行开客栈，手下创练起来的少年伙计们成了"没落子的，都有点武艺，可是没地方去用"（"没落子的"身份几乎是清朝灭亡后旗人的标志），他们仍在追随着，"没钱，上沙老师那里去求。……不让他们空着手儿走"，沙子龙仍是武林中的神话："沙老师一拳就砸倒个牛！沙老师一脚把人踢到房上去，并没使多大的劲！"沙子龙在众人中的地位仍然是靠武艺维系着。当沙子龙看穿了武功无用、并且无所作为，他就渐渐地不得人心了。自从王三胜吃败仗而沙子龙不肯为他出头，沙老师的形象就一落千丈了："沙子龙栽了跟头，不敢和个老头儿动手，……连句硬话也没敢说。'神枪沙子龙'慢慢似乎被人们忘了"。沙子龙孤独地将自我封闭起来。文字历史的代价是对一般生命的遗忘，老舍用形象证明被遗忘的生命并没有结束，小说结尾处又出现"月夜练枪"意象的反复："夜静人稀，沙子龙关好了小门，一气把六十四枪刺下来；而后，挂着枪，望着天上的群星，想起当年在野店荒林的威风。叹一口气，用手指慢慢摸着凉滑的枪身，又微微一笑，不传！不传！"沙子龙所谓"不传"并无特指的传授对象，而是深谙现代性天然地让武术的实际用途被弃绝，这是他心中文化的绝灭。枪就是他的老伙计、知心朋友，甚至是终生伴侣，"那条枪和那套枪都跟我入棺材，一齐入棺材！"遗民的决绝与凄清溢于言表！沙子龙深夜自省在新时代已经成了一个多余的角色。

另类武侠

《断魂枪》是一篇反武侠文类的小说，老舍打破中国古典武侠小说的框架，创造性地给它充实以现代美学因素。若说老舍写反乌托邦（anti-utopia）的长篇小说《猫城记》，人们可能在西方现代小说中发现相近文类，反武侠文类则绝对是其首创。世界文学中没有类同中国武侠小说的，虽然我们有《侠隐记》之类名称的翻译作品，但欧洲的骑士、冒险小说与中国武侠小说本不相同。《断魂枪》的文类创新有写长篇武侠小说《二拳师》的经验基础，更重要的是老舍对文学特质的把握，他对文学的感情、美、想象（结构、处置、表现）有深入研究（诸如《文学概论讲义》《老牛破车》等），我们也必须循此去考察《断魂枪》。就感情而言，这个作品绝无一般的侠骨柔情，小说中连一个女人也没有。武侠小说的特有的美是"奇"，也算是一种浪漫，然而《断魂枪》不浪漫，它是一种无奈的现实。老舍的想象力简直与武侠小说拧着劲：一般武侠小说由头绪纷繁的"事件"来建构，《断魂枪》的结构不靠事件支撑，全然"息事宁人"；武侠小说排列组织（处置）事件与人物动作基本服从于"冲突"原则，老舍则根本不让冲突激化；武侠小说把绝大部分篇幅用于人的外在的动作，然而老舍要表现的是沙子龙内心的"遗民"世界。老舍保留了传统元素，在王三胜和孙老者的个性与人格表现上，仍采用性格化与对照的写法，接续上了《水浒传》《三侠五义》的表现传统。

就叙述方法、策略（老舍所谓"处置"）而言，他不落武侠小说窠臼：没有门派，不论恩仇，更无冲突升级、终于"华山论剑"的俗套。他居心不给人们热闹看，越是核心人物越没有武斗的"戏"。小说表现沙子龙、王三胜和孙老者三人：沙子龙摒弃"快意恩仇"的武侠行径；孙老者行动不悖武德，多些闲云野鹤的姿态，勉强可以归类为侠之隐者；王三胜习武而少武德、无侠骨，只是一介莽夫。沙子龙背离了武侠小说的套路，孙老者若即若离，唯有王三胜像是武侠小说中的末流角色。我们不能用看一般武侠小说的眼光打量《断魂枪》，它有另类的处置方法。老舍确定策略的依据是人物应对世界的态度：王三胜以武艺为衣食来源，所以写得实在，他摆场子练武是吆喝生意；孙老者以武艺立身却又有出世的神韵，处处以人格体现为宗，惜墨如金；沙子龙是另类的标志，他的世界观是悲剧生命观，过去的经验难以割舍，而现实世界则为虚无，有关其"五虎断魂枪"的武艺全从虚处落笔。全篇小说虚实相生，既符合传统美学原则，又彰显另类风貌。

武侠小说是富有想象力的文类,它与科幻小说一样地异想天开,老舍却故意不理会奇思异想的思路。《断魂枪》理应联系中国武侠及其想象的两千多年历史,但要在新的历史语境中写社会转型期武林中人的处境、地位与存在价值,不由地会把它嵌入写实美学的框架,这就必定限制想象。如何穿透历史、超越写实?老舍《断魂枪》的想象过程名副其实地是"带着镣铐跳舞",他既要尊重这个文类,又要打破文类对创造的限制,最终的出路必然是反武侠文类。沙子龙属于何种武侠类型?古今武侠小说的参照中没有答案。与现代通俗小说家相比,《断魂枪》与向恺然(平江不肖生)、顾明道等耽于幻想、兼顾言情的现代武侠小说截然不同。历史地比较,他不是那种"轻财、轻生、重义、重交"的战国游侠,不是权门所养的"私剑",不是济人困厄的"超人"(如:红线、虬髯客、昆仑奴),不是展昭、白玉堂那样被皇家收服的御用侠客,而是近代商贾雇佣的开镳局的走镳客。就写实而言,老舍对武侠传统文类的颠覆是残酷的。《断魂枪》的晚清社会褪尽了武侠的浪漫折光,沙子龙随时代变化而变动着地位与心态,被晾在了严峻的现实土地上:外表超脱,内心痛苦虚无,生命价值无所寄托。老舍剥去理想侠客身上的一切美饰,暴露出一个与世俗一样的常人来。老舍没有到此为止,在剥夺之后,他通过"月夜练枪"的意象极为含蓄地赋予沙子龙一个象征的心理空间,其中包寓沙子龙痛苦丰富的精神生活内容,让他成为无奈地离开历史舞台的前现代遗民的象征,变成现代性与家国想象的寓言。

武侠小说想象的最基本的方式是情节的炫奇,冲突反复出现而一再升级,说一波三折则远远不够,那是重重叠叠的奇人、奇事、奇境,是高潮迭起、环环相扣、充满悬念的戏剧性展现,武侠美学的质地是一种浪漫美学。《断魂枪》的主体是悲观主义哲学,它不浪漫,然而它又偏偏吊诡的是武侠小说,三个人都是武林中人啊!它是一篇"不够格"的武侠小说:那里有一个庸人客栈老板,一点也看不出他的"奇";那儿只有打拳卖解,一点小小的摩擦,总体上波澜不惊,叙述把"事"的因素放在了很次要的地位,将空间留给了"人心";那儿只有土地庙前的空场和孤零零的小院,"荒林野店"存在于遥远的记忆中。于是,我们判断它是一篇"出格"的武侠小说，老舍故意出格，他是写一篇反武侠/反英雄的小说。

应该了解武侠小说情节的功能美学，在一般意义上构成对照，才能明白为什么说《断魂枪》是反武侠文类的。传统中国小说长于情节，说书人讲史、演朴刀杆棒都靠情节支撑，一回书说下来，一定是"欲知后事如何"。武侠小说更重情节纠葛：江湖上忽生事端（诸如争夺山头、码头等势力范围，或是抢某一武术秘籍），人物分派为正、邪或亦正亦邪，正、邪两派对立冲突，亦正亦邪者的参与/搅局使得矛盾复杂化，让情节扑朔迷离。情节虽波澜起伏，但总体走向是逐渐高潮化，介入冲突的武侠的技击功夫越往后出场者越是高明到不可揣想，但是收场基本上是封闭的善恶果报，如果不是没有写完，都不呈现开放式结尾。总体趋势的确定性和过程发展的悬念化的辩证统一保证了武侠小说叙事想象的内在张力，也确保能让邪不压正的公理正义的单一教训的呈现变得丰富多姿。阅读武侠小说的主要乐趣有二：一是追逐超乎常理而又合乎人情的情节想象过程，并不特别看重结尾；一是置身事外地欣赏各异的人物性格，而性格展现的最主要的方式就是"武打"，武功的深邃与性格的深度复杂恰成正比。

"武打"的安排形成武侠小说情节进展的主要节奏，对这种节奏的合理安排规约了阅读的心理过程的紧张与松弛，看"武打"情节变成了一种张弛有致的心理运动，成了多数读者读武侠小说的基本动力之一。尽管读者会对人物产生认同的倾向性，但是看武打冲突却不希望一方迅速落败，武打之美正在于叙述的表演性，它必须延续一段时间，否则就会让读者失望。看武打的审美主体与打斗双方都保持距离，越是势均力敌越能实现审美愉悦。其中部分原因不免是国民习惯于隔岸观火地看争斗。一般地说，解构武打等于消解情节，这会让武侠小说的美学趣味消失殆尽，几乎等同于拒绝读者。

老舍的知道情节在武侠小说中的重要性，也让读者看武打。单是王三胜就使了三种器械：钢鞭、大刀和枪——钢鞭定场，大刀表演，枪是用来交手的。孙老者被王三胜限定使用三节棍，见了沙子龙，他又打了一套查拳。十八番兵器和徒手套路都选择了一些让读者上眼。王三胜的套路风格是刚猛，孙老者则快捷、飘洒。读者无疑要抱怨看武打不过瘾，根本不是"大战三百合""挑灯夜战"，只有区区两合！而且，重中之重的"五虎断魂枪"没有上演，王三胜饶是会得多，使枪大概只是一些皮毛。

不依老舍的反武侠初衷，却按正宗的武侠小说去重构《断魂枪》的情节，其动力在于"学艺"。孙老者珍视的"艺"就是那套五虎断魂枪，它的结构功能大约类似于武术秘籍，但是其特殊性在于不着文字图像，它寄托在活人沙子龙身上，而与他关系最近的王三胜只会点皮毛，因此也带来沙子龙与那套枪的神秘性。如何使沙子龙表演这套枪法？请将不如激将，迫使他动手最好。这样，孙老者与王三胜比武就成为导火线，点燃起武林中人的好胜之心，最好安排沙子龙靠五虎断魂枪胜了孙老者，无论是小说情境中人还是读者都大饱眼福。孙、王比武的前一段武打作为沙、孙较技的武打的铺垫，而后一段自然要比前面打得持久而精彩纷呈。结果是孙老者小负，化干戈为玉帛，他心悦诚服地纳礼拜师，而沙子龙则声名愈著。好一个大团圆的结局！这个情节设计的最大的问题在于，它游离于真实生活情境、与任何时代脱节，而且不再担负"解释生命"（这是老舍小说美学的关键词，参看《文学概论讲义》等）的功能。读这种情节的小说，是名副其实的轻轻松松的消遣，也符合一般人的愿望。

老舍虽未放弃情节，但在叙述了孙、王比武和孙老者的单边演艺之后，就把读者闪在了情节欣赏的半道上。他处置《断魂枪》的情节美学是反高潮化，从情节（plot）走向淡化情节、无情节（plotless）。其叙事方式由情节叙事与非情节叙事两部分构成。孙老者学艺动机是情节叙事的动力，王三胜卖艺为前奏，孙、王较技为高潮，孙老者献技为次高潮，然后小说的发展受非情节叙事原则制约。小说情节不是冲突的递增升级，而是递减，与一般武侠小说叙事的情节走向相反。孙、王比武之后不再满足武打升级的阅读预期，更无孙、沙比试启用五虎断魂枪的武打，沙子龙连做一次教学演示也断然拒绝。老舍志不在此，小说不为塑造武林英雄的崇高形象，主旨是借武林中人、武术来反思中国的现代性，是断送那套枪法和与它联系着的人、时代。就全篇而言，非情节叙事又分为两部分，沙子龙出场前是社会历史变迁与个人今昔的交代。沙子龙一旦出场，冲突就不露声色地转入内心，月夜练枪的心理冲突的展示是散文诗化的。比较两度呈现的"月夜练枪"意象，前番采用"他"人称，采用有一定距离的叙述；结尾则是运用描写，凝练意象，突出完整的画面，叙述者努力实现与沙子龙的内心重合，那是令人黯然魂销的诗的"心象"。这个"心象"呈现才是全篇的叙述重心与真正的高潮，其他人武打的事件元素完全为激动沙子龙"灵"的生活而设置。

老舍写的是非愉悦性的新/反武侠小说，这个套路在20世纪80年代有过《神鞭》等灵光乍现，港台华文小说中仍然是正宗的英雄武侠。《断魂枪》的主题是解释中国人的生命与现代性的关涉，世界范围内的现代文艺思潮也影响了他的写法。刚从欧洲回国的老舍，曾读过大量现代主义小说（参见他的《谈读书》），他在20世纪30年代的小说创作颇受现代主义创作理念（老舍称之为新浪漫主义）的影响。欧洲文学史上的骑士小说、流浪汉小说也依赖情节，到现代主义小说则越来越走向无情节，不依赖情节或反情节。现代主义小说的理念常常表现为对人类存在的反思和质疑，一旦以传统武侠小说情节取胜，反思往往被破坏。沙子龙反思自己从走镖到开客栈的生活历程，明白自己是在工业化社会中大大地"栽了跟头"，这决定了他的虚无主义的生活态度，彻底放弃，再也不提自己的武林绝唱"五虎断魂枪"。所以，他也决心不与任何人交手，孙老者只能失望而归了。于是人们的阅读期待全部落空。月光下看回不去西北走镖路的沙子龙，其凄凉砭人肌骨，这不是英雄的崇高，却也堪比"易水萧萧"而不逊色。老舍愿意人们醒悟与感受压迫着沙子龙的"惘惘的威胁"，正朝向每一个现代中国人。

老舍20世纪30年代的创作一度诉求现代主义的向内转，但表现沙子龙的英雄末路时，只是采用一个"心象"而不是意识流，因为他的叙事美学中主导性的因素仍是古典主义的"节制"与平衡。所以除了沙子龙，塑造王三胜与孙老者，老舍仍然使用中国传统的性格化写法。老舍写这三个人，在热烈的比武的场面上显示性格对照，在夜静人稀处烛照沙子龙的精神幽微，其效果是性格美学的参差对照的传统与人类精神幽微烛照的现代探索相得益彰。

《断魂枪》擅长性格与动作的描写，却不依赖它们，老舍能写活人的外形、语言、动作，更能看到人的心底。王三胜虚张声势唬人，却是外强中干；孙老者欲扬故抑，众人恭维也罢，取笑也罢，他自信。仗着跟沙子龙走过几趟镖，王三胜在土地庙前的场子上大话欺人，众人眼中的他是"大个子，一脸横肉，努着对大黑眼珠，看着四围。大家不出声……"。王三胜操演大刀一段，动作连贯，一气呵成。从来对武术表演套路的描写鲜有过者，这与后来孙老者演示查拳构成绝妙的合掌文章。因为没有收到几个钱，他报复性地鄙夷观众"没人懂！"这句话极其自然地把懂行的人召唤出来，实现了场面转换。孙老者与他恰成对照："小干巴个儿，披着件粗蓝布大衫，脸上窝窝瘪瘪，眼陷进去很深，嘴上几根细黄胡，肩上扛着条小黄草辫子。"他肯定三胜"有功夫！"王三胜心浮气躁："下来玩玩，大叔"，带有挑衅的意味，但又不失体面。

老舍真正懂武术，叙述动作没有花架子，并不故弄玄虚地使出些"大漠孤烟直"之类的招数，但那是真的过招，简洁而得要领，孙、王两个回合的比武就让后者服输。王三胜先发制人，"三节棍进枪吧？……"孙老者的动作谦恭而有序："点点头"，"拾"起家伙来，似乎漫不经心。三节棍兵器用铁环连着，器械的三节与招数的使用交代得一清二楚。孙老者见对方使枪奔上路而来，双手把住三节棍中节，"身子忽然活展了，将身微偏"，不慌不忙，"前把一挂"打来者枪身，后把并不奔对方要害，只是顺枪杆打王三胜手，"啪，啪，两响"，王三胜的枪离了手。这一回合先将来者的枪招架开，然后再攻击对方。第二回合对方奔中路来，老者屈身闪避，并不招架，只有一响"啪，枪又落在地上"。此一回合已然了解对手，成竹在胸，直接打落对手的器械。对场外的叫好、喝彩声没有反应，孙老者不想邀宠，而是为了找一个见沙子龙的进阶。于是，交手改成了斗口："你敢会会沙老师？"孙老者直爽："就是为会他才来的。"

孙老者与沙子龙二人的会面因前文的比武而充满悬念，到了客栈，王三胜的期待和担忧也是读者的。他报以"栽了跟头"，使的不是那条十八斤重的钢鞭或大刀，而是"枪，打掉了两次！"沙子龙打了个不甚长的哈欠，"不甚长"而看出他是敷衍。他用哈欠掩饰对这种"栽跟头"的无动于衷乃至有点不屑的反应。因为王三胜的有形的跟头远不如沙子龙无形的跟头栽得重，那是一蹶不振，根本放弃。沙子龙的对手不是孙老者，那是一个无名的对手，无处不在地具有压迫力，他说不明白快枪就是现代化的工业社会。

前文的叙述，对沙子龙一直是侧面、间接的铺垫描写，叙述进行过三分之二篇幅，他才真人现身。两个第一流的武术家会面切磋，孙老者愿意放低身段当学徒，教传与"不传"是语言交锋的关键，话语的交流的攻防并不亚于三节棍进枪。沙子龙老于江湖，并不因孙老者轻易胜了王三胜而不客气。孙老者直奔目的：我来领教领教枪法。沙子龙没接茬，权当没听见。孙老者又说"我来为领教领教枪法"，多了一个强调的"为"字。沙子龙始终避实就虚，"功夫早搁下了，已经放了肉"。孙老者继续进逼，"不比武，教给我那趟五虎断魂枪"，"孙老者立起来，练了趟查拳给沙子龙看够得上学艺不够"，看着他功夫精湛到家的表演，沙子龙在台阶上点着头喊好，然后表态："孙老者，说真的吧；那条枪和那套枪都跟我入棺材，一齐入棺材！"两个人的世界观、武术观的差异使得无法成为朋友，遭到拒绝而离开的孙老者很受伤，沙子龙的强掩内心的震动，兜上心头的伤感并不亚于孙老者。二人不能实现切磋的真正原因在于对世界认知的差别：一个呆在前现代的武艺神话的世界浑然不觉，一个被彻底动摇了立身基础而无路可走。这个差别的张力远远大于比武争斗场面的紧张，只是习惯于程式化阅读武侠小说的人们难以自觉。

有必要综合比较一下对这三个人物的形象的印象：孙老者的一条小辫给我们一个倔强的背影神韵，王三胜除了夯头夯脑的伟岸身躯就是一颗唯衣食是尚的心，沙子龙短小、利落，连他长一张怎样的脸都没有清晰的描写，然而他标志一个转型的时代。再往前走一步，是比较三者与现代性的关系。现代性是一个笼罩着他们的世事变更的生存环境，其变化的不确定性让他们无论在感性层面还是理性层面都难以把握。王三胜对世事变更懵懵懂懂，本质上是个浑人，他靠卖艺、走会混饭吃，在代表封建王权的皇帝还没有走下历史舞台的时候，要让王三胜们醒过来非常困难。孙老者看起来超然出世，其实他对武艺的一往情深和置世界变化于不顾，只是一叶障目不见泰山而已。沙子龙入世很深，世事变更经验告诉他不能再指靠武艺吃饭，而武艺既是他的技艺也是他的精神支柱，做了客栈老板的沙子龙的精神世界早已坍塌。那两个人物都是血肉之躯的

"人",沙子龙则是略具形体的"魂",而且是注定要消失在历史深处的"断魂"。"断魂"缥缥缈缈,回观前朝,弃绝今生,不敢期望后世,沙子龙给读者心灵的震撼力在武林中是无与伦比的,他是一个成功的反武侠的武侠形象。

老舍不同于五四的高调启蒙者和20世纪30年代主动革命的人,旗人身份也曾让他被动生存,师范的新式教育和欧洲经验早已唤醒了他幼年时"东方的大梦",但是他既不想自居启蒙也不愿用革命装点门面。老舍尊重每一个生命,无论他们是在前现代的蒙昧中呼呼大睡,还是惊悚起身、行走如梦游,都是一种生命状态。在新时代的旧悲剧中,他把同情给了旧时代的遗民,他愿意用小说作为其遗民世界的寓言。如果武侠小说仍然以假想的英雄故意模糊了真实的生命状态,老舍是要反武侠的。20世纪20、30年代通俗武侠小说大行其道,于是就有了老舍反武侠文类的《断魂枪》。

附记:读大学三年级时初稿,30年后定稿。

(原载《名作欣赏》2010年第24期,收入本书时有改动)

中装/西装/中山装：老舍着装的
历史内涵与精神表征

　　20世纪，中国人在中装、西装里变化服饰，但西服本土化的中山装曾更为煊赫。这一时代，中装、西装、中山装的变化与社会政治的互动非常明显，尤其是那些身披时代风雨的知识分子的穿着。中国现代文学作家是这样，老舍可为代表，他们的穿着应是文化批评的重要对象。根据书写的文献研究现代作家，是走一条熟悉热闹的康庄大道；间或有一个岔道口让我们转进去，可做一点不太费力的图文叙述；另外有一条作家图像历史的幽深胡同，正等着我们深入探访（舒济在20世纪90年代中期编辑出版的摄影图册《老舍》，收入老舍相关的摄影图片近千幅，此类图像是文化批评与研究的富矿藏）。老舍几十年里的照片，时而着中装（长袍、短袄、小褂），以西装和中山装为主。老舍着装，中装标志不了其社会身份，而西装、中山装体现身份立场，中山装历史蕴含更丰富。我要做的是根据其照片和朋友的文字回忆，透过老舍选择着装（中装/西装/中山装）的数十年历史演变，分析其中蕴藏的民族、国家立场的暗示与政治态度的表达。

　　话从老舍的民族身份说起。老舍是满族正红旗，享受旗人的"铁杆庄稼"，他们家吃一份钱粮。论理讲，老舍是小儿子，未必补得上钱粮，继承父亲皇城护军位置的应该是大哥。但老舍父兄辈的旗籍子弟穿旗兵军装是正常的，他们回到家中就不穿什么箭袖、马甲的旗装了，二三百年来，旗人已经适应了中原文化，也戴惯了瓜皮小帽、穿惯了中装大褂。辛亥革命断送了旗人的"铁杆庄稼"，也让少年老舍一家堕入困窘。就情感而论，沦落底层的旗人虽不得不承认这一场"鼎革"，但是绝无拥护、认同辛亥革命的可能，他们憋屈着。辛亥之后的着装，旗人绝大多数没有适应那"假洋鬼子"的西装，而对革命党人发明的中山装，不抱敌意也难。

　　辛亥革命时，老舍刚12岁。家境困难，把祖坟典出去，才给哥哥娶回了嫂子。这12年生活过程中最为重大的变化，如老舍后来幽默笔调所述，"无父无君"。3岁时父亲的阵亡，让他家损失了一半"铁杆庄稼"的钱粮；帝制的覆灭，则完全断了他们家固定的经济来源。这一段时期，他能够读书还是因了善人相助，其服装只能是传统的家常穿着。尽管是辛亥以后了，孩子们头上仍然梳着辫子，人们记忆中的少年老舍，"梳大松辫，冬天穿长棉袄"。除了进师范穿学校供给的制服，少年老舍一直是中装，延续到青年时代去英国。这时间，他在南开教书、送给好朋友存念的相片，都穿着中装。

　　着"中山装"者颠覆清朝，这种服装根据陆军军服变化设计，因孙中山做临时大总统穿用而流行，1912年定型称中山装。中山装是清王朝崩溃和帝制时代终结的象征，老舍即使游历欧洲而开了眼界，认同了现代民主政治，意识上不一定排斥中山装，但要穿上它却有种种情感、心理的障碍。在民国年头，中山装仿佛有一种提醒老舍"旗人原罪"的功能。我们在老舍去英国前的照片中，没有发现一张穿中山装的，老舍根本不会穿它。1924年至1930年初，老舍在英国教书和回国的途中，无论照片还是别人的回忆文字，老舍都穿西装。和他在英国一起成立读书会的宁承恩，说起老舍当年的穷困，"一套哔叽青色洋服冬夏常年不替，屁股上磨得发亮，两袖头发光，胳膊肘上更亮闪闪的，四季无论寒暑只此一套，并无夹带"。君子固穷，老舍更不愿花冤枉钱，如民国官员一般地穿中山装，让自己与周围环境格格不入。

　　中山装是被高度意识形态化的政治表征。1912年民国政府通令将中山装定为礼服，赋予它特别含义：四个口袋表示礼、义、廉、耻；门襟五粒纽扣标志行政、立法、司法、考试、监察五权分立；袖口三粒纽扣表示民族、民权、民生等，它是为体现共和的生活方式而设计的。老舍回国之前，国民政府1929年制定宪法时规定，一定等级的文官宣誓就职时一律穿中山装。不关心政治的老舍，回国来更不可能穿这种"官服"。大量的照片和文字回忆都表示：一直到抗战开始，老舍的穿着只是在西装和中装之间轮转。创作《骆驼祥子》时，老舍的照片是全套西服外罩大衣头顶礼帽。1930年，赵景深"在振铎的书房里幽绿的灯光下，看到一位精神饱满、面容活泼，略带黝黑的穿西装的人"，那是老舍从英国回来不久；台静农记得1936年青岛街头漫步的老舍，"头发修整，穿着浅灰色西服，一手牵着一个小孩"；在青岛，臧克家和老舍也在黄昏前"沿着海边的'太平路'慢步西行，……清风吹着我们的夏布长衫，……飘飘然欲举"。自称不懂政治的老舍，自然地远离政治意识形态的象征——中山装。

现存老舍穿上西装的照片，最早是1926年在伦敦寓所拍摄。侧面转向镜头的坐姿，身后书桌上一排外文书籍，墙上模糊难辨的一些照片，也许有他自己的，隐隐约约的仍是穿着西装。洋地、洋文、洋装，又一个12年过去，老舍应该把辛亥年的生活艰辛与屈辱淡忘了一些。尽管老舍只有350镑年薪，还要寄钱回北京奉养老母，但个人的自信却增长了。与英国人打交道，他也努力争取维护尊严，向校方提出加薪的要求。穿西装，清末的中国知识界已经流行，这种不分国界又不打上民族烙印的服装，是中国留洋的知识分子的共同选择。老舍穿西装，既合于时尚，又能掩盖体格羸弱，更重要的是它不会如中山装一样勾起心头的隐痛，也不如穿中装好像挂着块弱国子民的招牌。

从此西装就频频装扮着老舍一生。中装是家居日常的选择，学界、知识界、文艺界的聚会，老舍多是穿西装。《老舍》画册中，除了抗战期间的照片，老舍穿着长袍或"斯文扫地"的劣质中山装制服，其他各个阶段穿西装的照片上百帧。1946～1949年，老舍应邀去美国期间拍的照片，几乎都着西服，似乎那个在青岛、济南的老舍又回来了。人们对他当年形象的记忆，也是穿西装。有人在美国雅斗文艺创作中心遇到老舍，他"穿着一套整齐的西装，系着一条颜色素朴的领带"。从美国回到国内，邓友梅第一次见到的老舍，也是"穿着讲究的西装，说着道地的京白"。此后，老舍穿着西装出席一次次的文艺界活动，但只要在这个活动中代表着职位与政治身份，老舍就必须穿上中山装。但是能不穿的时候，他也不愿让服装拘束住自己。1965年老舍在日本，到水上勉家，主人看到"也许是旅途劳累的关系，他的脸色不大好。他在门口脱下淡褐色夹大衣，里面穿的西服不怎么讲究，略旧的深蓝色裤子不够笔挺，虽结着黑领带，衬衫的领口却随随便便"。穿西装的老舍，似乎标志着一种个人的自由独立，一种轻松自在；穿中山装的老舍，好像离他自己、离个人远了一点。

老舍穿上中山装，代表着对现代民族国家的认同。从辛亥革命到1937年，26年间，引人注目的是老舍对现代社会的认同与反抗，这远远大于对"中华民国政府"的认同。日本人的入侵让老舍坚定地奔赴国难，与文艺界同人团结抗战。"抗战"成了他接纳交往朋友、与他人和平相处的基本前提。1937年以后直到1945年10月以前的老舍照片，见不到穿西装的身影。像在英国一样，他又冬夏常青地穿上一身衣服，只是中山装替代了西装。穷，是让老舍总穿同一套衣服的共同原因，但是两种不同的语境决定了他穿不同的衣服。

老舍告诉我们："七七抗战后，由家中逃出，我只带着一件旧夹袍和一件破皮袍，身上穿着一件旧棉袍。这三袍不够四季用的，也不够几年用的。所以，到了重庆，我就添置衣裳。主要的是灰布制服。这是一种'自来旧'的布做成的，一下水就一蹶不振，永远难看。吴组缃先生名之为斯文扫地的衣服。"1938年，他还穿着这样的中山装拍过证件照，此后的各种场合都见他穿这斯文扫地的衣服或者长袍合影。曾克记得他穿过中式长袍出席诗歌朗诵会。多数人们记得的老舍形象都与这灰布中山装分不开，楼适夷记在重庆的老舍，"日常生活非常简朴，……穿的是从北方小行包中带来的几件旧衣服，……从未见他穿过当时大家习穿的西服"。叶以群回想，"当他穿上那套样式太欠美观的灰色平价布中山装时，朋友们都为他难过，然而，他却安之若素，好像毫无感觉"。胡絜青从北平逃出，来到重庆（1943年11月），带来了他往日穿过的西装。就这样，这西装还免不了被换来酒菜，招待朋友。曹禺也有说法，在重庆，"若来了一位远方的友人，他必盛宴款待。而那餐宴的费用是他典当或变卖了自己的衣物得来的"。

抗日战争时期的"中山装"，在老舍心目中，是国家与民族的象征符号，穿上它就是注定要为抗战贡献一切。老舍自己穿中山装表明民族国家的立场，并不意味着他对中山装披盖下的人的认可。他在重庆写过被禁演的讽刺剧。稍后，长篇小说《四世同堂》中，老舍又拿中山装做文章，让一个丑角穿上中山装。祁瑞丰参加日本人攻陷中国重要城市的庆贺游行，"他极大胆地穿上了一套中山装！……假若日本人能这样原谅了中山装，他便是中山装的功臣，而又有一片牛好向朋友们吹了。"中山装下面覆盖着卑劣、无聊、装怯作勇的汉奸心理。老舍的叙述构成了对中山装命意的反讽。因为要对和"中山装"融为一体的"文协"负责，老舍付出了多少心血、付出了身体的健康。同时，老舍在重庆也看到了诸多披着中山装的丑恶与暴行。老舍脱下斯文扫地的中山装是对一个时代告别，这身不中看的衣服却是老舍在这场战争中的勋章——虽然他连一个抗战纪念章都没有被颁给。

是谁，又是什么原因让老舍重新穿上了中山装？是人民政府，是老舍在人民政府中的地位，是新政权对他的尊重——他是在人民政府的渴望中，应领导人周恩来邀请从美国回来的。北京市文联成立的大会上，老舍仍穿着美国回来时的西装。从1951年2月老舍担任北京市政府委员开始，老舍就正式穿上了标志着政治身份的有棱有角的中山装。到了1951年底，老舍因《龙须沟》而获得北京市人民政府颁发的奖状，被称为"人民艺术家"。用于宣传的照片，穿什么样的服装拍摄才能够体现出一点"人民"的内涵呢？绝对不是西装，那似乎和西方老牌帝国主义有点莫名的关联；也不可能是中装，它多少和封建主义有那么一点瓜葛。只有中山装才能表示出这种意思。中华人民共和国成立后，领袖人物和政府干部都穿中山装。毛泽东主席欣赏并一直坚持穿中山装（国外有称中山装为"毛式制服"），和老舍有朋友般关系的周恩来穿中山装，中共中央的领导、中央人民政府的官员都穿这种国家礼服，群众也穿这种服装迎合新时代，民间也称之为"人民装"。于是，穿中山装的近乎标准照的老舍照片，就被人们默认为"人民艺术家"的天然模样了。

老舍认同人民政府，拥护这个政府。他的旗人亲属，在这个政府下，都能够安居乐业了。自辛亥革命以后，老舍从来没有这样为旗人高兴过。瑞典人马悦然回忆1957年间曾经在香山饭店和老舍交谈，特别提到他"以极大的自豪感谈到了满族对中国历史的贡献"。差不多也是这时候，毛泽东在人民代表大会会议期间对老舍说：清朝了不起，尤其是康熙开疆拓土、在满汉民族之间实行"统一战线"等等。憋在心头多年的话，终于被崇高的毛泽东主席代他说出来了。听完毛泽东的话，老舍为抑屈了近半个世纪的旗人兴奋了好久，辛亥革命以后的几十年，旗人是怎样地被丑化、妖魔化，被认为是懒惰的渣滓！他彻底地认同了举国一致的中山装。中山装和国家政府紧密相连，他爱中山装就像爱国一样。看得出他爱这身礼服，以至于家居和写作的时候，也穿着中山装。

叶浅予为老舍画像，他要画出一个本色的老舍。他肯定考虑过：中装也好，西装、中山装也罢，哪一种服装可能距离意识形态更远一点？汪曾祺描述："叶浅予曾用白描为老舍先生画像，四面都是花，老舍先生坐在这百花丛中的藤椅里，微仰着头，意态悠远。这张画不是写实，意思恰好。"他忘了说老舍先生穿着中装棉袄，而且头也没有仰起来。一个静穆的，却又慈祥和蔼的老人，夹着一支香烟，静静地思索着。画面褪尽了任何政治色彩，历史与服饰的更易，在这里似乎都定格了。穿中装，是老舍先生最不费心思的选择，似乎更适合他的身份。老舍弃世40多年了，今天的中山装，早已不再大行其道，西装充斥着整个中国。真想不透，叶浅予居然能够把一个连穿衣服都与历史政治有密切关联的人，画得那样的超然，他那身中装似乎在穿越一个世纪的社会历史变迁与政治变动之后，一点不为所动。

（原载《书城》2009年第3期，收入本书时有改动）

老 舍 译 事

　　老舍的精神内涵深广，文学活动范围广，作品传译也广。他自称"写家"，人们多称他语言大师、人民艺术家。文学界都知道，他兼擅各种文体，是"文武昆乱不挡"的全能作家。一般人较少了解老舍精通英语，他在英国、美国用英文写作、做学术讲演，在英国讲过《唐代的爱情小说》，在美国谈《中国现代小说》，也写过英文话剧。当然更少人知道，老舍不仅是个"写"家，还是个"译"家。他能在现场作英语同声翻译，也能从事小说、戏剧、诗歌散文的笔译。他参与进行翻译的方式与事实，提示我们关于文学翻译的跨文化交流过程中的多元因素。

　　老舍的口语好，只是偶或一露风采。抗战期间，一次公众集会，有许多外国朋友在场，他熟悉的朋友负责英法两种语言的翻译，累得出汗了。老舍不忍，提议那一位只管翻译法语，把英语留给自己。一时举座皆惊，老舍竟然说得流利的伦敦英语。这样的口头翻译机会不多，老舍与翻译相关者主要还是笔译。

　　老舍不享翻译家之名，涉及的译述范围却很广。1930年从英国回来就任齐鲁大学教授，他就开始书面翻译。他主讲的文艺思潮、世界文学史、近代文艺批评、小说作法和世界名著研究五门课程，主要参考文献是外文。他的《文学概论讲义》引述了数十位西方作家、理论家的观点，从古希腊到现代主义，较多的是当代前沿外国理论，当时这些文献十之八九没有现成译文。老舍译过 R. W. Church 论华兹华斯的论文，译 Elizabeth Nitchie 的《文学批评》，前两章刊载于《齐大月刊》（后改为《齐大季刊》）。所译作品有近现代小说、诗歌和戏剧，署名舍予、絜青等。这些翻译作品，大都集中在20世纪30年代前期。一旦文学刊物对他的创作需求增多，老舍就没有那么旺盛的精力从事翻译了。

20世纪50年代老舍一度重拾译事，1954年中国作家协会召开的全国文学翻译工作会议上，老舍说过："翻译工作者的困难：既须精通外文，还得精通自己的语言文字，二者须齐步前进。"就在这精通的基础上，却围绕着翻译萧伯纳的戏剧翻译，两位受尊敬者的文字谋面，产生了译界的"华山论剑"。以老舍的幽默把握萧伯纳的讽刺，可谓相得益彰。他翻译了萧伯纳的戏剧《苹果车》，收入人民文学出版社1956年出版的《萧伯纳戏剧选》。前一年楼适夷为中介，请老舍审读朱光潜翻译的萧剧《英国佬的另一个岛》。二人英文都很好，但彼此的翻译理念有出入，翻译风格的追求有差别。二人在通信中意见交流/交锋，态度都不失绅士派头：体谅对方，坚持自我。老舍给朱光潜写信："我细细读了您的译本，译得好极！……恕我吹毛求疵：我觉得译笔枝冗了些——我知道这是为了通俗易懂，但有时即流于琐碎无力。好不好再稍紧缩一些呢？特别是在原文非常俏皮的地方，似乎不宜只顾通俗而把俏皮变为笨拙。"老舍将一些地方做了改动，最后表明："您若认为不妥，即祈再改回去。"朱光潜十多天后回信："承你应允替我校订萧剧译文，我十分感激。……你的译文我读过两遍，有的地方你译得很灵活……有些地方直译的痕迹相当突出。我因此不免要窥探你的翻译原则。我所猜想到的不外两种：一种是小心地追随原文，亦步亦趋，寸步不离；一种是大胆地尝试新文体，要吸收西方的词汇和语法，来丰富中文。无论是哪一种，我都以为是不很明智的。"最终表明："自持和你多年相识，才敢冒昧提出上面一点很直率的意见，我想你了解而且原谅这一点忠直的意思。"二人对待翻译的差别在语境体味、现代白话形塑与风格处理上。作为多年的文字之交，他们都把翻译当作严肃工作，即使为此而辩驳，也不在意。这番"华山论剑"，双方都显示出自尊与尊重他人的良好风范。不妨推测：朱光潜的信对老舍《苹果车》的翻译是个客观的推动。

最为重要的译事是老舍不署名的"中译英"。中心是翻译明代小说《金瓶梅》和老舍的《离婚》《四世同堂》。这是中外文人的跨文化合作，也是中国古典与现代文学穿越古今的世界流播。此事又分为两段，一段是20世纪20年代后期在英国翻译中国古代的经典，一段是20世纪40年代末在美国翻译老舍看重的自己的作品。前一段充满了真挚与诚信，平静的湖水波澜不惊，后一段在友谊之外，打上了现代社会的市场文化经济的烙印，如太平洋上的风生水起；前一段欧洲保守与中国诚信结合，后一段金钱与文化展开角逐，人本尊严与商业经济法则抗争；前一段是双向互助基础上的无私，后一段则是多元互利与争夺的关系，最大的问题是知识产权的不平等。

老舍帮助艾支顿翻译《金瓶梅》是一次无意间的遇合。老舍在《我的几个房东》中回忆艾支顿是他的"二房东"，"见到我，他说彼此交换知识，我多教他些中文，他教我些英文，岂不甚好？为学习的方便，顶好是住在一起，假若我出房钱，他就供给我饭食"。其实艾支顿这一阶段赋闲，只是由第二任夫人供养。一起住了三年，老舍绝口不提如何帮助艾支顿翻译《金瓶梅》的事情。艾支顿不掠美，书出版时，他在扉页上特地印有"To C.C.SHU My Friend"，并且注明："在我开始翻译时，舒庆春先生是东方学院的华语讲师，没有他不懈而慷慨的帮助，我永远也不敢进行这项工作。我将永远感谢他。"两个人都是君子风范。

友谊增进学识，对双方都是如此。没有老舍，艾支顿大概无法准确地复现明代生活，语言也难以传神；没有艾支顿，老舍也不大可能精心研读《金瓶梅》，获得独立精确的文学史判断。20年后，他在美国演讲《中国现代小说》，评价"明朝最出名的是《金瓶梅》，曾由英国人克利门·艾支顿译成英文，译名为《金莲》(Golden Lotus)。这部小说……无疑是中国最伟大的作品之一。……是部极为严肃的作品。古怪的是，在英译本里，所谓淫秽的段落都译成拉丁文，大概是尽可能不让一般读者读懂"。艾支顿这样做，多半是迫于英国的道德保守，《查泰莱夫人的情人》不曾被禁么？五次印刷之后，1972年的新版，《金瓶梅》中的拉丁文才被改译成英文。

跨文化的工作就像两个恋人融为一体，必须由两造各自跨入对方的语境。老舍与外国人的合作始自"灵格风"教材。当年东方学院中文系的三位教师，布鲁斯教授、爱德华兹讲师和老舍密切合作，才有那样一套成功的教材。教授字、词、句是为会话打基础，而会话背后的文化语境的共融才是"通"的境界。没有这样的一段合作基础，老舍帮助艾支顿，其方式就不会让对方自然与顺畅地受益。"灵格风"汉语教材,可以算作老舍的第一桩译事。

1946年,老舍和曹禺受美国国务院邀请赴美讲学。一年以后,曹禺回国,老舍申请留美继续创作。写完了《四世同堂》,又继续写《鼓书艺人》,期间还直接用英文写了三幕四场话剧《五虎断魂枪》。那时他内心一直回荡着一个声音:要把中国现代的优秀作品介绍给世界。老舍在国内时就驳斥"中国没有伟大作品"的谬论,认为"……茅盾、沙汀、曹禺、吴组缃诸先生的作品,若好好地译为外文,比之当代各国第一流著作,实无逊色"。眼下合适做的工作,就是把自己的重要作品翻译出来,更因为美国人伊凡·金翻译《骆驼祥子》有意篡改,弄出个大团圆的结局,严重违背了《骆驼祥子》的主旨和悲剧风格。所以,他必须自己动手,维护作品的尊严。于是,他整天投入翻译工作,晚上和浦爱德合作翻译《四世同堂》,白天和郭镜秋合作翻译《离婚》,后来又翻译了《鼓书艺人》(*Drum Singer*)。这两个合作者,对中国文化都有相当的了解,自己也有创作的经验。

20世纪的长篇小说,与《金瓶梅》艺术上旗鼓相当者谁?老舍努力证明自己。从帮助翻译《金瓶梅》到自主翻译《四世同堂》,老舍对现代中国文学的自信日益增强。他要把自己最看重的作品翻译出去,让世界认识中华民族的生活方式、中国人20世纪以来承受的苦难、现代中国人的精神与情感特征。迟早一天归国都没有太大的关系。老舍只是给作者读、讲小说内容,绝不在修辞上参与。因为他了解,一旦生硬介入,结果是足以破坏对方的语言风格的一致。他的方式,与林纾翻译外国小说,由一个了解外国生活的中国人讲述外国的过程构成对照,却更为接近了翻译的本质。

文化中也有一时无法通译的,这种情况下,往往是双方的妥协。老舍和艾支顿的合作是君子"固穷"而重"义",但是和美国两位翻译者的合作也不能仅仅以"利"来衡量。他们背后有一套西方现代人合作的文化与经济规则。美国人对翻译著作的共同署名有理解:除去稿费分成的比例有所倾斜,原著者和翻译者平等合作、利益均沾。从翻译到出版之间,原著者和翻译者各自选定其法定代理人,由他们与出版方打交道,乃至和作者稿费分成的问题,也是由代理人提出与约定。尽管老舍的东方情感难以接受这般地绕弯子,实际运作过程还是按照法律保证的方式。老舍对郭镜秋的分成比例一再退让，因为稿费不是老舍的主要目的。而对伊凡·金侵犯著作权的行为，老舍则坚决斗争，绝不回避。伊凡·金在出版市场上被资本家看重，《骆驼祥子》的畅销激动了老板们的逐利之心。伊凡·金也吃出了甜头，他又要翻译《离婚》，而且让老李和马少奶奶来一次团圆，这种荒唐的擅自更改简直是对这一作品的强奸。老舍这部作品的主旨不是老李对爱的追求，而是对个人尊严的维护、对敷衍苟且的生活的针砭。伊凡·金一再用大团圆的结局破坏原著的精神结构，老舍看它是严重挑衅，所以必须起而反抗。他让赵家璧在国内寻找种种版权证据，后者费尽心思由郑振铎出面，寻找著名的美国律师证明。但是，中美之间没有保护版权的法律协议，伊凡·金又因《骆驼祥子》的版权在手而占尽先机，打官司也不了了之。最终是资本市场的胜利，老舍和郭镜秋合作翻译的《离婚》与伊凡·金的篡改本《离婚》都摆上了售书架。老舍面对这样的事情，不得不苦闷。他不能一直待在这样的国家里。

老舍看资本主义的文化逻辑是一派"混沌"。1950年回国后，除了由朋友代理，领一点属于自己的稿费，就不再和资本家的出版市场打交道了，也停止了自主翻译的努力。与外国翻译家合作的热诚，在与前苏联的翻译家打交道的时候，还一度显现出来。参加苏联作代会期间，得知一位年轻的翻译家正在翻译《月牙儿》，老舍让其不离左右，随时指点种种文化上易于隔膜的地方。然而，这只是偶一为之。在老舍身边的人，吃透他的意思并体现在翻译中，也许应该算上英若诚翻译的《茶馆》。

老舍的译事，不应该成为逸事。其间有种种值得记取的经验，他的翻译与一般学者型翻译家有不少差别，如果要命名，应该是体验与文字风格的有机结合。在译事草率成风的时候，说一说老舍的逸事，正是不想让历史逃逸。

（原载《博览群书》2009年第3期，收入本书时有改动）

《骆驼祥子》和现实主义批评的傲慢与偏见

中国现代文学学科的发展与各种批评理论的应用是一个互动关系，通过对现代文学经典文本批评的重估，反思学科发展是一项必要的工作。研究批评《骆驼祥子》的有影响的观点，几乎都和"现实主义"批评理论相关，而我们对援引此类外来批评理论的利弊，还缺乏足够的清醒认识。现实主义是20世纪30年代往后的强势批评理论，诉诸这一理论的效果往往是"见"与"不见"的共存。结合对经典作品批评的案例，重新检讨这一批评框架的适用度，至少可以让我们获得两方面的收益：其一是更理性地接近20世纪的文学经典，以"去蔽"的方式重估这些经典的价值；其二是重新发明我们的批评主体，在理论多元的折冲中获得更大限度的批评的独立性。

一、"实写"与文章节制

《骆驼祥子》不是19世纪法国现实主义的翻版，也不同于俄国的现实主义。老舍运用古典章法的节制，成功地实现了外来写实倾向的中国化，并因此创造性地实现中国小说传统向现代化的转化。

中国从来不乏写实风貌的小说，却不能简单地将它们称为现实主义作品，尽管我们的文学史里已经习惯这样论述。唐代及以前的小说写法接近古代散文的章法，并且没有后来那样多的日常实事的叙述，从"说话"开始的宋代小说擅长"实写"，对事情的叙述愈来愈实在，近似于欧洲人的写实风貌。中国现代小说的文体家对本土传统资源的创造性转换，突出体现在以文章笔法统驭"实写"的叙述。把小说当文章来写，是20世纪20、30年代中国小说文体家的特点。鲁迅小说讲究魏晋文章笔法，写"小说模样的文章"；老舍偏好桐城笔法，行文重视"义理、考据、辞章"；而叶圣陶则有史家笔

· 29 ·

法。他们小说中统驭事实的文章笔法，并非现成的西方现实主义或其他。

中国古典文章笔法所蕴含的理念接近欧洲古典主义的是"节制、匀调"，晚出的19世纪欧洲的现实主义则是不讲究节制的。秉承中国古代的文章笔法写小说注定其与现实主义美学有所分合。老舍小说创作中的"节制"和桐城的"搏节镕括"的理念最为接近①，其特征是高度控制其遣笔运思，叙述富有纲领而绝不节外生枝，讲究叙事内蕴的丰富性。老舍正是依靠其独特的文章笔法成就了《骆驼祥子》结构的谨严有序。用文章笔法统驭车夫生活的"实写"是老舍熔铸古今中外的成就，它与写实主义风貌相近，但无法简单等同。

理解《骆驼祥子》的文章笔法须从材料的"考据"安排、从"车"与"人"两方面入手。"考据"是桐城文章的要领，言必有据的出发点和现实主义相通，归结处都在一个"真"字。"真"的要义既包含西方从古希腊到现代的文学表/再现，也可以涵盖中国文学的既往历史，它比现实主义的特定历史概念内涵宽广。《骆驼祥子》之所以真实，主要是因为其"酝酿的时间相当的长，搜集的材料相当的多"（《我怎样写〈骆驼祥子〉》），花去了老舍1936年从春到夏的时间。小说对北平的人力车夫的生活与行为有着精细的理解与表现。这离不开考据工夫及背后的求真精神。有了翔实求真的材料，老舍才有了他的叙事逻辑：围绕着"车"来展示车夫艰辛的奋斗历程。这个逻辑的关键枢纽是："车"和"心"。老舍陈述其"拴桩"的结构方式，"教一切的人都和车发生关系，我便能把祥子拴住，像把小羊拴在草地上的柳树下那样"。这"一切的人"便是车夫、车厂主和车的雇主们。车夫的"劳苦社会"是以"桩"为中心，不断地延展其叙述半径展开的一个呈"等进螺线"状运行轨迹的开放空间。在社会层面以外，它更是一个不断扩展其内涵的个人的心灵空间，它的扩展半径就是"个人奋斗"的不断延伸。考据的方法和"拴桩"的结构是老舍"实写"的重要依凭；此外还有一个重要方面，老舍善于在"虚中求实"、善于做精神与心理的文章，祥子的

---

① 叶圣陶提醒人们注意老舍文章风格中的"气势与声音"及幽默，前者的主要来源应该是刘大櫆的音节、语气的理念。

"眼仿佛是老看着自己的心"。实写的车夫劳苦社会使读者在虚构文本中能把握真实，虚中求实的内心世界则有着超越车夫阶层的作用，让人们看到代表一切个人奋斗者的精神世界，有作家追求的人类的普遍与恒久意义，可以当作一个寓言接受。

小说"实写"的章法是：不由事件入手，也不从人物冲突落笔，却大段排比车夫的生活，写得像车夫阶层的说明文。在车夫的分派别类中，祥子"高等车夫"的地位生了根。他为赢得这个地位所付出的血汗，他获得这个地位的过程及生活方式，现在他正进行着的奋斗，下文的屡败屡战、屡战屡败，所有生活内容都从这个根由上生发出来。第一章完整、概括地写出了整个车夫阶层中的祥子个人，从中引申出条条线索，编织成整部小说的结构。老舍阐明结构的内涵是：极经济的从人生的混乱中捉住真实①。这条条线索就是老舍捉住真实的经济而实在的手段：首要的是"车"，祥子赁、买以及在雇主家使用的车，是"三起三落"的叙事的物质依凭；其次是风、雨，严冬的寒风、酷暑的烈日暴雨，它们是祥子奋斗的对立面，若断若续地出现在拉车的过程中，成就或摧折着我们的主人公；第三是茶、饭，祥子"从风里雨里的咬牙，从饭里茶里的自苦，才赚出那辆车"，对茶饭的态度标志着祥子的精神奋斗历程的阶段变化；第四是性欲，虎妞是祥子堕落的一个重要因素，夏太太是虎妞第二，白房子吞噬所有车夫的身体精力与金钱；第五是烟酒嗜好，它们耗散车夫们的生活/生产资本。分布、活动在这条条线索间还有两大要素：一个是车夫群体，祥子与他们的分与合，与他们的生活体验的共同和差异，是检验其个人奋斗的一个尺度；另一个是金钱，它决定了祥子与一切人的相处方式与感受。第一章的结尾，是比条条"实写"线索更重要的悲剧叙述方向的预示，像评书中叙述人的"埋伏"，更像古希腊呈现英雄命运的暗示："希望多半落空，祥子的也不例外。"

小说的文章笔法还体现在具体的叙述过程中，形态也在古文之外加上了章回小说结构和金圣叹小说评点的诸种章法，这些笔法对写实方法进行的重构也是一大成绩。小说24章，每章都暗含着章回

---

① 老舍：《文学概论讲义》，见《老舍文集》第15卷，人民文学出版社1990年版，第147页。

体对举的上下两个回目，这种篇章结构方式，到《四世同堂》百回/章本中更形象突出。篇章内的内容，也常常用"草蛇灰线"的方法贯穿，13、14两章写刘四"闹寿"、父女反目，其过程是由刘四脾气的逐渐积累而最终爆发，小说中几次提到刘四"发脾气""要闹脾气""挂了点气""要发发威""越想越气"。实写而不堆砌，是利用传统章法对欧洲写实主义的成功改造。巴尔扎克所描写的福盖公寓因其连篇累牍读来令人头痛，老舍写大杂院则化整为零，渐次丰富发展，在反复强化中形成一个回旋的"人间地狱"的韵律。16、17、18章5次分散着写大杂院，四时八节生活在这个环境中的人们也渐渐地立体化起来。大杂院中的叙述主体是妇女，又以小福子为核心，带出一个车夫之家，始终扣在了"车"的桩上。祥子最后回大杂院寻找小福子，推门碰上的仍然是一个地狱底层的女人。当祥子走向绝望的时候，又出现了"横云断山"的曹先生允诺，一时间祥子又充满着期望地去寻找小福子，然而老舍还是坚定地让他回到了悲剧现实中来。

二、生命寓言的叙事逻辑

老舍的"实写"常常注目于形而下的车夫们和周围人的日常生活，而瞩目于"心"的叙述则被赋予了形而上的寓言意味，我们从中看到生活的大痛苦和风波；其结局是指示出一切人类的努力的虚幻[①]。瞩目于"心"的写法，其文学思潮的背景是现代主义（"新浪漫主义"）。老舍理解的新浪漫主义的致力目标之一是"掉回头来运用心灵"，"把物质与心智打成一气"，以补现实主义"专凭客观"[②]的缺欠。现代主义的"向内转"呈现出现代人的心灵悲剧，祥子"车"的志愿落空、人格的堕落正是这样的悲剧。

老舍运用新浪漫主义与转化现实主义一样，也富有创造性。《骆驼祥子》不像《丁》《微神》那样作心理意识流动的描写，老舍写"心事"！祥子念兹在兹的是"车"，这是他的"志愿、希望，甚至宗

---

① 叔本华语，转引自老舍：《文学概论讲义》，见《老舍文集》第15卷，人民文学出版社1990年版，第148页。

② 老舍：《文学概论讲义》，见《老舍文集》第15卷，人民文学出版社1990年版，第115页。

教"，车"可以使他自由，独立"。拥有自己的车，"他以为这只是时间的问题，这是必能达到的一个志愿与目的，绝不是梦想！"买车的愿望与暂时的实现是祥子"心事"叙述的起点，卖车与绝望、堕落是他的归宿，失去车就是失去生命的价值。人格的堕落与价值的失落，就是祥子的心路历程与心灵逻辑。这个逻辑与"人类的努力的虚幻"的悲剧哲学吻合一致，成为一个生命寓言。寓言化的追求与现实生活阶层分析不是同一意义。

祥子的起点是一个"高等车夫"，他是车夫中的超人，其个人奋斗的客观效果就是维持其不同于一般车夫的地位与价值。从"高等车夫"到"车夫样的车夫"，再堕落成为"末路鬼"，祥子的生命轨迹与发展逻辑始终是向下的。设置出这样的一条逻辑线路，老舍决定了小说的叙述重心在祥子不懈的买车目标努力的过程，当他主动放弃其志愿追求时，这个寓言便接近于完成，小说就快要走完其叙事过程了。

这个逻辑体现在对小说叙事时段的控制上。全书24章，前20章都在叙述祥子做成车夫中的超人以及维持或者复归超人的奋斗精神与身体劳动。婚后、尤其经历了烈日暴雨之后的祥子身体大不如前了。但是他还没有放弃自己的志愿（"宗教"）。祥子为坚定自己的志愿挣扎的"心事"的叙述占了极大的篇幅。祥子与虎妞在街头谈判后，经历内心挣扎、极力抗争后仍不得不与虎妞结婚，小说6章（第9章～第14章）叙述半个月的生活。而身体垮了、舍弃了志愿的、无心的祥子的两年多的生活，也是6章（第19章～第24章）。差别只在有"志愿"与"无心"。

这个历程的分水岭在第20章的开头："祥子的车卖了！"老舍用的是感叹号！车被卖了，它是祥子的车，它被祥子卖了，它曾经是祥子的追求目标、是志愿、是宗教，祥子无可奈何地背叛了自我。人们热衷于讨论"三起三落"，那仅是一个事情进展的阶段标志，真正的心灵标志却在这里，这才是真正的"落"，是一落而不再起来。"祥子忘了是在哪里走呢"、"祥子在街上丧胆游魂的走"，22、23两章的开头连续写祥子的失魂。这时的祥子已经没有了"心事"，"以前他所看不上眼的事，现在他都觉得有些意思"，"他没了心，他的心被人家摘了去"，他变成了一个无心的人，也是一个无心追求任何事物的人，距行尸走肉只差了一步。写心而走到这一步，小说的悲剧意义已经充分显露：哀莫大于心死！此前的祥子一直是一个奋斗者，此时的祥子则是一个"车夫样的车夫"。老舍心目中的标准的车夫形象不如后来人们崇尚的无产阶级，他们劳苦，正因为劳苦而原谅自己的种种毛病，他们大都有抽烟喝酒赌钱的嗜好，他们会去白房子解决性欲，他们有"穷人的狡猾也是正义"的行为。祥子车夫起点的超越发展到对车夫标准的认同正是一种精神的堕落。他从不沾烟酒到烟酒成瘾，直至最后连地上烟头都要捡起来。起初他是借吸烟反思多舛的命运，借喝酒求健忘，最后烟酒已经成了一种习惯和悲剧生命的组成部分。让祥子成为"标准车夫"绝不是叙述宗旨，老舍必须要让祥子真正下地狱，让他从人到鬼地体现人的精神的巨大变化空间，以及人类的奋斗与堕落之间的巨大张力。这个张力及其必然悲剧的导向正是人类生命的寓言。

这个寓言的建构过程中，老舍几乎没有什么明确的阶级意识，这是 20 世纪 30 年代的老舍和 50 年代对老舍的阐释之间的巨大差异。《骆驼祥子》中的事件是简单的，不过是买车丢车，而附丽于事件的人心却是极为复杂的。人心与世界的关联、人生的哲理却不因为这过程的复杂而模糊。老舍把世界对人的规制抽象为与车关联的一个意象："辙"，这个辙印的终端就是地狱，而地狱又在人的心里，老舍要由车夫的内心状态观察到地狱是什么样子[①]。人的一切努力都为不走那个被规制的"辙"，但人往往挣不脱它。祥子"入了辙"，他下了地狱。

寓言有超越现实的意义，所以小说相对忽略了时代，时代背景的模糊是《骆驼祥子》的一大特征。韦勒克说"现实主义的理论是极为拙劣的美学，因为所有的艺术都是'制作'（making），并且本身是一个由幻想和象征形式构成的世界"[②]。小说过分顾及时代就会成为"新闻"和"历史文献"，《骆驼祥子》牺牲了时代性，却保全了寓言的认知特质。为印证它的现实主义，人们花气力去考证

---

① 老舍：《我怎样写〈骆驼祥子〉》，见《老舍文集》第 15 卷，人民文学出版社 1990 年版，第 206 页。

② R.韦勒克：《批评的诸种概念》，丁泓、余徵译，四川文艺出版社 1988 年版，第 243 页。

《骆驼祥子》的时代背景①，其实不必。时代性是现实主义论述的题中应有之义，是现实主义作品的标志。认定《骆驼祥子》是现实主义却连时代背景都弄不清楚，立论的根基就不大稳固了。考证者在妙峰山进香的民俗之外，最大的证据就是"战事"。其实，战事在小说中只是某种外力的符号，任何一场不可抗拒的战争都可变成对祥子的一次掠夺，对其奋斗成果的一个破坏。战事是推祥子下地狱的外力，孙排长、孙侦探合二而一是老舍对邪恶力量的抽象之后的具象还原，正如老刘麻子和小刘麻子的合二而一。

如果说这个寓言有缺陷，那就是老舍受叔本华悲剧哲学的影响太深。夏志清说《牛天赐传》《骆驼祥子》"两本小说都想回答这个问题：一个人会有今天，究竟是什么原因造成的？……而《骆驼祥子》则用悲剧的笔法描写一个善良的无产阶级者徒然的挣扎"。祥子"为了要个人独立地过活，坚持斗争，直到身心交瘁为止。……使人想到受到了哈代的影响"②。哈代小说的悲剧根源也应在叔本华。这个哲学渗透在老舍一系列的作品中，《离婚》《我这一辈子》都是写人的心灵的悲剧，都与人的努力的徒然的命题相关。人的努力总是受到外力的破坏，所以祥子"感到整个的生命是一部委屈"。如何摆脱这种处境？老舍没有提供任何答案。于是，人就只有敷衍生命了，祥子只有做一个"车夫样的车夫"的一条路可走，老李只有回到乡下去。至于祥子为什么必得变成"个人主义的末路鬼"？那是另有答案的。

三、非典型的"个人"

《骆驼祥子》受人诟病最多的就是关于"个人主义"③。中国现代文学研究语境中，个人主义的语源在"五四"，卢梭和尼采是个人主义的外来源头。20世纪30年代美国人批判尼采在文学中的影响应数新人文主义者白璧德最力，西方人把现代道德动荡、第一次世界

---

① 致力于此的有樊骏等先生，考证最力的是刘祥安的《〈骆驼祥子〉故事时代考》（刘祥安：《话语的真实与现实：刘祥安现代小说论集》，江苏人民出版社2005年版，第66页）。

② 夏志清：《中国现代小说史》，香港中文大学出版社2001年版，第154页。

③ 许杰、巴人对老舍的批评都集中于此。

大战的世界动乱归源于尼采。但是在中国的20世纪30年代，个人主义的对立主旨却是集体主义。左翼思潮主张个人的反抗必须让位于阶级的反抗，无产阶级的集体主义、阶级斗争必须取代个性解放的小资产阶级思想。对个人主义的批判立足在马克思主义的阶级斗争学说基础上。

老舍对祥子的个人主义的批判却另有语源。老舍不大懂政治，从欧洲回国不久的老舍对上述左翼的主张了解不深，所以他反对个人主义有另外的立场，批评家对此几乎不曾了解。夏志清也说"老舍已经开始非难带有自由主义味道的个人主义"①，误以为老舍采取了与左翼相近的立场。老舍的个人主义的对立概念是托尔斯泰的不抵抗主义。1935年，老舍在山东大学讲授"文艺思潮""欧洲文学概论"，有这样的表述（大意）：现代世界上有两大对立思潮，一个是尼采的个人主义，一个是托尔斯泰的不抵抗主义②。与宗教有极深渊源的老舍，自然地选择托尔斯泰并批判尼采。老舍在另一些小说中也表现这样的思潮影响：《黑白李》中的弟兄二人分任这种思想，《牛天赐传》《新爱米尔》《新韩姆烈特》《大悲寺外》都有所体现，甚至早期的《小铃儿》《赵子曰》也有痕迹。1936年写作的《骆驼祥子》当然保留着"为个人努力的也知道怎样毁灭个人，这是个人主义的两端"的批判。

老舍"实写"北平车夫的内容最受读者的青睐，而接受叔本华的命题，采用尼采的个人主义作为祥子的奋斗过程则是最难以接受的训诫。尼采高扬生命意志的旗帜，强调世界不是一个万物求生存的消极的过程，而是一个万物求生命力扩展的积极过程。《骆驼祥子》开篇就是祥子的生命力扩展的起点与开端，他的身体与拉车方式、他的攒钱买车志愿，都带有尼采印记。祥子与尼采式的个人的合拍之处在于他"超人车夫"的地位，是他自己营造了高等车夫、超人车夫的形象。从这个起点出发，祥子的身心堕落的叙事逻辑就是一个强使逻辑，这个逻辑所达到的终点甚或让人们抗议了。有人责问老舍这就是他们的出路？老舍无言以答！

① 夏志清：《中国现代小说史》，香港中文大学出版社2001年版，第159页。
② 笔者在北京语言学院举办的第二次老舍国际讨论会上的展览中见到的两页残稿，现存舒济处。《老舍全集》中没有整理收入。

老舍无法向没有多少文化的工人解释他的命意，老舍也无法论证他通过一个底层苦力来表达对尼采的批判的合理性。因为一个"立在人间的最低处，等着一切人一切法一切的困苦的击打"的车夫，他的实际生命力扩展、他的意志与世界对抗的坚韧都不是阐述尼采的恰当材料。如果老舍叙述一个小知识分子的个人主义，像《黑白李》那样，那会得人心得多。祥子无法成为一个体现生命意志扩张的个人的典型。

老舍援用尼采与中国语境的牴牾，类似于后来人们用现实主义来充分肯定《骆驼祥子》的价值。欧洲文化保守主义的思想资源根本不适合20世纪30年代的中国，采用这样的资源来警戒中国人不要接受极端的个人主义，最终只能落空。老舍试图告诉人们应该如何把握个人生命，他的带有宗教思想的文化立场、他的生命观乃至他的哲学寓言，对20世纪的中国人都不能发生他所理想的作用。对于自己的设想，老舍在小说的叙述过程中有所动摇，动摇他的力量正是来自他不甚了解的阶级斗争与集体主义学说。他难以在本土思潮与欧洲思潮之间进行协调，他的立场也产生了犹疑。于是，他试图通过老马之口传达对个人主义的另一种批评，因为他无法不面对当时中国的"社会病胎"。但是在老马的"成了群，打了阵"的蚂蚱的比喻和集体主义之间很难建立必然的联系，只能提供种种误读的机缘。

非常遗憾，欧洲语源的个人主义正像其他的欧洲学说一样，并不适合彼时彼地的中国。同样是提出某种理念，茅盾阐述中国社会性质的《子夜》和老舍警示人们的文化选择的《骆驼祥子》，从接受命运来说有天壤之别。那些留学欧美的现代知识分子的文化逻辑，总是无法与中国的现实逻辑取得一致。老舍创造出祥子这样的个人，作为一个寓言，有时空的超越性，但是无法成为"典型环境中的典型人物"。不过，"典型论"并不是衡量文学的价值意义的唯一尺度。《骆驼祥子》凭其生命寓言的恒久价值、凭其对车夫特殊人群的杰出表现、凭其独到的叙述文章就足以不朽了，不以是否某种现实主义为前提。

四、《骆驼祥子》与诸种现实主义的辩证关系

　　祥子的价值不在于"典型"与否，但是明辨《骆驼祥子》与现实主义的关系却至关重要。因为人们习惯在现实主义的理论框架内阐释祥子的形象，这种阐释不无局限。许杰先生嫌祥子所处的环境不典型，他的个性也不典型[1]；巴人看出了《骆驼祥子》"思想本质上的反动性"，认为出于"老舍看事物的现象学的方法"，祥子被"概括成为一个世俗的类型，不是典型"[2]；樊骏先生则肯定祥子是"一个社会地位低下的城市个体劳动者的典型形象"[3]。海外汉学界有胡菊人认为《骆驼祥子》是"社会主义的写实主义"；刘绍铭先生则认为是"用自然主义手法描写中国社会"[4]；夏志清先生认为《骆驼祥子》"基本上仍不失为一本感人很深、结构谨严的真正写实主义小说"[5]。真是一旦涉及《骆驼祥子》必称现实主义。"现实主义"成为批评解释老舍的关键词，却很少有人注意这个概念的内涵与外延的不确定性。

　　这些批评大致分为两类：一类是从中华人民共和国建国前的左翼批评理论开始发展到社会主义现实主义主流时期的关于《骆驼祥子》够得上现实主义典型标准与否的判断，尽管结论相反，其实出发点倒是一致的，他们都唯恩格斯的现实主义定义是尚：细节的真实之外，写出典型环境中的典型人物；另一类基本上判断其创作倾向，其差别在于"社会主义的写实主义"是一种标签，而"自然主义""真正写实主义"稍嫌笼统。标签式的判断不值得争辩。文学史的论断相较专论的细读分析本来就难以避免笼统，它们即使难免偏颇，也因其立足于学理之上，仍不失为一家之言。固执于典型论，

---

　　[1] 许杰：《论〈骆驼祥子〉》，见曾广灿、吴怀斌编《老舍研究资料（下）》，北京十月文艺出版社1985年版，第666页。

　　[2] 巴人：《文学初步（节录）》，见曾广灿、吴怀斌编《老舍研究资料（下）》，北京十月文艺出版社1985年版，第675~676页。

　　[3] 樊骏：《中国现代文学论集》，人民文学出版社2006年版，第564页。

　　[4] 一夫：《关于〈骆驼祥子〉的批评问题（节录）——就教于胡菊人、刘绍铭先生》，见曾广灿、吴怀斌编《老舍研究资料（下）》，北京十月文艺出版社1985年版，第678~679页。

　　[5] 夏志清：《中国现代小说史》，香港中文大学出版社2001年版，第158页。

立足于主流价值立场，不可避免地会做出强人所难的批评要求。但是，都诉诸典型论，许杰先生是学理之中有少许偏颇，巴人先生则是傲慢的偏见，樊骏先生意在为老舍辩诬。樊骏先生力证祥子是一个典型形象，他态度谦和而力求公允，但是他无法把自己的立论基础从现实主义典型论中超拔出来，如果说他的结论也有局限，那是因为这个理论框架的规制充满了时代的傲慢与偏见。

进一步展开辩证，必须就现实主义理论使用的具体语境进行论析。首先得看老舍在创作《骆驼祥子》时期对现实主义的把握方式；其次是既要将现实主义概念还原到欧洲的现实主义思潮与创作的特定阶段，又要还原到中国20世纪30年代现实主义对"五四"个性表现的反拨的语境中；最后要明白定于一尊的现实主义典型论的规制性，明白自觉地利用这种话语规制的批评以及在规制下的屈从与敷衍。

老舍在《文学概论讲义》中陈述了他对写实主义文学倾向的把握。写实主义好处与问题并存：它的宗旨是要解决社会问题，它重客观描写却免不了主观的宣传鼓吹；它把为艺术而艺术改成了为生命而艺术，更接近生命，性的丑恶替代了恋爱的神圣，它用力过猛，为求实而不顾形式，破坏了调和之美；它专求写真而忽略了文艺的永久性，过分追求客观的背后是科学万能的决定论。对照《骆驼祥子》，老舍提出了什么样的社会问题？这是不明确的，夏志清先生的理解与阶级压迫的阐释之间有巨大的差异，这不能说不是文本的多义性决定的。祥子的生命是真实的，感情深厚，但是这种真实没有破坏艺术的调和之美，老舍在古典主义的美与写实主义的真之间的平衡是非常成功的。

老舍在不同时段的文学倾向之间的协调在文本中处处可见，他不专属于哪一种文艺思潮或文学倾向。老舍那儿的人既是一个社会的存在，又是一个面对上帝的道德的存在，而且常常是后者比前者突出。老舍对社会病胎的质疑与批判还不如道德批判有力。祥子堕落的过程一直受到自己内心的道德质问，当他像犹大一样卖人得钱的时候，也是他完全丧失道德的时候，叙述与阅读者看祥子，是在炼狱里俯视地狱中的不道德者所遭受的惨烈。他的作品的叙述主体糅合不同时代，他无法成为一个纯粹的写实主义者。另外的例子是，他的小说中的恒久的人性因素远远大于欧洲现实主义阶段的客观与反人性的因素。小福子过着非人的生活，但是恰恰是她兼具母性的温柔、宽怀；她是一个出卖肉体的人，然而又恰恰是最为贞烈的人。

值得特别说的是《骆驼祥子》中的性。老舍的"性"的叙述（不是描写）是写实的题中应有之义。老舍叙述的重心是性关系，而非性过程。性过程看重的是兽的、动物原欲的因素，性关系则是生命的相互作用，祥子与虎妞的关系应该这样理解。虎妞命名可能与老舍帮助艾支顿翻译《金瓶梅》有关。《金瓶梅词话》"卷首词"有话："如今这本书，乃虎中美女，后引出一个风情故事来。"田晓菲《秋水堂论〈金瓶梅〉》讲："'虎中美女'这个狂暴娇媚的意象，是词话本一书的关键：它向读者暗示，书中所有的情色描写，不过是噬人之虎狼的变相而已。"[①]虎妞与祥子之间确实有一种"噬"的关系，不仅是身体的，而且是心灵的。小说叙述祥子对虎妞的恐惧："家里不是个老婆，而是个吸人血的妖精"。因为虎妞，祥子"不敢像以前那样自信了"，这也根本动摇了祥子"车"的志愿。虎妞死后，祥子仍复拉车，"这样混过了一个来月，他心中觉得很平静"。不久，祥子又没能挣脱夏太太性的魔网，祥子得了病。"病过去之后，他几乎变成了另一个人。"老舍充分体现了性在呈现真实生命过程中的表现力。许杰先生对小说中性的叙述的诟病，也许没有这样考虑过。我们习见的批评性的文字，都称其为自然主义的描写，其实自然主义与现实主义的分界是很模糊的。这两种方法，即使在西方，也被人们混淆着。刘绍铭先生的用法如此，20世纪20年代茅盾也曾经用自然主义的名目实行欧洲现实主义的介绍。

20世纪30年代的左翼提倡的现实主义文艺思潮已经不同于茅盾介绍的对象，而且与老舍的创作追求有一定的冲突。它来自俄国，也来自苏联，理论源头被定位在马克思主义的现实反映论。韦勒克说"俄国，现实主义就是一切"，经卢卡契阐发："如果作品显示出一种对社会关系和它对未来的发展趋向的深刻洞察，它就是一面最真实的镜子。"老舍佩服陀思妥耶夫斯基的真实，但是对他的艺术上

---

① 田晓菲：《秋水堂论金瓶梅·前言》，天津人民出版社2003年版，第7页。

的"不完全"是持保留态度的。祥子是一个虚构人物，而现实主义排斥寓意与象征，排斥高度的风格化，其实就排斥了老舍的艺术个性。说到对未来的发展趋向的深刻洞察，这和时代性都不是老舍的所能所长。祥子是没有未来的，车夫阶层的未来是什么，老舍也无法预示。可以说，20世纪30年代中国文坛提倡的现实主义与老舍心目中的现实主义有较大距离，与老舍的创作风格还有点格格不入。至于立足现实阶级斗争与集体主义、对20世纪20年代个人反抗的反拨，也距老舍的理解甚远。

社会主义、现实主义是体现权力的主流话语，如果在新文学史上为哪个作家争得地位，最好说他是一个现实主义作家。对一个被视为资产阶级自由作家的老舍，樊骏先生力挺老舍的代表作《骆驼祥子》是现实主义的作品，其用心良苦已经是今天的批评家们难以见谅的了。至于祥子是"一个社会地位低下的城市个体劳动者的典型形象"的判断，其中包含有太多的折冲平衡：第一个定语是肯定阶级阵营，社会地位低下肯定是属于被压迫阶级；第二个定语"个体"不是那么好听，祥子小生产者的目光狭隘刚好和"劳动"者身份相平衡，有打一巴掌揉一揉的感觉；说到典型则是现实主义不可或缺的判断。樊骏先生说得正大光明，这是一种"正见"，但它也是一种"政见"。采取和权威话语一致性的判断立场，这种"正/政见"不管是自觉的还是自发的，缺乏批评的独立性是显而易见的。那一代的研究者，能说话就不容易，何况有那么好的利于老舍的动机，樊骏先生没有大量的出产，可是其中有那么多的老舍研究，可见他爱老舍之深。时移世易，当年的"正/政见"愈来愈显示出局限。政治意识形态的权威话语影响之下的学术表述，是不能避免偏颇的。"正/政见"自发地转化成偏见就是历史的无情。

我们对理论框架的选择应以《骆驼祥子》的现实主义批评为鉴。

（原载《中国现代文学研究丛刊》2007年第3期，收入本书时有改动）

从《离婚》看老舍的现代叙事诗学建构

　　我关心老舍小说的叙事实践能够给现代中国的小说叙述增添什么样的诗学内涵，或者说，能给中国现代的文学理论以怎样的丰富。老舍以为："只有文艺本身是文学特质的真正说明者"①，验诸其自身的文学实践，《离婚》正有力地说明着老舍小说叙述的丰富与完满。以《离婚》为进入老舍的叙述理论的切入口，我为本文叙述机理的剖析设定了下列问题：1.《离婚》叙事的文本逻辑是什么？2.遵循文本逻辑，老舍采用的话语策略是什么？3.这样的话语策略结合怎样的叙述资源与路径、方法形成文本的审美效果？参证老舍自设的叙事理论，分析《离婚》的叙事实践的上述问题，我们可以获得对老舍小说诗学建构的可靠解释。

一

　　为突显小说叙事的文本逻辑，先得廓清事实下面的意义生成的基本框架，并解析叙述者为建构这个框架所做的努力，这样就能由渐行凸显的文本逻辑提纲契领地抓住《离婚》的叙事脉络，贴切理解老舍自己看重的这个艺术生命。

　　叙述之谨严首先体现为顺应文本逻辑而设定叙事出发点。找准《离婚》的叙事出发点，才能顺藤摸瓜地理清文本逻辑规约下的"人""事"安排。老舍在《我怎样写〈离婚〉》中对自己的叙述出发点有明确交代："人"。这个唤起老舍丰富的情景想象的人是小说中的"张大哥"，他代表着现代中国的生活世界中的稳态的人生哲学，在他的"天平"般的生活哲学统驭下，虽然周围的人们生命中

---

①老舍：《文学概论讲义》，见《老舍文集》第15卷，人民文学出版社1990年版，第50页。

会萌生"各种花样",但最终都归于敷衍、妥协的生命态度与结局。张大哥独特的稳态生活哲学与病态民族文化以及当下通行生活的一致性,对小说中他周围的人处理"人生中的根本问题"之一的婚姻的态度与行为中,发生着决定性的影响。张大哥的生活哲学及其规定的生命之辙构成了叙述中的精神氛围,压抑着老李,包围着叙事中的男男女女的生活。重要的是,叙事过程展示的种种人物对张大哥的生活哲学的不自觉的认同,才是张大哥能够充当叙事核心的内在决定力量。

仅有张大哥做媒活动的胜利结合其生活哲学的宣传,并不足以构成文本逻辑的规制力量,必须有一种概莫能外的历史语境作为约束与制衡前提,还要有此生活哲学成为人物意识对象引起的冲突,并且这样的人物一定成为其牺牲品,才能充分地显示这样的生活哲学的"匿名统治"的作用。正如老李意识到的:张大哥"这种敷衍目下的办法——虽然是善意的——似乎只能继续保持社会的黑暗,而使人人乐意生活在黑暗里;偶尔有点光明,人们还须都闭上眼睛,受不住呢!"张大哥的生活哲学就是一种匿名统治的伦理力量,老李生活在这样的力量统治之下,深深地感受到"普天之下,莫非王土"的无可逃的压抑,不得不敷衍、妥协、放弃。有此双方,才完整地构成了小说叙事的基本框架与文本逻辑。所以,有张大哥就必须有老李,张大哥是一座匿名统治的围城,老李就是那用全部心力突围而终于没有走出围城的人。

这样说来,《离婚》不单纯进行叙事,而是具有一个生命解释的意义框架,富有深刻的哲学的意蕴。文学与哲学很难有一条分界线,"每个有价值的小说一定含有一种哲学"①。老舍给予自己的创作的解释及文学的一般功能的揭示中,最为重要的就是领略与解释生命。当然,他不会采用一般哲学的论证性的方法去解释生命,而是通过情感与趣味让人们领略生命,由领略中体悟,终于达到富有哲学意味的生命解释。《离婚》中的人的生命的哲学解释就是小说叙事的意义,文本逻辑便贯穿其中。

《离婚》的意义框架的直接体现便是小说的结构形式,老舍自己

---

① 老舍:《文学概论讲义》,见《老舍文集》第15卷,人民文学出版社1990年版,第155页。

便深刻地体认到"结构的形成是根本含有哲学性的"①。《离婚》具有个人从无奈中勉强努力而终于彻底放弃的首尾环合的结构：开头叙述在"以婚治国"的张大哥的谋划诱导下，老李下乡把太太、孩子接到城里来教育、改造，第二十章结果老李辞去周围人羡慕的一等科员职位，带着太太、孩子重回乡下。从老李由城入乡的生活范围的变化看，他终于逸出了张大哥平衡哲学的规制；但是从生活的实质内容看，老李正是被张大哥降服了——他不再"有意"离婚了。其间老李所做的对张大哥哲学的抗争终归无效，印证了老舍引述的叔本华对悲剧的阐释："我们看到生活的大痛苦与风波；其结局是指示出一切人类的努力的虚幻。"②

在这一结构中张大哥与老李精神意识对立的叙述，包含老舍对社会黑暗的分析与批判。小说破题一句很让人吃惊："张大哥是一切人的大哥"。可张大哥并不就是谁的大哥，他是社会伦理关系的放大。他成了一股笼罩一切的当下生活的精神氛围，集中体现了稳态的中国家庭伦理文化，又能将一潭死水的生活变成一种有亲切意味的存在。他划定了衙门中的人们生命的圈辙；他是面子，却鼓励着人们没皮没脸、死乞白赖地将就敷衍自己的生命。张大哥成了一种文化的"匿名统治"的象征，简直就是一种意识形态的标志。和老李一样受过现代教育的老邱就是在张大哥精神意识的统治下变成了一个驯服者。老邱叹服："生命入了圈，和野鸟入了笼，一样的没意思"，他向老李交心："我不甘心做个小官僚，我不甘心做个好丈夫，可是不做这个做什么去呢？"老邱是老李的"先行者"，所以"二人成了好朋友"！

尽管如此，老李没有驯服，他始终挣扎着坚持衙门里的另类身份。老邱无奈到不愿对自己的生活与生命再行发问，老李却是一个愿意将自己的生活对象化并进行反思的主体。所以老邱可以和张大哥、吴太极、小赵们沆瀣一气，老李却要和这个生活世界进行精神抗衡。《离婚》叙述结构的哲学意义在这种抗衡中。然而老李的抗衡仅仅是精神的自我纠缠，他是那种敏于思而怯于行的人，他的心灵

---

① 老舍：《文学概论讲义》，见《老舍文集》第15卷，人民文学出版社1990年版，第147页。

② 叔本华：《论文学的几种形式》，译文采自老舍《文学概论讲义》，见《老舍文集》第15卷，人民文学出版社1990年版，第148页。

可能成为一个地狱，他的行动路线却不可能由地狱而炼狱再至于天堂。他的胸中烧着一团"闷火"，这团火却无法烧透精神地狱，更毋庸说延及构成这地狱的历史语境了。历史的书写往往正是埋葬、熄灭、弃而不顾这一团团闷火似的生命，负责书写、解释这些生命现象的任务就是由《离婚》这样的小说来承担。就这一点来说，老舍的叙述伦理战胜了张大哥的生活哲学。

老李反思的内容是关于生存处境的，指涉社会伦理规制下的世俗生活，走得再远也不超过婚姻制度，并且他的反思与妥协、犹疑并存："夫妻们原来不过是那么一回事，将就是必要的；不将就，只好根本取消婚姻制度。"他的思想意识丰富活跃，但没有一个能够自我把握的价值取向，他否定了张大哥的生活哲学，但却没有自己可以认同的生命哲学。我可以同意老舍"以一个知识分子的立场来看社会上的一切"①，但在小说中却无法找到叙述者赋予的老李的鲜明立场。老李在反思之余，会觉得自己的无聊与空虚，他会觉得自己是没有出息的敷衍、妥协者。除了自我意识的反思内容，老李的心灵是一个干旱寂寞的沙漠，他必须转向情感上慰藉的寻求，他要追求"诗意"的慰藉，以情感的寄托冲淡生命的无聊，当他终于发现"诗意"也只是同样的空虚时，他只好像叔本华一样，逃避到"乡下"去了。

归纳《离婚》叙事的文本逻辑：它是现代中国历史语境中的普通知识者对生活的体验与认知和构成匿名统治的"生活哲学"的冲突及其在冲突中的敷衍、妥协和必然失败的生活轨迹。这一文本逻辑只能存在于《离婚》这样的虚构性叙事中，宏大的历史叙事不关注老李那般的琐屑生活，在历史叙事中老李们悄悄地在"匿名统治"下销声匿迹了。然而这一包孕哲学内涵的生活世界应给予解释，老舍知识分子立场便包含在这样的解释与文本逻辑之中。

二

确立了生命解释的文本逻辑，文本就一定具有"偏重于人格与

---

① 长之：《离婚》，原载《文学季刊》创刊号，1934年1月，见曾广灿、吴怀斌编《老舍研究资料（下）》，北京十月文艺出版社1985年版，第734页。

心理的描写"的特征，叙事话语策略必然是"人物领导着事实前进"，使"事实由人心辐射出"。实际上，老舍小说的叙事在他自述的两大策略中的选择总是偏重选取"人物领导着事实前进"，而不看重"事实操纵着人物"，并且老舍也很少极端偏重于"微神"（如小说《微神》《丁》）的心象，而是在"心灵与事实的循环运动"①中叙事。《离婚》正是这样。

在上述的文本逻辑和叙事框架中，采用这样的叙事策略，第一要面临的问题是如何解决虚实的协调。回到中国现代叙事艺术的历史进展的现场语境中，我们发现新文学以前，中国的小说叙事习惯于外在生活的讲述，不在人的内心做文章。若将叙述的重心放在无迹可寻的心灵上，则无从着手。中国小说传统比之于西方，在叙述自然景物与人的心思方面，天生的有着自己的缺欠。它不善于像诗词那样，将风景作为人的一种心理状态描述，除非作为一种物质环境的布置在下文中能发生实在的作用（如"林教头风雪山神庙"中的那场大雪）；它也不善于进入人的意识层面，一是因为中国人不曾有过灵魂追问的宗教生活，二是因为从评书蜕变出来的小说处处要让接受者有个如在目前的感觉，所以叙述不便于无凭证地说某人的心理活动，那是"侃空"。中国传统的纯然客观写实的小说叙述方式必然抵制《离婚》的文本逻辑，老舍设定了这样的文本逻辑与叙事框架就必然地要诉诸心灵，写一些人的心理意识活动的不可见的"虚"的内容。但如果纯粹的写人的意识心理，等于是拒绝当年的读者，所以必须将虚实两端的叙事协调好。

在小说的两个主要叙述对象张大哥和老李身上，分担着"实"与"虚"的叙述方式用途展示的任务，但各自又在虚实之间有所调剂。老张领导着所有的与婚姻相关的事实，他是一根"桩"，将所有闹离婚的人牢牢地拴在了桩上。即使叙述到有关张大哥的抽象的观念，也都有一个具象展示方式：他的以婚治国的平衡哲学的表达，是借助于显微镜、天平、汽车和花轿等具象物质来进行的。他的以不变应付万变的稳固心态与文化惰性的一致，是通过他读所有的书都是为证实自家道理的合理性来说明。张大哥为儿女担忧的异常紧

---

① 老舍：《事实的运用》，见《老舍文集》第15卷，人民文学出版社1990年版，第251页。

张的心理过程，只见反常地放弃做媒活动、不见来客和骂人的行为表述，基本略去了从虚处落笔的心理分析成分，最终以心理磨难对形象的影响结束了这一叙述过程："几个月的愁苦使张大哥变了样，头发白了许多，脸上灰黄，连背也躬了些。"对老李的叙述却总是和抽象概念的陈述联系着，其思维活动明显地受西方近代以来"意识哲学"的现代认识论方式的影响。叙述者的措辞中不乏抽象的陈述："生命只是妥协，敷衍，和理想完全相反的鬼混"，"不敢浪漫而愿有个梦想，看社会黑暗而希望马上太平，知道人生的宿命而想象一个永生的乐园，不许自己迷信，而愿有些神秘"。怯懦、折中、敷衍、妥协是叙述老李的关键词。当然，老李也会做点上街买些食品和为朋友难事奔走的实事。

《离婚》叙述的最大困难在于"生活世界"与"意识哲学"之间的张力矛盾的处置。这个难题来自小说现代化过程中叙述方式的重大变化，难处在此，解决好这个矛盾也正是对现代小说叙述理论的贡献。怎样避免意识内容的局部膨胀和事实的拥挤堆叠，或者说是怎样做到叙事的"匀调"美满？老舍自己的理论阐述表述为"心灵与事实的循环运动"，也就是使心理描写、分析与事实叙述参差互见、虚实互补，形成意识内容的陈述与事实叙述的互动的构成关系，或者用老舍的另一说法，人与事是相互为用的[①]。在《离婚》的文本中，就是要在偏重从外视角叙述张大哥与老李以内心视角为主的叙述之间进行协调处理。

小说人物，即使在各种当代文本实验后的今天，仍以有鲜明性格的形象更吸引阅读者的注意。《离婚》中张大哥活脱脱宛然身边人的阅读印象，在20世纪30年代接受视域中当然比老李引人注目。对老李心理人格的叙述，因为偏重于社会自觉的心理压力下的个性分析，故而他的外在形象的创造比起张大哥来要逊色一些。但是在上述的叙事框架中，叙述者至少得努力保持对两个人叙述的内（意识）与外（事实）的平衡。老舍为此设计了一个重大事件的陈述过程：营救天真。通过天真被捕的事件，外向的张大哥不得不为儿女沉入内心的忧虑；老李的现代知识分子的正义感与传统的侠义精神

---

① 老舍：《事实的运用》，见《老舍文集》第15卷，人民文学出版社1990年版，第251页。

让他挺身而出地外向发展，去周旋营救天真的事情。这两个人因天真事件在行为方式上似乎掉了个，但是张大哥经历过暂时的偃息最终还是要复活，所以天真回家之后，张大哥又忙着请客，回复到当初的生活之辙与文化活力中。

老李却无法走出他的意识世界。为帮助张大哥而营救天真，他不如张大哥会郑重地敷衍，所以没有各种各样的人际关系，他凭什么能够仗义到底呢？他的所有资本就是良知与有限的薪金。以人格冒险，他与小赵定下了协议，就像浮士德博士将自己的灵魂抵押给了靡菲斯特，他把自己押给了小赵。对老李来说，营救天真的事情仍然在精神意识层面上进行，生活世界里的灾难与变故仍然转化成了意识的辐射对象，经受考验的仍是老李的灵魂与良知。善良的老李终于无法让邪恶的小赵守约，书生和社会对抗只能以失败告终。

叙述者若不愿让老李违背文本逻辑而变得神通广大，营救天真的任务、张大哥的下半辈子的安排与寄托就没有了着落。于是叙述者安排张大哥家的丁二像孟尝君的门客一般，侠义地报恩杀仇，结果了小赵，传奇般地结束了老李无法完成的使命。《离婚》这一叙述无疑有着唐传奇小说的影响痕迹，这类人物的登场，往往使得叙事法则发生着逆转，变成事实操纵着人物，故事以惊奇和趣味为主了。丁二这一侠义符号式的人物，保全了老李个性的完整与一致，却无法保证叙述法则的统一。丁二有趣、可爱，他的出场拯救了张大哥，也解脱了老李；然而，他的叙事作用毕竟是文本框架逻辑以外的产物。叙述者为了不让他和文本逻辑发生更大的冲突，使他的历史与离婚这个"桩"拴在了一起，并且让他的离婚的历史与人们"通行的苦闷"的现场结合起来。于是，接受这个人物就不显得过分突兀了。

三

文本逻辑不是叙述的唯一决定因素，它与叙述对象的"智"相连接，另有一个"情"的因素则可将叙述变得复杂而有艺术趣味。老舍视"感情、美、想象，（结构，处置，表现）是文学的三个特质"①。感情和叙述的处置方式之间的关系有多样的结合可能，设置情感发展的线索是其中最为重要的一种，《离婚》中的线索安排又正是结构"匀净"美的体现方式之一（这里只是"美"的管窥）。

如果将老李和张大哥之间的思想意识的对立在文本中作本质化的表述，我们就看不到"天真事件"中的老李的作为，因为老李真地将张大哥作为朋友，并且愿意"为别人牺牲"，以填补生活的空虚。"朋友"在伦理意义之外，对文本叙述发生影响主要是在情感层面上。张大哥与老李之间的生活哲学与生命意义的紧张并不是这二人的唯一关系，他们还有同事、朋友的情谊。第二重关系赋予叙述的趣味，所展现的生活世界的复杂，是老舍小说中的思想是要带着情感说出②的原理的体现。这里的思想与感情不是主从的关系，而是交互的、缠绕的，所以它的复杂性带来了叙事的摇曳多姿。

张大哥看出老李"有意"离婚，立即有意将他的意识倾向封杀，本来的叙述发展有可能呈尖锐对立，却因为富有人情味的家庭宴请而变成了老李下乡接家眷的逆转发展的现状。张大哥立身处世的思想哲学是一道辙，他温情地将所有不愿意沿着这辙迹前行的人们转变成同道。作为被引导者的老李的思想与情感发生着矛盾，却又终于服从了张大哥，老李是一个现代人情智冲突的标本。而当情蒙蔽着智并带有理想化的倾向的时候，"诗意"就隐约地变成了一条叙述发展的副线。

对这一副线的清理，能看出老舍的叙事章法既符合现代小说艺术原理又能创造性地吸收中国古代小说叙述学资源。房东马少奶奶是老李眼中的"诗意"，对诗意的追求是一条老李从乡下接来太太、孩子以后仍然私心里继续有意离婚的依托线索。如何安排这一线索是如何处理感情的逗宕的问题，老舍说："小说中的逗宕便是在物质上为逻辑的排列，在精神上是情绪的盘旋回荡。"③老李与马少奶奶情感关系线索，在物质上的排列就是从微妙的吸引、若即若离的接触、无（有）言的慰藉与理解、终于放弃理想下乡的事实的串联；精神情绪上是在微茫的希冀、蠢蠢欲动、挫折、情思的若断若续与

---

① 老舍：《文学概论讲义》，见《老舍文集》第15卷，人民文学出版社1990年版，第50页。
② 老舍：《文学概论讲义》，见《老舍文集》第15卷，人民文学出版社1990年版，第252页。
③ 老舍：《事实的运用》，见《老舍文集》第15卷，人民文学出版社1990年版，第254页。

绝望过程中的心灵激动。

这一排列与逗宕正与金圣叹评《水浒》中的"草蛇灰线法"叙述相符。金圣叹描述此法："骤看之，有如无物，及至细寻，其中便有一条线索，拽之通体俱动。"①老李与"诗意"的接触过程正有一条带动全部文本的通体俱动的线索。"诗意"的闪现让老李在灰色的生活中看到了神秘的希望，"红衣那么一闪"，老李获得了一条"浪漫毒火烧着的生命"。年底马少奶奶送红萝卜来给孩子，老李看到了她调匀、活泼、独立、俊秀的力量的可爱。护国寺庙会上的询问与了解、除夕夜的关注，在二人空间距离与心理距离的变化中发生，老李心理上的挫折带来生理上的一场病。病中老李欠下了太太一条命，病后就为张大哥家的"天真事件"耗上了，等到有机会能为"诗意"效力（马少奶奶说："为我，您也别走。"），已经是初夏时分了。在一场暴雨以后，老李看到了一幅诗意的图画：雨后天晴，马少奶奶和他心中的景致联在一起，晴美、新鲜、安静、天真。给马少奶奶送莲蓬（遥遥呼应着酬答红萝卜），经历着一连串的日常的诗意生活，老李心中十二分的痛快。大暑天，马克同回来了，撺老李搬家；老李一直倾听着东屋里诗意妥协变成了散文的经过。老李不能不选择到乡下去。老李的"诗意"爱情生活在他的视听活动中，远观为主，近到可以说上两句话，其实一直是一种理想的幻影。这虚幻的诗意追求对老李抗衡生活黑暗的精神起了莫大的慰藉与支持作用。

从第五章开始，到第二十章结束，马少奶奶的活动范围小而内容少，然而她无所不在地活在老李的心象世界中。她出场的那个"闪"字正是诗意的存现方式与叙述者的关注方式，自从她出场后，全书各个章节中，马少奶奶的身影就忽隐忽现地闪烁在各种事实的展示与进展中。第六章在老李心中有了个轮廓。第八章从太太的新打扮（借穿了马少奶奶的蓝皮袍）上看出了诗意的生活品位。与太太憋气，第十章在庙会上与马少奶奶偶遇，激动、愿望与失意掀起了二人情感关系的一个小高潮，然而终于没有故事。这更激起了十一章表述的老李柏拉图式的渴求与感伤，但老李的病没有如鸳鸯蝴

---

① 陈曦钟等辑校：《水浒传会评本》，北京大学出版社1981年版，第20页。

蝶小说成为一个发展契机，以至于互感互怜，怨天怨地，怨生怨死。没有故事的爱情反而停顿了。

天真被捕事件的插入是故事的一个逗宕，更是叙述者故意将这一无法深入的感情作悬置。这是在"草蛇灰线"之间，插入"横云断山"的笔法。金圣叹解说"横云断山"，两次用了"忽插出"。第十二章恰是忽插出天真被"五花大绑捆走"的事情。于是叙述者找到了一个暂时不理睬人物的理由，将马少奶奶放在一边。这理由正如金圣叹所说："只为文字太长了，便恐累坠，故从半腰间暂时闪出，以间隔之"①。这不是叙述者故意弄手段把文章做得花哨，恰恰是符合文本逻辑与老李失败者的身份——即使是一段没有故事的爱情，老李也得失败。由于这一插入的事情，隔了两章才有马少奶奶和李太太交往的续写。接着一章中李太太撒泼时，马少奶奶又从旁见证着老李的憋屈。再闪开一章，由马克同要回来暗示住房格局即将变化和没有故事的爱情已快届临终结。从马少奶奶闪现身影到与马克同无声无息的妥协，老李付出全副身心去关注、倾听，最终她还是要从老李的理想世界中消失。

世界文学中有各种各样的爱情故事的成功叙写，但是没有故事的爱情、若有若无的爱情却更难叙述，将此一段感情与人的意识内容建立最深刻的关涉，《离婚》是一个少见的艺术结构。中国人尽有耽情的、滥情的、忏情的文学，以一个"情"字为叙述中心，便极力耸动文笔铺张夸饰，情节可以曲折离奇，却离开人的真正的生活很远。老李与马少奶奶之间只是稍许留情，把爱情写得淡到几乎没有，却深深地牵动着意识深层，那是别开生面的另类书写。已经淡化的书写方式，还要从中再作间隔，也许让追求画饼充饥的阅读期待失望，却让生活世界获得更为平静的哲学解释。这一段稀释淡化的情，既补充了智性生活的单调，又不违背小说的基本框架与文本逻辑。

将古代小说的叙述资源再行提炼、深化并创造性地运用，这是老舍对汉语言文学叙述的一个重要贡献。传统小说中有不少"合掌文章"，《水浒》有"武松打虎"/"李逵杀虎"、"江州劫法场"/"大名府劫法场"。中国小说传统中，同类事情的并行叙述服从着个性差异的叙述

---

① 陈曦钟等辑校：《水浒传会评本》，北京大学出版社1981年版，第22页。

原则："武松打虎"为写武松的勇，"李逵杀虎"则是莽撞；"江州劫法场"写李逵出于智穷，"大名府劫法场"却是为写石秀的精细。这些"合掌文章"分散在不同的叙述单元中，彰显各异的人物个性，并没有一个统一的文本逻辑让它们去强化一个主旨。《离婚》中尽有这样的"合掌文章"，第八章老李华泰宴请同事与第九章小赵同和居请各位同事与太太，在紧接着的两章中内容如此的反复，小说叙述一般都以为大忌，晚清以后的旧派小说中总是连篇累牍的宴饮"翻台"，读来不胜其烦。《离婚》的叙述者敢于用这样的"正犯法"，因为其中叙事"犯"而用意不"犯"，两章内容不断强化着老李的精神痛苦。华泰一场小赵作弄李太太的十个细节，主要落实在老李的尊严受损与生活原则失落的自恼。同和居一场的结果却是太太联盟的建立，拉开了老李与太太之间冷战的序幕。前者刺激老李和小赵斗争，后者将老李更深地陷入无聊的日常生活纷争中，其间老李与世俗生活哲学抗争逻辑化地发展并逐渐强化。老李过西四牌楼与逛东安两个市场，也是这样的合掌文章，前后精神情绪的变化与发展是叙述的重大推动力。除掉小赵的事实经过则借与丁二的几次喝酒来暗示交代。送（取）与还中堂、对联，正是构成故事首尾的符号。如果将张大哥首尾的两次请客联系上，格外能看出叙述者的安排匠心。开头老李受请赴张家吃饭，引起了全部"离婚"的悲喜剧，末了老李既不受请也不出礼，越出了世俗生活的规范，表示着一种决绝的反抗态度。将四次请客吃饭贯穿起来，正是老李人格次第展示的过程，也是他的痛苦逐步加深的必然的悲剧发展过程。

叙述者从诸多的事实中锻炼、萃取意义的内在联系，进而组织叙事的逻辑法则是现代小说叙事的理论与实践的重大发展。我们从《离婚》中看到老舍"由事实中求得意义，予以解释，而后把此意义与解释在情绪的激动下写出来"，却没有"教事实给管束住"[①]，同时也看到了中国现代叙事理论的建构过程。老舍的小说实践与理论上的贡献，最需在其理论预设和文本体悟的一致中达到认同。

（原载《中国现代文学研究丛刊》2004年第4期，收入本书时有改动）

---

① 老舍：《事实的运用》，见《老舍文集》第15卷，人民文学出版社1990年版，第254页。

老舍的风格与幽默

　　本文对老舍研究中的"幽默风格"论表示异议。老舍的文艺观，一般的理论常识以及幽默的美学本质都证明，"幽默风格论是对老舍的误解，幽默与风格是两回事，各有其不同的内涵。老舍的幽默是一种心态，是他解释批评生命的一种方式。老舍的幽默，除技巧因素外，主要有两种表现形态：第一，由趣味判断而价值判断；第二，一种特殊的情感体验。老舍风格的形成，既决定于他的真诚人格，又有着桐城派的影响。老舍风格特征可概括为：清浅、朴实、深厚。风格与幽默的联系在于文字的活泼和包蕴情感的共性。

一

　　文艺理论著作谈到风格，似乎都很明确，可是品鉴作家风格却非易事。对于某一作家的风格，哪怕人们形成了近乎一致的看法，细一推究，乃会发现认识之皮相，甚或大谬不然。人多云：老舍的风格是幽默。我以为此论欠妥。

　　批评家论作家作品，对批评对象采取的最客观的态度，是尊重作家，看他自己要创建怎样的艺术世界，拿他自己提出的艺术理想的准绳衡量他的作品，作一种对应研究，看他是否完满地实现了那样一个艺术世界。然后，再将这"小世界"放入整个艺术宇宙中衡较，才能达到较科学的境地。因而，只有认真研究老舍的文艺观，才能准确把握他的作品世界的运行规律，纲举目张地领会那个艺术世界，由一般读解进入知其所以然的境地。自然，真正理解老舍的幽默与风格也非得由此入手。起码这可以使我们从诸方面明白，为什么不能说老舍的风格是幽默。

　　首先，老舍所说的幽默与风格是两码事。20世纪30年代，老舍文学创作成熟而达高峰，文艺观亦趋完备。1930年至1934年，老舍任教于齐鲁大学，将自己长期对文学的思考研究从宏观上做出总结，著成《文学概论讲义》。它从作家主体、作品本体去认识文学的特质。文学的三个特质为：感情、美、想象，以此为基石砌就文学的宏伟殿堂。风格和幽默都建立在这基础上。原老舍之意，幽默是美的特质之一，而风格却属于想象（结构、处置、表现）特质中的表现。老舍具体论述过，"谈到文艺，……风格，形式，组织，幽默……这些都足以把思想的重要推到次要的地位上去"①。显然，风格与幽默在老舍文艺观中是并列的逻辑关系而非从属、同一。《文学概论讲义》专章探讨"文学的风格"，无一处提及幽默。《老牛破车》以数章研究艺术细部，其中《谈幽默》《言语与风格》也是平行的。老舍压根没有考虑过风格与幽默可以混为一谈。

其次，仅从一般常识考虑，也不容我们同意老舍的风格为幽默。老舍举例"幽默的写家会同情于一个满街追帽子的大胖子，也同情——因为他明白——那攻打风磨的愚人的真诚与伟大"②，前者是匹克威客先生，后者是唐·吉诃德，能否把这一样的幽默态度归结为塞万提斯与狄更斯风格一致呢？不能！同样也没有人把马克·吐温与他们的风格视为一致。西方人每提及希腊式幽默，英伦式幽默，高卢式幽默，可没有谁说过这是一样的风格。中国作家中，鲁迅、林语堂、钱钟书都幽默，有谁这样认定他们的风格呢？为何厚爱老舍？若是中国作家都幽默起来，老舍风格还能独立吗？即使有人强调那是老舍式的幽默风格，我们也会面临在"幽默风格"（理论上不能成立）的大概念下细分其类的无尽工作。分出各种细微差别的幽默来固然不无意义，可并不有助于揭示作家的风格内涵。

最后，以创作实践检验，"幽默风格"有违一般的文学理论。人们都知道，风格是作家成熟的标志，贯穿于作家的创作中。老舍在《谈幽默》中这样历述，"《大明湖》里没有一句幽默的话"，写《离婚》时"返归幽默"，写《骆驼祥子》宣布"决定抛开幽默而正正经经地去写"，其结果是，"没有一句幽默的话"的《月牙儿》是艺术

① 老舍：《文学概论讲义》，见《老舍文集》第15卷，人民文学出版社1990年版，第43页。
② 老舍：《谈幽默》，见《老舍文集》第15卷，人民文学出版社1990年版，第235页。

珍品，"返归幽默"的《离婚》仍成功，"抛开幽默"的《骆驼祥子》更没失败。由此可见，并非幽默作品才能代表老舍，最成功的作品未必幽默。取幽默，弃幽默，于老舍是鱼和熊掌，他能得兼。一味坚持幽默是老舍风格，便好似风格可招之即来，挥之即去；来则有风格，去则失去了艺术个性。我们能说此时的老舍会像初学写作者一样，花样翻新，浅尝辄止，没有定见吗？

上述三点都是显而易见的，可惜"幽默风格"论者未能对此作更多更深的理解。一般读者于老舍，大概和我初读一样，首先被许多作品中的幽默趣味所吸引，论者假如也停留在这个层面上，不去反复咀嚼品鉴，也不循着老舍自家理论的导引，那就很不幸了。更可悲者，他们明明发现老舍创作的客观实在并没有始终一贯的幽默，仍力图使自己与别人相信这种一贯，拟构出一条水平发展的幽默轴心来，把一切非幽默的作品都作为是暂时的偏离，其余的则是回归"幽默风格"。这是一种简捷而又具诱惑的理解方式，它曾使笔者长期受困扰，也是使人们对老舍风格产生误解的一般原因。

"幽默风格"论者的根本失误在于对幽默这一美学范畴把握不准。把这一范畴简单地与风格等同，本身即是一种误解。幽默作为崇高的对立范畴而存在，它带来喜剧性的审美愉悦，更重要的是它很具有哲学的意味。如老舍说，"它首要的是一种心态"。它是作家对客观世界一种带有总体性的把握方式，带有作家鲜明的主观性，呈现他对人、事、物的关照方式。在老舍，它是作品中批评、解释生命的一种态度。这种主观性很自然地会导致向形而上的思辨发展，因而多数的幽默表现出哲学意味来。所以，虽然幽默必须借助于文字以不同技巧表现，但它的本质仍非形而下的，不可能隶属到哪个作家的个人风格中去。

我们历史上缺乏独立的美学研究，所以我们没有如黑格尔们那样对幽默的理性认识，可是中国历史上又不缺少幽默滑稽的故实（早年王国维，今人任半塘都编有《优语录》，明清以来的戏曲小说中随时有幽默），中国人一向以直观的方式认识幽默，所以素来重视它的形而下的文字技巧而忽视它的本质。大多数人理解老舍的幽默，几乎全是由文字上来领略。加之，老舍的幽默文字确实非凡，有种夺目的吸引力，令人无暇他顾（事实上，老舍所有的文字表现中，幽默文字只是较少一部分）。基于作家风格是语言风格的一般理论，人们由幽默文字而幽默语言进而推衍出了幽默风格。这种结论，除却美学理论的认识模糊，至少说是犯了以偏概全的错误。

二

否定"幽默风格"论，绝不意味着否定老舍幽默的艺术价值。相反，我正是要以"幽默"与"风格"的平行研究揭示出个别的内容与那一点微妙的联系来。

在老舍，幽默已成为批评解释生命的一种态度。他将幽默美的特质与情感特质结合起来，这种批评与解释就是带着同情去看人与事物，形成文学世界中情感表达的一种独特层面。老舍引述 Walple（沃波尔）的话："幽默者'看'事，悲剧家'觉'之"[1]。"看"者，情感与现象的关系恰好取得平衡；"觉"者，则潜入那现象下去寻求人生生存的真谛，滋生忧患。这样形成豁达与深沉的两个情感层面。此外，那特别关心与一己相涉的现象者，每每沉浸于自身的情感中不能自拔，因而伤感。悲剧家看到更本质的真实，往往兼具崇高，不慎也会失了健康；幽默者因顾及普遍人情而很少偏倚，感伤者只能做到自叙传的真实，缺乏普遍意义而又失却健康崇高。

老舍的幽默心态的形成与身世相关。他幼贫而入世早。洞达世情。他重感情，但善于控制，故其表达凝重深厚而不肤浅。不同于"五四"初期的那一批带有感伤主义的作家，他心宽，能幽默，既幽默地"看"，又不时的深潜下去，体察人类生存的意义，"觉悟"出人们在地狱里的挣扎（如祥子、《月牙儿》中的"我"），走入悲剧家的行列。这正是老舍时而取幽默时而放弃它的主要原因。拉伯雷"教给世人只有幽默与笑能使世界清洁与安全"[2]，可丑恶现实压迫着中国人，生活中极度缺乏安全感，幽默对之根本无能为力，现实注定老舍做不成一贯的幽默家，而要成为悲剧家。他的幽默不能不笑得带点酸味。

老舍的幽默表现的技巧多样。即以双关举例，《牛天赐传》中说

---

① 老舍：《谈幽默》，见《老舍文集》第15卷，人民文学出版社1990年版，第230页。
② 老舍：《文学概论讲义》，见《老舍文集》第15卷，人民文学出版社1990年版，第101页。

"棺材里的脑袋多半是光滑的，这是'人生归宿即滑头的象征'"。貌似胡扯，个中包含了多少人生经验与市侩道德的鄙弃啊！老舍的幽默又大致可分为两种抽象形态：

第一种形态是由趣味判断发展至价值判断。同多数西方作家一样，它通过使对象无限扩大的夸张，使生活中的愚蠢滑稽化。《老张的哲学》第十章开头即说："中华民族是古劲而勇敢地，何以见得？于饭馆证之……"。"勇敢"必得由战场、冒险取证，"饭馆证之"本来就荒唐，老舍偏又设出饭馆"五关"，以数百字夸张铺陈。关云长过五关诚为勇武，入饭馆过五关实为招笑。老舍并不以招笑的趣味为满足，进而得出结论"美满的交际立于健全的胃口之上"，老舍同情他的描述对象，他们都是中华民族饮食文化病的患者。此外老舍在一系列散文中表现的"缺陷美"①，也是通过国民的滑稽表现揭示其病态的文化素质。这样由一般性的趣味判断自然导致价值判断，达到"喜剧批评生命"的目的。这种价值判断一般不由作者直接作出，而是留给读者去咀摸。试看热心的张大哥，他介绍婚姻以麻子配近视眼获得平衡，接新娘在汽车里放轿子求得新旧调和，一切行为皆为敷衍生命、维持现存秩序，正是社会前进的莫大隐忧呢！

第二种形态则是通过深入的情感体验表现出人物的自嘲自解，但表面的乐天终不能掩盖悲观的本质。老舍凭他那颗深入人物之心的心，去领略人物的精神世界，表现他们的幽默自省。《我这一辈子》中的老巡警"我"，是个社会底层人物，可他具有高度敏感的感情以及对自身和外界的批判能力。他心中存着悲哀拓出来的那个"空"，所以能宽心自嘲"父是英雄儿好汉，爸爸巡警儿子还是巡警"。当他接近生命末途时，能够平静地反思自己的历程。他既不像小知识分子那样细细咀嚼一己悲哀，也不像祥子麻木如行尸走肉，最好的说明是老舍的自我审视：

我们的命与笔就是我们的资本，这资本的利息只是贫困、苦难、疾病；可是它投资于正义，而这不利的利息也就完成了我的气节②。

① 如《一天》《小病》《有声电影》《取钱》诸篇。
② 见曾广灿，吴怀斌编《老舍研究资料（上）·痴人》，北京十月文艺出版社1985年版，第212页。

在暗喻中融合着自嘲，不平中坚定着信念，哲理的通达与现实不得而解的人生矛盾相调和，既有正大醇厚之旨，又不失健康爽朗的气度。这一形态的幽默最能体现老舍对待人世的态度。其中包含的浓厚凝重的感情也为别人所不具备。

与别的作家比较，更能清楚老舍幽默的质地。鲁迅针砭文化病，是抓住国民性病态，撕皮揭鳞，让人们看血肉坏死；老舍的针砭却寓于"缺陷美"的表现中，顺藤摸瓜，一路指点，何处虫蛀，何处腐朽。鲁迅在幽默中包含辛辣，老舍却时寓温情，而温情常常抵消了批评力度。老舍佩服鲁迅"会怒，越怒，文字越好"①，这怒火的背后有一个系统的科学思想指导着批判。唯其科学，鲁迅冷峻而不烂讲宽容。老舍因他对普遍人性善的理解，即使是恶的对象也施与温情的谅解。林语堂则比老舍的幽默缺乏深厚，他以幽默为生活态度，他的绅士身份妨碍他对人世寄深厚情感，因而他的幽默是冲淡的，闲适的。读鲁迅易惊心动魄，读老舍可情入肺腑，读林语堂悦目愉神而难动于心。差异原因仍在乎主观而非语言表达。

我不能说老舍的幽默与其风格绝无联系。老舍幽默可剖为三层面：首先是一种世界观，这与风格无涉；其次是一种特殊的感情呈露方式，这与其深厚感情的风格特征联系至密；最后是他的幽默的文字表达，一如其风格也是活泼灵动的。尽管如此，我们不能把与整体风格一致的地方作为风格本身。

我们还有必要认清老舍艺术世界中幽默占多少比例。很显然，老舍的幽默文字仅是他作品的一个部分。他有通篇幽默的短篇小说，如《抱孙》《开市大吉》，但他无法在中长篇小说、戏剧、长诗中每章每段幽默。《离婚》立意"返归幽默"，老舍在张大哥身上看到可笑，所以能处处幽默；在老李的爱的追求中只能看到可悲，势所必然地从幽默走向悲剧。观点的差异正决定着艺术处理。作者在写作中采用的不同观点，不同经历人物性格的表现，都影响着是否带有幽默的艺术成分。小说中，老舍以第三人称的叙述视点来观人事则常幽默，因为这便于在趣味价值上做判断。一旦叙述主体与人

---

① 老舍：《鲁迅先生逝世两周年纪念》，见《老舍文集》第15卷，人民文学出版社1990年版，第363页。

物主体重合，则很难再从文字上显出幽默来。《小坡的生日》要以童心看世界，洞达事故的幽默无法厕身其间。《月牙儿》《阳光》《丁》以人物的意识内容为叙述出发点，作者不易另以幽默眼光打量世界，故而这些作品都不是幽默的。塑造人物时求幽默效果，冠晓荷、大赤包易而祁瑞宣难，前者出乎其外后者要入乎其中，心理表现与幽默怕是永远不能和谐。即便是老巡警"我"，久历世变，洞悉人情，也很难充分幽默地自我表露。幽默确实难以一贯。它与风格，以中国画比，风格是基本线条而幽默只是点染。线条体现力度、神韵，点染丰富画面的肌理趣味；纯线条能勾勒轮廓，单点染则难以成形；不同画家，线条运用各异，点染也各具特色……。老舍的风格与幽默亦作如是观。

三

我们无须去详究各种风格的定义，重要的是老舍论风格。他赞同"风格便是人格的表现"①。他把作家观察、感觉、表现的过程描述为："独自在自然中采取材料，采来之后，慢慢修正，从字面到心觉，从心觉到字面；所以写出来的是文字，也是灵魂。"②最终归结为"'怎样告诉'便是风格的特点"③。把握住这个特点，老舍确定自己的追求："笔力脆弱的不能打动人心，所以须有一种有力的风格"④，这种"力"就是"文字的感诉力"⑤。体现这个力的特征便是力求文字的清浅、朴实与包容深厚的感情。

确定这种追求的前提有三。首先是根据中国语言的特质。"中国言语，在平常说话中即可看出，本来就是简短的。"⑥朴实即来自简短。所以，老舍"有时想起一个长句子来，总想法子把它断成两三句。这样容易明白，有民族风格"。其次，根据大众的"语言共核"。因为"只有不过分脱离语言社团的期望才能拥有读

---

① 老舍：《文学概论讲义》，见《老舍文集》第15卷，人民文学出版社1990年版，第67页。
② 老舍：《文学概论讲义》，见《老舍文集》第15卷，人民文学出版社1990年版，第70页。
③ 老舍：《文学概论讲义》，见《老舍文集》第15卷，人民文学出版社1990年版，第69页。
④ 老舍：《文学概论讲义》，见《老舍文集》第15卷，人民文学出版社1990年版，第43页。
⑤ 老舍：《文学概论讲义》，见《老舍文集》第15卷，人民文学出版社1990年版，第75页。
⑥ 老舍：《文学概论讲义》，见《老舍文集》第15卷，人民文学出版社1990年版，第85页。

者"①，只有浅俗质朴的用语才能降服大多数读者，所以如何运用好普通的字，做到既浅俗又清新就值得去反复推敲。要"把普通的字用得飘飘欲仙，见出作者的苦心孤诣"。第三，老舍肯定"风格是不能由摹仿而致的，但是练习是应有的功夫"②。这里包含着对传统的借鉴，其途径是"用世界文艺名著来启发，用中国文字去练习"③。《神曲》是给老舍启发最大的著作。但丁用方言俗语创造出独特的美的文字，为意大利文学，也为文艺复兴打下了基础。老舍既钦羡其"灵的文学"的境界，也佩服于他的文字风格。但是作为练习途径的，为老舍后来独特风格的形成提供最重要传统素质来源的，是桐城派散文。

"我的散文学桐城派。"④桐城文章与其风格相通者，正在清浅朴实。"陶诗与桐城派散文都是那么清浅朴实，不尚华丽。……这些饱学之士……有意地避免藻饰，而独辟风格。"⑤桐城派的艺术神髓亦与现代西方美学思想相一致："为追求表现力而使用形容词是一种危险"，"真正表现的特征标志是明了清晰或明白易懂"⑥。将老舍与桐城派的代表们的艺术追求比较，正可以看出他得着了怎样的古典神髓与"活法"。老舍多称"古文义法"、桐城"义法"实质上是对古文的一大总结。《桐城文录·序》分述桐城三家之长，"侍郎以学胜，学博以才胜，郎中以识胜"。以学言，封建蒙蔽之世远不如中西交汇时代之广；以才言，老舍"是中国当代的人杰"（曹禺语）；以识论，桐城派不出经史之道，老舍毕生有所发现。老舍取方苞之严谨精炼，"情辞之动人心目"⑦；刘大櫆之"神气音节"与行文之"简""变"⑧；姚鼐之"净洁而精微"，其行文布局的"纡徐卓荦，搏节隐括"。比刘大櫆，老舍更有诗画人文的气韵图像；比方苞的醇厚，老舍能醇更能肆，豁达恢宏；比姚鼐，于纡徐深厚，重点突出

① 雷蒙德·查普曼：《语言学与文学——文学文体学导论》，王士跃、于晶译，春风文艺出版社1988年版，第21页。

② 老舍：《文学概论讲义》，见《老舍文集》第15卷，人民文学出版社1990年版，第75页。

③ 老舍：《如何接受文学遗产》，见《老舍文集》第15卷，人民文学出版社1990年版，第479页。

④ 老舍：《〈老舍选集〉自序》，见《老舍文集》第16卷，人民文学出版社1991年版，第221页。

⑤ 老舍：《古为今用》，见《老舍文集》第16卷，人民文学出版社1991年版，第522页。

⑥ 科林伍德：《艺术原理》，王至元、陈华中译，中国社会科学出版社1985年版，第125页。

⑦ 方苞：《与程若韩书》，见《方苞集》，上海古籍出版社1990年版，第181页。

⑧ 刘大櫆著，舒芜校点：《论文偶记》，人民文学出版社1959年版，第3~6页。

（卓荦）之外，老舍更有细入毫芒，发人所未见处，于节制（或曰控制，即"搏节"）剪裁（隐括）外，老舍更讲究从心中流出的情调。老舍的艺术参照与创造力都胜于前人。

仅从风格的清浅特征，比较下面两节文字，就可以看出老舍与桐城派之间的承变：

> 在龙泉树，听到了古琴，相当大的一个院子，平房五六间。顺着墙，丛丛绿竹。竹前，老梅两株，瘦硬的枝子伸到窗前。巨杏一株，阴遮半院。绿阴下，一案数椅，彭先生弹琴，查先生吹箫；然后，查先生独奏大琴。[①]
>
> ……左右乔木交荫，老柏数十株，大皆十围，其中厕以亭台佛屋，采色相辉映。月出照水，尤可爱。溪中石大者如马，如羊，如棋局可坐。予与二三子摄衣而登，有童子数人咏而至，不知其姓名，与并坐久之。[②]

两者除静中有动的相同境界之外，更有诸多风韵格调的一致。它们既合方苞所谓"澄清无滓"的行文"气体"，也如老舍所言，文字"澄清如无波的水"；其环境考据，静穆气势，流畅的音节都相类；格调上都富有"温深徐婉"（姚鼐语）"茹远洁适"（曾国藩语）的阴柔气息。二者虽有文言白话之别，但都运用了最为浅俗易懂的文字去取得最大的感诉力。在这一点上，老舍更胜前人。引文下有"在这琴音梅影的院子里，大家的心里却发出了香味"，则是桐城家数中所无。老舍把听觉与味觉相通，又让它们都存乎"心"。

老舍风格的又一特征是朴实。他追求"文字的裸体美"，不事雕饰，行文用字，处处切实，不落虚空，求其返璞归真。同时又不因实而滞涩，力求文字能活泼灵动。《新时代的旧悲剧》里这样绘写人物：

> 掌柜的笑向老东家放射，眼角撩着面车，千层底躲着马尿，脑瓢儿指挥小徒弟去沏茶打手巾。

---

① 老舍：《滇行短记》，见《老舍文集》第14卷，人民文学出版社1989年版，第223页。
② 刘大櫆：《游晋祠记》，见《刘大櫆集》，上海古籍出版社1990年版，第297页。

这是个次要的角色，其动作的表白，细腻如说书。寥寥数语，其身份，性格，才干都跃然纸上。尤其是，这节文字几乎全由名词、动词组成，没有任何修饰，这才正是文字的"裸体美"。四个动词运用最妙："放射"把人物的殷勤与极力表现和盘托出；"撩"字下面藏着他的精明、善照应；"躲"才说出他谨慎、善于保护自身的生意人气质；"指挥"显示着他的身份、气度。仅仅动一下"脑瓢儿"就把掌柜的法度与伙计之间的默契透露出来。几个动作，叙写得灵韵流走，合拢起来，那个八面玲珑，才具出众的掌柜的可爱形象就浮雕般地刻在脑子里了。这种切实的裸体美同样体现在句式的调度上。掌柜的四个动作实则是同时，俗手写来，往往会求整齐而"……一面……一面……"地叙述，那就完全失去了老舍的活力。四个并列分句的主语字面不一，实则都是同一人物，若一例的加上定语，又将呆板下来。老舍的这样的"告诉"方法，把最普遍的文字极出色地运用起来，正是靠这个，老舍区别于同时代的任何作家。

上述澄清浅易的字面并非不能负荷深厚的情感内容，而归真返朴的切实之美正足以显示浑成。这深厚浑成正是老舍风格的第三个特征。老舍文学世界是一个充满深厚凝重感情的世界。因为他知道"诗人必须有渗透事物之心的心，然后才能创造出一个有心有血的活世界"①。这个渗透进去的心就是老舍的真诚人格与感情，这个"有心有血的活世界"正是老舍呕心沥血的文字造成。且看沙子龙的世界：

> 夜静人稀，沙子龙关好了小门，一气把六十四枪刺下来；而后，挂着枪，望着天上的群星，想起当年在野店荒林的威风。叹一口气，用手指慢慢摸着凉滑的枪身，又微微一笑，"不传！不传！"②

只数语，便诞生了一个情感汹涌，灵魂震颤的内心世界。这儿有着沙子龙的一生，往昔今日，功夫犹在，威风何存？枪即是沙子龙的志愿，是他的世界，是他的生命、灵魂的寄托。"挂着枪"，却

---

① 老舍：《文学概论讲义》，见《老舍文集》第15卷，人民文学出版社1990年版，第53页。
② 老舍：《断魂枪》，见《老舍文集》第8卷，人民文学出版社1985年版，第338页。

无法再以此立身，他只能仰天叹息，"手指慢慢摸着凉滑的枪身"，即是他生命与世界接触的象征。英雄末路，凄凉晚景，所以枪也是"凉"的。以往的世界失落了，沙子龙从历史的轨道上"滑"入了被遗忘者的行列。"慢慢"的动作过程与上面的"一气"对照，一种人生处境的深刻体验在这过程中完成了。"微微一笑"，一种自身省视的幽默态度，包含着无可奈何，对而今自身的轻视淡漠，对世界的无能为力。"不传！不传！"一种反复，多重能指：誓愿，慨叹，自嘲，自慰？此时的沙子龙，无逊于乌江边的项羽。老舍把由项羽及今有相似命运遭遇的人的心情都显示在了沙子龙的世界里，使他的深厚凝重又浑然的情感有了恒久的人类意义。唯老舍的笔力，才有如许经济的笔墨，才有如此巨大的情感张力。

概括说来，运用清浅朴实的语言，活泼灵动地诉说一切人、事、物，构成包孕深厚情感的心灵宇宙才是老舍的风格。是它贯串于老舍的一切创作，而非幽默心态。它是主，幽默是宾。风格可渗透在幽默文字的表达中，使它带有情感，活泼生动，使它与总体格调一致。幽默文字依靠风格而有生气，风格却不依赖幽默生存。

老舍的风格与幽默，本是个麻丝般相互纠缠的问题，但愿我理出的这点头绪有助于人们理解这位大家的作品。

（原载《扬州师院学报(社会科学版)》1990年第3期，收入本书时有改动）

新时期小说中的老舍风

　　1981年来，有这样一批作家，写出了一些相近的作品，陈建功"谈天说地"，邓友梅"推陈出旧"，苏叔阳"唱一曲京韵大鼓"①，汪曾祺以简淡京白勾勒京人京事，刘心武在钟鼓楼上看大杂院芸芸众生，冯骥才从武林到闺阁，说得"京津有味"，冯苓植的《虬龙爪》京韵婉转……

　　他们具有这样的群体特征：作品的地域文化背景、题材、人物、语言及审美意蕴都有相近与一致的地方。他们自觉或不自觉地向一个方向努力，几乎是不约而同地在一个中介点上汇集。这个中介，便是老舍。他们知道"老舍以后，再不会有第二个老舍"②，但谁也不否认老舍之风能泽被一代、化合一群，给其后的文学发展以示某种方向。他们大都有一副以上的笔墨，能写"老舍风"的作品，也能成就另一种气度的艺术。我们没有理由在这个时代只允许作家作单一方向的探索。但这并不妨碍他们与老舍共同整合，形成一个相对独立的系统。

一

　　为什么在新时期文学中出现这样一些作品与老舍整合构成这样的系统？其文学自身原因与外部因素是什么？又是怎样作用的？

　　这里有个现当代文学宏观研究的前提。整个中国现代文学，对当代文学，特别是新时期文学，发生着不可忽略的重要影响。鲁迅小说呈露的对民族前途的忧虑意识，对封建病态文化的剖析、抨击，深深地积淀在整个新一代作家思想意识的底层；茅盾的社会分

---

　　① 苏叔阳：《秋风也让人快乐》，百花文艺出版社2002年版，第25页。
　　② 苏叔阳：《秋风也让人快乐》，百花文艺出版社2002年版，第23页。

析小说做法为许多功用目的明确的小说作者所取法；"文学湘军"承接沈从文；汪曾祺（前期）、何立伟师法冯文炳抒情小说；赵树理的"山药蛋派"、孙犁的"荷花淀派"在17年里一直占主导影响地位，并延续至新时期。老舍正是同他们一起作用于当今文学创作的，这些平行的子系统从旁证明了老舍为代表的子系统存在的可能与必然性。

这一系统是新文学民族化发展递嬗的必然。新中国成立后17年的文学民族化的发展基本沿着赵树理的方向前进。作家们注目较多的是小农化社会向集体化过渡中的政治态度、生活面貌的变迁，所刻画的人物是风霜煎熬中过来的老一辈与受到新教育成长起来的新一代。小说组织仍是由章回体脱胎出来的叙事形式，在作品中"事"的因素远远压倒"人"的意识与心理。于是，人们所见到的17年民族小说是超稳态发展的中国章回小说的变体。这种形式已远不能跟上现代社会的文学发展要求。我们的目的绝非是下"李杜优劣论"的判断，扬老舍而抑赵树理。赵树理以农民语言写农民，以民族最喜闻乐见的形式去争取中国最广大的读者阶层。但是，他只是在古老陈旧的形式中有选择地吸收，立志做"文摊作家"，对他的追随者来说，问题是近亲繁殖，积久退化，无法拿出匹敌世界文学潮流的作品来。民族化实质已处于停滞的危机阶段。老舍从中西文学汲取精华，早在20世纪30年代就创造出一种现代化的民族化小说来。这文苑奇葩直到重新开放，才为人们所认识。这种新的民族形式除语言、题材而外，真正写出了时代变动中的中国人的心态，是一种重民族文化心理、重人的精神灵魂的民族形式。人们为完成这一认识花去了半个世纪。这是评论家的责任，也是不肯睁开眼去看的人的悲剧。新时期的这一批作家们，一旦援老舍之手登上一个新的文学自省高度，便欣喜地发现了自身所处的优越地位，等待着他们去做的就是沿着老舍现代化民族化方向去"写我们民族的生活和心灵"①。这群带"老舍风"的小说创作正是不同程度地实现了现代化的民族化，同时又为自身文学系统的构建创造了实绩，奠定了基础。

---

① 苏叔阳：《秋风也让人快乐》，百花文艺出版社2002年版，第25页。

　　没有老舍，就没有这样一个文学系统；没有新时期的文学反思，就没有对老舍的重新认识。这一系统是在新时期文学反思过程中构建成功的，同时也正是由这些进行反思的作家们共同用创作证明了对老舍的新认识的重要性与必要性。他们在现代化的反思过程中与老舍一拍即合，共同整合成了这一系统，它含因果关系，更是相关关系，有遗传，也有变异。有了老舍的启示，才有这群"老舍风"的生机勃勃的作品；有了新的作家群，又使老舍不致冷落成一个历史人物，他们的作品里渗进了老舍的血，老舍活在新时期的创作中，而不只存在于文学史内。反思到老舍的价值，经历了一个由"反思的文学"到"文学的反思"的过程。人们逐渐意识到除了社会、政治认识价值而外的文学自身的其他审美素质，于是开始了"反思的文学"向"文学的反思"的支点转移。进入"文学的反思"后，小说自身的形式被广泛地注意了，人们向中外文学广泛借鉴，当一批作家遥望老舍这座现代化民族文学宫殿时，他们被深深地震撼了，心中的一股暧昧追求明朗化了。人们仰视、透视、注目于每一个外观结构，逐渐地向它的堂殿迈进，以期登堂入室。他们在反思中达成了对现代化的民族化小说的认识，在创作中确定了自己的追求，在方向一致的追求中完成了这一系统的构建。

　　这个系统的形成还是20世纪前后两次东西方文化交流撞击的凝聚物，凝聚中的差异恰又丰富了这一系统的内涵。"人类进化的历史决定他成了一种文化生物"[1]，当新时期作家拓宽眼界，将主体认识深入世界人类文化、民族文化领域的时候，他们又惊讶地发现，原来老舍早已走在了他们前面。老舍首先抓住了这个民族精神文化的神髓，他的"高明在于他的民族化是中西方文化撞击下的民族化……他对北京人的思维方式……全都体味透了"[2]。老舍由文化角度看中国近代史，特别是在京旗人的近代生活，认为这是一个"文化过熟"的阶段，因而出现了病态的社会文化现象，生活在这样的文化环境中的子民们，提高了饮食、游戏的文化，"可是对天下大事一无所知"[3]，永远身处被动位置而不自觉。从文化角度看现实，

①E·拉兹洛：《用系统的观点看世界》，闵家胤译，中国社会科学出版社1985年版，第90页。

②《老舍创作讨论会·陈建功发言》，见1986年第10期《北京文学》。

③老舍：《正红旗下》，见《老舍文集》第7卷，人民文学出版社1984年版，第197页。

他摆脱了国人"身在庐山中"的局限（参见《四世同堂》第100页），既生活在中国文化中，又亲身体验过西方文化，所以能从中西文化的交汇中去把握它，形象地表现在自己的创作中。

当然这还仅是老舍对隐型文化的发掘，若再加上他对显型文化的表现，那真是洋洋大观了。首都的典型中国文化生活模式，旗人的贵族文化，下层人们共奉的俗文化，构成了一种特殊的生活气息——北京味儿。光是这一点，就激起了新时期多少作家起而效尤。我们既可以看到老舍的成就与现阶段作家交相辉映；也可以看到他们在审视这种民族文化时心理准备的差异。老舍明白病态文化的必然灭亡，可是对取代而来的半殖民地文化（并非是代表人类进步的某些西方文化），又抱一种痛恶的态度，不由地产生一种对逝去的或正在成为过去的文化的恋惜，所以老舍在表现这种文化时处于一种入世的、形而下的不无痛楚的心理状态中。今天的作家在追溯摹绘这种文化时，带有一种历史距离，他们往往以审美的态度去再现，隐隐地透露出一种形而上的超越精神。对那种已经逝去了的文化现象，历史已经做出了结论，所以他们没有那种对未来无从把握的痛苦，代之以一种对客观历史轨迹体认时的历史特点。这一批新时期作家们对现阶段民族文化的再现与表现，在民族生活上体现着系统的宏观决定性，在现代意识投射上体现着系统的功能自主性，对老舍既有继承又有变异。

总之，这一系统是既出于新时期文学"现代化的民族化"的追求，又在反思过程中加深文学自身认识，并服从于新的社会文化背景，最终付诸文学创作的积极的成果。

二

考察了系统的外部关系，我们转入系统内部来，看这一批新时期作家与老舍的具体相关关系。他们师承、借鉴老舍，潜移默化受其影响，又立足于新的历史时期，在不同环境下有自己的独立追求，使这一系统按现代化的民族化方向螺旋式地上升发展。

邓友梅的《那五》《烟壶》，客观上直承《正红旗下》，写旗人的没落与谋生。人物的类型与为他们安排的出路也与老舍同辙：那五走着大姐夫多甫的道，马世保继踵福海二哥。他们写了民族处于同一背景上的生活变迁。邓友梅比老舍更自觉地追求北京味儿。他的认识价值的追求在于：写北京人……的昨天与今天，也展望明天①，这与老舍写小人物，"用他们生活上的变迁反映社会的变迁"②相谋合。然而如何写北京味儿的民风、习俗、人情世相，邓友梅与老舍有着差异。老舍写北京诸色，与民族传统文化心理相应，无一处不与人物的精神世界息息相通，是人物心泉的暗流。老舍即使对传统文化风物作审美性观照描摹，也构成一种灵氛裹挟着人物。《四世同堂》，老舍写北京端阳节的樱桃、桑葚与粽子，清夏平和中的花、草、书场，中秋的兔儿爷，等等，都在韵梅与祈老人心中激起深刻的反响。他们失去了日常风俗生活，也失去了一个精神寄托的世界。老舍这是用表现手法写风俗，邓友梅却大都以再现手法来写，独立完整地再现一种逝去的风物。在叙述修辞方面，老舍将风俗世相与塑造人物、发展情节经纬交叉，有机地组织起来；邓友梅的风俗画富有强烈的装饰意味。他在为历史教科书作点注脚与插图，为民俗学与风俗提供一点研究资料③。他的美学追求是古色古香。他与老舍在不同的价值体系引导下，对民俗文化的取舍判断不一样。旧中国人生活的文化环境，在一个谋求思想界变革、关心时代变动的人来看，是封建意识的温床，民族惰性的土壤，必得时而抨击之；而对一个处于相对稳定的治世，有闲性逸致的人来说，那已死的和方生未死的民俗习惯都可以像博物收藏一样地再现在作品中，以聊备一格。邓友梅以古董收藏家的态度罗致民俗文化，老舍以文化人类学的视角剖析风俗人情如何关涉人类社会的发展。邓友梅有民族生活的浓郁实感，老舍更具现代化的人物意识内容。

冯骥才也写逝去的历史文化，豁达而有野性。他起码有三个方面的探索，"老舍风"仅占其一，其气韵生动不减于在京作家，又独具一股津味。《三寸金莲》是一部剖析、展示病态文化与这种文化对

---

① 邓友梅：《邓友梅集·一点探索》，海峡文艺出版社1986年版，第338页。

② 老舍：《答复有关〈茶馆〉的几个问题》，见胡絜青编《老舍论创作》，上海文艺出版社1980年版，第173页。

③ 邓友梅：《邓友梅集·一点探索》，海峡文艺出版社1986年版，第338页。

人的身心戕害的作品。"小脚是纤巧的美，也是种文化病，有了病的文化才承认这种不自然的现象，而且称之为美"①，"把人为的强制的硬扭的酿成化成炼就成一种公认的神圣的美的法则"②。在表现民族文化的方面上，老舍又一次与新时期作家不谋而合了。戈香莲是个具有隐幽内心的人物。她把强加的变成自觉，付出了精神与肉体的双重痛苦，打下了莲界天下，又自称保莲女士与天足会抗衡。也是她，具有一种潜在意识的自拔，宁可骨肉分离，不让自己的女儿步自己的后尘受缠足之苦。女儿竟成了天足会长，她造就了自己的敌人。时代的潮涌与宿命的打击使她精神崩溃，魂归幽冥。

冯苓植《虬龙爪》把逝去的时代的遗迹与现实文化继承交织比较，写出了不同时代人对传统文化的不同态度。关老爷子，这个旧时代的遗老，把玩鸟儿当着宗教一般地崇奉，非鸟儿无以为生。他还于消闲遣兴之外，像职业行帮一样来排座次，讲规程。最终，因鸟儿的一声"脏口"，他送了命。他继承了"正翁""多甫"（《正红旗下》）养鸟儿的文化，又继承了他们的价值观念，到了新时期仍不知道变通，颇有点老舍《新时代的旧悲剧》中陈老先生的况味。冯苓植送走了一个旧日的幽魂。关老爷子的鸟，恰如沙子龙的"枪"，祥子的"车"，辛德治的"字号"，成了人的精神生活的外在现象。

如果说上述诸家是现代化的民族化道路上与老舍不期而遇，那么下述作家就是有意识地踵其步武了。苏叔阳充满虔敬之情学老舍，奉作"规范"。汪曾祺认为："一个国家的文学，一个民族的文学，有两个东西没法否定掉：一是你写的是这个国土上的人和事；二是得用这个民族的语言来表述。"③他写里下河、写北京，他研究老舍"在北京话的基础上创造出了……独有语言"④。汪曾祺借鉴有数量更有质量，苏叔阳的学习全面有收获。他俩的同一题材的小说《八月骄阳》与《老舍之死》可作我们理解二人与老舍关系的契机。

---

① 老舍：《我怎样写〈离婚〉》，见胡絜青编《老舍论创作》，上海文艺出版社1980年版，第32页。

② 冯骥才：《我为什么写〈三寸金莲〉》，见《灰空间》，江苏文艺出版社1993年版，第259页。

③ 汪曾祺、林斤澜：《社会性·小说技巧》，见1987年3期《人民文学》。

④ 《老舍创作讨论会·汪曾祺发言》，见1986年10期《北京文学》。

汪曾祺的《八月骄阳》以虚写实，老舍登场的篇幅有限，但精神气蕴都有。他设计了三个人物来傍衬老舍：张百顺，拉过洋车、卖过白薯；刘百利，唱戏的；顾止庵，教书的。老舍一生中最着力描绘过的人物都给他送葬来了。老舍因他们而活，活在他们心中，老舍的精神充溢在字里行间。这高明的叙述语言也切近老舍，如一弯月牙儿注满人间辛酸，一幅"字号"刻上人生全部价值，四时八节写着北京人的灵魂……。汪曾祺的中和态度，决定了他的语言近乎老舍的精炼、简淡、传神、蕴藉、亲切，而不取其沉郁、恣肆。他的语言比老舍是更本分的民族化色调。他幽幽道来，《云致秋行状》比《我这一辈子》和缓而少沉痛，《安乐居》短短一篇，竟写活了十来个人。

苏叔阳通过老舍来实现自身的民族化。他的《老舍之死》叙述中含幽默刺世，以太平湖象征老舍之魂，造出了一个《微神》式的真幻莫辨的境界……他写现时代的生活变化，是把老舍的血液输入新时期文学的最力者之一。他也写老舍惯常表现的时代落伍者，《傻二舅》写执迷不悟的怀旧心理定势；《我是一个零》，写一个终生未能闻达的老艺术家对逝去时代的追忆，悲壮却不惨淡，充满老舍式的人情味。《老少木匠》的写法让人不由地想起《黑白李》《爆肚》《改行》，活泼粗犷如《开市大吉》。《死前》，在幽默中刻画出一种深含奴性的人格来。苏叔阳的现代化努力却另是一副笔墨。

汪曾祺除偏重于老舍的民族化语言外，仍保持自身的笔记、抒情小说的优势，结构散而意味隽永。他多写久远的回忆，因而缺乏现代人的灵魂的痛苦，即使是痛苦，他也冲淡地来写。苏叔阳下笔气旺，不似老舍那般注重"节制"。幽默，他也不同于老舍的宽容、温厚，总是带着一种显着尖刻的愤然之气。他们的幽默价值取向有异：苏叔阳的幽默接近讽刺，着落于社会现象，务求犀利；老舍的幽默大都往人情里钻，必得"和颜悦色，心宽气朗"[①]，得不着心宽气朗，便不得不有《离婚》那样"带着点酸味"[②]的幽默。诚然，阿里士多芬的人民是自由的人民，只有真正获取心灵自由的时代，才会有"'底气'

---

① 老舍：《谈幽默》，见胡絜青编《老舍论创作》，上海文艺出版社1980年版，第74页。
② 老舍：《谈幽默》，见胡絜青编《老舍论创作》，上海文艺出版社1980年版，第32页。

坚实，粗野一些"①的幽默。至于怎样把这种拉伯雷式的幽默改造成民族化的理想的幽默，至今仍是不易解决的难题。

陈建功在民族化与现代化的结合上最接近老舍小说的精神核心，表现民族心理：京味儿之魂和激荡时代里的个人精神痛苦。老舍写了旗人自得其乐的心气平和，更多地写了现代人的精神痛苦。祥子三起三落，所有的追求失败后，只好自甘堕落，痛苦在内心。祁瑞宣挣不脱传统文化的约束，苟且地活在敌蹄下，辗得心上出血。陈建功写新北京《辘轳把胡同9号》《找乐》《卷毛》，都注重人物的精神世界。韩德来这个被历史抛下的人的精神状态、心灵悲剧，远远超出了辘轳把胡同与小羊圈胡同相仿，9号、10号住宅是大杂院的意义。这个精神愚昧者，离开了那个乾坤颠倒的愚弄人的时代，便像鱼儿离了水，他"想起了，当年事好不惨然"，像沙子龙失去了走镖时代，祁老人失去了清平世界，精神的失落是他最大的悲剧。在他的失落里，折射出了时代的光明。李忠祥老头一生辛苦，晚年找个乐子，唱一嗓子，可就碍着了儿子谈对象。他不忍让谁闷着、气着、冷落了，可自己倒乐不起来。就像张大哥是所有人的大哥，为我们代办一切，可是解决不了自己儿女的问题。李忠祥不能自解，更甭说助贺鑫一臂之力了。贺鑫也像老李一样闹离婚，老李实有其事，但挡不住张大哥、邱太太者流的劝合，妥协了；贺鑫在连浪漫的幻想也不曾敢有，却也架不住领导的挟制，众口的毁铄，连科研工作也丢了。这一点，实在看不出贺鑫的处境较老李好了多少。由于精神悲剧的沟通，陈建功小说结尾也都具有老舍的开放型结构的特点。卷毛儿卢森考虑着：怎么活！"活劲！"怎么活出个劲头来？结尾给不出答案。陈建功比老舍的现代化更进了一步，对个人精神悲剧的考虑更有了抽象的哲学意味，更多了一种后期现代主义式的撕掳不开的自我缠结。

刘心武说："老舍是我最热爱的作家之一"，"潜移默化的影响，当然是有的"②。不过，他还没有化去老舍风的全部痕迹。《柳叶桃》《没有门牌的小院里》《钟鼓楼》是现代化的大杂院生活描写。

---

① 老舍：《我怎样写〈离婚〉》，见胡絜青编《老舍论创作》，上海文艺出版社1980年版，第32页。

② 刘心武：《我写〈钟鼓楼〉》，见《斜坡文谈》，上海文艺出版社1987年版，第93页。

他在《钟鼓楼》中强调的历史感，也不少见于《正红旗下》《四世同堂》，不同的是老舍出发点是人类文化，刘心武的出发点是社会历史规律。更多的潜移默化的影响是介于与"老舍风"的似与不似之间，谌容的《减去十岁》，在荒诞的前提下以犷放的幽默外观出现，实质仍是那种带酸味的幽默，张洁《他有什么病》的京调叙述语言，王蒙《相见时难》中的北京风俗画，处处可见老舍之风的浸润。

老舍风小说系统是开放性的，它没有固定半径，其动态平衡倾侧于强化、扩大。越处于系统边缘越与其他系统的质相融合，故而老舍风系统波及的就不只局限于京津地域，它终将与新时期所有现代化的民族追求的作家相融合起来，铸成整体的现代化民族化的新文学。

三

既然这一系统是开放的，我们就得注意它的发展所涉及的一些问题。

应该清楚，这一系统内的作家虽然都自觉不自觉地朝着现代化的民族化方向发展，但他们的主体意识追求仍有着细微的差别，即使对老舍的认识也存在着差异与偏颇。我们不能把老舍的民族化编狭地理解成北京味的风俗文化，去应和助长某种趣味的嗜好。今天已形成了一种趣味的嗜好，相当多的人热衷于挖掘京味题材。一味提倡重视"味"，必得竭力以事实来敷衍，结果便出现了《古董张》《天桥演义》类的通俗小说。这类作品目的在于争奇斗艳，靠最外在的声色吸引读者，失却了"人"这个文学的出发点与旨归，与老舍的现代化文学追求有本质差异。"小说，我们要记住了，是感情的纪录，不是事实的重述。"①那种连绵、层出的事实的作品，虽然不乏趣味，但中心不在"人"，从文学的现代化来说，是一种倒退的产品。老舍认为："小说中的人与事是相互为用的"②。他偏重于人格与心理的描写，由"人物领导着事实前进"③，既不让事实情节喧

---

① 老舍：《事实的运用》，见胡絜青编《老舍论创作》，上海文艺出版社1980年版，第91页。
② 老舍：《事实的运用》，见胡絜青编《老舍论创作》，上海文艺出版社1980年版，第90页。
③ 老舍：《事实的运用》，见胡絜青编《老舍论创作》，上海文艺出版社1980年版，第90页。

宾夺主，也不让情节淡化到无。《古董张》与"画儿韩"争面子，不无钦服地描写了旧商人的门槛、争利坑害的手段，没有人格也没有灵魂。《天桥演义》写天桥味、天桥史，充其量是比较好的风俗志辅助读物。这种把文学变成另一种文化学科的附庸的做法，既违反文学自身规律，也与老舍的追求相悖。老舍谈及欧洲中古史诗时说：它们的历史的、地方的、民俗的价值也许胜过了文艺的，可是我们的目的是文艺的呀①。所以这类作品与老舍风小说系统无缘。即使勉强联系，价值也如老舍所说："十续《施公案》，反不如一个武松的价值。"②如不清醒地从"味"的迷狂与文化骸骨的耽思中解脱出来，有可能走到通俗小说的路途上去。

我们也不能把老舍的民族化理解为"俗、白"，而忽视其现代化内涵。老舍是由俗入雅，又归真返朴而通于俗。老舍的文学启蒙里也许有俗文学因素，读小学时他便和罗常培听评书去，十二三岁读《三侠剑》《绿牡丹》，然而，他从不曾学唱过这种不是"真的社会与人生"的二簧戏。他从希腊文学中"看到了那最活泼而又最悲郁的希腊人的理智与感情的冲突，和文艺的形式与内容的和谐"，希腊人灵魂中的"美"；从但丁那儿"明白了肉体与灵魂的关系……文艺的真正的深度"；他明辨拉伯雷的粗壮与近代文学的细腻并想把它们融汇在一起；更重要的是狄更斯的人道主义，康拉德的伟大人格，梅瑞狄斯、劳伦斯、亨利·詹姆斯及其他一些前现代主义作家的内心深度给他的小说创作以直接示范。而《金瓶梅》《儒林外史》类的"人"的意识蒙眬觉醒的中国古典小说又给了他潜在深刻影响。此类艺术修养与通俗文学技艺诚有霄壤之别。要说老舍"俗"，那是题材：老北京城、大杂院、人力车夫、娼妓、杂色人等，三教九流。然而，文学创作的关键不在材料，老舍正是以学贯中西，融汇古今的艺术手腕来处理这些俗人俗事，使他们作品赢得最超俗的格调。没有老舍，这些市民形象是不可能以如此完美的"人"的精神面貌立足于新文学画廊里的。老舍之俗，是最脱俗的现代化品格。

老舍之"白"实为他的语言指义指象功能的显著，运用这种语

---

① 老舍：《写与读》，见曾广灿、吴怀斌编《老舍研究资料（上）》，北京十月文艺出版社1985年版，第491页。

② 老舍：《人物的描写》，见胡絜青编《老舍论创作》，上海文艺出版社1980年版，第83页。

言，老舍塑造各式复杂人物，条畅明白地叙事，挖掘着似寻常的事物的深厚的底蕴。老舍的"白"，是炉火纯青。他的语言功力既得自日常生活，更得自东西方文学语言的熏陶。他从烂熟《离骚》的过程中，体会出荡气回肠的感染力，从学桐城派散文中练就简约辞章，从陆游的诗中觅得雄慨与纤丽，续从吴梅村习成风华绮丽与激荡苍凉。诗歌与大鼓书又同时培养出他对文学音韵节奏的把握；精通英语又使他揣摩得另一种语言的表现力，并同化到自己的母语中来。这一整套的修炼工夫又何能以一地乡音土语来范围呢？汪曾祺小说用语苦心经营，上追《世说新语》、韩文公辞质，兼览《梦溪笔谈》，近学鲁迅、冯文炳，终于投青眼于老舍，可谓众里寻它千百度了。谓老舍语言为北京土白，是皮相之见，也与老舍非欲以婢为主妇[①]愿违。

通过老舍俗、白质地的揭示，我们得窥老舍的艺术渊源与语言修养的根基，明白老舍纯文学的价值，其目的有二：一是不让老舍风小说系统部分地滑向通俗文学；一是昭示人们老舍研究的表面化。这种研究的不足，对老舍意义、价值认识的不充分、不全面，都有碍于这一系统的发展。也正因为这点，目前老舍风小说普遍水准还未取得可以成就的水平。但现代化的民族方向却是不能动摇。为明确坚定这个方向，我们还得拿老舍与目前文坛的主导倾向作个比较。

新时期小说，目前占较大创作比重的是被概括为"向内转"的作品。淡化的"三无"小说体现出一种强烈的趋向，追求表现作家体验、感觉、想象、幻想，追求更深入地发掘人的内在精神世界。作家们较多地借鉴于西方现代派小说与后现代派，经与本民族生活某种限度的化合以后，确实给新文学提供了一批具有新质的试验产品。他们处于前现代化生活水平的土壤上实验现代、超现代化的艺术品种也不应非议，因为上层建筑与经济基础之间的平衡本来就是相对的。但将如此丰富、五彩斑斓的外在生活弃而不取却是很可惜的，再说，钻入玄虚的精神现象世界里把它当作唯一的生活来表现，与中国人的精神探索与痛苦也是不太一致的。即使写得成功，

[①] 老舍：《释"通俗"》，见曾广灿、吴怀斌编《老舍研究资料（上）》，北京十月文艺出版社1985年版，第439页。

也仅只代表了一群先觉者罢了。

而相反的表现外在的小说，"纪实小说"是个还未被认可的变体，此外，要么是持传统现实主义（细节科学）方法的作品（其量甚微，这样的老作家现在多持半缄默态度），要么就是上文化所说的那种只重事不重人的通俗小说了。而这种作品中有点文化意识的已是极品，另外的大众娱乐性小说则常常不免染有商业色彩。

这两种现象似乎都各执一端，不愿尽文学艺术的自身职责。本来诗人必须从心和外表两方面去认识人类生活，把广阔的世界及其纷纭万象吸收到他们的自我里去，对他们起同情共鸣，深入体验，使他们深刻化和明朗化[①]。应该说，老舍尽到了这种本分。他的作品大多数是完美的内外结合体。

他与当今文学探索者取法异域文艺也有差别。他博览纵观，从古希腊到新浪漫主义（包括部分现代主义前期作家），无论哪种思潮与流派的作品，凡关涉到人的情感灵魂的艺术，他都吸收融入自己的创作，并把这种"内在"的表现与"外在"的再现完美地结合起来。而当今文坛上"向内转"的相当一些作家是从现代派的一家或数家中学习一些东西，往往顾"内"不及"外"。这样的面向世界的精神，比之于老舍就显得狭隘了。可以想象，由狭隘的通道吸收，也就不会从这个通道中推出有巨大艺术容量的走向世界的作家来。

通过比较，弄清老舍式的创作在当今文学中切合生活的优越地位，不仅对老舍风小说系统有指导意义，而且根据他们辅成整个新时期文学的现代化民族化的方式，值得整个文坛作进一步文学反思的参照。此外，老舍创作中东西方文化交融还给这个系统的作家和整个新时期小说家提出了一个丰富、完整自身知识结构的要求。学习老舍那样的学者化，知其然，更知其所以然。这样在完成发展老舍风小说系统时，不仅学习取法老舍之形，还要取法其神，法其所法，法其所未法，在新的高度上形成老舍风，在这个灵活的动态系统内确定自身的更高的规范，给小说价值标准重新定向，以期超越。

---

① 黑格尔：《美学》第3卷（下），商务印书馆1981年版，第54页。

通过老舍的自我完成，我们还可以达成对文学民族化的进一步反思。无疑，老舍是人民艺术家，民族化代表作家，但老舍的民族化却是化大量的西方文学素养入本民族而后成。这就启示我们，健康强壮的民族化绝不是能够依靠自身分蘖成近亲繁殖来实现，这是化入本民族乃民族化中极重要的一环。对来自西方的现代派文学，我们不惧乎食，而惧乎偏食。兼收各种营养而达于化境，对民族文学大有补益。我们的民族素来对外来文化有很强的同化能力。被朱自清称为第一个翻译时代的佛经译介，让大量的西域文化融入了中国文学土壤，助成了我国历史上的文学鼎盛时期，培育众多诗文大家；新文化运动以来的又一个翻译时代（详见朱自清《经典常谈》第十三节），又将大量的西方文学素质植入了我们体内，成就了鲁迅、老舍这样的大家。今天的新文学作家，无论谁谈民族化，他自身都是自觉不自觉地化入西方文学素质的产物，真正弘扬民族文化的人，必得拿出恢弘气度。汪曾祺所论的国土上人与事及民族语言诚为很重要的种子与土壤，然而这并不就能够结出极致的艺术花果来。文学不只是语言载体与所载物自身完成的，其间关系的处置才是艺术成就的真正要素。今天的作家，处于新的开放时期，没有理由再把自己局限起来。

这个时代不仅是历史的延续，更是现实的创造。老舍风小说系统的现代化、民族化，本身即是变革与传统的结合，它容易受着稳定、半稳定与不稳定的艺术风貌的影响。它的配位分界（coordinating inferface）的模糊性，既允许冯骥才那样的两栖探索写武侠生涯，也肯让王蒙等偶尔侧身其间。只是系统的质与方向不移。

本文不是呆板的流派论，也没有对"老舍风"严加界定。我只求在宏观背景下对一个自在的作家、作家群体作出总体描述，勾勒出群体努力的轮廓、趋向及相互关系，以期在客观文艺规律下明确一个方向，促其由自在向自为发展。即或言中一点创作界脉相，诚为文坛与老舍之幸。

（原载《当代作家评论》1988年第6期，收入本书时有改动）

老舍创作生命的自主与持续

　　在20世纪里，中国现代作家的创作生命与国家政权变更、国族关系的改变、国际与国内的政局变化或战争、意识形态主流转向等有密切而又复杂的关系，各时段作家的创作生命或被激发或被扼制。在此语境中，人皆受其影响，不可能存在创作生命绝对独立自由的高蹈。充分承受这种影响的作家是老舍，本文以他作为中国现代文学史上作家创造自主性的抽样分析。因为他的创作生命持续经历了多样政治背景与历史阶段，他秉持独立不倚的处世原则，但因其生活经验、创作成就与所处体制中的地位而不得不与各种人物和力量保持不即不离的关系。境遇让作家创作的自主与持续不可避免地经受考验。

　　老舍的真正身份是作家[①]，他以生命维持创作的自主尊严，更将文学创作的生命力与普通民众生存与共，映现国家、民族的政治现代性语境，因此其独立创造和对现代历史语境的阐释价值更为彰显。老舍有别于多数中国现代作家的后半生，他们少有能够持续创作、自主表达，而老舍文学创作的生命力延续到20世纪50年代，并且有《茶馆》那样的伟构；老舍却又不能例外，其创作生命先于自然生命在高峰期戛然而止。值得关注的问题是：一代中国作家曾一致地映现出20世纪中国文学史上的"非持续性"，显示了从事文学创作的知识分子在强大的外力冲撞挤压下的非自主性危机。老舍近40年文学创作生命中的努力持续与挣扎自主，是他作为文学/文化政治研究的特殊价值。本文在论者习惯的文本内部研究之外另辟一途，由老舍历年元旦的作品发表和创作活动与政治文化环境的关系入手[②]，讨论其创作生命的自主与持续所关涉的复杂的中国现代性

---

　　① 老舍一生担任的社会工作让他拥有几十个头衔，而他自己用以标志身份的只是作家。
　　② 表格的列举，因张桂兴先生的《老舍年谱》（上海文艺出版社2005年版）而得到便利。

问题。其中包含：个体生命的创造自由与社会独立，民族危机与全民抗战中如何牺牲个人自主和坚持艺术创造，出自平民感情对新政权的"歌德"和独立反思的艺术创造中呈现的中国政治现代性与人性的被动承受。

写家身份与生命阶段

一个人持续半辈子，在同一时间做同样的事情，必定是他生命中内在化的不可动摇之事，换而言之，其生命中有一股不可抑制的动力非从事它不可，他深深地认同于所从事的行当并为明确这个身份而自豪。老舍是最显著的例证，他以写作为业，几十年里都在元旦当日发表作品、从事写家的工作。为此我作了统计表：

老舍元旦作品发表与创作调查

年份	作品体裁	数量	作品名称
1933	散文、短篇小说、杂文、新诗	5	《一天》《爱的小鬼》《新年的梦想》《慈母》《热包子》
1934	短篇小说、杂文	7	《黑白李》《铁牛与病鸭》《也是三角》《特大的新年》《新年醉话》《新年的二重性格》《个人计划》
1935	短篇小说、翻译	4	《末一块钱》《老年的浪漫》《裕兴池里》《战壕脚》
1936	自述	1	《我怎样写短篇小说》（青岛）
1937	无		10日的讲演说到"国难"，"在这混乱社会里生命不知何时就完"
1938	论文	1	《写家们联合起来》
1939	新诗、散文诗	2	《一九三九元旦》、《贺新年》（抗战宣传）
1940	论文、散文	2	《抗战戏剧的发展与困难》《向王礼锡先生的遗像致敬》
1941	自述、话剧、杂文、新诗	4	《三年写作自述》《张自忠》《元旦铭》《在民国三十年元旦写出我自己的希望》《胜利之年》
1942	报告	1	《民国三十年"文协"会务略报》（没有个人标志）
1943	祝寿诗（合撰）	1	《沈衡山先生七十寿辰》群体，参与，写而不发　1月4日《对三十二年文艺界的希望》
1944	序言、杂文、散文	4	《火葬·序》《新禧！新禧！》《一年之计在于春》《过年》在5日发表
1945	无		贫困与储蓄思想
1946	旧体诗	1	《白云寺》
1947—1949	无		在美国。主要工作是翻译自己的作品，同时完成《四世同堂》和 *Drum Singer* 的创作

续表

年份	作品体裁	数量	作品名称
1950	散文	1	《美国人的苦闷》
1951	散文、杂文	2	《元旦》自我更新、《方珍珠》首演
1952	曲剧	1	《柳树井》。这一年里大部分时间用于十稿《春华秋实》
1953	无		6号，写信给胡乔木，提到应"给够用的时间"
1954	无		在朝鲜三个多月，听意见，再修改，后发表
1955	长篇	1	《无名高地有了名》开始连载。比腿疼更大的痛苦，没有时间
1956	快板诗、创作谈	2	《贺新年》、《壮大青年作家的队伍》给青年贺词，歌颂性，没有个人的愿望与计划，不提《茶馆》，1月8号《西望长安》
1957	杂文	1	《人长一岁 事进千里》（无奈的时间问题，身份的怀疑与冲突）
1958	散文、书信、杂文、旧体诗	5	《贺年》《新禧》《恭祝日本青年朋友新年好》《元旦试笔》《三点期望》抽象的劳动，家事国事天下事
1959	散文、旧体诗	3	《元旦放歌》《越看越高兴》《元旦高兴》 一例地是放眼全国与世界，没有了个人
1960	创作经验	1	《我怎样投稿》（谈废稿与不断创作，扔了许多稿子）
1961	创作谈	1	《读王培珍的日记》劳动与创作时间的关系，一次自我否定《贺新年》到1月30日才发表出来
1962	创作谈	1	《试笔》（讲"勤"与"独创"）
1963	杂文	1	《可喜的寂寞》文学的寂寞，希望写科学的小说
1964	写字		不说写了什么
1965	无言		
1966	写信		致日本作家的信，写成，未发出，另一种形式的否定

　　这份统计的对象是作家在某一时刻的文学活动与成绩，其用场不在文艺观念与作品阐释，而是标志作家活动与社会文化政治环境的互动，重心在文化批评。它的重要提示功能是：第一，明确"自我"。老舍几十年来坚持明确身份，告诉大家：我是个写家，正在写作，新年第一天，我就把这些作品献给读者。但是抗战而后，他在这一天展示的创作成绩少了。第二，重视"时间"。老舍必须和刊物、报纸约定，一定得在元旦这一天发表这些作品。它是新年明志，接近平民辞旧迎新的方式。看重新历"元旦"而不是春节，既有他受师范新知教育的背景，也不脱平民百姓"一年之计在于春"的勤劳本性和一元复始万象更新的吉祥意愿。第三，生命持恒。它是持之以恒的生命状态：每年之初，检讨过去的创作成绩，计划和

展望新年创作，数十年如一日。一个有相当知名度的作家，向社会公告自己的计划，反过来也是对自身督促的压力。创造新的文艺作品是老舍的最大志愿，一旦中辍，绝非己愿。第四，虚掷、无言与绝望。那些放弃习惯的"元旦空白"，老舍无言，他没有了大作品、无法进行大的创作计划，只能写些短文，不由自主地被虚掷时间，内心煎熬。持续/中断、自主/放弃，都说明了中国作家在特定政治文化语境中的反应与行为方式。这些是本文探讨问题的基础。

首先必须明白，这一习惯为什么是从1933年开始，统计内容以前的作家老舍是如何表达自己的？这里列出的是老舍主要创作生涯的国内时段，从1926年在英国写作发表《老张的哲学》到1932年间，老舍成为有影响的小说家的那几年未曾列入。老舍在英国写小说时并未以此为终身志业，对自己的创作生命的反思没有后来的《老牛破车》那么自觉，自然也没有在年初对公众自我表达的愿望。将"写家"作为终生职志，那是从英国回来、结婚之后的事情。在齐鲁大学教书，可以安身立命，但是老舍不甘心专作教授，他的志愿仍然是"职业作家"，要做个自由写作的人。自由地写、由自己主张创造，才是他的专有名词"写家"的主要意思，"作"家便带点不自由的"做作"，甚至会走到"应制"一途。可以认定，老舍终生写作的志愿是自1933年始，做职业作家的愿望在1936年短暂实现，但难以为继。抗战中和战后都有大学邀他执教，乃至20世纪50年代仍有重要人物建议老舍到南边的大学教书，后来与教书绝缘是他的自我选择。不教书，却有了比教书更缠手的事情，而且不容抽身。但在各种干扰中，老舍仍是以写家明确自家身份。

其次要讨论分期。我的分期不仅看代表作，而且看重人的活动，是根据老舍的境遇，其创作生命的持续与文学活动的自主方式的阶段性而定。因为作家的代表作仅仅标志着他自主创造的高峰体验，而遭遇到哪些妨碍创造的因素乃至失败则难以体现，中国现代作家的生命创造的实现，应该有代表作之外的东西参照衡量。因此，列表的基点就在于元旦老舍的文学活动是一个贯穿的行为，它的代表性就是它的庸常性，其中的空白的意义也许大于发表作品。就在这样的庸常基础上，我认为老舍一生创作有五个阶段：

第一，在英国教书与回国初期（1926—1932，表格列举内容之前），边教边读边写，从狄更斯等开始认识到整个欧洲文学的历史与当代性，确立了文学与人类社会的现代性意识，明确了小说的人生意义。老舍找到了"写家"自我。

第二，回国后到抗战（1933—1936），这是老舍个人生活与创作相对自由时期。1966年已经不能自主创作的时候，老舍对英国来访者说："我写过《骆驼祥子》。那是因为，那时的世界是一个人人都可以很容易地找到自己的位置的世界。"这一阶段，老舍除了教书和必得承当的一点家庭义务，能自主其时间，创作自由，有明确的身份位置。所以，每当元旦，他兴致勃勃地向公众报告自己的成绩与计划。老舍自得地展示写家自我的成就。

第三，抗战始末（1937—1946）。没有抗战，老舍还会有多少《骆驼祥子》《离婚》《断魂枪》。战争让他遭逢贫病疾苦，也苦闷过，但他能够自主，其创作持续并发展着。"文协"的责任让老舍有"戏"，他不做官，不教书，也不善于应付人，但在'文协'却对付了下去。……它是个不用协商的团体①。他牺牲艺术得到宣传而不后悔，本阶段戏剧创作为《茶馆》的最高成就打下了基础。抗战中后期，他对民族文化和小说叙事形式有了更深刻的反思，于是有《四世同堂》。这个阶段，老舍把个人放在了次要地位，元旦常常是以"文协"的声音讲话。老舍获得了一个放大了的自我，代表了团结抗战的中国作家整体。

第四，美国讲学与滞留三年（1947—1949），连续三年元旦，因家国远隔重洋，无法利用国内刊物报纸表白和安排发表。老舍在美国一边进行计划中的创作，一边与美国友人合作将自己的作品翻译成满意的英文。这一次和20世纪20年代帮助艾支敦翻译古典小说《金瓶梅》不一样，老舍很自信地将自己创作的作品翻译介绍给世界②。老舍借"翻译的自我实现"扩大中国现代小说的影响。

第五，从美国归来到太平湖自尽（1950—1966），老舍17年里

---

① 赵景深：《记一个作家集会》，《文艺春秋》第3卷第1期，1946年7月15日。转引自张桂兴编撰《老舍年谱（上、下）》，上海文艺出版社2005年版，第508页。

② 老舍在《秋日读书短记》中曾说："中国人因相信外国的月亮更亮些，也总口口声声地说中国没有伟大作品。据我看，茅盾、沙汀、曹禺、吴组缃诸先生的作品，若好好地译为外文，比之当代各国第一流著作，实无逊色。"见《老舍全集》第17卷，人民文学出版社1999年版，第98~99页。老舍没有提到自己，但是他的自信中，包括自己的成绩。

的心态酸甜苦辣、五味杂陈，有时激情洋溢地撰文"歌德"，有时侍弄花草移情，有时情绪低抑地摸骨牌，有时疑似人格分裂，却在内心坚守。老舍1950年回到北京，多年的战争动乱结束，民生苦尽甘来，不由他不感动。买房、从北碚接来家人团聚，安居乐业是理想。平民感情与社会建设的一致，让他写出不少歌颂性的曲艺、散文与戏剧作品。安居易，而乐业难，旧知识分子的思想必须接受改造，他参加各样社会政治活动，从而证明了自己已经克服了资产阶级个人主义。他只是在内心深深地保持独立知识分子的冷静思考，反思一生经验的现代政治语境的结晶是《茶馆》。《茶馆》之难以顺利持续地上演和《正红旗下》束之高阁，却又反过来证明他和这个时代、和当代政治的疏离。进入20世纪60年代，老舍如《断魂枪》中的沙子龙，"他的世界已被狂风吹了走"。老舍用他的创作生命的无语注解了"跟共产党走"。

时间、政治现代性与自主

上述分期只为论述老舍如何把握时间，即在政治现代性框架中创作生命的自主与持续。

作家持续创作必备一些条件：从个人讲，是源于生命冲动的艺术创造的志愿与精力、时间相副；从外部环境讲，是从事写作的环境的安定与自由。内外因素又可以导致条件缺失：从作家本身而言，主要是生病而耗损了精力无法利用时间；身外的因素，是缺少安定自由写作的条件，精力耗损、时间的不由自主。老舍一生创作过程受妨碍，出于个人原因而影响与分散精力者有三：其一是贫血与打摆子，其二是腿病，其三是教书与社会活动。非个人意愿能够转移的外部影响最大，干扰乃至终止其创作与自然生命的，是战争动乱、创作志愿与体制要求的不一致、政治运动的破坏。

时间问题注定是人生的苦恼。面临这种苦恼的中国知识分子，常常不是自然生命的时限，而因为不能主宰自己的时间。掌控与运用个人时间，若与更大人群实现人类理想的努力相一致，那是个人生命与人类生命的和谐；常常是没有多少价值的体制组织形式的运作——它借堂皇的名义——主宰了个人富有创造的生命时间，那是现代社会的悲剧。活着而想有所为者，会力求实现其志愿与计划，时间与精力是人实现生命目标的前提，这二者在健康的基础上合二而一。老舍对此深有认识，他在《鲁迅先生逝世两周年纪念》中论断："一个人的精力与天才永远不能完全与他的志愿与计划相配合，人生最大的苦痛啊！只有明知这苦痛是越来越深，而杀上前去，以身殉志的，才是英雄。"老舍和许多有为的知识分子一样，补偿努力就是延长工作时间，20世纪50年代一天十多个小时，分别应付不同的社会活动而外保证创作。

如果内心能保持有条不紊，仍不失保持生活与工作的节奏，一旦心理受到压迫陷于紊乱，即使可以被动地应付社会差事，个人用于创造的时间便成为虚无。从抗战直到他生命的结束，老舍越来越深地被"时间焦虑"控制了，反抗控制的努力变成了个人内心的巨大痛苦，"以身殉志"成了他生命的谶语，但是其内心的"英雄"气节却被人们忽略了。老舍具有宗教心理倾向，他无法成为个人主义者，为最广大人群的利益的努力，往往把他的"小我"扩充为"大我"，一旦发现这个主使大我的政治力量的自我矛盾，会让老舍痛苦徘徊。当此时候老舍的心态最为复杂，一边要追随那个为人民服务的宗旨，一边又对其中某些虚伪的成分反思。他踟蹰犹疑，无法用虚构来反映这种自相矛盾的历史，失去了创作自主甚至连小我也放弃了，即使写某些东西也不能弥补虚掷的时间、生命的浪费。言不由衷过程的持续将带来人格分裂，为不继续分裂或使之扩大，最好的方法便是沉默。进入20世纪60年代的老舍只能如此。

在创作生命的不同阶段，老舍的时间焦虑的内涵发生了变化。在抗战前，30多岁的老舍总以为教书与创作把生活分成两半是敷衍生命，而写作是他的"宗教"——和沙子龙的"枪"、祥子的"车"一样，他愿爽爽快快地做一个职业写家。他一贯将小说创作看成是表现与解释生命的方式，也是他的个人生命与人类生命结合的方式，《骆驼祥子》《离婚》的寓意是当代中国人的生存状况。教书固然占用了大量创作的时间，不教书就能理想地支配时间？老舍无法预料的是，抗战而后创作时间被占的情况日趋严重。

设想老舍小说创作一帆风顺，如果不是战争，他一定期望按照1933年的时间安排直线发展。可是时间拐了弯，在一个世纪里拐了太多的弯，有太多的重新开始，一些人在有限的生存时间中看不到它回到原来方向上来。老舍也许始终没能明白，时间在中国以政治为标志的现代性框架中的不确定性。这个不确定性对人提出挑战，绝大多数人应对不了。在老舍的一生中，生命时间总是与战争、动乱等不安定环境联系在一起。中国的现代性不是沿着将蒸汽机变成工业动力或者海上探险开拓的方向①。在完全被动地被打破国门之后，梁启超开始的意图干政的中国知识分子没有找到在中国的经济基础上进入现代的道路，而确信必须在思想与政治革命的前提下才能建构中国的现代社会。大半个世纪里，我们经历着各式各样的战争/非战争形式的、暴力/和平的革命，时间一再被另一种政治重新开始②。每一次时间的变动作用于老舍这样的被动者身上，不是改变创作方式、就是阻碍创作。中国现代性在老舍生命阶段的特征，就是牢牢附丽着"政治"，中国的"政治现代性"比他的生命还长。中国的政治现代性的展开使无数人成为变动乃至动乱社会生活的承受者，以敷衍、失去生命的代价来承受。老舍之于历史值得回味处在于：一个惜时如金的刚烈生命被耗费的代价，凝聚成了阐释那段历史复杂性、那个中国政治现代性的焦点。

回到上列的表格时间，我们看老舍元旦发表与写作是连贯的生命乐章，中间时而出现异常休止，有一些"空白的元旦"。除去出国的三年，造成空白的基本因素就是政治变动（包括最高表现形式战争）。时间仿佛突然休止，老舍的生命之弦停止发声，命运变得不可把握、难以自主。空白是持续过程中的休止，但是接下来的常常是另一个旋律。1937年，老舍第一次元旦无语。10天后的讲演中，他提到"国难"，"在这混乱社会里生命不知何时就完"。没有抗战，老舍也许会将《小人物自传》等写完，但它不会是《正红旗下》的模样，也许注定这个以自我为叙述中心的题材不能成为完整的作品，但它却两次成为历史政治的注脚。这年11月，老舍别妇抛雏投身抗战，把个人生命与国家民族紧紧地连在了一处。下一年的元旦，他

---

① 中国现代工业的发端是从安徽安庆的军工生产开始的，那是战争的准备，并没有带来民生的现代改变。

② 参见胡风抒情长诗《时间开始了》。老舍战后为胡风题词："有客同心比骨肉，无钱买酒卖文章"，有同感。20世纪50年代必须站出来批判胡风，则感受到另一种时间。

号召《写家们联合起来》，连续3年的元旦都不曾发表创作，他以一个超越个人的"大我"的声音讲话。3年之后，才腾出工夫作个人的《三年写作自述》，历史的动乱带来了自我创造的扩展，虽然抗战结束老舍仍称：在戏剧界我是个末等角色①，《张自忠》（四幕剧）的发表还是标志他从独擅小说走向文体多面手。在物质匮乏与病痛造成的精力不济的困苦中，老舍传达文艺界对抗战胜利的期盼，《在民国三十年元旦写出我自己的希望》希望在艰苦的战争中生活略略改善，这样才能维持创作，少一点空白。

　　抗战是艰苦的、文协的工作是劳累的。贫病之中的老舍，1942年元旦仅发表了标志着文协活动与希望的"会务报告"，已经无力再作自我表述。他也渐渐地失去了对时间的把握，无法操控在元旦当日发表文字，1943年《对三十二年文艺界的希望》推迟到1月4日发出来，而1945年谈《今年的希望》，迟至2月1日才发表。1946年他只有苦闷的旧体诗。唯有1944年元旦，老舍略有振作的表示，发表《火葬·序》《新禧！新禧！》《一年之计在于春》，全家由北平到北碚团聚，多少给他添了点力量。抗战中的时间不自主可以化成一种仇恨，归罪于世界法西斯，而20世纪50、60年代的不自主则心中无解。

　　持久的抗战语境触发了另一种自主，知识阶层的"新启蒙"运动展开了对新旧文化传统的反思，也打开了老舍创作的视野。若不是反思到民族文化像一棵大树根深叶茂，也不会有《四世同堂》的文化隐喻，它是传统家庭与古都北平经历战火而重生的文化寓言。战前的老舍的世界观是通过内省来创造世界，他持悲观主义哲学，反对尼采的超人哲学而接近托尔斯泰，小说中常把对生命的解释归结到叔本华的悲观意志上去。祥子"车"的志愿如此，老李对爱情的追求也是如此，沙子龙的枪的命运是"断魂"。个人的生命意志是老舍战前小说的中心，《四世同堂》却是东方文化在战火中洗礼、淬炼，让人们看清这个文化的延续的可能与合理性。这个像"百回本"的长篇中，融进了更多的民族叙事方式。比起24段的《骆驼祥子》，这是一个更大的结构。如老舍自己说，结构本身是哲学性的，大河奔流的民族战争历史比起个人生命的悲剧来说，是一个更其广

---

　　① 钟洛：《老舍先生在上海》，参见张桂兴《老舍年谱（上、下）》，上海文艺出版社2005年版，第511页。

大的文化哲学的阐释。抗战让他牺牲了许多属于自己的时间，却进到了一个更高的文学境界。在二次大战的特殊世界政治语境中，他和全民族一起用民族战争成功地反对法西斯政治。

越过美国三年，老舍五六十年代经历着"时间与政治"的缠结：1950—1952年是无保留地社会主义建设的政治现代性认同，因而被政府授予"人民艺术家"奖状；1953—1956年对干扰创作时间/生命啧有烦言，以致受到冷遇；1957—1963年诉诸"两面笔法"①，把个人对文艺界的不满包裹在政治热情的歌颂中，绵里藏针地透露出为自主创作而抗争的意志；1963年以后几乎失语放弃，他深深地感受到这时期的政治权威已经不是此前所认同的。这是一个由热到冷，也是一个逐步清醒的痛苦过程。他终于在1966年醒悟到：我自己，在过去的十几年中，也吃了不少亏，耽误了不少创作的时间②。这也是一个由较少反思转向痛苦思索的心灵历程，其间老舍从一个带有宗教般热情的"大我"逐渐退回内心真实自我。因此，对一般社会上的轻率否定老舍与社会主义政治之间关系的说法，我们有必要仔细辨别。全盘否定社会主义政治现代性有误，而据此否定老舍除了《茶馆》之外的所有劳动更是错了。

老舍在美国能够把握住自己的时间，然而脱离民族生活语境，与广大中国人群的分离让他"苦闷"。回国之后所见政局，给老舍最大的心理安慰是"太平"了，从此可以享受太平的时间，从事文学生命的创造。《太平歌词》"要是没有共产党，咱们谁能看见太平年"，道出了老舍政治认同的出发点。1951年的元旦，《方珍珠》上演，决定一个戏的上演可是比发表一篇小说牵扯的面大得多。仅隔一个月《龙须沟》又上演了，这一年里的收获还有话剧《一家代表》、电影剧本《人同此心》。老舍感受到了民主的氛围与作家自主的尊严③，但是这种自主的音调中有着不和谐的杂

---

① 它不同于春秋笔法暗寓褒贬，却在歌颂的字面底下曲折传达其不满，特点是正大的字面，委屈的内心。

② 谢和赓在《老舍最后的作品》中回忆1966年4月末，老舍到香山看王莹和他，对他们说的一席话。参见张桂兴《老舍年谱（上、下）》，上海文艺出版社2005年版，第931页。

③ 老舍在《感谢共产党和毛主席》中说："共产党使我又恢复了作家的尊严。政府照顾到我的生活，我的疾病，也照顾到我的心灵。……我有了充分的机会去参加各种集会与活动，去听去看，并发表意见。"见《老舍全集》第14卷，人民文学出版社1999年版，第463页。

音。关于《龙须沟》的版本的说明透露出一丝不和谐，他不希望自己的创造被别人改动，然而又不得不听从别人的安排。进而这个不和谐的声音就变成了苦恼。参与集会的权利渐渐地变成了不堪承受的义务。社会民生的太平并不直接等于创造的自由，没有社会动乱不等于心中不乱，过多的社会活动警示他有悖独立的作家身份，被照顾的心灵空间并不完全属于自己，他在很大程度无法支配自己的时间①。

《龙须沟》写了什么？它从龙须沟边上的平民获自主生活来透视民主政体下人们应该享有的生存方式。一方面是肯定与赞扬政府的努力，另一方面是欣喜平民享受现代民主政治。老舍将它认作是一个崭新文化的开端。这个戏的材料是来自当下现实，改造龙须沟是一个市政工程，是北京市政府的一个政绩，也使得周围居民得到生活改善。通过文字的想象，把政党与政权的努力和民众的愿望完全一致起来，这个戏顺理成章地得到官方与民间的双向欢迎。因而，老舍从一个自由思想的作家轻而易举地与体制取得了和谐，时任北京市市长的彭真代表人民政府授给他"人民艺术家"的奖状："老舍先生的名著《龙须沟》生动地表现了市政建设为全体人民，特别是为劳动人民服务的方针和针对劳动人民实际生活的深刻关系；对教育广大人民和政府干部，有光辉的贡献。"演出的当年，不经历史的汰选即成"名著"，这当然是一个行政措施。这个措施的效果是立即把老舍和其他来自国统区的作家区别了开来，成了他"歌德派"的身份标志，在老舍成了不期而遇的"种瓜得豆"。文艺界的真正行家接受这个戏，是因为它写出了有血有肉有精神的人物，如疯子、娘子、大妈、四嫂，也是一个相当成功的独特的戏剧结构方式。

1952年元旦他发表了曲剧《柳树井》，老舍说这一年"是个忙年，一个运动紧接另一运动，一向重要的政治任务未了，又接上另一项。可是，在万忙中，我总抓紧时间，藕断丝连地写剧本"。

---

① 老舍在《谢谢青年朋友们的关切》："我忍着疼痛，上半天写作，下半天去办公（中国作家协会和北京市文联）、开会、学习，和做社会活动。使我感到比忍受腿疼更大的苦痛是没有充足时间去读更多的书，和写出更多的文章。……这使我非常苦恼。"见《老舍全集》第14卷，人民文学出版社1999年版，第599页。

在这样的境遇中，"一个半月没能写一个字"①，他总算用大半年时间完成了剧本《春华秋实》。老舍对《春华秋实》"怎么写的"方式耿耿于怀。既有政治活动耗散大量时间，又有各种意见左右着创作，那真是一个痛苦的过程。老舍认为这是"集体创作"的东西，言下之意不是完全个人自主，北京人艺还是客气地让他单独署名。《春华秋实》上演、出版了，老舍忘不了那"怎么写的"过程，还不无怨气地在书信文章中呼吁"给够用的时间"②。这个经验直接导致了接下来三个"空白的元旦"。不愉快的经验并未能让老舍放弃，他说："我在'老'作家中可以算没有扔掉了笔的一个"，其他朋辈的老作家"越不写，越不敢写，这很危险"③。其时老舍也意识到了"怎么写的"和"不写"都是危机。老舍忙碌着体制内的"闲差"，公务活动频繁，属于自己的时间越来越紧。1954年又是一个无语的元旦，老舍干脆待在朝鲜，几个月少开了不少会议，集中精力于《无名高地有了名》。抱怨的回报是冷遇④，却能促动老舍对创作生命自主的反思深度。1955年元旦当然无语，老舍心中酝酿某种转向。这一年的剧作有三种音调，上半年《青年突击队》歌颂社会主义建设中的青春生命（此后他说话最多的对象是青年），下半年转向了"不见佳"的讽刺剧《西望长安》，同期开始了《秦氏三兄弟》有历史深度的"法"的反思。这个历史演绎的剧作受到特殊关怀，在此基础上转而创作《茶馆》，连政府总理周恩来于公、于私给他的建议也没有采纳多少。老舍在难以自主的经验中找到了自主的坚定性。

建设社会主义中国是富有本土特色的现代性，20世纪50、60年代最突出的特征就是讲无产阶级政治，转化到文学创作中，便是工农兵方向和"政治第一"。老舍已经领略了不少在这个标准下对艺术

---

① 《我怎么写的〈春华秋实〉剧本》标题中的"怎么写的……"是慨叹语气，和他以前《老牛破车》中"我怎样写……"的陈述句语气和自省内容不一样，那是反省不足，这里是说写作中的人际关系，语含不平之气，有"竟是这样"的言外之意。

② 老舍1953年给胡乔木的信，参见张桂兴《老舍年谱（上、下）》，上海文艺出版社2005年版，第599页。

③ 老舍：《咱们今天都要拿起笔来》，见《老舍全集》第14卷，人民文学出版社1999年版，第515页。原载于1953年2月25日的《人民日报》。

④ 葛翠琳回忆老舍从朝鲜前线回来，官方不再举行有规格的迎接。《魂系何处——老舍的悲剧》，参见张桂兴《老舍年谱》，上海文艺出版社2005年版，第618~619页。

构思、组织结构的干涉①。正是苦恼于这种干涉，他才有1962年"广州会议"上认真详细的会议记录②，当这股暖风日渐消散的时候，他留恋这次会议，不无隐晦地写作《春来忆广州》。老舍拥护社会主义建设的现实，但是此后的创作题材更多地偏向于历史的反思与对照。经历了三个"空白的元旦"之后，老舍已经完成了微妙的态度转变。这里面蕴藏着一股强项的豪气，不服输。其代表性成果，就是《茶馆》《正红旗下》，在愈演愈烈的粗暴干涉的压力下，《正红旗下》只能是个未完成的杰作。

20世纪50年代，没有比《茶馆》更能体现老舍的自主性了。老舍为了确保能够自主写作，不再大张旗鼓地示人以创作题材与意图。写作《茶馆》的过程，什么时候开始写与结束，我们今天都不太清楚准确的时间③。显然老舍要躲开别人的"关怀"、关注乃至干涉。《茶馆》如何构思三幕戏，确定选择什么时间，实际上是如何解释中国近现代的政治现代性的问题。老舍的时间选择是：第一幕：一八九八年（戊戌）初秋，康、梁等的维新运动失败了；第二幕：袁世凯死后，帝国主义指使中国军阀进行割据，时时发动内战的时候；第三幕：抗日战争胜利后，国民党特务和美国兵在北京横行的时候。如果按照革命史观，应该选择重大的历史革命的关头，由一些志士仁人与职业革命家领导决定历史向前发展。老舍这个戏中非但没有重大的革命关头，而且灵魂人物是一个茶馆掌柜，一个在历史变动中被动适应、心机用尽谋求生存而失败的"顺民"，一个最终当顺民不行、悬梁自尽的王利发，与人们习惯的意识形态期待相差很远，这怎能不令领导失望。

① 老舍的直言抗议，是借电影来表达的，他撰文《救救电影》，谈大家改电影剧本，结果"四大皆空"。那时的电影剧本和他的话剧本子遭遇的是同样命运。

② 老舍1962年日记中差不多有50页的篇幅记录会议讲话和活动。这是他一生记录别人的话最多的一次。见《老舍全集》第19卷，人民文学出版社1999年版，第121~173页。

③ 老舍写作《秦氏三兄弟》《茶馆》的准确时间，各种《老舍年谱》语焉不详，根据这一年他的活动推详，应该是在汤岗子温泉疗养院期间与回来后，《老舍与孟泰》（见舒济编《老舍和他的朋友们》，人民文学出版社）记："看样子，他是一边洗温泉治腿，一边还在写什么"，而且，他不愿意让人知道正在写的是什么东西，只说"精神有劲就来几句"，免得受到干扰，后来的《正红旗下》的写作时间与过程也是保密。而《正红旗下》与《在红旗下》的关系，应该是后者为前者打掩护。老舍还是从善如流的，关于"茶馆"为主线的两个剧本之间发展定型，他还是接受了人艺艺术家们的建议。

这三幕的时间有一个重要的共同点——"后"，都是在"变法"、政权动荡和战争动乱之后。三幕戏都是在大的政治变动之后，剧本着力塑造的人是这些变动的承受者。从戊戌之后到袁大总统称帝败落，演进到抗战结束，中国社会行进在现代化的路途中，晚清开始的实业救国路途多舛，中国的现代性并没有持续稳步的经济与工业现代化基础，而主要体现方式是不断的政治变动。这样的现代性，并不能在物质上周济民生，只是将不能把握的生涯降落在民众头上。政治现代性的偏执联系着动乱，始终将老百姓置于被动承受、牺牲应得的生活利益的境地中。王利发熬到了战后的年头，政府的重大举措是北京的劫收"逆产"，他和秦仲义、常四爷继续充当政治现代性的被动承受者，但是他们承受不起。《茶馆》演绎的50年中历史变迁展示的，是政治现代性对民生的徒然功效。被动承受是中国近现代政治变动对很大一部分平民的作用方式，也标志了老舍在整个中国现代文学作家中的独特性。其独特在于发现了人类生活的一种特殊的审美价值，比笼统地说他的长处在写市民阶层更能深入中国近现代特殊语境中的人生，这才是他对生命的独立解释与判断。

1957年元旦老舍坚持呼吁"时间"，在《人长一岁，事进千里》里中呼吁"只求杂事减少，好匀出时间多写些文章"，要求文艺界开会"十次会议至少要有六次是谈文艺问题的"。老舍是顾大局的，不能让自己不满的情绪造成对社会影响乃至反作用于自己的压力，1958~1959年元旦，他都转向谈家事国事天下事和抽象地谈劳动，里面缺少的是属于个人的声音，好像在给自己宽心，又像是虚应故事。1960年元旦撰文《我怎样投稿》，和他的日记一样，老舍诉诸两面笔法，重点在自己"扔掉过许多许多稿子。……出了废品即扔在纸筐里"，然后说这样"逐渐获得进步"。老舍生活在一个定型的文艺体制中，他的独立创作与文艺界的组织活动方式有很大矛盾，他内心的文学理念与主流意识形态表面和解，其实诸多格格不入。

此情此境，老舍可以放下笔来，不再接续《正红旗下》的写作，但不可以自我否定其政治正确性。直到1966年7月10日，他对老友巴金说："请告诉朋友们，我没有问题，我很好，我刚才还看到总理和陈副总理"①。"没有问题"当然指政治方面。颇有意思的是老舍利用应景文章，既不昧着良心高调呼应，也不将不合时宜的内心袒露，保证能够展示其政治正确性，这是他独有的笔法。往往借与青年辈的交往，讲一些堂皇的事情，掩饰内心的不快，老舍是一个愿意和别人分享快乐而不愿意让别人看忧郁脸色的人。1961~1963年元旦没有留下空白，但是那些文章《读王培珍的日记》（1961）、《试笔》（1962）、《可喜的寂寞》（1963）都在肯定青年的努力方向，1961年的文章是回应某青年抱怨没有时间练习写作，他告诉青年首要的是劳动，参与创造世界、改造世界，"不事耕种，只问收获，很难成功"，那是参与三大实践的教诲。其实他在教青年不要谬托知己地谈时间问题，那会害己害人。1962年元旦的文章是教青年人以"勤"的态度去尝试，1963年看自己的学科学的孩子，想象写作科学小品的创新题材，内心是此类题材可以规避政治问题，以维持政治立场的正确。

在这个情境里，老舍这样的知名人物在重要时间、面对重大问题时要表态。文艺界的重要事件，如抨击林语堂，批判胡风、吴祖光等朋友的时候，要有明确的立场、态度。自己赞成什么、反对什么、又是怎样做的，必须在公共场合表白。身为作家如何走在正确的文艺路线上，也得表示出来。1962年5月，他写了《五十而知使命》。不要误会是为50岁生日的自我表述与未来计划，那是为参加盛大活动——纪念《延安文艺座谈会上的讲话》发表二十周年。老舍必须表态，起码要谈一点自省心得，说十几年来一直沿着"讲话"方向为劳动人民服务。这年他63岁，却说50岁的事情，不外证明自己久已脱离资产阶级立场。文章字面上是热烈拥护，内心动机却包含有一点儿恐惧，他要证明自己1950年回国以来的政治正确性。

由政治主导着的社会主义的现代性，到了20世纪60年代中期，政治意识形态的挂帅已经成了现代化的瓶颈，生活在这个体制之下的作家们，因政治而得咎的可能性与日俱增。老舍从20世纪50年代中期以后谨言慎行，到了60年代初更不得已借用种种"官话"来掩

①巴金：《最后的时刻》，参见张桂兴《老舍年谱（上、下）》，上海文艺出版社2005年版，第932页。

饰。1965年，老舍访日40天，归来写了一万多字的散文，"稿子投出去了，但不准发表"（赵大年《老舍一家人》），比较30年代的元旦一日发表7个作品，老舍真的找不到自己的位置了。4月底或5月初，和老舍同行的杜宣回到上海，以知契的口吻寄赠旧体诗一首，有句："半生踪迹浮沧海，一片愚诚唱赤旗。纵有繁霜摧双鬓，更磨利剑击苍鹰。"谁在歌颂红旗的时候有一腔"愚诚"？太敏感的话题！老舍一年没敢正面答复，次年3月杜宣来京，老舍请客，席间出示和诗一首，心照不宣的一联："惯凭笔下惊心语，高举人间革命旗。"杜宣敢用"愚诚"说老舍与无产阶级政治的一致，在那个动辄得咎年头，如此出言不慎，实在让老舍"惊心"。他必须再一次按照当年通常的意义申说杜宣的"赤旗"是高举伟大红旗。

直到1966年4月，老舍才摆脱朋友间打哑谜的交流方式，明白表露对"有问题"的朋友的兔死狐悲，他和王莹夫妇说，"自从1957年以后，朋友中发生了多少变化！"[1]眼看得许多朋友出了"政治问题"，不由得感受到自己也随时都会牵扯出问题。8月里给臧克家打电话："我去参加一个批判会，其中有我们不少朋友"（臧克家《老舍永在》）。这期间，老舍气管扩张住院看病，但是心中的病无法医治。1950年因为看到《美国人的苦闷》而归国，1966年轮到老舍自己的苦闷，他想不通，很苦闷，要"走"。在朋友面前，他的态度不再那样谨慎，因为他明白："又要死人啦，特别是烈性的人和清白的人"，他当然是说自己。

结　　论

老舍一生创作的勤奋有目共睹，而他创作上不由自主的苦衷和努力冲破苦闷的心狱的精神搏斗，则笼罩在文字迷障中。廓清其自由创造、自甘牺牲、自动歌德、自省反思、自我放弃的过程，我们可以清楚地达到一个结论：老舍在现代政治环境中意识到现代中国人始终处于被动，他却力求主动，最终仍不能避免受困于中国的政治现代性。和老舍大同小异，一代中国现代作家往往都主动放弃持

---

　　[1] 谢和庚：《老舍最后的作品》，见舒济编《老舍和朋友们》，生活·读书·新知三联书店1991年版，第549页。

续创造。沈从文改行是一个避免与现代政治对话的策略，其他的作家都有难以为继的无所适从感受。茅盾一力批评"鼓吹"当代小说，自己的一部《霜叶红于二月花》终难续写成功；曹禺对新中国成立后的政治活动相当积极，但这不能保证他继续写《北京人》那样的戏；冰心的爱的哲学逻辑不外是资产阶级幻想的博爱；连解放区作家赵树理也不能稳稳当当地走在《延安文艺座谈会上的讲话》的道路上。当我们看到巴金的创作生命在老来无惧的《随想录》中复活时，许多作家再也无力回春，所以巴金的反思是代表一代作家。这一代作家如果健在，有几个人的反思能够不停留在执著于某一阶段的政治现象上？《茶馆》的政治现代性的反思可能比20世纪80年代的反思更有意义，这是我们必须通过重估经典得出的结论。

（原载胡星亮主编《中国现代文学论丛》第五卷，上海人民出版社，2010年版，收入本书时有改动）

中国当代文学反思的主体与"政治现代性"

——从《茶馆》《剪辑错了的故事》的起点与路径来看

20世纪80年代初的批评将"反思小说"反映的当代中国和"文革"的社会矛盾概括为"文明与愚昧的冲突"①。对立冲突不足以解释叙事反思的对象,"愚昧"的人、事得以通行,更因其附着于一种特殊形式的现代性。一般描述有强调反思从政治层面向人性表现转向,从《犯人李铜钟的故事》《李顺大造屋》的乡村政治到《爱,是不能忘记的》的爱情,更有从王蒙写作《蝴蝶》开始的新时期作家主体意识的加强。通行的当代文学史著作讨论较为持平②。洪子诚确认"反思小说"及前后的"伤痕小说""寻根小说"的潮流特征,指出命名是"对这一时期创作的一种大致的描述","表现了作家这样的认识:'文革'并非突发事件,其思想动机、行为方式、心理基础,已存在于'当代'历史之中,与中国当代社会的基本矛盾,与民族文化、心理的'封建主义'的积习相关"③,其叙述框架是一个男性主人公的坎坷、乖谬的人生命运与社会政治事件的被动相连。陈思和描述以《剪辑错了的故事》"为标志,中国文学领域在1979年至1981年间形成了一股以小说为主体的'反思文学'思潮"④。反思文学的主体紧密联系着"归来者"身份,其主体特征是"在50年代已经确立了与国家意识形态相对应的个人和社会理想,……平反昭雪反而加深了这种信念和理想"⑤。这类作品的特点是:写社会和历史悲剧、悲剧人物的性格、际遇,"具有较为深邃的历史纵深感和较大的思想容量"⑥。

---

① 季红真:《文明与愚昧的冲突》,浙江文艺出版社1986年版,第148页。
② 如洪子诚《中国当代文学史》、陈思和《中国当代文学史教程》等。
③ 洪子诚:《中国当代文学史》,北京大学出版社1999年版,第258页。
④ 陈思和:《中国当代文学史教程》,复旦大学出版社1999年版,第206页。
⑤ 陈思和:《中国当代文学史教程》,复旦大学出版社1999年版,第205页。
⑥ 陈思和:《中国当代文学史教程》,复旦大学出版社1999年版,第206页。

　　文学史一致将"反思文学"作为思潮来叙述，但于此前后不乏反思特点的创作并不形成"潮流"，且作家相对孤立的自主反思包含更多的历史信息。解释历史须有洞察力，而当代人写当代文学史得受制于当代性。30年后，我们应对文学史论述中"深"的内涵有所洞察。洞察即是反思，评价一种包含历史省思精神内涵的文学作品，对职司解释创作主体与历史关系的批评家、文学史家而言，是双重挑战。要想获得对反思文学的满意解释，得在一般苦难经验叙述的背后探明反思主体及其烛照对象，洞察人生际遇背后的国家政治、本土历史传统与现代性的指涉关系。评判反思小说叙述人事变迁有深度，不意味着判断这一类作品洞悉、把握了当代中国的历史奥窍，能够给出超越个人经验的判断。重估"反思文学"的任务就是阐释具体文本和中国政治现代性的特殊指涉，揭示作家的洞见和不见、自主与受限。

　　《剪辑错了的故事》和《茶馆》的并置，让两代不同文化背景和思维方式的作家主体之间产生呼应与对话，在不同向度上拓展文学反思的空间。其核心是人的生命价值，时间则穿越现代政权的重重变更，用20世纪中国普通人的生命映射特殊的本土政治现代性。反思的生命对象既有作品中人的精神情感和生活遭际，也包括创作主体的独立性。本文分别考察这两个作家在特殊历史语境中如何实现创作生命的自主，看他们叙述半个世纪的中国人如何遭遇本土政治现代性。

一、茹志鹃"政治生活"的记忆/反思

　　反思小说为何从茹志鹃开始？这不是偶然。几乎她的所有小说都有一个"过去/现在"的维度：因为"现在"政治生活中无解的矛盾而回忆过去曾有过的战争缝隙里的心灵温馨，又因为过去的记忆解答不了现在的矛盾而把一段生活埋在心中苦苦思索，20年后惊世骇俗地成为"反思小说"的先行者。当人们欣赏她的"清新、俊逸"①的文字风格的时候，很少会了解她内心的苦闷与激荡。1958

---

① 茅盾：《谈最近的短篇小说》，见1958年6期《人民文学》。

年她诉诸记忆来冲淡现实生活的痛苦，1978年冬天发掘记忆来回应当下"实事求是"的问题，这两个年头都离不开记忆，却是不同的面对现实的态度和生活价值取向。1958年的时候是为了抚平生活的创伤而启动记忆功能，1978年则是为了重新开始而扪触创伤的记忆，痛定思痛而反思。

茹志鹃的《剪辑错了的故事》，借用意识流穿行于20世纪40年代后半期的战争与50年代后期的大跃进，但其出发点是70年代末。她从发表《百合花》成名到"文革"前的创作，有影响的小说半数以上写到1946年以后的国内战争。"内"战是茹志鹃回忆的中心，在叙述本土进行的政治军事力量战争的同时，她还有另一场心"内"的战争——找不到丈夫成为右派的答案。茹志鹃依靠从过去的记忆获得滋养，表面平静的叙述文字底下掩盖着五味杂陈的情感，骨子里是不知道哪里"错了"的困惑。某一天，茹志鹃声明叙述一个"错了"的故（往）事，她便从一般记忆中超越出来，达到了知性洞察的反思层面。

茹志鹃用"过去"安慰"现在"时并无反思，无论是否出现新中国成立前后两对照的生活与表现方式，主观意图都在阐说现在。王安忆解释："当我母亲处在个人处境的危难之际，她更需要激励自己的理由，不使其颓唐。"①

长达几十年的中国人生活首先是一种"政治生活"。茹志鹃1979年写完《草原上的小路》，说作家"要思想，要思考问题，对发生在我们周围的，发生在我们政治生活当中的事物进行思考"②，显然是后见之明。王安忆说她妈妈"要等二十年以后再来认识。是知识人的天真，也是时代气氛给烘托的"③。说是"天真""时代气氛""烘托"，还不如讲是"政治生活"的同化力量。这种同化力量深入到共和国里最基层的农民生活中。王安忆解读茹志鹃日记中的合作社夜晚开会："农人们在批评一个车水时打盹的懒汉，说的话相当夸张，有些无限上纲的意思，可他是运用着政治性的语言呢！农人们开始接受和参与政治了，一个还处于草创阶段的

---

① 王安忆：《茹志鹃遭逢一九五八年》，《中华读书报》，2006年11月29日。
② 茹志鹃：《茹志鹃小说选》，四川人民出版社1983年版，第360页。斜体标记为引者所加。
③ 王安忆整理：《茹志鹃日记（1947—1965）》，大象出版社2006年版，第109页。

政权的简单粗陋的政治，却已经注入这一个古老生产方式的阶级。"①记录、感受着政治生活，茹志鹃20年间都不免痛苦与思考，到写作《剪辑错了的故事》才借助外力，获得反思当代中国人政治生活的能力。

所谓政治生活体现了中国本土现代性。20世纪50年代以后，大陆中国人的生活被区分为不同的领域，一种是日常的柴米油盐和衣食温饱，另一种则是既理念化又具体的"政治生活"。政治具体到个人身份与家庭关系与生活情境，就变得极为复杂。王安忆给茹志鹃日记作了政治生活的注解："一九五八年，算起来，也是我父亲王啸平沦为'右派'的第二年，或者就是当年，是我母亲心情灰暗的时期。日记记在一本黑面横条的笔记簿里，第一页上写着'我的愉快和苦恼——1956年10月6日'，看起来是欣然的。可是不知为什么，直到将近两年以后的一九五八年七月十九日，方才开始她的记述。"②茹志鹃"家有右派"，生活变得"剪不断，理还乱"。日常、写作与政治，三种生活必然冲突，持续带来巨大的痛苦和压力，也势必成为茹志鹃反思的动力。

"政治"在茹志鹃一代人的小说中的呈现是高度意识形态化的，小说中的政治生活常常以抽象符号集中出现。"形势"是一个关键词，"革命"更是认同于最高权力政治的态度与行为。《静静的产院》中，杜书记向谭婶婶宣讲："社会要在我们手里变几变，形势发展这样快，各种各样的旧思想旧习惯还会少得了？所以我们做工作就叫做干革命，我们学习也叫做干革命。"18年后写《剪辑错了的故事》，大跃进的甘书记让老寿和社员缴公粮面临饿肚皮的困境、又砍伐即将果实成熟可以抵换粮食的梨树，仍然强调："现在的形势是一天等于二十年，要跑步进入共产主义的时候"。

为什么这"形势"有这样的强制与魅惑力？因为它和某一阶段的执政者的现代性观念是完全一致的。20世纪50、60年代人们对共产主义的向往和现代性有一致性，在价值层面上将人类进步作为理想和目标，面向开放的未来、渴望和落后的过去决裂，力图破除人们依赖的传统价值和固定不变的观念。一代人的小说几乎都印证着

---

① 王安忆整理：《茹志鹃日记（1947—1965）》，大象出版社2006年版，第110页。

② 王安忆整理：《茹志鹃日记（1947—1965）》，大象出版社2006年版，第108页。

这种停留在价值理性层面上的现代性。甘书记代表了在价值理性层面上做文章的政策观念，不顾物质生产与普遍民生的联系，完全没有工具理性的可行性保证。20世纪50、60年代的中国现代性靠政治意识形态开路，意识形态幻化为形形色色的口号，如"要算政治账，不要算经济账"。这本账的算法让追随革命政治、付出过巨大代价的农民老寿们产生了"革命有点像变戏法"的意识混乱。这个混乱就是运用意识流结构《剪辑错了的故事》的现实与哲学基础，也是茹志鹃反用其人之道"算政治账"的反思起点。

剪辑错了的故事？"错"在哪里？小说正文措辞不用"剪辑"："开宗明义，这是衔接错了的故事，但我努力让它显得很连贯的样子，免得读者莫名其妙"，"剪辑"/"衔接"，究非一事，不同的措辞并非口误，"错了"则是不易的结论。"剪辑"错了，责任在叙述人；"衔接"错了，原因在于革命创造未来的政治现代性逻辑自身出现了问题。在故事情境中的"衔接"不上，是因为"连贯"两个时代的美好"将来"的历史约定不能践诺造成的人心、世事的舛错。清楚了这个"错"的缘由，才能"明"叙述人之"义"。看人际交往、感情亲疏随政治意识形态而变化，看人物无法追寻旧日友情踪迹、由亲而疏终于落入陌生化，读者渐渐地接近了小说的"妙"处——这是一种洞察历史的新路径。

故事根本错在历史约定难以实现。老甘/甘书记与老寿有个幸福未来的约定。走底层路线夺取政权的过程必须争取民众支持，赢得支持就要承诺回报，小说中的老寿/老甘两个主要人物之间的关系就是这样一种约定。战争时代的老甘，后来是甘书记，应允老寿们"将来能过上好日子"。老甘们掌握政权以后要求农民首先过上一种"政治生活"，现在用"政治现代性"来修正诺言，过好日子的"现代性"在"政治"之后。老甘允诺的口头约定曾让他们心甘情愿地付出身家性命，但他们面对一个没有尽头的将来，践诺的希望很渺茫。老寿们没有经过现代社会契约的知识启蒙，他们只认识人、服从于高于五伦之上的革命伦理，这个伦理要让他们继续牺牲，提出牺牲要求的仍然是他们熟悉的老甘，老寿们不想再牺牲了！有这种想法是危险的，因为它违背"形势"/"背时"，时代抛弃了老寿！老甘是代表这个形势的，而形势是主观的、权力至上的，可以对以前的约定任意修正。然而在老寿们看，原来的约定眼见就要作废。

这个"故事"的基本原型是弟兄朋友的信义关系。老寿和老甘：一个兄弟情谊、政党与民众的政治伦理的隐喻，他们曾生死与共。这个故事"错了"，并非错在哪一方背信弃义。老寿一往情深，过去从不怀疑这个约定；老甘根据政治伦理来调整兄弟情谊，甘书记已经成了政治符号，老甘和老寿现在是官与民、上下级关系。甘书记有自己深深认同的"形势"，并将它化为一天等于20年的革命动力，这个动力像旋风一样掠过，无视任何可能被伤害的人，老寿想让这股风刮慢一点、少伤点人，他成了块绊脚的石头。他们原来的现代性生活大目标一致，现在是南辕北辙。一个主观革命的意志逻辑演绎为一种不容对抗的政治"形势"，一种政治意识形态取代了生活的实事求是态度。

茹志鹃叙述政治意识形态对"现代性"的阻抑作用，找到了"实现四个现代化最大的阻力在什么地方"，确认它是"我们要鞭挞的对象"①。她担心："我们的党，我们的国家，再遭到一场战争，农民会不会像过去那样支援战争，和我们努力奋斗？"②茹志鹃在"算政治账"，她要衔接好两个时代，延续现代性承诺的有效性，让历史逻辑获得一贯，让"弟兄"重续前缘。客观地讲，茹志鹃的反思还不免让人忧虑。反思其实仍是在观念与价值层面，并没有工具理性的保证。反思小说的作家们基本类此，所以对能否深透反思中国的"政治现代性"还要存疑。

二、老舍的"进步"与"改良"

在茹志鹃1958年得到《剪辑错了的故事》素材前的1957年，老舍写了《茶馆》，将这两个作品并置，唯其反思政治现代性的一致与歧异。统整地看，二者皆叙述展示民生与现代政治，自戊戌维新、辛亥革命以后的中国，无论文化价值观念的变革更替，还是权力政治、民众生活方式的改良，都有一贯的现代性取向。不同之处，其一在于反思主体：茹志鹃在新的认同基础上进行反思，她面对的历史与现实

---

① 茹志鹃：《茹志鹃小说选》，四川人民出版社1983年版，第366页。
② 茹志鹃：《茹志鹃小说选》，四川人民出版社1983年版，第372页。

生活有其直承的逻辑；老舍却是在一个新政权下反思前朝几代的历史，他既不以否定为满足，也不为之唱挽歌，《茶馆》完成的是一个政治现代性的隐喻。其二在于，茹志鹃因家庭政治生活的尴尬与痛苦而从记忆中寻求慰藉，最终为时势促动进入反思。老舍始终在民生与官、权力的关系构架中考察现代性给人带来了什么。《茶馆》中人物对政治现代性的感受超出了所展示的现代历史，具有现实的延展性。面对复杂的历史与现实生活，老舍本来不乏洞察力，但是仍然缺乏对政治现代性的复杂想象力和理解力。因而，老舍最终不能承受文革极端的政治现代性。他固守人的尊严的价值，最终演示了以生命对政治现代性的抵抗。在极具压迫力的当代政治语境中，老舍用难以改良的现代中国人的生存方式质疑以进步为价值核心的现代性。

回顾《茶馆》之前老舍作品体现的洞察，有助于更好地理解其反思。20世纪30年代的老舍善于洞察人心，却未必能穿透历史。老舍能够让祥子"仿佛一低头就看到自己的心"，也能够让祥子抗议那个他不关心的政治/战争："我招谁、惹谁了？"然而祥子不能证明自己的生命价值，《骆驼祥子》否定的是现代性的固有之义——个人。20世纪40年代的老舍，其反思对象主要是中国传统文化，要让它在战火的淬炼中重新焕发生命。个人情感与传统文化的反思并不能给人增加一分尊严，但是老舍却借此实现了对现代性的批判性审视。1950年，从美国归来的瞬间，老舍看到了人的平等与尊严，看到了自己的亲人与旗人亲戚的新生活，他愿意赶任务，去表现人们新中国成立前后两对照的生活进步，写成了剧本《方珍珠》《龙须沟》。

《方珍珠》告诉人们新的政治语境中民间社会的现代性形塑："一个唱玩艺的能够受人尊敬"，"变成民间艺术家"，为社会群众服务"是多么大的变动，多么大的进步！"《龙须沟》通过这种物质环境的进步改善表达民众的政治/政府认同。剧中丁四嫂的政治认同是最简单直接的歌颂。老舍的政治认同当然不同于丁四嫂，他心目中人的尊严与价值是第一位的，饱受欺凌的程疯子得到尊重，这才是龙须沟边发生的人与人之间关系的标志性的转变。老舍和北京城、城里的民众一起体现着现代性的"进步"。

一时间对进步德政的感戴和对长时段历史的反思并不矛盾。维护个人的独立与尊严，正是老舍反思的动力。老舍歌颂政府的德政，让他在荣誉之外有各种各样头衔加身，以致要无休无止的参与政治活动，甚至让他把创作的精力、方向和政治运动混在一处，《春华秋实》配合"三反五反"中心运动、听命于各种意见修改剧本十稿，他感受到了创作生命的不由自主。老朋友胡风等落入不堪的境遇，1957年"反右"又开始了，现代政治的要求与个人尊严在冲突着，人在现代政治语境中只有被动承受。于是，《茶馆》从当下转向历史，龙须沟边人物在新政府下的"享受"转到现代史上顺民的被动"承受"。《茶馆》是人被动承受政治现代性的寓言，其中的反思一直为人们漠视。

反思首要慎独，老舍写《茶馆》的过程即在维护创作的独立自主。老舍悄悄地创作《茶馆》，他记取了1952年写《春华秋实》的教训。人们至今不大了解这个戏写作的准确起讫时间①，显然老舍要躲开别人的关注、"关怀"或干涉。写现代历史人生而不按照中国革命史来构思，老舍独立不倚的态度足以让身边熟悉的领导难堪。戏的幕次选择什么时间，关系到如何解释中国近现代政治；选择空间场景，又关系到怎样体现中国的现代性。老舍确定的剧本与周恩来总理1963年看《茶馆》之后的建议相差很远。很显然，总理不便轻易否定，但肯定不满意。这三幕戏跨度50年，他的意思要有"代表历史前进方向"的"动力"与"人"，他的保留意见是："近代史中选哪几个大环节搬上舞台最有典型性，也还值得好好研究。"②人们在按照中国革命史的定论期待《茶馆》、指挥导表演。老舍对近现代历史的反思不能与此保持一致，注定了这个戏在20世纪50、60年代不会交好运。

《茶馆》呈现寓言性的中国现代性空间。它的场景是日常的，茶馆是九城三教九流人物的社交中心，是"文化交流的所在"。最具象征性的符号是墙上张贴的"莫谈国事"。谈与不谈，国事仍在，50年的剧中人的大尴尬。这个戏的冲突并不集中围绕某个的事件来展开，茶馆中人"莫谈国事"的心理警戒与日常生活中无

---

① 老舍写作《茶馆》的准确时间，各种《老舍年谱》语焉不详，根据他1957年的活动推详，应在汤岗子温泉疗养院期间与回京后。《老舍与孟泰》记："看样子，他是一边洗温泉治腿、一边还在写什么"，他不愿意让人知道在写什么，避免干扰。

② 胡絜青：《周总理对老舍的关怀和教诲》，见克莹、李颖编《老舍的话剧艺术》，文化艺术出版社1982年版，第591页。

处不在渗透着的"国事"之间的张力，就是戏剧基本的冲突范型。人物议论的各种事情也好，展现的民生也罢，件件桩桩都是"国事"。莫谈国事，而场上所谈的莫不是国事。躲不开的政治！谁也不曾关心权力政治，政治却渗透到日常生活中，总是"关心"谁，是回避不了的决定性生活因素。茶馆这个空间就是现代中国的政治空间，虽然不出现主导力量，却有人与政治的对峙。人物生活方式改良的适应性，永远应对不了现代政治的压迫性。以政治动乱标志着的中国现代性的空间，每一个"进步"都是以人的尊严为代价。政治现代性与普通人的相关性在于：你不关心政治，可政治关心你呀！普通人对不明所以的政治变动，永远处在被动的位置上。

中国的政治现代性给人预定了生命/生活的空间，即使你再努力也仍然白费。就这一点说，老舍的《茶馆》肯定有反现代性成分，因为这个现代性有太多中国本土的丑陋规定。它在破除人们依赖的传统价值观念的同时并不真的进步，而且也不曾和落后的过去决裂：一边是维新，一边是卖儿卖女；一边要改良，一边是世袭的特务恶棍。所有帝制时代的恶习都保留着，一切新生的痛疽又在溃烂，更有现代政治力量冲突而形成连绵战争，自身的衰败又无力抵御外敌。一切志向都付之东流，一切自强都归于无用，一切向善都不敌恶行，一切顺应与追随现代性的作为都被现实政治破坏。

在《茶馆》空间里生活的三个贯穿性人物是王利发、常四爷和秦二爷（秦仲义）。王利发评述三个人是对50年中中国政治人生的勾勒："二爷财大业大心胸大，树大可就招风啊！四爷你，一辈子不服软，敢作敢当，专打抱不平。我呢，做了一辈子顺民，见谁都请安、鞠躬、作揖。"无论是谁，都是失败者。常四爷是旗人，帝制崩解，旗人没有了铁杆庄稼，他的自我总结是："自食其力，凭良心干了一辈子啊，我一事无成！"老舍是旗人，童年经历过政权与社会性质的变更，深深地体验过旗人丢失铁杆庄稼的艰难被动生活[1]。常四爷放下300年不劳而食的架子，自食其力不容易，更多的人是像

---

[1] 老舍从师范毕业自立，告诉母亲，从今而后就不要那样辛苦了，母亲一夜泪垂。若无宗月大师助他读书，他只能过一般旗人的落魄潦倒的生活。

松二爷那样饿死。秦仲义①从清末维新时就向往着民主法治与经济富强，要办“顶大顶大的工厂”，最后在内外强盗手上全部“玩完”。老舍的人物永远问：“我招谁惹谁了？”它的答案就深深埋在中国的政治现代性中。在这样的生活空间里，谁能不自问：“我爱咱们的国呀，可是谁爱我呢？”

《茶馆》幕次的时间选择包含更多对政治现代性的阐释。老舍自己说《茶馆》“没法子躲开政治问题”，用小人物“生活上的变迁反映社会的变迁”，“侧面地透露出一些政治消息”②。小人物可以避免重复革命史的概念化展示，生活上的变迁暗示社会变迁正是现代性的体现。关键是如何“侧面”透露政治消息？老舍采取的是“后”策略。正面地写政治，必然要写谭嗣同与“戊戌变法”，其他时期的正面表现也是难题。老舍的侧面落笔是将三个幕次的开场时间放在重大政治事件发生之后。重大历史政治变动对普通民生的影响才是老舍心中的政治，这才是他多年反思之后的自主选择与历史阐释。

老舍的时间选择是：第一幕：一九九八年（戊戌）初秋，康梁等的维新运动失败了。第二幕：袁世凯死后，帝国主义指使中国军阀进行割据，时时发动内战的时候。第三幕：抗日战争胜利后，国民党特务和美国兵在北京横行的时候。这三幕时间重要的共同点是“后”，都是在“变法”、政权动荡和战争动乱之后。这个“后”的选择，是老舍被冷遇之后、又“亲眼得见”许多朋友在各种政治运动中的不幸遭遇，他冷静下来转入反思的结果。旗人出身的老舍的种种经验，无一不是重大的国际、国内政治变动的被动承受。他的主动只是知识分子的社会责任使然，而和他一样出身的平民只能被动地做一个顺民，“顺”的另一层意思，是王利发的顺应改良。中国人如何走向现代，中国的现代性的特征是什么？如何以文学想象的方式来写这段历史？思前想后，老舍终于决定要按照自己的理解呈现中国的现代性。他在无数次的政治变动中选择了三个典型的时刻，这是典型的被动承受的民生——求做顺民而不得，不是典型的革命

---

① 秦仲义的前身是《秦氏三兄弟》中的秦伯仁，他的政治选择是英国君主立宪，期待着“兴办实业、修铁路、开纱厂、造轮船，……既富且强了……必须有法律作我们的保障”。

② 老舍：《答复有关〈茶馆〉的几个问题》，见克莹、李颖编《老舍的话剧艺术》，文化艺术出版社1982年版，第158页。

时机，更没有典型的政党与伟大人物的历史作用，但是不缺乏"政治"。这个政治语境中人的被动顺应现代社会，就是中国的政治现代性。

《茶馆》的政治现代性是一个作家在反思基础上关于中国现代历史的思考与想象。从戊戌之后到袁大总统称帝败落，演进到抗战结束，中国社会行进在现代化的路途中，晚清开始的实业救国路途多舛，中国的现代性并没有持续稳步的经济与工业现代化基础，而主要体现方式是不断的政治变动。这样的现代性，并不能在物质上周济民生，只是将不能自我把握的生涯降落在民众头上。《茶馆》演绎的50年历史变迁，展示政治现代性对民生的徒然功效。

《茶馆》中的善良人物都生活在"后政治变动"的语境，求当顺民而不能。这个"后"的特性，也与老舍20世纪30、40年代的创作有持续贯通之处。老舍20世纪30年代的小说就建构了一个承受与应变的心理模式——"新时代的旧悲剧"。被动承受是中国近现代政治变动作用于大部分平民的反应，也标志了老舍在整个中国现代文学作家中的独特性。老舍想象的政治与现代性的关系是他对现代生命的独立解释与判断。他想象的世界里并不充斥着无产阶级政治革命，也不是茹志鹃的政治意识形态，他的政治理想与革命总是隔着一层，后来他甚至自己承认是一个"资产阶级老人"，"并不真正理解革命"①。他从歌颂"进步"转向体谅"改良"，不是"政治第一"尺度下的退步，而是获得了穿透历史的审视与反思。

三、结　　论

本文把反思文学向前推了20年，已经越出了当代文学史的框架讨论文学中的反思。把文学反思与政治现代性问题结合是中国文学的题中应有之义，比较两代人的反思则另有意味。老舍和茹志鹃分属两代不同作家，五四的思维方式与精神资源显见得比20世纪50年代成长的作家丰富。《茶馆》的反思本应对后辈作家有所启发，然而20年间竟成绝响；茹志鹃无力处置中国1958年政治意识形态笼罩的

---

① 老舍1966年春与英国客人格尔德的谈话记录。见《老舍自传》，江苏文艺出版社1995年版，第286页。

现代性问题，把反思质疑延滞了20年。《茶馆》的反思更个人化、更有独立性，而茹志鹃的反思在开风气之外，不免和同代人一起落入宏大叙事的话语架构中——从虚幻的政治意识形态中走出来，又不同程度地回到了政治起点。作家独立思考、无依傍的自主性，才是反思的根本。在这个意义上说，《茶馆》的反思比20多年后的反思更有意义。20世纪80年代初的反思大致源出于"伤痕"，追问路线与政策的正确性，指控政治的错误对人的扭曲；老舍省察的是现代语境中普通中国人生存的无可选择的承受。20世纪80年代初的反思寄希望于政策的调整、错误的纠正，他们的悲剧意识是历史不要重演；老舍看出政治现代性的无可逃逸的悲剧性处境。

老舍与茹志鹃的反思之于中国现代历史，是两样的政治，一样的现代性。老舍《茶馆》和茹志鹃《剪辑错了的故事》都只是在价值层面上共同解构了中国的现代性，前者是负面价值，后者是虚幻的价值。20世纪80年代的中国的现代性日渐拥有多元观念与物质的内涵，但是同时增长的是"工具理性"的过分主导。文学想象还没有成功地反思这一层面的意涵，中国的现代性问题还需要进一步的反思，这也许是中国文学不该退到边缘上去的一个重大理由，也是我们重提老舍与茹志鹃的警示作用。

（原载《文学评论》2009年第5期，收入本书时有改动）

第二篇
雅俗共赏:"扬州评话"

论《武松》的通俗史诗特征

　　曲艺评书的研究，给它确立怎样的一个坐标，在怎样的艺术视野下进行观照，直接关系它的研究深度与科学性。特别是对于优秀的传统书，只有在宏观视野下，才能真正确立明白其价值。老舍关于《武松》整理本的印象式评判，正是在这种意义上给我们以启迪。为什么老舍称《武松》为通俗史诗？其科学性根据的探索正是本文的论旨。

　　汉民族文学溯源，是从缘情言志的《诗》开始的。与西方文学传统比较，它缺乏一种最原始的叙事文学门类——英雄史诗。也不像东方，如巴比伦、印度，甚至中华民族内部的其他少数民族，如藏族、蒙古族那样，有口头流传下来的鸿篇巨制的英雄史诗。

　　但是，汉民族文学却有这样的奇特现象，越过史前的奴隶社会和漫长的封建社会，到了封建社会末期，在书面文学经过长期繁荣之后，仍产生了一种类似世界文学传统中敬颂英雄人物的长篇叙事作品，其代表作品就是《武松》（它的最终完成延及到现代），它在形态上很大程度上近似于西方史诗，但在较大部分内容与表现上却又有很大差别。按照广义的史诗概念含义，即既包括原始的口头历代相传的《奥德赛》式的史诗，又包括《战争与和平》这样的近现代巨制长篇小说，《武松》确是属于史诗类型，它所处的位置是介于口头文学的史诗与纯粹局面文学的鸿篇巨制之间。

　　因为，在艺术形态上，它属于口头文学，按黑格尔"史诗原意是'平话'或故事"的揭示，《武松》是名副其实的史诗；按其衍生变化的过程讲，《武松》基本上又是由文人书面创作《水浒》中的一段发展丰富而成，并且，在表现方式上，《武松》某些点上甚至比《水浒》的叙述艺术更接近于现代书面文学创作。基于这样的事实，就必须从史诗的美学特征对《武松》的特定价值作出判断，同时必须舍弃其艺术形态学意义的讨论。不去论及王少堂的书台表演艺术（包括手势为主的舞蹈形体动作、音乐、节奏、韵调效果等），把论旨集中到一般所谓的文学意味上来。

一

作为史诗的歌颂对象，武松是一位英雄。他的英雄业绩不同于英雄时代的征战杀伐，他并不代表某个民族。他是英雄的个人；他不与任何神话谱系相联系，他是凡人中的英雄。他被歌颂，首先是因为他代表了某种人类力量。其次，是因为他代表了正义力量。再次，就是他代表着超绝腐败政治的理想力量，代表着反金钱崇拜的人格力量。这诸种代表性，反映了人们对原始英雄力量的反思与渴慕，又反映了礼俗社会对英雄行为的拘禁与约束。评话作为艺人与市民接受者共同完成的精神产品，英雄便是完全符合他们的期待视野的。自身失去了挣脱礼俗法律的力量，而依靠这种力量才能完成的业绩只有赖之于在想象中创造的英雄了。武松成了他们的理想执行者与慰抚者。

"武二英雄胆气强，挺身直上景阳冈，精拳打死山中虎，从此威名天下扬。"全书开篇的这四句赞词道出了武松作为人类力量代表的英雄本质。他的对立面是自然界中对人类伤害最著的老虎，武松征服了它，并且武松所有的凭借力量就是人自身的拳脚，"精拳捕虎"这四个字只与武松联系着。人类进化的最根本原因在于制造工具、武器，人们出入于荆野蛮荒，猎取野兽全得靠器械，然而武松不靠任何东西（哨棒断了，未曾用上），战胜了人类的劲敌，体现了人类最原始的勇武。而人类的这种勇武是渐次失落了。面对人类的天然力量的逐渐萎缩，人类日益感到自身的软弱，他们越是能发明各式统治征服异类的外在凭借，越是体验到自身的衰颓。除了这种自然退化外，尚礼不尚武的民族精神也约束了人类自身力量的发挥。特别处在长江中下游这样的商业都市中的人，服从于后天文明，安分守己，除了心计而外缺乏一切力量的市民们，更是敬佩武松这样卓尔不群的人类天然力量的体现者。他具有市民阶层中谁也没有的胆气，具有"明知山有虎，偏向虎山行"的铤而走险的勇毅。更令人惊服的是武松在酒醉之后打死了老虎，他处在孤立无援的困境中，不怯不退，直至最终战胜对手老虎。最令市民阶层赞颂的是武松打虎不仅为了个人安危，表现了个人的威风，而且关涉到一般民众的切身利益。武松的动机、意识莫不令市民们钦仰感激。上景阳冈前，武松认定"大丈夫只有向前，哪有退后的道理？我依仗这身本领，也能跟老虎斗一斗，把老虎打死，替万人除害"，打死了老虎，他"望望东西两条大路，也代行人欢喜，随后无论男女老幼，走到景阳冈，可保没有损害了"。他是人类力量的代表，是一般人的保护者。他是个不须人们信奉敬祀的凡人身性的神祇。倘若是神，则非人类所能衡量，然而武松这个血肉之人，却起到了一般神祇不能起到的作用。《武松》这种对英雄本质的歌颂，是立足于人们对自身本质力量反思的基础上进行的，它不同于人类处于幼年阶段对超人的神化力量的景仰与膺服。所以，它赢得了较其他史诗更贴近于人自身的价值。

与老虎的斗争，是对危害人类的来自自然的邪恶力量的征服，这还是一种超出于人与人之间的关系之上的表现，武松深得人心的英雄行为更在于他是个伸张正义的英雄。《武松》产生的时代，儒教、道德法律已形成了对一般人的约束力，但是中国礼俗社会又很少法治功能，所以非正义的逞凶肆恶行为仍然广被民间扰害民生。作为伸张正义的英雄出现，武松的行为就有其现实基础的需要与市民阶层的渴望期待了。

武松伸张正义的行动，是从身边扩展开去，由己及人，更推而广之。他惩奸罚恶，除暴安良，扶危济困，在"打尽天下不平"的信仰下，开始他的拯救、仗义、受难、冒险的英雄历程。打虎之后，武松的第一壮举就是杀掉了倚财仗势、毒死武大郎、诱奸潘金莲的地方恶棍西门庆，并且以同样的方法处置了合谋为恶的潘金莲。武松行为虽然不脱"悌"的伦理核心，符合深入民间的纲常潜意识，但最合民心的仍是在于除却了地方危害，所以他们七八百人"异口同声、不约而同，没得哪个不褒赞武松，都说武松杀西门庆杀得不错，杀得好，他不但替他哥哥报仇，也替我们地方上众人除了害，真乃英雄也，豪杰也，义士也"。他的英勇行为所符合道德目的者在于拯救地方风俗。这一行为，在打虎的英勇胆气之外，呈露出武松的磊落刚勇的道德品质；醉打蒋门神，把他的英雄行为由"悌"扩展到仗义的更大伦理范围，由此而来的都监府栽赃、孟州府受难、二次起解，历经折磨而不悔其行，不堕其志，充分展示了他的英雄的精神意志。而夜走蜈蚣岭一节，因路闻不平而拔刀救助，更把天下正义肩于一身，甘愿冒险，在功力不敌吴千的情况下，孤身深入敌寨，死战恶盗，救下危在旦夕的女子武金定，并且救人救到底，送佛到西天，一路护送武金定回家，不受酬谢，不贪逸乐，决然辞别。由此把这一正义伸张的英雄形象擢拔到空前的高度。武松的这一系列英雄业绩，较之于奥德修十年漂泊回乡的业绩既没有神的护佑，又没有同行者的援助，仍不减其色。他尊重道德法律，但在它们无助于大众时，又甘冒不韪。武松创立下这一系列英雄业绩时，为正义而无视已经固定成为对个人有约束力的教条和规章制度，又比上古史诗英雄更具力量。

超绝于腐败政治，是武松又一不同凡俗的英雄品质。他从一个官府属吏走到二龙山落草的历程正是逐步与官府决绝的过程。从事奉县令旨意到杀戮现任都监、团练，从伏法投案到杀人潜逃；从守法奉公到拒杀解差，武松对腐败政治越来越恶绝，直至根本不把官府放在眼下。这一切都表现了他豪杰不受羁勒的天然英雄本性。《武松》中，凡官府无一不贪、不愚，他们大都是非不明，忠奸不辨，善恶不分。在武松与官府的冲突中，他以自己的是非善恶标准去衡量，凌驾于官府的昏庸腐败的政治标准之上，凭个人的价值刹断决定自己的行动，在个人意志与官方意志分裂的过程中，充分肯定个人意志，显示出英雄个人的充分自由感而在整个社会环境内，他的自由毕竟仍有限度，最终自由的争取必然让他落草为王，以自己的强行意志同官府分庭抗礼，去行官府所不能行的仁政，以致令"山下居民、百姓，无不感激"。无拘束的上古史诗英雄固然可赞，有拘束而不受其拘束的人世英雄武松更为可敬。

附带要说的是，武松从市民中起，终归占山为王，在艺人的主体创作意识中，与市民阶层的接受意识的规定中都不具有所谓农民起义的思想。原作《水浒》与大宋宣和36人起义就有区别，到纯然表现一般市民意识的《武松》中就相距更远了。认识到这一点，对理解评话《水浒》，对评话本的整理工作都有意义，它能告诫人们以历史唯物主义的态度对待这种历代口头相传的珍贵遗产，不将今天的意识强加到成型固定的史诗中去，因而就能以宽容态度对待它，不去硬行删落其中的有机成分。

到《武松》这一史诗基本完善的清末民初时代，它所产生的地域背景中的人们感受到的金钱对人的约束力与政治、礼俗相融，甚或超出后者。具有对金钱的超越力量便成了武松英雄人格中的一个更为重要的因素；对待金钱的态度，武松比他周围所有人都有自主能力。他不像宋江那样疏财，以金钱为自身赢得令誉与势力，更不象一般官吏财主的孜孜求财，而仅仅以之为生活的一种必要手段。只要能维持自己的基本需求，武松绝不肯为财所累。他告诫手下的伙计们，"你们哪一个要寻肮脏钱，我知道就不行"，他告诫孙二娘不要为财而拿买卖错害了英雄豪杰，他从蜈蚣岭上得来钱财，尽数依散给武家庄与镇上的穷人，分文不受别人的报答。只要够得上盘缠，武松从不多要银钱。这就形成了他的特立独行的高标人格。在他的对立势力以金钱的转化力量陷害他时，武松也最终赢得对金钱的胜利。不为银钱的奴隶，与他不肯屈辱自身向任何一种力量投降一样，成了人们赞颂他、视他为英雄的重要因素。

这样一个能超越环境的个人，生活在凡俗的理想。而这种理想是市民阶级无法实现的。这部史诗完成的时代与它所寄托的时代标志，讹错几个朝代，这本身说明市民阶层无法在现实与未来中找到改变自身处境的力量，只能寄精神解脱于历史英雄人格力量。这种精神要求，便是这部迟到的史诗最终完成的直接动因。礼俗社会的文明因素妨害史诗诞生，但人类对英雄时代的反思与渴慕却又使礼俗社会无法遏止史诗的到来，《武松》正是这样产生的。但是，无法讳言，这样的史诗较西洋或其他民族的古代史诗在犷悍力度上是远远削弱了，除了儒教道德、法律的束缚原因外，创作吟诵者的主体意识的区别起了决定作用。王少堂与其前辈们的近世思想意识无法追比远古的盲诗人们的无拘无束，这部史诗的寄存形态评话的娱人劝世功能让它所起的作用，在安慰上要比振奋上占有压倒的比重，而接受者市民阶层也仅以接受安慰为满足，这就决定了它的格调、力度的卑弱了。这种近世意识与原初英雄原型的糅合，是历史使然，我们无须讳，更毋庸改。

即使如此，仍无损《武松》作为民族史诗的形态与内容的独立意义。它的这些与下面要论述的特征，正是汉民族史诗区别于其他民族史诗的重要标志。

二

上文主要分析了如黑格尔所谓的意识领略的"对象……所经历的事迹"，这儿所要研究的就是"对象所处的情境及其发展的广阔图景，也就是对象处在它们整个客观存在中的状态"。

武松在书中所历地理境域由河北、山东而河南，但是他所有活动的文化背景都不超越扬州这个范围，说书人意识的文化内容即是书中的文化环境。由此而言，《武松》这部书接近于近代小说的写实主义创作方法，说书人严格地依据自身的生活经验来创造自己所理解的那个世界。这就形成了书中的流动经历与固定文化模式的组合。这种流动经历实质就是武松的英雄业绩，这里不再赘叙。我们所关心的是那个固定文化模式。

全书无论是阳谷县、孟州府，或是偶尔路过的武家庄都体现出了中国乡土文化社会的地缘关系结构，最显著的莫过于阳谷县的紫石街了。以武家为中心，与街坊邻里发生互助关系，日常互通有无，喜事互相庆贺帮忙，丧事互致祭吊，人情联系着社会成员之间的关系，大家都遵守共同的礼俗习惯。所以王婆才能以借皇历为由，央潘金莲帮助做寿衣，由此达到串奸的目的。武松归家祭兄，"家务事要请公卿族长排解"，既然阳谷县非生地，因此就邀来众邻居，作成了人命见证。甚至过来应席的二位喜剧人物也是借了"街坊"的名义，武松官司的善后，也是依赖邻居完成的。从来的中国文学，还没有过任何作品再现中国乡土文化模式如此充分完满，这是评话《武松》的一大功绩，即使如后来新文艺作家，像老舍，在作品《四世同堂》中也未能突破这一成就。"紫石街模式"可作为中国乡土社会的文化典型。书中所有正面或一般人物，都在意识上受这一固定文化情境的支配，做出合乎社会礼俗的行为，构成在这种文化基础上的悲、喜剧冲突。

这种礼俗人情关系的泛化，构成了官府王法的平行力量，并冲激着法治，衙门里的大小官吏都以人情影响着他们的判断与行动。为着人情，仵作子在验虎伤时为武松少报伤迹以增其荣；同样因为伤了人情，仵作子在给狮子楼酒馆东伙验伤少报伤迹，以损其利。为着人情，阳谷县出脱了武松活命；为了人愉，孟州管铎衙门免打武松四十杀威棒。人情作为一种公认的文化伦理内容的表现，在中国文学作品中，没有超出《武松》者。要理解今天中国文化的惰性，《武松》这样的作品是不可忽视的。

《武松》还生动地勾勒出扬州这样的封建商业城市的社会阶层状况与他们的生活态度，准确地显现出隐在的商业文化特征。这个社会全都沉浸在商业关系中，所有的人都是操各种生意者。从最底层的乔郓哥始，即是做小本生意，拎个枯鲜果篮子混穷；略高一个层次的便是武大郎、何九者之流，王婆也大概差不离；再上一层便是开一般店铺者；更高层次便是明官实商的衙门里的吏员与官员，陈洪是阳谷县的"头柜大伙计"，康文是瞒天过海的州官替身，他们把官差当生意做，在俸禄之外赚得大把金钱，然而在金钱至上的商业都市里，西门庆这样的大财主才是主宰一切的最高层次，官府也要受他调动。

在这样的层次中，代表民众生活态度的不是下层的乔郓哥的刁钻泼辣、机智狡猾与少顾忌，也不是西门庆那样的倚财仗势，州官与吏员们的本领是一般百姓可望而不可即。一般百姓不敢也不能如康文、陈洪那样逞弄本领。武松式的行动则完全超越于这个社会，打虎杀人这类举动在他们是白日梦般的幻想。一般市民，得过且过，只求安居乐业。他们不敢多管闲事。行不逾矩的礼俗特征外，趋利避害的商业文化特征也在他们身上有了鲜明的体现。所以纵然西门庆、王婆勾串潘金莲害死亲夫非法通奸，违反他们公认的伦理道德，也没有谁敢出来伸张正义。"紫石街这一方邻居，全是规规矩矩的人，没得哪个敢找是非做，只是背后议论。"武大郎被害"邻居们就猜详到，这个死，还绝不是好死，也没得哪个敢说。这一方居民都是纯民，生怕惹动是非"，西门庆直入武府通奸，"这一条街个个皆知，没得哪一个敢多言多语"。不惹是生非，不惊官动府，无讼，是他们最习惯与适宜的生活处境。

可是，地方上仍免不了要出事情，由怎样的权威解决？新起的商业文化仍要让步于传统礼俗文化，市民们所信奉者不是官府的法治，而是礼治的代表形式"长老政治"。这个"长老"式的人物，在《武松》中典型者莫过于胡正卿。胡正卿也不是传统乡土文化结构中的单纯以年龄和经验处尊者，他有这个商业城市的鲜明特征。商城中人的意识久为金钱腐蚀，所以必须超越"利"的羁绊，因而胡正卿不是个商人，他是曾在县里当过刑房书办的旧吏。他的年龄在七十岁外，很有名气，他的智慧文化也是一般人所不及，"腹中甚好，笔下也好"，他为人"很为正派"，有能力，能"大事化小，小事化了"。他的身份行为都是市民们的理想体现。所以普通市民就把维持自身的生活秩序的重任托之于这"长老"人物。

胡正卿这种人物，除了体现地方文化中的"礼治长老"的身份外，更深刻地反映了这个地方文化中敦厚诗教与利害攸关的两种意识的参互与并存。就书中背景的时、地而言，传统的温柔敦厚的诗教遗风在市民中有着深厚的无意识积淀，这种敦厚之气，维持着人际关系的和睦，也束缚着他们的独立个性，所以，市民们除了固守自身而外，便没有与外在环境斗争的勇气与力量。但他们若是发现身边的其他的有违中庸精神的事情，只要不危害自己，便也要出面劝阻，所以才有武松杀潘金莲而三个老头子邻居吊助武松的膀臂的戏剧冲突。另一方面，生活在大商埠并有资本主义经济萌芽的环境中的扬州市民，他们意识中又充满各种以"利益"、"利害"为核心的判断标准。为着自身利害，他们可以对身边事物置若罔闻，为着自身利益，他们又可以斤斤计较于琐屑事情。武府上奸情，众邻居可以推作不知，武府上杀人，众邻居要作人命见证。于是，胡正卿必须以礼义约束武松，不致走了元凶，误吃官司，为了脱却干系，减轻责任，他又与武松串供，在礼义中庸的面目下，利害关系正在生活中逐渐由加强到替代前者，而发生着作用。《武松》向人们昭示那一时代正处在转变之中的商城地域文化情境。

在这种转变中，无论是旧有礼俗或新起的商业阶层都无力充当起善恶判断与惩决的责任。礼俗只是积存在仪式中的一种无力的摆设，虽然商人意识遍布民间，但是商界还处于不能自保的发展阶段。《武松》中的商界除了作出某种行为，如在飞云浦树立牌坊、造桥，以标志自己的存在，逐步巩立自身的社会地位外，仍无力代表某种善的力量与邪恶斗争。这正显示出中国弱小的商业资本萌芽无法赢得西方上升的资产阶级的力量地位。正是因此，武松这种原始正义力量的代表才有存在与发挥作用的可能。他与传统礼俗相互认可，行孝悌之道，为民除害，他为不能自保的商界创造环境，打走强夺快活林的蒋忠，杀掉威胁蜈蚣镇商家利益的飞蜈蚣，但对商业资本"金钱"所造成的邪恶又深恶痛绝。所以，若是深究武松的生存基础，我们便面临着一种陷阱，无法推断出他生成的历史必然性。说到底，他只是人们从遥远的历史回忆中找来的一种反拨现实、自我慰安的理想而已。他是理想的善的力量，也是孤立超越的英雄。《武松》这部史诗是非神话的，但却又隐伏着某种神化的心理趋势。

在认清了《武松》的隐型文化的模式与特征外，我们还有必要对它所再现的显型文化性状作出描述。评话形态的寄存方式决定了这部史诗的狭窄生活面。它所反映的扬州城，作为一个转运商埠，除了各类衙门外，就只剩了一些供消费的社会设施。于是，《武松》这部史诗所反映的生活便只是以衙门、酒肆与茶坊为主了。为拓展这个狭窄空间的境界，编书的评话家们除了以传说中的江湖生涯充实内容外，便在同类事物的不同特征上下工夫。《武松》中的阳谷县衙内与孟州府衙门、管驿衙门，虽在本质上是一致的，但各色吏员、差役表现殊绝。全书八九座酒肆，光是跑堂的小二，就没有一家相同，在种种不同处显示出这个境域里的风俗特点与繁荣。虽然这一串小二的形象都带上商城的"金钱至上"的意识特点，多少都有点奸狡、势利、自私、损人利己、促狭……，但景阳镇小二的新秀气度、狮子楼小二的好佬身份、十字坡小二的强盗本质、快活林长气的八面玲珑、王佩楼刘二的仗义、荒镇酒店小二的呆拙、蜈蚣镇小二的滑头、白虎镇小二的势利，却是人各其面，五光十色。正是这种种市井人物：小二、商贩、差役，体现着地方风俗文化。他们是砌就商城精神大厦的砖石，离开了他们便没有了这个地域的精神文化特征。相似的场景上，充满了个性各异、丰富多彩的人物与生活，这就是这部史诗生动活泼的保证。

就显型文化再现而言，我们可以说，迄今无论是哪一种评书与小说创作所取得的成就都无法与《武松》比。它的世相再现与风俗分析，都是这种努力的极致。但是，从研究讲，除了在总体意义上的肯定外，若再将其逐一分类评估，便把我们的工作贬降到风俗志的意义上去了。

在个人与背景的关系中，我们不难发现，武松与书中的人物大都有矛盾，他的独立的品行与性格同环境格格不入，每到一处，必致发生冲突。种种冲突以杀戮、惩治、勉强顺从，或不以为意而消解，这一切都以外在形式获得解决。《武松》这样的史诗，还不能称作为现代的心灵史诗，它没有主要人物的精神流动变迁的过程，人物的内心还不具备分裂状态的苦恼（个人与民族或周围环境冲突的内心反映）。因而，它在人们内心唤起的仅是一种英雄崇拜的崇高感，而非悲剧性的崇高。武松这个人物的自我意识，仍因着评话艺人的意识单纯而不具备现代史诗人物的特点，如包尔康斯基那样的复杂与深刻。就这一点而言，《武松》更接近于上古史诗的特征。

但是，我们能说评话艺人不具备充分独立的主体意识吗？不，他们有自己的生活观照的哲学，并以此来创造自己的世界，这就是下一部分论述的内容。

三

《武松》中的市民伦理哲学正代表着评话艺人的主体观照。从它的性质讲，这是一种生活哲学；从内容上看，它有酒色财气四项要素；从社会态度上看，它既有市民们的落后保守的劝诫，又有积极的批判精神。

对生活作出哲理性主体观照，这符合于评话艺人的认识水平。评话艺人对生活的感受、他们的阅历、他们所传承的道德伦理都较一般人广泛，但又都限定他们只能对生活本身作出一定深度的观照，他们不可能超越自身的经验去对人类的存在、发展作出体验，发明出一种生命哲学，他们也不可能从历史发展中总结出一套规律（他们眼中的历史永远与近世人情世态缠绞不清），更不可能从物质与精神的关系中把握世界。于是他们从最切身的生活中总结出几个要素来，"过去的人，酒色财气几个字难免"，谁也超不出这几大生活要素。这四个要素，帮助他们梳理分析生活，有助于他们据此构建起自己的世界来。在这四大要素中，渗透评话艺人的生意人本色，他们闯码头的人生见识，也有儒教中的仁、义、礼、智、信的五常伦理。在这诸种复杂成分的交织中，说书人往往立于自相矛盾的境地里，对自身的哲学作出两可的调和。这四种生活要素，在任一不同的人身上都可以有不同的表现与组合形式。从各个不同个人对这四个要素的不同态度中，又可以决定对他们的褒贬、赞颂与批判。

以武松看，他好酒任气，戒色疏财。他所好之酒与何九所好之酒，就因不同成分的渗透有不同的内涵。何九为下层生意人，好酒是他食利的一种表现，是馋。而武松的酒乃是一种力量，一分酒便加一分气力。西方人的酒神象征一种迷狂力量，在中国虽然不是这样，但在武松却具有相近意味的个体力量的充分发挥的功能。景阳镇"三碗不过冈"，他喝三十碗，且笑天下人没酒量，一种十倍于常人的英雄气质首先是在酒上体现出来。酒有助于武松的个性发挥，让武松获得充分的身心自由，而这种自由的获得在陈洪看来即是乱性，在宋江看来是"酒上误事，……不学好"。酒助武松成英雄，宋江、陈洪等要武松节酒作凡庸。评话艺人究竟取哪一端？他们的态度是矛盾的。他们与市民们一样，盼出英雄来惩贪官、杀好恶，救助急难。但他们又知道市民们的矛盾心理希望有这样的英雄，却不希望这样的英雄出在自家。所谓"少不读《水浒》"正是此说。说书艺人负有双重责任：既导泄民愤又匡正世风，所以万不能教导良家子弟闯祸。他们陷在两难境地里，既要为民众塑立英雄，又要让人们安分守己。有武松则不可能安分，无武松又出不得心头闷气。陈洪、宋江的调和作用正在于此。说书人在赞英雄时，竭力夸张武松的豪饮海量，这时，他们的反抗意识占上风；在劝诫英雄时，又提出四平八稳的处世态度，其保守意识主宰自身。所以，我们说《武松》中的市民哲学有确定的要素，但没有一成不变的观点。

什么是"气"？它的本质核心是人物的个性，"气"的涨与抑，正是个性的张力范围。"武二英雄胆气强"之"气"是武松的英勇性格；"好动不平之气"的"气"是武松的反抗精神。全凭着这种"气"，武松才能打虎杀坏除暴安良。陈洪、宋江劝其"气息要平和"，正是要武松压抑自己的个性，与周围人取得认同一致。这一点，正与他们劝武松少饮酒，出于同样意识动机。酒与"气"，在武松而言，正是相辅相成的，常常是密不可分的一对。

《武松》中，另一个易动气的是孟州府陈君谋。他的"气"的核心是"糊涂"。他不能理三种案：逆案、奸情、贼盗，这三种案件令他发昏，令他动气。他是个书呆子官，连这些常例案件都审不来，实质是一无所能，无案会理。一旦他的昏庸糊涂的个性发生作用，冤案便产生了。都监府诬武松为盗，陈君谋动了"气"，大刑满贯，差点要了武松的性命。

同样是"气"，不同的人便有不同的气，或值得赞扬，或须得抨击，它是构成人世社会的重要因素。一般人的"气"不及武松或陈君谋明显，其道理在于武松是不受羁绊的理想人物，陈君谋使气任性则在于他的地位与权力，而一般民众时常承受着纲常伦理的束缚压抑，因而不具备明显的"气"的特征。他们都是气息平和者，也是全体丧失了个性力量的一群，正是这种无"气"的群体，维系着封建伦理社会的长治久安。

对于"色"，武松则取基本否定的态度。"色"的内涵是人类的自然生命欲望。中国人对此的态度不同于中世纪的欧洲封建教会的禁欲精神。"食色，性也"，但必须持中庸之道，过而为淫，又万恶淫为首，其惩戒方法便杀命灭性。所以，《武松》中以杀嫂祭兄，斗杀西门庆最为一般市民称道，西门庆也会得一身拳棒功；比武松"惜乎阳弱一点，只为他好色贪花"。同样，好色而淫的张都监、蒋忠、吴千都到武松刀下纳了命。对正面英雄人物而言，不为"色"动，更是重要的英雄本质。对潘金莲的调戏，武松正色厉声地警告，对韩玉兰的私托终身，他毅然割绝，与武金定独处，他身心磊落，最终辞别武太公飘然而去。出家为行者，割断了英雄与尘世"色"欲的最后联系，完成了他超然物外的形象。《武松》中的主体意识当然不能代表每个丰富、评述者（艺人）的个人生活态度，但他们都或者不自觉地承受了，或者违心地肯定了某种禁欲精神。

围绕着"财"，武松不仅表现着英雄、凡俗的个人生活态度，而且对整个社会作出了鸟瞰批判。只要抓住了"钱"，我们就可以抓住书中绝大多数人的灵魂内驱力。书中唯有武松对金钱采取了身外物待之的态度。而其他的人，从下层小民到上层官绅，一接触到金钱无不为之动，整个社会构成一部为金钱驱动的机器。评话艺人以这种整体观照的态度来把握生活环境，安排书情，塑造人物，形成了对全社会商人意识、人与人之间的金钱本质关系的评价与批判。

为此，《武松》中的人物往往与原著《水浒》或其他地区的评书中人物大异其貌。武大郎，人们的一般认识都是怯武大，怕婆娘的懦夫。但在《武松》中，武大的形象则不是怕老婆，而是贪吝，惜财爱小。娶潘金莲，他图的是"便宜"，潘金莲入茶坊与西门庆通奸，王婆每日以酒菜款待武大，省得他家自己开伙，而且潘金莲每日趁人不觉剪一块绸缎给他偷回去，他又饶到了好大便宜。最终饮鸩而亡，他本不肯喝下了砒霜的末药，只为王婆说了药"也是拿银子买得来的，……何必把钱糟掉呢？"叙述者最终通过贼赞总结："平素间贪小惜财是他送命的根"。商城中人与人之间的关系渐渐本质化为金钱，人们相互设置着阴谋陷阱，图小利，坏大事，是武大这个形象向人们昭示的诫律。

围绕着这桩公案，乔郓哥因得不着盘缠而挑唆武大捉奸，王婆本即贪贿而说风情，何九爱财而烧柩，嵇尚安、巴德林因受西门庆之津贴不敢写讼状，阳谷县因差西门庆二万两"准而不审"。在另一桩公案中，张都监得蒋忠二千两，栽赃诬陷武松为盗，而康文得施恩三千两为武松辩罪，于是出现了以法律外形表现的金钱大较量。最终达成折中，双方都得到金钱利益，而又各自作出让步。张都监是利令智昏，违法乱纪；康文以法律尊严为幌子，去调和折中既得利益。"康文辩罪"表面上是一方压倒另一方，实际上是钱压倒了真理正义。辩罪结束，"康文也自觉得意，知州的印把子就如同是我抓住"。这道出了整个社会的本质，昏官从老吏，老吏从金钱，政治、法律一切都是傀儡。

出子对金钱力量的憎恶，莎士比亚曾借泰门之口发出深恶痛绝的诅咒，中国的谴责小说家也颇多愤嫉之辞。可是，王少堂及其前辈们都取种喜剧的静观态度。阳谷县收贿受贿，却堂皇而言"本县瞧见这种肮脏东西，我的气就来了——来人，搬到后头去"。衙门正门上的大爷坐抽一九的例钱，不好意思用手接，伸脚以靴筒接受。康武与哥哥康文参商，"今日就因衙内这件公事，得了四百两银子回手，不但老弟兄联和，连儿子都是卖的"。王洪、王亮见利忘义，财迷心窍，居然真的去借刀杀人。乔郓哥在大堂上坐索被差人勒扣的二百文，等等不一，评话艺术家们让各种丑类登场献技，冷眼旁观，写下了中国文学中对金钱罪恶的极冷隽深刻的讽刺文字。在书中，除为财害命者，皆属"君子生财，取之有道"。狱吏康武与众牢子为这句话作出了最好的注解，"武松不能死……他如死在牢里……大家就没有生财之道了"。人犯即是生财之道。由犯人身上发财，便是旧官府的职能。这种道，正是无人道之道，无法无天，盘剥敲诈之道。最叫人忍俊不禁的是，所有人行此道时都以人情的面目出现，都是为被盘剥敲诈者着想。礼俗人情与金钱联姻，生下了虚伪的后代，形成人际关系的冷酷、畸形。

这种联系深入民间几乎成了一般人之间的唯一关系。王小六满街为施恩找武松，武松实为十两银子的化身，赵大半夜为施恩送信，不为别的，就是关心"那个十两不算，还有照样十两一大锭"。施恩放火烧快活林，众伙计先佯作不知武松出事，唯恐施恩要他们出力。及至明白放火，又人人火前争取财物。蜈蚣镇上酒馆内二少一老聚饮，一方会东，一方出知识，否则没有老者吃的。评话艺术家们虽然以武松亲兄弟之情、义兄弟之情与之形击，但相比之下，人们还是只能体味到炎凉的世态。

在酒、色、财气市民哲学观照下的生活再现，穷形极状地写出了评话艺人眼中的世界，其批判意识的介入使《武松》迥别于上古史诗，但混沌的四项要素又很难达到一种现代哲学的穿透力。因而，《武松》作为史诗没有上古史诗的卑纯外在的丰富与内在单薄的合成。但在它的丰富的外在世界的原生状态中，提供给后世的人物从各个角度去剖析的无限可能。因为，对文学来说，酒色财气的市民哲学，反而较仁、义、礼、智、信的儒教伦理规范给予了它更活泼的生机与创造空间。在这种主体意识支配下的产品，恰是给我们的文学库藏提供了独一无二的品类。当日老舍看到经删削过的整理本即惊呼为"大著作"，并命之为"通俗史诗"。殊不知，它的本来面目却更具风彩呢！

那么，是否《武松》仅具通俗史诗的功能？为我们的意识领略那一世界提供内容外，在文学形式的发展上别无它长呢？不！以史诗与长篇、乃至整个小说创作而言，《武松》在舶来的新小说前或同时，为民族文学的发展，从方法上也作出了足够的贡献。

四

《武松》，作为文艺形态中的史诗，相较整个世界文学传统是一个晚出的现象，但它并不单单是一种补课。它自身的形式结构较本民族的传奇类作品取得了长足进步，并与近代世界文学有了同步进展的趋势。从细腻全面地再现生活而言，它与《红楼梦》《儒林外史》殊途同归，甚或比多数谴责、黑幕小说的粗疏手段更具艺术性。由它的表白细腻深透的特色，规定了它在心理分析的手段上提供了以往文学作品所不具备的素质。由评话的艺术形态，戏剧展示的特征对类似小说的话本进行渗透，《武松》基本上是在场面上展示生活。这种展示，改变了小说只是线性叙述因果发展的构成方式，把场面描绘有机地融入小说门类，在西方文学的影响于新文学之前，就形成了民族叙事文学作品的近现代形式特征。

不可能设想，从《水浒》中短短数回发展而成一百多万字的通俗史诗，《武松》会增加一些可有可无的废话也无从设想，评话艺人把《水浒》章节演变成评话《武松》，是将文学形式倒退到《水浒》成书前的话本上去。鲁迅早已说过："至明朝，虽也还有说话人——如柳敬亭就是当时很有名的说话人——但已不是宋人底面目"，而由柳敬亭所讲的《武松》到王少堂所讲的《武松》则又是另一面目了。所异何在？鲁迅语焉不详。老舍对这一点作出了精当论述："通俗史诗的另一特点，（指英雄、凡人共存之外）从四面八方描写生活，一毫不苟，丝丝入扣。"简言之，即细致、周到。

明清以前的话本，叙述大都选用与情节发展大有关系的事物，拣热闹地讲，冷书闲书极少，及至文人创作如施耐庵们，也很少涉笔主干以外的旁枝末节。而《武松》正是以冷书、闲书擅长，并且这种看似旁枝末节的文字，既不游离于主旨，又能以绿叶托红花，使主要表述对象相得益彰。《水浒》中，武松首次告西门庆、潘金莲通奸害死亲兄，未得阳谷县知县允许，便回家杀嫂，又在狮子楼杀了西门庆。"知县听得人来报了，先自骇然。"仅这骇然二字，到了《武松》书中，这种惊骇的情状便有了具体、充分的描绘了。老爷在书房，理胡须读闲书，津津有味，抹胡须至末尾，捻玩六根最长的，听讯急惊，以手拍案，六根胡须绕在手指上，一拍一钝，竟把最爱惜的胡须连根拔掉，一个抽象的"然"字，变成了声形毕肖的画面，入情入理，有血有肉。充分的生活实感，让所有的听书者都获得一种如在目前的感受。这一戏剧性的细节，为接着开场的审案作出铺垫，既显出案情的严重，又托出县官的心理状态，成为整个生活流动中不可划断的成分。纵使接受者偏爱，可以给前者加以"简洁"的评断，却也无论如何不能对后者有所疵议。整个现代小说的发展，正以细腻、深刻最为显著，《武松》恰也当得起老舍所言"讲述的手段有时候简直逼近新小说了"。

假如再深究到县官拔这六根胡须的瞬间心理，必能体味到他对西门庆与武松二人的复杂矛盾态度。只因这仅仅是个小插曲式的细节描绘，评话艺人未对它作明白清晰的心理分析与心理再现。但是仍不妨碍《武松》以心理分析、心理再现作为主要的表现手段。历来中国传统小说的研究者们，或持两种意见：一说中国小说中缺乏心理描写，另一说中国小说有心理描写，并且常常可见，都在行动中体现。《武松》却告诉人们，这部通俗史诗不仅有古老文学形式的种种再现手段，也有一股西方长篇小说的心理描绘、分析的近现代写法。它的心理分析、再现，让我们看到各色人等的精神世界。若仍以酒色财气分，《武松》就分别对酒徒心理、好色之徒的心理、赌徒心理、任侠者的心理作出多样刻绘。

以普通的酒徒心理说，没有哪个好酒者不会如武松在都监府被人赚了。以好色者论，西门庆勾结潘金莲夜不成寐，食不甘味，其表现可谓淋漓尽致，惟妙惟肖而又入木三分。任侠好强者，谁又曾有过武松读景阳冈下告示时的类似内心活动呢？评话艺人对赌徒的心理定势的揭示更是让人信服。它既有生活的真实概括，又符合心理科学。嗜赌的王小六得了施恩的十两一大锭银子，对如何处置它费尽踌躇，就他的生活可能性作出了多方心理衡量与选择。先庆幸自己走局，既而考虑整锭钱的整锭用法：娶妻生子，恐怕受累；买一身新衣，打更的不宜穿着考究；放高利贷吧，又怕放淌掉了，仍是两手空空；就存在身上，又怕丢掉；放在更棚中，更怕被偷了。恰好路过赌坊，忍不住技痒，输个干净，且贴上了一件小裤子。此后又考虑到找着武松仍有十两，便心下发誓，那时就"绝对不赌，留着做衣服穿了"。任一种成瘾癖者，从王小六都可以照见自己的内心面目。《武松》的心理描写，同它的整体写实主义创作方法一致，也是一种心理写实。

观叙述者在作品中的位置，《武松》与《水浒》一样，都是以全知全能的态度介入叙事。但《武松》在心理描写上却比《水浒》有更多的形式与方便。《水浒》除了一般人们所说的以行动体现心理外，若有心理表述，不外以人物"寻思道""心下暗忖"说出。《武松》则不止如此，除了上举的王小六式的叙述者与人物的完全内心重合外，它更多地借助于评话的基本手段说表。评话是依赖书台而存在，书台不同于戏台，但它与戏台有一致处，即人物有台词的道白。不同于戏台处又在于它可以充分自由地对道白的潜台词进行表述。（戏剧只有通过唱段才行），《武松》的心理描写基本借助于潜台词出现。景阳镇酒店小二追武松回店，武松说："啊哈，我明白了！"紧接着，评话人直接评论"他能明白，我能赌咒"。那么武松所明白者是什么？评话人说他不明白者是什么？这就必须立足于对武松的误会心理的解剖，把他的"明白"二字的潜台词道出。这种手段比王小六式的心理再现拉开了评话人与书中人物的距离，没有后者的活泼，却比后者更具有理性的清晰透明度。这种心理分析，正是评话艺人最擅胜的方法，也是评话篇幅如此庞大的一个重要原因。潘金莲见武松第一眼，吐出两个字"咦喂"，其潜在心理的挖掘表现即有了好几百字。同样，武松在请邻居祭兄时说出"邻居太爷倒又来了！"只一个"又"字的潜在文章就作出了一大篇。《武松》所以这样做，乃是为其美学理想"合情入理"服务，情理说得明白的程度，即是对现存世界的把握程度，而西方小说转入人物内心也是出于对世界的探索。从本旨目的上讲，东西方艺术却是形异质同。

除了这种表白分析，与王小六式的心中所思的心理写实外，《武松》还能以幻写真，深入人物的幻觉心理乃至潜意识中去表现人物心理。王婆在大堂上受刑，生理上的疼痛造成精神的恐怖，由此而产生幻觉，于是她在公堂上叫出了"大老爷，大堂要倒了！大老爷爬到屋脊上去了！"乔郓哥因忿不平，准备擂武府大门捉西门庆的奸，这种仗义之心已超出了他的处世限度，内心潜在的自控意识这时发生作用了，所以他每一次要擂门，即听见怪诞的鬼叫，最终让他打消了念头。武松归家后的一夜，武大魂告，其情景超出窦娥托父报仇申冤的生动，可以比共哈姆莱特中的鬼魂登场。它是在武松的梦境中出现的。武松对兄死本来不祛疑，但无凭无据。这种怀疑只有在梦中才能从意识控制的闸门中流淌出来，演变成真切的梦境。只不过这个梦境的作用引导武松走向行动，而哈姆莱特却是陷入无法自主的内心困境中去思考"活还是死"的生命哲学了。可以这样说，《武松》较之于一些古代名著，所弱者仅在于"人"的意识层次，而不在于形式上。

人们一般也认为中国小说传统中很少以场面描写为主，缺乏对特定时间地点内人物之间的关系的再现，大都是以情节线索为主，进行线性叙述，即或有机会表现场面，也是不完整的，非独立的，服从于情节，而不是把重心放在人物行为、态度、对他们的反应上。新文学研究者们几乎一致地认为，鲁迅的《药》等小说才是真正的场面描写的肇端。很可惜，他们在研究新文学时只顾得以西方文学作为参照，而忽略了民族、民间的保存在口头、书台上的许多作品。《武松》以及王派评话中的其他几部书《宋江》《卢俊义》等，几乎无不是以场面描写作为主要的表现手段，线性叙述仅只作为串联场面的辅助手段。究其根源，仍在于评话的书台表演特征。评话被其邻近的戏曲艺术渗透着，说书人在台上一人兼扮多种角色，表演他们相互间的关系，这种关系的文字实录每回每段都是一种场面描写。不如此，评话艺人也难以分场逐段地连续演出。评话场面的展示与新文学场面描写当然也有差别，其最著处就是太侧重戏剧性冲突，比之于新小说，它与一般日常生活的距离就明显了一点。

曾有人对《武松》中"康文辩罪"一节作出欣赏分析，即是立足于戏剧性场面的剖析，加以感觉印象及艺术联想的陈述发挥。在整个冲突过程中，人物的表情、动作发生着变化，张都监从跋扈嚣张到俯首听命；康文从只是不讲到滔滔陈辞。在这种表面变化同时完成的是场面上支配地位的变化，二人完成了一种地位的置换，康文取代张都监而控制场面上的局势。除了这主要人物的展示外，说书人还把注意力引向陪衬人物。陈大老爷是作为康文的字号、招牌、挡箭牌上场的。他充满了喜剧意味，调节着场面上的紧张气氛。这是《武松》中的一个小场面，但颇具代表性。

《武松》中对大场面的安排更显示出评话家们的手腕高明。"斗杀西门庆"，狮子桥头成千上万的人当中，突出武松与西门庆交手，却不忘围观的人物，连老虎灶上都站满了人，以致烫伤了脚。点面结合，方方面面俱作交待。阳谷县堂审，县官令武松"你是怎样斗杀西门庆的？讲！"四次被人打断，不停地有案上人物到场，等到一干人犯到齐，口供录成，立案工作完毕。头绪纷繁，诸人并出，终归于一，等老爷断案。至于群众场面上，一老一少搭配的喜剧效果，更是王派评话的人所共知的特色了。

评话《武松》的艺术特色固然不仅在于心理、场面的展示，但它们却是这本书的近代文学发展因素的最好体现，由此得出的结论当然不是《武松》在艺术上接近于上古史诗了。它在艺术上更接近于近代长篇小说，在广义概念上仍属史诗特征。这一节，虽不能全面把握《武松》的艺术，但已说得太多了，就此打住。

行文至此，立足于老舍先生的"通俗史诗"论断基础上的发掘，深到如何境地，自知学力有限。不过，仅从文学性一点而言，《武松》就让我们如此地有话可说，确实不是今天一般作品所能比肩的，也可见从不轻易嘉许作品的老舍论断——"真是与大著作"——的高明。《武松》和她的创造者在今天仍然得到文坛俊彦如陆文夫辈的敬意，可谓不虚。它也启悟文学研究者们把自己的视野进一步拓宽，真正把握住民族文化的精华。

《武松》作为史诗的价值，王家四代人（王玉堂、王少堂、王筱堂、王丽堂）及其前辈们创造史诗的努力理应不朽！

（原载《王派〈水浒〉评论集》，中国曲艺出版社，1990年版，收入本书时有改动）

从"王派《水浒》"看扬州评话的艺术形态特征

王少堂承前启后说《水浒》，以毕生精力完善了评话艺术形态，成为我们认识扬州评话艺术规律的范本。扬州评话的艺术形态是由"全面表白"的口头文学叙事，书场音韵效果和说书人书台表演的形象塑造互动构成。认识这三大要素的互动整合是全面评价评话艺术的必由之路。研究王少堂说书艺术不能单凭书面整理本为据。以为"武、宋、石、卢"四个十回的整理本即王少堂说书艺术是一种错觉，书词录音也无法再现书台表演。老舍读完《武松》整理本慨叹："可惜，没有少堂老人的眼神手势的配合，未免减色。"①自古即体现了书词、音韵和书台造型互动特点的评话②，由王少堂说《水浒》而发展到极致。

一

"王派《水浒》"是"扬州评话"中重视文学内容的口头艺术。这种文学，即使撇开所有的声音、造型，也不同于一般的书面文学。它是口头的，由表白产生。它遵循美学原则是王少堂所说的"全面的表白"。老舍管这种手法叫"细巨不遗，搏兔亦用全力"③。王少堂常在书词中讲"我要各方面交代"。这种叙述方法与古典小说的详略虚实原则相左，更与现代小说讲究节制、力避枝冗的原则格格不入。扬州评话整理成书面读本，已或多或少地渗透了小说原则，对有声文本作了删削。这里对"全面表白"在书台上主

① 老舍：《听曲感言》，见1958年8月12日《人民日报》。
② 汪懋麟：《柳敬亭说书行》"英雄盗贼传最神，形模出处真奇诡。耳边恍闻金铁声，舞槊横戈疾如矢。……激昂慷慨更周致，文章仿佛龙门史。"所记载的艺术都是围绕着三大要素构成的。见《晚清籁诗汇》，中华书局1990年版，第1302页。
③ 老舍：《谈〈武松〉》，见《老舍文集》第16卷，人民文学出版社1991年版，第551页。

要呈现方式列举其要。

其一，诗、词、赋赞。作为口头的文学，这些文体不可少。书台上人物出场往往有赞词。北方评书的"赞儿"，若说两军交战，主将而外，即使出来八个偏将，也必得有八色不同赞词。书台效果强调"如在目前"，人物出场的赞词就相当于生活中人们初会的印象，而现代小说中的人物可能通篇止见精神情绪，不言五官面目。评话也极少用散文叙述自然风景，武十回没有，宋十回只有"误入清风山"、薛永打探龙亭剑两节。书台上若用散文述景，除非景色与人物的动作密不可分，若说些"云淡风清"①之类，听众会不耐烦。说书人必须以韵文诵景，才能抓住观众的神。诗、词、赋的形式则不可少。除了述景的功用外，这些文体还可以作为书情起落的标志、重要关头的强调。听众久听一种语调难免产生心理疲劳，一段或长或短的韵文演诵能起到恰到好处的提神作用。哪怕不懂词儿，光是音调的铿锵变化也能引起听众的兴趣。一旦成了书面记录，这种过分书面化的文体就会与口述语言构成风格矛盾，这样的文体就成了累赘。于是，整理本《武松》《宋江》中的诗、词、赋赞几乎删除殆尽。

其二，人各有书，书台呈现要求"如见其人"，每一个上场人物都有动作。否则为说书家所忌，如评话艺人所鄙的"荒胚""幕表""捣鬼书"，人物仅存其名姓而无所事事。《武松·夜杀都监府》一节，厨房中有厨头，王二麻子，二癞子。厨头切火腿的刀功，与京油子对话；王二麻子炸鱼饼；二癞子烧火与王二麻子起矛盾。整理本中按长篇小说章法讲详略、繁简，这些人仅仅为了成武松刀下鬼而存在，其余无书。这种虚挨一刀的人物，搬上书台，有不如无。书台上的详略是书多书少，不能没有动作。

其三，同文再现：演述一件事的发生实况，后来再由某一人物重述一遍。有声文本毕竟不是书面文本，书台上只存在"异声再说"，不存在同文再现。书台上有它存在的必然：第一，从知与不知的关系说。书台上的虚拟场面，一个人物把另一人物不在场时发生的事情说给他听是必要的。说书人全知，听书人已经预知，而书中

---

① 见《武松·康文辩罪》。康文将自己骗吴仁的话，称作"云淡风清"，乃不实之词。可见王少堂对说闲景的态度。

某一人物不知，就有必要重说。乔郓哥作人命见证，向阳谷县重述命案始末。一无所知的老爷，必须知道前情。第二，从悬念的延宕说。卖狗肉的赵大向施恩报信，说武松吃冤盗官司，故意把他与王小六的对话重复。心急如焚的施恩越着急，听众越是从中体味到戏剧性。如果赵大与施恩见面就摊底，则毫无趣味。第三，从声音文本说，场面上的不同人物腔口与音调，在书台上根本不重复。这样的书情，书面叙述无法避免重复。这一点，书面/口头文学对立。

其四，知识介绍。曲艺形式，评话、大鼓、相声等常常担负知识介绍的任务。扬州评话中有显然错误的知识介绍，但艺人当年认为是正确的，如《武松》中的"虎交""南北方人洗澡"。评话主要面向市民听众，向他们传播知识，正是说书人被称为"先生"的原因之一。知识介绍，又往往被用作"热"书中的"冷"穿插，故作延宕或放松紧张气氛。《血溅鸳鸯楼》中插入戒指考证，杨贵妃"三美"介绍正属此类。从书面文学要求来看，只能算作横生枝节的芜杂成分。

其五，听书论场。金圣叹批《水浒》"章有章法，句有句法，字有字法"，说书人受其启发讲究字字好，句句好，段段好[①]。艺人上台说一场书，要考虑今天的内容，哪里是重头戏，哪儿好穿插，如效果甚佳，就逐渐成为定型。段段好，却不一定十段放在一起都好。因为整理成书面文本的长篇大部比书场内听书，接受的时间规定性发生了很大变化。每日听一段穿插，妙不可言，一气读十段穿插，乱叶遮花，反而有碍观瞻。口头文学在此又与书面文学牴牾。

其六，叙述人现身。王少堂向后辈解释"全面表白"时，强调"话要找尽，意要说透"[②]，如何做到"尽"与"透"？书中往往由叙述人直接现身说法。现代小说讲究作者退出作品，评话总是说书人处处介入。因为评话是书台上下的交流关系，一些说书人"与听众接感情"的话在书场是必要的，在书面文学中又成了赘余之物。王少堂辈教听众不能如武松"好动不平之气"，历来受欢迎；但《创业史》中柳青以作者的声音直接介入，成为人们集中的疵议。

---

① 陈曦钟等辑校：《水浒传会评本》，北京大学出版社1981年版，第17页。
② 王筱堂口述、李真整理：《艺海苦航录——扬州评话"王派水流"回忆》，江苏省政协文史资料委员会、镇江市文史资料研究委员会编印，1992年版，第150页。

"全面的表白"真是上至绸缎、下至葱蒜处处往细腻处讲，这正是"王派《水浒》"乃至扬州评话"说表细腻"的特征。

二

艺术形态学认为"口述本身是语言审美存在的另一种形式"，而"书面语言距离原所标志的精神内容比有声语言要远得多。比起书面文学中的语言来，口头文学中的语言所具有的情感信息要无可比拟的多"①。因为，音响能使语言形象不借中介地，有语调地体现和传达人的感情、体验和情绪，就像音乐所做的那样。没有进过书场的人，听广播录音能比整理文本更进一步了解扬州评话。20世纪30年代上海直播《武松》②，到了60、70年代，《武松》的录音打动了大江南北的几代人。广播形式拓展了书场空间，山陬僻乡与繁华闹市得以同时欣赏聆听，雅俗阶层能够共同咀嚼品评王少堂的说书艺术，而口头语言的声调、节奏与情韵才是广播书场生命力的基本保证。

1958年全国曲艺会演中，老舍观摩王少堂演出后说："他的动作好像有锣鼓点控制着，口到手到神到。"③这种与口一致的动作节奏也就是叙述的音乐节奏。王少堂也说父亲教他念辞赋"强调有板眼，好听"。"板眼"当然是更明确地指节奏。把握节奏的原理，"说书要有阴阳高下，说起来自然就好听，有了紧、慢、起、落，说起来才有波浪，要快而不乱，慢而不断"④。

说书无论表、演都意在吸引观（听）众，抓住注意力，扬州人俗称"拿魂"。说书体现音乐性的基本功，行话叫"拿字"。其要求是咬得准，吐得清，送得足。咬得准，是分清唇、喉、舌、颚、齿的发音部位；吐得清，则要求在连绵说表中字字清楚，不至于出现"吃字"（疏漏某字的发音）的弊病；送得足，便是把关键性的字加以强调、重读，运用丹田之气或"脑后音"使得每一

---

① 卡冈：《艺术形态学》，凌继尧、金亚娜译，生活·读书·新知三联书店1986年版，第345页。

② 李真、徐德明：《王少堂传》，江苏文艺出版社1996年版，第228页。

③ 老舍：《听曲感言》，见1958年8月12日《人民日报》。

④ 王少堂口述、金铸记录：《我的学艺经过和表演经验》，见《曲艺丛刊·说新书（2）》，上海文艺出版社1980年版，第304页。

个字发音的声波震动频幅加大，加强对观众听觉器官的影响，以期"面前不炸耳，远处不含糊，句句入耳，朝心窝膛里坍"①。要了解说书人声音情感节奏的互动呈现，且看《武松》中英雄入景阳镇一节：

> 走了五六家店面，只看见右边有一家五间簇崭新草房，檐下插一根簇崭新青竹竿，青竹竿上挂了一方簇崭新蓝布酒旗，蓝布酒旗上贴一方簇崭新梅红纸，梅红纸上写了五个大字："三碗不过冈"。再朝店里一望，只见簇崭新锅灶，簇崭新案板，簇崭新桌凳，簇崭新柜台，簇崭新的人！——啊！旁的东西有新的，人哪里有新的？有！

内容注目日常中的英雄，叙述却不应流于平常，这就必须在语音语调上呈现波澜变化。说书人从武松边走边看并不经意的动作特征出发，缓诵第一个分句，由突然有所发现开始重读"只看见"，这是"起"。由第一个"簇崭新"重读，以下音调加紧，节奏变快。第二个"簇崭新"仍重读，但较前略低，而突出后面被修饰的中心词，接着"顶真"的名词则轻读，着重点放在新出现在人物眼前的事物上，连续出现三桩新物件，三次重复指称，音调由紧转"急"，而四个加着重号的修饰形容词"簇崭新"在急中显"促"。至此，叙述者再从中略显变化，放慢节奏，一字一顿地念出"三——碗——不——过——冈"，再"一望"，略略停顿，留下观察时间，也便于说书人换气。然后，由这一略慢的跌宕转到一段"快口"的高潮，运用一串排比句，"急促"转"繁密"，修饰词"簇崭新"每隔二字出现一次，五个偏正结构间不容顿，直至"人"字，戛然而止，为这一节书的"落"。若说"板眼"，这一节中九次出现的"簇崭新"一词便是鲜明的旋律特征与节奏标志。最末修饰语与中心词之间唯一出现了"的"字，便是收束的提示。

这一段的表述功能是人物眼中的环境。巴尔扎克小说中的环境描写，每每让人不能忍受。听众对《武松》中的环境叙述，非

---

① 王筱堂：这是王少堂给做"台功"的儿子的教导，笔者采访王筱堂时的记录。

但不感到腻烦，欣赏它还犹如美妙的音乐。每年新正，"簇崭新"的书词开端与听众新年新气象的情绪感受相沟通。可是书台上声音的接受优势被整理成书面文字时，则难以引起注意。以新文学的观点看，这样的文字近乎琐碎，必经艺术家台上演诵，方显其一字不易。

书台音乐效果，还通过非语言音响来传达。说书人开口之时的醒木声是，手、足敲击声是。此外，艺人还用辞典上找不出字来的地方性的拟声词烘托、渲染气氛。王少堂口中的马、鼓、炮（其他艺术家的不同书目中也存在）声，无论是马由远而近，从近到远，逡巡往复，还是鼓点由缓至疾，轻重舒徐，都没有办法以书面语言表达。特定人物在特殊语境中哭、笑、躁的表现各不同，但一成记录文字则千人一腔，书面语言无法承载这副重担。这正是书台声音表现独特优越的形态特征。

语音传播尽管比书面传播有了更浓郁的感染力，但没有与书词、声音并存的副语言特征，艺术家的表情、手势、眼神无法传达到听众面前，书场中书台上下的情感交流仍不能完全实现，书台上的空间造型被声音屏蔽，立体的人物形象终难直观显现。书面整理的话本与书台艺术隔着两层，广播书场也与书台艺术隔着一层，电视书场有说书人表演的视像，但仍然不能实现书场中的交流。"说书方面就是要有说工，要有做工"[①]听广播，我们能够欣赏艺术家的"说工"，但是还缺少"做工"，在言表之外没有意表、神托，对人物的容貌、身形、动作，没有逼真的实物再现感。所以，仅凭录音也难作为研究"王派《水浒》"的全部依据。

三

说书是台上艺术，书台才是评话艺术生命的全部呈现。书台很简单，就像京、昆戏曲，倘无角色踏着锣鼓经登场，观众会对舞台视若无睹，同此一理，是说书人赋予书台以生命。小小的书台：一张半桌，一块桌围，一张木椅，一把茶壶，一只茶杯，一块止语，

---

① 王少堂：《我的学艺经过和表演经验》，见《曲艺丛刊·说新书（2）》，上海文艺出版社1980年版，第298页。

夏日多一把折扇，冬寒换一方手绢，醒木一拍就开口说书。醒木的响声是书词的开端，也是书台呈现生命的起始。伴随着书词，说书人王少堂的目光、手势可以将一个简单狭小的书台空间顷刻间变作无垠宇宙，它的空间地点不受任何限制，可以是：十字坡、二龙山的好汉出没，东京、大名府的热闹繁华，阳谷县街头武松跨马游街，江州、大名府法场宋江、卢俊义跪待毙命，九江府、阳谷县端坐大堂，潘金莲、阎惜娇深处内室，祝家庄兵马厮杀沙场，浔阳楼、快活林酒店或者紫石街茶坊。说书人总能把听众带入斯时斯境。这种极度的空间自由，是王少堂同时的戏剧艺术所不具备的。王少堂手执一扇，可以是武松、石秀的刀，也可以是卢俊义的枪，也可略略打开作蔡太师给蔡九知府的密信。戏曲演员可以按程式做整个舞台的活动，王少堂一般身不起座，只是以手膀代脚腿地表演，一切动作几乎都在端坐的书台上以手势配合说表完成。评话艺人在表演动作上较戏曲有更大限制，但表演的内容却有着无可比拟的自由。

除了这种空间与行为的自由外，书台上的自由更体现在角色的更替上。书台上的表演，是不化装的独角戏。它不同于戏曲，生、旦、净、末、丑界线鲜明、各司其职。说书人可以不分角色区别，一人兼演各种角色，而又能做到"演到哪一个就像那一个"①。王少堂自述《武松杀嫂》一段书中多重角色的变易与表演追求证明了这一点。他在自由扮演各种角色的过程中，追求让听（观）众对书中的人物有如见其人，如闻其声的感受。并且，在表述的特定时间地点上的人物之间的关系中完整地呈现诸如"杀嫂"、"醉打蒋门神"等场面。

书台上的表演（艺人称"演"）与叙述（称"表"）之间的关系，无分轻重主次。论表演与叙述互动，"王派《水浒》"在整个扬州评话中又恰好不趋极端处于中庸地位。重说表的戴善章（《西游记》）表演重面部表情、眼神，他偶尔动动右手，左手搭在茶壶上，好久也不动一下，天热，手膀窝儿里能积下汗水来，同行戏称他搭的南货店老板的架子。他仅是脸这边掉掉，那边望望，右边指

①王少堂：《我的学艺经过和表演经验》，见《曲艺丛刊·说新书（2）》，上海文艺出版社1980年版，第297页。

指，便能抓住观众。相反的例子是康国华重表演，"他演鲁肃、孔明两个人的声音笑貌，传神会意……在他手势上，演出这个下棋的动作，就等于这个桌上有个棋盘棋子"①。康国华的演能传神，虚神足。之所以称虚神，虚在他的神意下面没有全面的表白、书说得不透彻。王少堂不像戴善章那样温文，也不像康国华、朱春山、宋德春那样火爆，他既重叙述，又重表演。

这种书台叙述与表演的完美结合，其实现途径是严格遵守书台艺术规程。书台上的评话，讲究说、做、念、打。书台艺术家们讲究程式，又明确意识到"书戏不同"的本门艺术特征。书台区别于舞台的特质就是以说为本。书台上的说分"官白"与"私白"，演的是人物语言和心理。书台上的"念"，除了相似于戏曲的人物对白与独白外，还另有任务，就是完成、托现说书先生自身的创作、叙述者的形象，最突出的方式便是各种诗、词、赋、赞的朗诵。书台上的"做"是"说"以外的最基本的工夫，于程式上不及戏曲讲究，但也有基本固定的形体、手势特征，其目的便是让观（听）众能够意会，把声音不能表达的书境传达给接受者，强化书词，突出人物。书台上的"打"，不能够与"做"有鲜明的界限，但它所表现的内容毕竟是独特的，不同于一般的人物行为动作。"王水浒"的武打部分，基本上是短打书，有别于以演刀马长靠（同戏曲术语）为主的"三国""西汉"。短打特别注重人物的手、脚、身段、架势起落。而书台短打有别于舞台上短打的特征又在于，它不要求一气呵成地将格斗过程演完，有点像今天电影中的定格和慢镜头，将武打动作的一招一式进行解析。"何仙姑懒睡牙床"，是如何以静制动，败中取胜，假相欺敌（《武松》）；"红孩拜佛"，怎样双手合十，变做肩桩撞人（《卢俊义》）。台上的说书先生几乎都不会武功，他们无法以真功夫现身，但他们却能以解得功夫说法。总之，书台上的说、做、念、打诸艺术因素，有着本身独立存在的艺术价值，必须从理性上揭示与肯定书台的独立存在，否则很难完整地认识"王派《水浒》"乃至整个扬州评话所呈现的形态特征。

---

① 王少堂：《我的学艺经过和表演经验》，见《曲艺丛刊·说新书（2）》，上海文艺出版社1980年版，第293页。

四

　　王少堂与前贤后继在艺术实践和教学中，十分强调叙述与表演的诸种艺术因素的全面体现。而语言的节奏感和动作传神到位的分寸感以及二者之间的协调配合，则是他们强调得最多的练艺要求。王少堂常说："评话表演时，最主要的是五个字，少不了口、手、身、步、神。"[1]神是以目光来与书台下的观众进行交流，所凭借的媒介是无形的，是一种非叙述性的意会，能统摄辅助叙述与表演的口、手、身、步动作，与其共在，却无法与之分解开来进行单一剖析。艺人言"神"，常冠以"虚"，理由大部分即在此。眼神是物质材料以上的存在。"口"，便是有声的叙述了。撇开文字的符号意义外，它的物理形式便是声音。声波的组合构成音乐性的变化，正是评话艺术重要的形态特征之一。"手、身、步"三者都是以形体动作来辅助口头叙述，是"副语言特征"。它们构成书台造型，在观众面前直观呈现，让观众"如见其人"。王少堂说："手、口、眼三者是连带的关系……身步也是"[2]。眼神的意会性、声音的音乐性、形体的造型性，三者综合构成一个不可分割的艺术整体，与表白一起形成评话书台的完整形态。用一个典型例证说明，武松在景阳镇酒店吃酒，酒醉之后会账，取一两五钱有零的银子付与小老板，下面是小老板的动作与念白：

　　　　小老板伸手把账桌上一把戥子拿了过来，银子朝戥盘里一摆，右手两个指头拈住戥毫，左手就把戥花一理，一字平。银子称过了，低头望望银子，抬头望望武松的脸色："爷驾！你老人家这个银子，是个一两——还欠一分呐……！"

王少堂演述场面上小老板/武松之间的欺诈/不知觉关系。小老板欺

---

　　① 王少堂：《我的学艺经过和表演经验》，见《曲艺丛刊·说新书（2）》，上海文艺出版社1980年版，第300页。
　　② 王少堂：《我的学艺经过和表演经验》，见《曲艺丛刊·说新书（2）》，上海文艺出版社1980年版，第301页。

武松醉而不觉，可以避免冲突。书台场面的构成方式独特，其效果不同于舞台。演小老板时，说书人取直接与观（听）众对话的方式，仿佛武松置身于书台下的人群之中，书台上下的间隔几乎不存在，书场多大，书台上叙述者虚拟的场面就有多大。演述者进入对话中的任何一个角色，就把另外的角色交给观（听）众，而观（听）众虽不能演，起码也有个心理自居的作用。他们具有双重身份，既是鉴赏者，又是临时被虚拟的角色。此情此景，武松醉而观众醒，观众不是武松，但心理上是与武松认同，他们仿佛置身其境，小老板欺诈武松便仿佛是欺台下观众。演述者的神色、音调、动作造型综合构成一个逼真的欺诈过程。观（听）众清醒地意识到这是一个欺诈，他们要从演述者的表演诸方面去领略这个欺诈，由心理上与之构成冲突，从意识上识破这个诈。

王少堂以一串动作，一副神色，一句台词，演小老板的欺诈过程与暗藏着的欺骗心理。他伸右手将戥盘取过，左手赶着戥花，右手提戥毫以示称银子的动作过程。书台上并无实物，说书人的表演是个象征，动作造型上十分讲究，动作中的拟实性有如在目前的效果。演述者右手食指搭在中指上，略微拱出，以示提戥盘的向上的方向与分量，左手赶戥花，作水平方向的移动，照应着"一字平"的表白。左手移动之初，与右手紧靠，指头的摆法与右手一式，只是中指不作拱势。左右手的指式构成一种富有对称美的构图，但在对称中更要注重变化，除中指的拱势外，左手在往左方移动前即须比右手低出一至二指的空间距离，以示戥毫比戥花秤杆高。在左手平移的过程中，演述者以神色配合，目光必须与手一致朝左移，目光的着落点即在左手指尖处，由此指示出银子的分量。左手动作与目光同时终止。应和着口头表白的"银子称过了"。

然后，是眼神的运动，在这个运动过程中托现小老板贪财与起欺诈之意的心理活动。秤杆上戥花既已明白标志着银子的重量，上述的眼光运动与表白便已交代小老板已一目了然。他可以一口报出银子的分量，为何又要低头望望银子呢？这便是贪心的起始。演述者表演低头，不是无意一瞥，而是由左边向右下方作一以头部配合目光的动作，交代戥盘所在位置，并于表白"望望银子"时，放慢口头节奏，在望中表示出银子对小老板的吸引力，为下面一个眼神动作（小老板居心昧财）作出铺垫。下面的眼神动作与念白，在记录上是上下文，但在表演上却是同时进行。口头上念出"爷驾！你……"三个字，正是动作"抬头"之时，而下一个"望望"与前一"望望"又有眼神动作的区别。上一个"望望"，是目不转睛地盯视银子，下一个"望望"，在目不转睛地望"武松颜色"之前，先有一个回顾动作，头不动，目光疾落急起，从武松身上回看银子，再急回到武松脸上。这表现着银子对小老板的吸引力之强，他的昧财主意已定，又怕武松察觉，必须细察对面酒客的意态。这一回顾之间，口头念出"……老人家这个银子，是个……"。此后，便是一直盯住武松的脸，眼神不动，内心在急剧盘算：如何实施昧下这银子的主意，会不会引起争执，终于决定昧财。

以下的念白，便是这一心理戏剧冲突的绝好表现。演述者必须借声音的节奏变化来体现人物内心运动的节奏。上面小老板的念白"是个"音轻而快，到"一两"便要念得重而响，但又不能戛然而止，因为念到这个地方，戏剧冲突仍是悬而未决。于是，演述者便利用这个词的后鼻韵作拖腔，以表现小老板内心决断的最后关头。报出"一两"这个数目的小老板此刻正一瞬不动地看清了武松的醉态。于是，他便大胆地实施其欺诈计划了。银子是一两五钱有零，清醒地听众早已知道。而对小老板装模作样，神情蹊跷的表演，观众必生疑惑。于是，他们便产生双重的心理期待。他们两难地发现，既期望小老板实报银数，又因其动作暗示而等待着骗局的出现。从现实生活利益，从武松立场的认同出发，他们恨小老板故弄玄虚；从纯粹戏剧审美出发，他们又盼望其欺骗的冲突爆发。此刻，小老板的念白中出现了戏剧性转折，在"一两……"的拖腔之后，他竟然报出了"还欠一分呐"的假数目来。

这一动作呈现过程依赖于音调节奏的变化，拖腔标志矛盾悬而未决，到"欠一分"的突变之间，王少堂又加入一个衬字"还"，这一低缓的衬字把拖腔变作平调陈述，使意义的转折来得自然和谐。这一不着意的"还"字，起到关键性的掩饰作用，帮助小老板面无愧色地报出虚假数目。王少堂的表演并未到此结束，他在"欠一分"后面又有一个意味无穷的感叹词"呐"，这一个字的吐出，略带尾韵，既将后三字"欠一分"与前两字"一两"构成音调上的匀称、均衡，又把小老板的恬不知耻与自鸣得意的神态全盘托出。

由这个例子的分析，我们得到了评话表演技巧的综合运用的鲜明印象，对其有了一定的理性认识。听（观）众对这一戏剧性表演的领略，见出演述者口、手、眼密切配合，始终不脱离形体造型，导引观众意会的眼神，音乐性的叙述语调，确是"周身的书，满脸的书"。这一过程远不如"打虎"的动作性强，但是由此细微的动作管中窥豹，我们更可以见出整个扬州评话的艺术形态特征之一斑。

王少堂的表演，手、口、眼相连、身步相连，构成造型，其效果在于呈示性。不同造型的连贯呈示，把人物与自然的面貌再现在观众面前。艺术家除注意造型动作的幅度外，更注重质感。他们要通过形体动作的造型演出个别的架势，来显示人物的精神、气质。动作造型的轻俏、柔美、凝重、端肃、粗犷、细腻无不形容毕肖于人物身份、个性与精神气质。这正是书台艺术家的魅力所在，也是各个艺术家功力不同的显示。王少堂"活武松"的美誉即来源于此。

1988年冬初稿，2006年除夕改定于扬州半塘侧畔
（原载《扬州大学学报（人文社会科学版）》2006年第2期，收入本书时有改动）

"王派《水浒》"的饮食美学、
时空秩序与酒色财气

　　"王派《水浒》"①是扬州评话的代表，王少堂饮食想象的叙/演述②是典型范式。扬州评话的叙事美学是全面、细腻地表现日常生活③，故而饮食叙述是其本色当行。饮食在全面表现日常生活的过程中占据重要地位，这和前现代扬州人日常无所事事的生活消费背景相关联。扬州评话叙述饮食的重心在人物动作及人物相互间的关系，饮食行为的背后有一种生活的时/空秩序，这个秩序隐含着酒色财气的描述性价值标准。拈出"王派《水浒》"中的饮食文学/文化来研究，不只是将其作为文学表现的一种物件，更为看重的是中国人在前现代社会文化中的生存方式，这种方式在扬州评话中表现得最充分。

一、"王派《水浒》"的饮食美学

　　精通北方评书的老舍评述《武松》代表的扬州评话，论其全面细腻的叙述，"上自绸缎，下至葱蒜，无所不知，说得头头是道。……从四面八方描写生活，一毫不苟，丝丝入扣"、"巨细不遗，搏兔亦用全力"④。惟其扬州评话的全面细腻的日常生活美

---

　　① "王派水浒"是扬州评话说《水浒》的重要风格流派，代表人物王少堂是"王派水浒"几代艺术家中最杰出的代表，下文用王少堂的名字，差不多是作为一个涵盖所有有成就的扬州评话艺术家的集合概念使用。"王派水浒"现存书目有《水浒》四个"十回书"：《武松》简称"武十回"，还有《宋江》《石秀》《卢俊义》。扬州评话因其卓越的口头文学艺术水平与深厚历史渊源备受世界关注，《武松》话本代表着扬州评话的最高文学水平，王少堂的表演在大师林立的书坛上登峰造极。

　　② 扬州评话是书台上表演的艺术活动，书面记录的书词可称为叙述，与声音和动作语言的表演综合考论，则应该成为"演述"。这里基本按照书面文本来讨论，所以一概用叙述。

　　③ 扬州评话演述的原书目有讲史、朴刀杆棒、神魔、市井，但是在扬州评话的书台处理过程中，并不把英雄、神魔放在最为突出的地位上，集中致力的却是台下听众最为熟悉的日常生活。

　　④ 老舍：《谈〈武松〉》，见《老舍文集》第16卷，人民文学出版社1991年版，第551页。

学，饮食叙述自然也有全面、细腻的美学特点，"王派《水浒》"更有其独特的饮食场合的时空转换与人际关系处理。王少堂叙述饮食，目的不在饮食物件自身，而在于饮食活动过程对人的生活价值的体现。《武松》《宋江》等书中的不厌其烦的饮食叙述，因其过程和人物关系的多样，决不重复而富有魅力。

王少堂演说四大部书，频繁地叙/演述人物的饮食活动。他并不引导听众耽溺齿颊口腹、也不让思想重新消化饮食。他的饮食叙述美学不偏向于享受，不为告诉听众/读者，人物吃些山珍海味、时鲜果蔬、琼浆酯酒，却是将饮食活动作为一种想象方式，作为人物安身立命的时空变化的标记。这是独特的饮食叙事的美学，其中包含着对中国人生命/生活要素的理解，它所涉及的物质生活方式与人们对待这种方式的态度，正是理解前现代的中国人生活的切实有效途径。

"王派《水浒》"的饮食美学可以直接上溯的源头是施耐庵，他们有一脉相承的饮食想象方式，其间还有批评家金圣叹等，不断地以"评点"提醒人们对这种想象的关注。"王派《水浒》"的饮食美学中活跃着的市井百姓的生命文化，形成有别于士大夫精英文化的小传统，只因对这个传统的习焉不察，我们至今仍然缺少对其饮食美学的阐发。为此，我这样描述"王派《水浒》"的饮食美学：通过饮食活动的全面细腻的文字虚构，剖明前现代中国普通市民生活的文化机质与特征，扯动小说叙事中的饮食生活链条，看"民以食为天"的文化是如何具象化到生活程序中，这个程序又以"酒色财气"的描述性价值标准为精神空间的背景进入小说想象。文章第一步要阐述的是其全面细腻的特征。

全面来自经验的丰富。也许是夸口，但至少有贪图口福的愿望、经验、品位与习惯，扬州人自称"吃在扬州！"且不论在地本位的偏颇，起码扬州人对饮食文化有自信，能够在物质的、想象的层面证实它。扬州本来是一个富有精湛烹调艺术的城市，精妙的饮馔给人们带来的口腹享受本应该充分反映在评话的叙述过程中，但是王少堂把饮食叙述的功用限定于事件发展的前奏及伴生状态，通过这种状态提醒人们事情发生在扬州文化语境中。《武松》说山东、河南一带的事情，却分明是扬州的文化背景，王少堂辈的说书人的文化认同不得不服从于书场中的在地听众。《武松》本要叙述力拔山、气盖世的打虎英雄故事，且要"打尽天下不明道德之人"，他是自然与传统道德两个面向上的双料英雄。但除了气力惊人与打虎的有限叙述，全书不太强调武松作为英雄的超越性，他的壮举大都建立在平凡的世俗基础上，其行动经历的场面始终不离日常饮食活动，打虎、惩奸之外的"壮举"是比一般人口胃健旺，"平生好酒"，海饮豪吃，"牛肉动把抓、鸡蛋甩流星"。王少堂在扬州人的饮食经验中说一个"异己"的英雄"吃相"，武松有一般扬州人所说的"侉"相。这样的说法的好处是赢得一种"熟悉的陌生"的审美效果，听/观众（包括看整理本的读者）对武松所处的扬州文化生活语境一目了然，英雄人物是被"嵌入"这个语境的，饮食叙述能够使英雄人物与在地文化融为一体，但是其个性化的行动方式又把他和背景区别开来。听众对英雄只是远远地敬礼，对身边熟悉的饮食文化，如酒店的跑堂、小二等，却可以欣赏亵玩。说书人可以将英雄纳入某个行为秩序，更可以充分裕如地展示自己的经验与饮食文化修养，表达那个"熟悉的陌生"。

既有英雄，又有市井，老舍判定《武松》为"通俗史诗"[1]。"史诗"，"通俗"这两个词应该分剖来看：称"史诗"，一如朱光潜翻译黑格尔《美学》的措辞，"史诗原义是'平话'或故事"，武松一直是民间故事和评话、评书中传说的英雄，具有"精拳捕虎"——赤手空拳征服自然——的超越力量；说"通俗"则是因其日常生活的构成与普通市民一致，如饮食、衣着和礼节与一般社会的和尘同光。重要的是，《武松》的饮食叙事不是一个孤立的样本，"王派《水浒》"的几部书目整体如此，从宋代开始的白话小说中每每以饮食为叙述重心，王少堂饮食叙述的大关节目是施耐庵《水浒传》中的大概模样，《西游记》取经的目标还不如每到一地的托钵化缘的过程突出，《红楼梦》的家族宴饮与诗酒雅聚是叙述进展的标志，而晚清狭邪小说完全离不开"摆台"[2]的饮食程序。

---

① 老舍：《谈〈武松〉》："这真是一部大著作！无以名之，我姑且管它叫作通俗史诗吧。"见《老舍文集》第16卷，人民文学出版社1991年版，第549页。

② 《海上花列传》《海上繁华梦》的主要场景都是在"长三书寓"中，主要的饮食活动是妓家生意的重大来源，狭客在相好本家"摆台"面请客，客人在当场"叫局"侑酒，一年三节结账。

　　为什么饮食活动在中国文学叙述中占据要津？从远处说，中国小说的艺术构成与汉民族生活方式密切相关，生活在传统世界里的中国百姓没有基督教文化中人与神的精神联系，看重的是亲朋伦理关系，中国文学叙述成功的是人际交往。若论种种人际关系展示的场面，最方便不过共同的饮食活动。这样的处置方式，始于非虚构的历史叙事。在历史叙事的客观化的限制下，司马迁仍将一些重大事件的展开依托于饮食叙述。《史记》中人际冲突、性命攸关的场景莫过于"鸿门宴"，那一场寄托于饮食活动的重大政治军事斗争，一直是后世中国叙事文字的典范。宋代开始的白话小说基本上说闲事为主，讲史少不了醇酒妇人，朴刀杆棒、烟粉灵怪更离不开日常市井琐屑生活，其基础平台是一日三餐，用些"酒食"才便于在场面上体现人的相互关系的发展，给与事件的谋划、规定与转折以机会。宋代以后说话人/小说家和明清小说评点家（金圣叹）们努力自重，常常将小说比并史、汉，小说中用大量篇幅致力饮食活动的叙述已经自成传统。

　　就近而言，扬州评话在近现代处于艺术发展的高峰时期，"王派《水浒》"四部书（20世纪50年代以后陆续记录整理的文本达300多万字）都着力日常生活的叙述，举凡日常饮馔起居等，形形色色，无不具备。王少堂通过日常琐屑生活的细腻说表，将《水浒》中与武松相关的不足十回的数万字发展成《武松》的八十多万字[①]。《武松》十回书共61节，各回分节不等，每回必有多番饮食叙事，有时一节之中有多处饮食场景。王少堂较施耐庵9倍以上文字篇幅的敷衍，就是靠想象力与日常生活经验的结合，饮食活动则是其中最重要的想象资源。在一日三餐，早茶、中饭、晚酒的固定生活程序中，千变万化的人际关系建构一个个具体场合：独酌、对饮、小聚、一般席面、大宴宾朋……；大体的饮食活动如：节庆家宴、路途打尖、接风、留客、叙别、送行、婚娶、结拜、调情、庆

---

　　① 《水浒》中22回《横海郡柴进留宾　景阳冈武松打虎》到31回《武行者醉打孔亮　锦毛虎义释宋江》，首尾两回各有一半文字叙述武松，实际上只有九回篇幅。考虑其参考吸收的各种评点文字，见北京大学出版社《水浒会评本》，总字数不足12万字。王少堂演出录音文字达100万字，《武松》整理本字数不一，20世纪50年代末整理成功，江苏人民出版社出版的本子有80多万字，20世纪80年代末90年代初为纪念王少堂100周年，江苏文艺出版社出版的本子有90万字，2005年中华书局出版的王丽堂演出整理本为79万字。

贺、议事、设局、调查、守夜……；名目反常的则有：坐待谋杀成功的"人头酒"、施与斩犯恩典的"断头酒"、杀嫂祭兄的"邻证酒"、佯醉寻仇的"斗打酒"，黑店中"蒙汗药酒"……。其他《宋江》《石秀》、《卢俊义》三部书中不胜枚举，仅《计请神医》一节中，就有四次不同人物的饮酒场面。

评话艺术家因价值立场模糊而接近普通市民，书词中很少表现对官方和精英文化的认同，却有意呈现富有地方特色的物质文化生活，饮食自然又是主角。说书人故意地把"聚义"处理成为"聚饮"，在"造反"与"招安"之间谋求价值中立。说书叙述结盟弟兄的分手、聚会都以酒食为媒；他们叙述剪径杀人与庇护罪犯一般地用酒，甚至把通奸处理成共食，让勾串谋奸与谋划捉奸一例地吃吃喝喝，让仇杀与复仇都与饮馔连扯，请人出力与代人栽赃都得以酒食诉求；让被处决的人犯命悬一线和享用最后一块肉、一杯酒的生命相辩证……。饮食之用，在扬州评话（尤其是"王派《水浒》"的《武松》）中登峰造极，这些饮食想象将日常琐屑的生活细节与重大的冲突有机组织，使得话本结构"肌理细腻骨肉匀"，并不在乎官方与精英价值立场是否丧失。

扬州民风有闲，好吃而不贪，饮食已经成了生活艺术中必不可少的方式。平心而论，如果让生活返归最简单的状态，饮食必然居第一重要位置；如果让长江下游苏中、苏北平原上人们的生活返归工业文明之前，其状况必然如扬州评话所现，无所事事，不追求什么，却是自在休闲。扬州评话书台上叙述的生活与书场中听众的生活基本一无二致，关注一天三顿的饮食，如何吃，与谁在一起吃，吃的背后是怎样的生活态度，饮食世界与人生哲理的把握自然地融为一体。人类社会势必不能回归前工业文明，以现代性目的为旨归的生活内涵没有给传统饮食文化留下多大意义空间。但复现扬州评话中的饮食美学与想象方式，或许可以祛除一点现代性的迷魅，提醒现代人生活原来有过另样休闲的可能。

"王派《水浒》"是典型的"闲书"，这不是精英读书人摆出评议、欣赏的姿态来"闲话"市井面目，却是在原汁原味的生活方式中闲闲道来，呈现一种人生活法，更难能的是将传说中的英雄故事嵌入这个语境。说书人要说"常人"的一日三餐，也要说"异人"

（英雄人物）既不免俗又能脱俗的性情。武松的喝酒、李逵的吃鱼
（《宋江》），既类似一般市民的"好吃"，吃的方式却又是英雄本
色。"王派《水浒》"话本源头是宋代的故事，叙述的人物生活特点
既不是宋徽宗时代，也不是施耐庵时代的生活，甚至不是柳敬亭口
头的武松[①]，那是晚清、民国时扬州的在地生活。运河交通的时代
已是强弩之末，海上都市已然兴起，扬州城从经济中心地位滑向了
边缘，"傻儿游沪"的文学想象正是说明。但是，绝大多数的扬州人
对此并不自觉、敏感[②]。静享闲逸的扬州"细民"仍然"暗昧"[③]，
他们根本不理论现代民族国家，酣沉耽溺于评话的艺术闲话互动。
扬州城进入民国后的几十年中也没有兴起大规模现代工商业，其生
活闲在却一如既往，一天三顿饭，余暇便是在茶馆、书场、澡堂里
度过。书场中的艺术想象也仍然越不出日常生活，有那么一天闲暇
扬州被现代化结束，悠闲的、"好吃"的饮食文化也就终结了，而
"王派《水浒》"和整个扬州评话的发展巅峰到20世纪中叶便戛然
而止了。

二、"王派《水浒》"时间想象：以"食"为"天"

在全面细腻的美学原则前提下，我专门讨论"王派《水浒》"
饮食想象与时间/空间的关系。前工业文明时代的中国市井百姓的时
间把握方式，他们的精神空间的秩序如何，我们至今没有深入讨
论。通过怎样的物件进入这个论题？似乎没有怎么关心过。我们总
是误认为，将古代精英知识阶层的思想文化搞清楚便了解了古代中
国，其实忽略了市井的很大一部分。我以为宋代以后的中国文化由
两部分构成，一个是精英们的"书院文化"，另一个便是市井的"书

[①] 张岱、吴伟业和黄宗羲记叙柳敬亭说书，也都强调其细腻处，但是与王少堂有别。张岱说柳敬亭，"描写刻画，微入毫发"，但是入景阳镇酒店喝酒的武松，表现其人格个性的重点在于声音气度而不重饮食。柳的"闲中着色"是说武松一声吼，店中空酒缸皆"瓮瓮有声"，却不在好酒的量上着力。

[②] 清末民初仪征小说家贡少芹的《傻儿游沪记》，用洋场观光的想象方式替代了扬州评话式的饮食文化想象，从扬州去上海的傻乎乎的少年正说明前现代文化的价值失落。

[③] 鲁迅《中国小说史略·清末之谴责小说》中对比"翻然思改革，……呼维新与爱国，而于'富强'尤致意焉"的有识者，判明耽溺于传统评书的一般社会的人们为"细民暗昧"，晚清扬州市民于大体国是诚然暗昧，但是饮食文化的小传统的继承却更多地依赖这些细民。

台文化"。当中国出现"书院"精英文化群体的时候，另一个群体已经在市井"勾栏"中围绕著书台成型，他们形成了一个小传统。然而说书小道从来得不到精英们的青睐，自然没有几个人深入这个民间论域。书台文化最大的劣势在于不如书院文化的书面传播，说书是一种非物质文化，若非现代的录音整理记录，我们今天对王少堂的说书内容只好由其传人而知晓。对柳敬亭晚明说书的内容，我们没有很完整的概念（当然黄宗羲、吴梅村、张岱等人的传记，一些诗词的记载，为我们保留了一些珍贵资料），更何况一般的说书。要说原汁原味地保留民间生活，保留由古代社会向近代转型市井中人们包括饮食文化的生活方式，我没有看到比"王派《水浒》"为代表的扬州评话更成熟细致的语言叙述。我希冀在对"王派《水浒》"具体物件的探讨基础上，有一点形而上的理论建构。

文学的时间想象与科学的时间想象有别。时间的科学想象是格物致知的自然模型：太阳在天空中运行，日出日落而由东到西，中国人因始终看见太阳而"天""日"不分地命名白昼，不见天日就是"夜"，合而为一，便是"昼夜"整天。可是这一整天，当它被各种各样的琐细生活节目充斥的时候，文学叙述反映的感性生活中的时间想象便和格物致知有了区别。评话鼎盛前期①的中国人生活相对单调/纯，不像现代人以繁复事务日程来切分一天的时间，也不用现代机械的钟表指示时间，人们在不同季节、忙闲不一状态中都是根据身体反应来表示时间，饥饿与进食便成为一天中的均衡的生活节奏。农业社会中的人们日出而作、日落而息，作息之间提供体力、能量补充饮食，农闲一日三餐乃至两餐，大忙时节多至一日五餐。进入传统城市生活，中国人的日常生活早已凝定了饮食起居与时间的关联。"一日三餐"，不仅规定了农业社会中人们进食的顿次，更成为一个时间标志。

有充分理由说，民间百姓的时间想象是以"食（饮食）"为"天（时间）"。早中晚餐及其前后，都成了我们标志时间的固定单位。饮食时间的词组多是偏正结构，时间限制为偏、饮食为正，诸如"早茶""中饭""晚宴"等等。贴近于日常生活的评话

①扬州评话的鼎盛从清代中叶开始，到清末民初极盛，当影像兴起时开始衰落，网络时代的受众已经限于有传统审美经验的老人。

系统，包括由此系统中转入书面叙述的市井小说，无不利用这个时间标志，子丑寅卯的计时方法反而不为一般人所习惯。于是，人物的行动，事件进展的期限（灭此朝食），时间跨度的长短（一顿饭的工夫），都可以用饮食来标志。扬州评话，以"王派《水浒》"为代表，把宋代勾栏中演说的市井生活表达得更为细腻，因而这以食为天的时间想象方式便成为中国口头/书面文学中最突出的时间想象。

"王派《水浒》"叙述饮食并非为吃，"醉翁之意不在酒"，在于饮食是一种文化生活方式，饮食已经成了连结生命时间单位的链条。过甚而言，饮食生活习惯也规制了人的生活，人活着不是为了饮食，饮食却成了活着的人的生命框架。每日固定时辰里必需的饮食，约定俗成的一年三节、时令气节、居家外出、人际交往，似乎都被镶嵌在固定的饮食格局中。从王少堂的叙述而知，饮食在扬州评话中有空前绝后的地位，他把一日三餐的习俗变为度量人物行动的空间与时间标志，这是任何一种以语言文字为表现手段的艺术形式从未达到过的。从施耐庵到王少堂，叙事的饮食时空的把握趋于极致，成为结构、叙述生活的态度与重要手段。抽绎其中的"饮食时间""饮食空间"分析，或许可以期望对中国本土的叙述学有所贡献。

"王派《水浒》"人物经历的是饮食时间，和"吃"联系着的动作过程与地点转移是叙述的基本程序。饮食时间，简而言之就是一天三顿，依照一定时刻进早中晚餐。《武松》开头讲英雄行走在往阳谷县寻兄的路上，看看"太阳大偏西"，武松的生理反应表明快要到晚饭时辰了，"腹中饥馁，意欲打尖"，于是进入景阳镇吃酒，因"三碗不过冈"与店家争执，乘醉直上景阳冈，卧倒在大青石上被老虎惊醒，演出惊天动地的打虎。喝酒几乎是武松的代名词，从施耐庵的《水浒传》开始，十回书中，武松每回都在吃酒。"醉打蒋门神"一段，武松从施恩处出发就喝酒，一路喝酒佯醉诈狂，饮食是贯穿事件发展的线索。武松被诓进都监府，八月十五与张都监全家晚宴，饮酒赏月，醉后三更半夜被栽赃冤盗。武松与饮食的关联集中在一个"酒"字上。

全部武松的人格呈现过程，无一处不是与饮食活动相关。王少堂根据情节需要，偶或故意改变武松喝酒的饮食习惯。扬州人习惯"吃早茶"时商谈事情，饮茶早点与茶馆的时间/场合关系更是中国的普遍生活方式①。武松二度发配恩州，天不亮官差发落。起解前，武松要与盟弟施恩见面，交代杀回孟州城报"栽赃冤盗"之仇的打算，并嘱施恩回避可能的不利，他在衙门外"和事居"茶馆吃茶坐待拜弟；同时，蒋忠要谋武松性命，派人约请解押武松充军的长解差人吃早茶、喝酒行贿、雇佣杀人，"玉佩楼"茶馆是反派人物饮食的另一个场合；长解受贿领命回到"和事居"，爆发出武松与两个长解之间为"等待/不让等待"的冲突，武松为泄愤而一气吃了五十四个包子让长解付账，双方增加恨意、起了杀心，武松不得已而上路；施恩追到城郊松林，弟兄终于相会饯别，这便是第三场饮食。三方人物的多头绪的事情都在同一早晨发生，仅仅是早晨的抽象时间表述无法包涵如此复杂的人事，"早茶"涵盖的饮食活动既规定了时间又提供了场所，更平添出人物冲突。饮食时间不是单纯的时间概念，它包涵着日常的生活规则，寓有特定时间段内的人物之间的情感变化、利益冲突与身份转移，提供多样情节发展可能供人们想象。抓住饮食时间来展开想象，正是"王派《水浒》"的基本结构法则。

王少堂擅长展开饮食时间的想象，更能够叙述人物主体对饮食时间的读解与应变行为，这是"王派《水浒》"独特的心理表现与艺术创造，它丰富了中国叙事文学的心理表现方式。饮食时间根据规律性的生理需求而定，但是当人物的心理需求发生变化的时候，饮食时间便不能不随之而改变。西门庆对潘金莲的"急色"促生了心理紊乱，其饮食时间须重新安排，这就上演了他与书童西门兴"寝食不安"的戏剧。西门庆为第二日到王婆茶坊会潘金莲，从前一日晚饭后就盼望第二日天亮。从今天到明天，时间是两天，如果照王婆安排能够成功，就是自家生活的两重天……，憧憬与焦虑折磨着西门庆的心，其欲火焚心、坐立不安的急色神态，借诸饮食行为来叙述，是一幕趣味横生的喜剧。

王少堂对西门庆的时间感受的叙述有一个发展标志：从对"公

---

① 中国其他有较深历史传统的城市无不如此，李劼人"大河三部曲"中的旗人、汉人都有早茶习惯，沙汀《在其香居茶馆里》实际上就是一个四川"吃讲茶"的过程。

共时间"的拒绝到"饮食时间"的自主。直到20世纪40年代，扬州城的夜晚和许许多多的旧城市一样，有人巡夜打更。定更到五更是全城人的公共时间秩序，打乱这个秩序的人不疯也颠。此情此境，西门庆忍受不了相对时间的缓慢，他要提速、要缩短更次之间的间隔，主观地把定更当作四更。所以，一夜之间主仆"问更"/"报更"、癫狂之心/常人之心的戏剧化展示，让人忍俊不禁。这才是王少堂绝妙叙述的开端，其"饮食时间"的舛错更是一出滑稽戏。

因为难挨时光，西门庆自欺欺人地误读饮食时间，使得饮食的顿次与节奏颠倒错乱，目的只是为自己早早出门赴茶坊之约。这种误读的效果，是变难以言表的情绪为一系列的饮食活动镜头。西门庆无法入眠，天刚亮就急忙将厨子叫起来，做一碗鸡汤面吃，吃了两根面条便又饱了。刚刚放下早饭碗，他又要开上顿饭，这时别人家早饭还没有吃呢。六件头的饭菜端上来，他却几乎没有吃。在将早饭后当成午饭的敷衍之后，他就起身出门赴茶坊会潘金莲。西门庆的内心活动通过饮食时间的舛讹而得以淋漓尽致地呈现。《水浒传》中仅一句"西门庆巴不到这一日"的一个"巴"字，被王少堂猜详敷衍成一大篇极富戏剧性的文章。"王派《水浒》"创造了一条中国民间借助于饮食的心理表现公式：心理感受的失衡——饮食时间的舛讹——饮食行为的乖谬，这种加入了饮食时间中介的叙述，把不可见的心理转换成外显的动作行为，把难以言表的人心画出来，一一如在目前。这正是对中国文学叙述不擅长心理表现的一大补救。

时光难挨的叙述，每每是爱情主题下的必然产物。西门庆与潘金莲的爱情虽然有些畸形，也仍是一种情爱。对西门庆以饮食时间为中介的叙述之妙，可由与《西厢记》比较而彰著。得到莺莺"待月西厢下"的书柬，张君瑞便有了难以打发的时间漫长感，没有"饮食时间"相助，《西厢记》只能一味地强调人的主观情绪。张君瑞一人晌午叹天："欲赴海棠花下约，太阳何苦又生根"；太阳偏西前，怨恨太阳："今日万般的难得下去也！呵，碧空万里无云，空劳倦客身心；恨杀太阳贪战，不叫红日西沉"。日落在即，也等不得，无计可施："安得后羿弓，射此一轮落"。张君瑞一人在台上怨天恨地，这种叫苦连天的戏，比之于《武松》中西门庆的戏剧/滑稽戏，少了好多的趣味。张君瑞式的感叹在中国文学的感伤与抒情传统中屡见不鲜，而《武松》中的西门庆会见潘金莲的前夕/戏，无论是主仆夜话，还是饮食时间的颠倒错乱，都为原本《水浒传》不及，也是《金瓶梅》难能的。这种基于民间智慧的饮食时间的安排结构与表演，才是真正的中国叙事诗学的精髓。"王派《水浒》"以"食"为"天"，用饮食时间将"食色性也"演绎到绝佳处。

饮食时间当然不全是王少堂的发明，它是历代评话艺术家智慧累积的明证。《水浒传》原本"血溅鸳鸯楼"的叙述就完全以饮食时间为依凭。先是张都监、张团练和蒋门神三人吃了一日的酒，等候谋害武松性命的回信。武松杀回孟州城都监府时，他们仍然在鸳鸯楼上吃酒。待斗杀三人，割下人头来，"见桌子上有酒有肉，武松拿起酒锺子，一饮而尽。连吃了三四锺……"，处处不离饮食。发展到"王派《水浒》"《武松》，连看城门的军士，马棚里上宿的人，都在饮酒，简直是无饮食不成文章。武松一路杀上楼去，经历的都是饮食时间。施耐庵以前的评话艺人如何利用饮食已经不可考，到施耐庵时代定型时的《水浒传》应该有饮食时间的自觉，否则不可能无时不说饮食。

对饮食时间的自觉，从叙述主体对叙述过程的控制看得更为明白。就利用饮食时间对叙述进程加以控制而言，从《水浒传》到《武松》是一脉相承。《水浒传》中"王婆贪贿说风情"和《武松》中的"王婆谋奸"基本一致，都在申说男女风情成功的两大关键，先是要有"五件事……潘、驴、邓、小、闲"的资本，然后是"挨十分光"的时间过程。前五分光要挨过通常的自然时间，第五分光之后，就都与饮食时间相关。从第六到第九分光是男女内心情欲急速升腾的过程，但叙述仍得一分分光地挨，预谋好的西门庆实施情欲进展的可行性控制。此时男女对抽象时间都失去了感受力，只有情欲主导方西门庆把握"挨光"的饮食时间过程。所谓"十分光"，关键只在后五分。第六分光才提到要"替老身与娘子浇手"吃酒，此后便都在饮食时间之内。前五分光，出场主导者是王婆，她所主导的过程只是一般的自然时间，而后五分光情理纠葛、心理复杂、难以言明又要避免抽象的过程，就要借用"饮食时间"了。实际上，"十分光"中的饮食安排并不是客观的事态呈现，而是带有浓厚主观色彩的戏剧化表现。叙述主体通过饮食时间来控制叙述过程，是因为它有一种特殊功能，可以将极难阶段把握的事情有次第地叙述出来，可以有效控制叙事的分寸和节奏。

三、"王派《水浒》"的空间想象："酒色财气"秩序

论述"王派《水浒》"的饮食时间之后，还得对饮食空间解释一番。"饮食空间"的命名不为饮食酒肴而指涉空间，"王派《水浒》"的饮食叙述重在人物的互动而不在享用饮食，在饮食活动联系着的一定时间地点上的人际交往，所以这个空间是人的活动的空间，饮食只是一个人物空间的组织媒介。中国的空间文化历来富有伦理秩序的意味，诸凡古城、故宫、孔府乃至徽州民居的布局都是如此，而饮食空间中的伦理文化不可能像建筑那样明确。中国人在酒席上通常讲究些长幼尊卑的礼数，东方人的饮食行为也不像西方宴饮的历史，像希腊人那样讲究热情好客，或宾客滥用权利，更不如柏拉图《会饮》讨论哲学命题①。这个饮食想象的空间是叙述者人为建构的，其想象维度是叙述者描述出来的，体现着一种描述性价值标准，书中主人公与其他人等的饮食行为按照这个维度来描述。这种建构与描述形成一种不无混沌的秩序，影响了"王派《水浒》"主人公行为。这个混沌秩序中体现伦理维度最主要的因素是"酒色财气"。王少堂说《武松》，开宗明义："过去的人，酒色财气这四个字难免，唯有武松只好两个字，好贪杯，好动不平气，财色二字无他之份"。金圣叹《水浒》评点内容也以这四重要素为着眼点，散见于各种批语里。景阳镇、五台山下都是论酒的重点，武松的一生就是好酒、远色、不爱财、任侠使气。可见其在中国小说叙事美学中有一贯的地位。这四大要素，看起来只有酒和饮食直接联系，其实另外的要素也息息相关。

酒色财气被几百年来的文学叙述与评点批评描述着，更得到思想家李卓吾的肯定。思想界为叙事文学的虚构造成了自由的精神空间，也备受儒家主流思想的指责："今渠谓酒色财气一切不碍菩提

---

① 海德伦·梅克勒：《宴饮的历史》，胡忠利译，希望出版社2007年版，第1~191页。

路。有此便宜事，谁不从之"①。酒色财气作为一种描述性价值标准，自然不如儒家主流思想的规范性价值标准清晰。人们通常认为后者"是通过考察人类的特点和指出可以把人类引向完美的那些价值标准所发现的精神性的东西"②，而对描述性的价值标准的精神内蕴相当程度的轻忽了。酒色财气太日常化了，喜欢标示精神高蹈的知识界以为一谈就俗。但是日常生活是无可回避的，叙述日常生活为主的扬州评话当然回避不了描述酒色财气的要素，并在不充分自觉的状况下将其在日常生活中做了秩序化的安排。说书人的叙述主体中即令未曾打上李卓吾的印记，可是评点《水浒传》的金圣叹仍是他们精益求精打造书词的重要资源。王少堂自然地描述了酒色财气在其主人公日常生活行为中的内核作用，并以之建构其活动的饮食空间。

如此说来，饮食空间即是市井日常生活的伦理与精神空间。"王派《水浒》"主人公的饮食空间不断转移，形成其生活秩序的相对开放，在酒色财气的维度上有多样表现。王少堂叙述的主人公武松、宋江、石秀等，总是生活在一个迁移的过程中。这个空间的移动不仅仅是主人公换一个地方、与另外的人同进饮食，而是他们在酒色财气的秩序空间中比常人拥有更大的活动可能。《水浒传》中所谓的"替天行道"的英雄们不过是一群四方奔走的"流氓"。从人物的流动漂泊讲，中国小说中的人物具有《水浒传》那样流动的身份特征者较少。这是因为以"家"为核心的主流文化不让人们拥有过多的空间移动的自由。武松等人是生活在主流文化之外的"化外之民"，一部《水浒传》其实都在说让英雄豪杰畅快饮食，获得和拥有"大碗喝酒，大块吃肉，大秤分金银"的空间。

或许要问武松等人的流动生活为何如此执着地叙述饮食？他们拥有的前现代生活圈子，缺乏广阔社交、缺少深广复杂的社会政治、经济活动，即使可以侠义地游走江湖，过的仍然是一种日常生

---

① 邹颖泉语录，转引自嵇文甫《晚明思想史论》。"渠"即指李卓吾，说他对社会精神秩序的动摇与破坏。酒、色、财、气元素是世俗生活哲学中较柴米油盐形而上的层面。在一般人的生活中，它们也受儒家中庸思想的调节。其中，"色"与"气"的思想单元(Unit-ideas)又和释、道哲学密切相关，色既指女色也指物质领域的表相，气有关人的精神个性与事物起源。可参见《气的思想——中国自然观和人的观念的发展》，小野泽精一等著，李庆译，上海人民出版社1990年版。

② 拉兹洛：《用系统论的观点看世界》，闵家胤译，中国社会科学出版社1985年版，第99页。

活，这样的生活方式是由评话叙述主体赋予的。从日常饮食出发，扬州评话中培养出一种将任何事情都日常化的态度。施恩探监、在狱神堂摆酒的叙事题材，如果放在和晚清扬州评话高峰同时的谴责小说中，一定成为抨击黑暗政治现实的对象，然而"王派《水浒》"中因为日常的同盟兄弟关系而被肯定、赞叹。他们的饮食空间是从家庭兄弟夫妇的人伦空间变化成广义的四海兄弟的空间，武松不止可以和武大郎、潘金莲兄嫂喝酒，更可以和盟兄弟宋江、施恩等人喝酒，他不止可以在山东阳谷县，还可以在河南孟州，可以在河北喝酒。前现代社会中的扬州书场上的听众，很为钦羡这种"四海之内皆兄弟"的饮食空间中的自由。英雄豪杰的江湖生活，非但听众，即便是说书人也未曾体验过，他们想象这些江湖英雄生活的便捷途径，就是将其日常化。在衣食住行的想象中，集中于一个"食"字，无论住还是行，反正都得"吃"，所以饮食空间的开拓就是说书人致力最勤的所在。王少堂以不变应万变，依靠酒色财气来解释描述各种生活，把各种生活的可能性牢牢地拴在饮食上，弥补其经验上的局限。

若是继续追问"王派《水浒》"饮食空间拓展的动因，就必须进入叙述者依据酒色财气描述与建构功能的讨论。王少堂说的四部大书，男性的主人公的流动漂泊都肇因于"色"。说得明白点，都是因为他们生活的家庭中出了一个淫妇，逼得他们离开家庭饮食的小环境，进入一个更大的空间。"王派《水浒》"历来讲《水浒传》中有四大淫妇：潘金莲、阎惜姣、潘巧云、贾玉姣，其或为妻、为妾、为嫂，她们的美色惹出来种种风流祸害，逼得四部书中的主人公武松、宋江、石秀和卢俊义家居不稳，或流配、或逃匿于他乡江湖。于是，好酒的武松才会一路行来，把山村酒楼辟为饮食空间。被人们阐释为"官逼民反"的《水浒传》的英雄世界，原来是淫妇逼男人走上不归路，这些女人都做了这些男人的刀下鬼。没有潘金莲，就没有武松的十字坡与卖蒙汗药酒的孙二娘"不打不成相识"，就没有安平寨把酒与施恩结拜盟兄弟，就没有"血溅鸳鸯楼"的酒宴与墙壁血书"杀人者，打虎武松也"，……武松的酒/色生活秩序的失衡，造就了一个更广大的饮食空间，一个江湖世界。王少堂的江湖世界只能依靠饮食建构起来。

　　"王派《水浒》"描述的这个世界，多靠饮食为媒来维系，酒色财气四端，色、财、气皆可依赖于"酒"，而无酒不成饮食，几乎是表现中国人生活的文学共识。于是"王派《水浒》"中的情色想象离不开酒食，酒席桌上显示人的钱财身份地位，喝酒时候才充分显示人的个性。饮食是人生的枢纽，这不是耸人听闻，而是表现前现代扬州人日常生活的真理。尤其在产生和演说扬州评话的地区，如果健在的90岁左右的家庭妇女，在半个多世纪以前，整天只是为一家人的一日三餐而努力，一顿午饭可以让人从早忙到中午饭菜上桌。也就是说，曾经有一种人类的文化生活方式，全部目标就是为了有节律的饮食。要问这种生活有否价值，那是根据不同的人的生活态度决定的，但正是这样的生活基础，才决定了"王派《水浒》"为代表的扬州评话的饮食想象，才提供了酒色财气的描述性价值标准的秩序空间。

　　以情色想象而言，单讲潘金莲，她的主动调情和乐于接受的调情方式，都是在酒食场面上。旧俗男女不同席，只要男女甘心情愿地坐在一个席面上，进一步的情感乃至于身体的男欢女爱都是有可能的。"金莲戏叔"一段，武松要解款去东京，安排酒食送回家中，等兄长回来饮酒叙别。金莲发现这是一个慰解难遂心愿的机会："奴家几番眉目传情将他盼，他故意儿拿老实推。幸喜今日送回肴和酒，奴家陪他对饮吃三杯，叔嫂通奸怕着谁？"她便借酒挑逗武松，意欲"到武松旁边，直接朝他大腿上一坐，不容他分说，右手就把他一搂，左手就把这杯酒朝他嘴里倒"。不料武松摆出一副凛然正气，直接教训金莲恪守妇道，几乎动手打了她。潘金莲被压抑的情欲恰好逢着了西门庆。王婆勾奸，和西门庆共谋设计裁衣，又让西门庆作东为金莲暖手（吃酒），于是先是王婆、西门庆和潘金莲三人同席，嗣后王婆忙菜买酒，西门庆和潘金莲二人居于一室，饮酒进食，饮食之间就作成了西门庆的好事。从武府的厨房到王婆的内室，一概是饮食场合，在不同的空间里，潘金莲从单恋到失落，无意中被王婆谋算走上了与西门庆遂欲的途程。潘金莲先后逢上武松与西门庆，正是有心栽花花不发，无意插柳柳成荫。无论情欲之成与不成，饮食为媒却是不易，先后合掌的文章，有一个现成的题目：饮食男女！

武松好酒、不沾财色而任性使气。他因酒食而连带地碰上各种女色：拒斥潘金莲，痛贬孙二娘，佯戏谢三姐，放弃韩玉兰，搭救武金定。武松一路走来，饮食空间的变化，女色的更替，都为完成武松不念财色的本真形象。这一系列女人同时也转折地与另一维度"气"发生关联。武松"好动不平之气"，只是为伸张正义。潘金莲引发武松"杀嫂祭兄"、"斗杀西门庆"，这两回书说"替兄报仇"的过程，释放武松一腔抑屈之气，成就了他非同寻常的精神个性。杀潘金莲与西门庆过程一致，叙述者仍然利用饮食场合。为杀潘金莲，武松摆酒请本坊邻居做人命见证。从施耐庵到王少堂都全力铺叙杀嫂的场面，其实杀一个妇人无需如此费力，看来擅长文字虚构的人们，无论是动笔的还是动口的，都喜欢利用饮食做文章。若非饮食，《武松》全书最富喜剧趣味的两个人物，喜"吃白大（搭）"的肖城隍与李土地就无从登场。更有意思的是金圣叹评点《水浒传》的饮食空间："上回已畅写淫妇好色，虔婆爱钞矣，此忽乘便借邻居铺面上，凭空点染出来"①，武松请来的开各色店铺的左邻右舍，开银铺的是"财"，开纸马铺的是"色"，开冷酒铺的自然是"酒"，开馎饦铺的是一股"气"。总之，不外酒色财气而已，武松摆酒的饮食场合为中心，周遭的左邻右舍就是"酒色财气"。即使叙述者不是故意安排，金圣叹的阐释也是有价值的一家之言。杀完潘金莲，接着就叙述斗杀西门庆。为连接两个饮食场面更紧凑一些，王少堂更改了武松去西门庆药店打听其去向的叙述，安排何九先打听得确切消息报信给武松。于是，武松从杀嫂的饮食场合奔往另一个场合，西门庆在狮子桥边的望月楼上吃酒，武松从楼上开始斗杀西门庆。叙述因此变得更为一"气"呵成。分析饮食空间与酒色财气四端的关系，就像踢球一样，从任何一点触发都可以使得论述运转自如。当武松杀完了奸夫淫妇，将两颗人头纽结挑在肩上成"一担头"时，以饮食为媒介的替兄报仇的目标已经实现了。回顾潘金莲与西门庆从情缘初结到"一担头"被杀，其间大大小小几许饮食行为时/空贯穿，才成就了完整的叙事。

英雄本色不爱财，这一品行也被王少堂结合到饮食空间中叙

---

① 陈曦钟等辑校：《水浒传会评本》，北京大学出版社1981年版，第501页。

述。武松在景阳镇与酒店小二冲突，却是为多付给店家的钱。因为武松舍财，在飞云浦外的荒镇上，他被酒店的小二误认为是流串作案得手的小偷。相反爱财的人也被王少堂在饮食空间中表现。孟州城衙门中的长解王洪，受蒋门神之贿要谋害武松。他在玉佩楼吃饱喝足，现出一张"红彤彤的脸，油光光的嘴"，受财与进食同步进行。吃人家的与被人家吃，一进一出，足以让贪财的小人思虑半晌。"财"激化了王洪与武松之间的矛盾对立，使之成为你死我活的冤家对头，也让下文武松杀人无需任何犹豫。一般人毕竟是爱财的，有钱的人总是利用钱财赢得高人一等的地位。武松在蜈蚣镇上酒店进食，隔席一老二少吃酒，少年人坐首席，老者坐在横头，只是因为年轻者有钱。老者每天给他们说点故事、新闻，揩点油。一旦没有什么有趣的笑话侍奉少年人，就被骂"脸真厚"。王少堂也看惯了逐渐商品化的社会，看着人们恃"财"傲物，有钱为大，而不遵守长幼尊卑的礼数。世界上尽多葛朗台那样不舍财的人物，西方小说习惯突出其恋"财"的心理、变态的"癖好"，"王派《水浒》"处理财则将人物放到饮食空间中试验。

如何把握饮食空间与描述性价值标准之间的关系，《水浒传》乃至于"王派《水浒》"的叙述人对这一标准究竟持什么态度？"描述"不是"规范"，这样的价值标准常常是不确定的，乃至于在前后叙述中取不同立场，甚至于显得自相矛盾。即如武松人格行为的主要特征，好酒、好动不平之气。若以打虎看，一分酒一分气力，酒壮英雄胆，没有这"三碗不过冈"，就没有武松胆气过人，精拳捕虎。没有正义感，没有抱不平的胸襟，武松就不会夜走蜈蚣岭，为搭救面不相识的武金定小姐，与武艺高过自己的吴千动手搏命。《武松》第九回"吊打白虎山"，武松也是因不平之气，抢了孔亮的大菜吃。喝醉酒跌落涧中的武松被吊起来打，失尽威风。饮食空间转移了，从喝醉酒景阳冈上打虎，到喝醉酒被人吊打，一样的饮酒，却是两样的结果。饮食空间的转移，其实是要传达一种道德的训诫。这就是宋江与武松二人酒宴上所云："你全是酒上误事，血气不平，好管闲事。"宋江否定了武松好酒的饮食习惯，也否定了他仗义行为的基本价值。

饮食活动是中性的，饮食想象却可以有不同的维度；饮食空间是开放的，相关的酒色财气要素的描述并不因这个空间而获得确定不移的价值。书中人物的判断并不代表叙述人，但是从《水浒传》到"王派《水浒》"，文本内部都含有自我颠覆的内容。金圣叹评点《水浒传》，"一百八人中，定考武松上上。时迁、宋江是一流人，定考下下"①。他拉开与《水浒传》文本的距离、透视分析宋江的人格，做出这样的批评判断，但是施耐庵的《水浒传》并不单纯提供这样的读解。同样，"王派《水浒》"的叙述主体仍然是一种客观描述，宋江的一番极富主观色彩的训诫，并不能否定叙述者交代的武松的过去，但是可以是对武松的生活道路的一种回顾与反思。这里透露出宋江有一副乡愿嘴脸，王少堂的立场并不等同于宋江式的乡愿。宋江一边混迹于江湖豪侠中，一边时时刻刻等待招安，心中存在些虚伪的理学教条，脚踩江湖与道学家两只船。他对武松的否定，并不是一般朋友之间的规劝，实际上是一种身份态度对另类思想的围剿。《武松》一书，饮食空间叙述的最大冲突在于此。说书人在饮食空间里的酒色财气秩序的建构，免不了自我颠覆，似是而非。留给我们的工作，不是要解构它，而是要让混沌的秩序与文学想象之间的关系更清晰一点。

饮食文学/文化只能一时代还给一时代，从"王派《水浒》"返身进入前现代的饮食文学想象，不由地惊讶于饮食在生活时空中占据了那么重要的地位，饮食时间曾经可以替代计时，它不是抽象的，是有生命的，因为它记录了某一时段的人对生活的把握方式，这个方式对自命先进的后现代社会来说，兴许是对苍白的生命的补益。我们的生活仍然复杂，但人们试图把生活说明白，看看饮食空间建构的相对混沌，我们应该对许多说不明白的东西更感兴趣。"王派《水浒》"的饮食美学是日常的，全面、细腻的，只有珍惜这种日常，才能享受它的全面细腻。往返于"扬州评话"的鼎盛时代与当下，从饮食一途去感受，我们可以更真切地体悟人类是如何从前现代走过来的。

---

① 陈曦钟等辑校：《水浒传会评本》，北京大学出版社1981年版，第15页。

附录材料（一）

以"食"相告

"王派《水浒》"《武松》第二回《杀嫂祭兄》之五《武大捉奸》与《水浒传》第二十四回《王婆计啜西门庆淫妇药鸩武大郎》比较，这两种说法的叙述，时隔数百年，仍然以饮食为主导。没有酒肉，便无郓哥的吐露事实。扬州评话中的郓哥形象，更其圆滑，兼具近代扬州商家好事又怕事的印记。事实的出入仅在于郓哥所卖雪梨与樱桃之别。这是扬州评话与原书最接近的例证。

水　浒　传

话说当下郓哥被王婆打了这几下，心中没出气处，提了雪梨篮儿，一径奔来街上，直来寻武大郎。转了两条街，只见武大挑着炊饼担儿，正从那条街上来。郓哥见了，立住了脚，看着武大道："这几时不见你，怎么吃得肥了？"武大歇下担儿道："我只是这般模样，有甚么吃得肥处？"郓哥道："我前日要籴些麦稃，一地里没籴处，人都道你屋里有。"武大道："我屋里又不养鹅鸭，那里有这麦稃？"郓哥道："你说没麦稃，怎地栈得肥苶苶地，便颠倒提起你来，也不妨，煮你在锅里也没气。"武大道："含鸟猢狲，倒骂得我好！我的老婆又不偷汉子，我如何是鸭？"郓哥道："你老婆不偷汉子，只偷子汉！"武大扯住郓哥道："还我主来！"郓哥道："我笑你只会扯我，却不咬下他左边的来。"武大道："好兄弟，你对我说是兀谁？我把十个炊饼送你。"郓哥道："炊饼不济事。你只做个小主人，请我吃三杯，我便说与你。"武大道："你会吃酒？跟我来。"

武大挑了担儿，引着郓哥，到一个小酒店里，歇了担儿，拿了几个炊饼，买了些肉，讨了一旋酒，请郓哥吃。那小厮又道："酒便不要添了，肉再切几块来。"武大道："好兄弟，你且说与我则个。"郓哥道："且不要慌，等我一发吃了，却说与你。你却不要气苦，我自帮你打捉。"武大看那猴子吃了酒肉，道："你如今却说与我。"郓哥道："你要得知，把手来摸我头上疙瘩。"武大道："却怎地来有这疙瘩？"郓哥道："我对你说：我今日将这一篮雪梨，去寻西门大郎挂一小钩子，一地里没寻处。街上有人说道：'他在王婆茶房里，和武大娘子勾搭上了，每日只在那里行走。'我指望去赚三五十钱使，叵耐那王婆老猪狗，不放我去房里寻他，大栗暴打我出来。我特地来寻你。我方才把两句话来激你，我不激你时，你须不来问我。"武大道："真个有这等事？"郓哥道："又来了！我道你是这般的鸟人，那厮两个落得快活，只等你出来，便在王婆房里做一处，你兀自问道真个也是假。"

（选自《水浒传会评本》，北京大学出版社，1981年。以下的附录材料，录自同一版本。）

武　松

乔大爷渐来渐近，刚好走到四岔路口，只看见西头来了大老爹，挑着担子，炊饼今日只卖了一半，还剩一半。沿路走着喊着，就准备回茶坊吃饭了。"卖炊饼！卖炊饼！"乔大爷望望，啊咦喂，来了，拿他开开心。乔大爷朝巷子里一躲，篮子朝地下一放，右手两个指头把鼻子朝起一捏，喉咙变了："卖炊饼的哎！""哪里买我的炊饼？""巷子里来呀！""来了！"大老爹挑着炊饼担子转过弯来就望。乔大爷两手捂住脸，等他到了面前，两手朝下一放："猫！""啊！好大胆的小畜生，你敢拿我开心，我是做小本生意，你也是做小本生意，论年龄我是你的前辈，你后辈敢拿前辈开心！"武大郎大动其怒。"啊咦喂，大老爹，和你闹了玩的！哎，当气的你不气，这个不该生气，你气成这个样子做甚哩？""此话怎讲？""你晓得我来做什么啊？我特为来找你的。""找我做什么？""做什么啊？我今日就是为你的事，我吃了大亏啦！""此话怎讲？""我先让你望下子！"乔大爷蹲下来，帽子一褪："大老爹，你把我头上望望看！""啊呀！大瘤小疙瘩，哪个打的？""哪个打的？茶坊王婆打的！""她打你做什么？""就是为的你啊！""此话怎讲？""你家夫人可是在她家做针线啊？""嗯，一点不错。""这个臭老妈子欺侮你大老爹，你可晓得？""啊，她怎么欺我？""你糊里糊涂的！我晓得哎，我心眼里不服气，想打抱不平，替你大老爹出出气。哪晓得我斗不过她，被她把樱桃篮子都泼掉了，你看，把我头上打得大瘤小疙瘩。""这老虔婆怎样欺我？""话多哩！我这一刻头上疼得难过，肚子又饿得难过，你先请我吃一碗酒、一方肉，代我暖暖疼，我吃饱了才能告诉你。""好,这个小东算我的。"

大老爹挑起担子在前头走,乔郓哥把帽子戴起来,拎着篮子跟随在后。巷头上有一家小酒店,大老爹说:"这里来!"两个人进了小酒店,开酒店的看见了,"哎,我们是酒店,没有哪一个买炊饼和樱桃啊!""东翁,照顾你家的买卖,我们来吃酒。""吃酒请到后头坐。"堂口里没有人,正当中有张桌子。"兄弟请上坐!""你老人家请上坐!""我请你的。""嗯,不错,我是客你是主。"乔大爷朝上座上一坐,大老爹爬上对过凳子朝下一蹲。跑堂的上来了:"你们就是两位?""就是我们两个。""吃多少酒肴?""一碗酒、一方肉。""两个人只吃一碗酒一方肉啊?""我不吃,我请朋友吃的。"小二走了,把一碗酒、一方肉拿来了。那一刻买酒论碗买,六个钱一碗;论壶买,三分银子一壶,呆价钱。好丑没有多少分别,价钱都是一样。肉是什么肉呢?盐水煮的,占方的一块五花肉。"兄弟请用。""大老爹,我有点不放心哩!""此话怎讲?""你请我的啊?我吃下去你回头不请我,我又没有钱给。要我放心吃,你先把东会掉。""啊,是了。"大老爹数了十二文:"拿去!"跑堂的把钱拿走。"兄弟请用。""哎,这个我就放心大胆地吃了,你老人家可少吃一点啊?""我不吃,你放老实一点。""好哩!"哎,酒不丑;筷子一夹,把肉吃了一口,嗯,不丑。一碗酒一方肉都吃完了,筷子丢下来,把油嘴一抹。

啊,不好了!乔大爷来了心事了。哪晓得刚才乔郓哥来是一冲之兴,是一股之气,被王婆打得情急负辜,他准备来报信的。这一刻把酒和肉吃下去,气平下来了,火也熄了,回头想想:这话还是说不得,谨防大老爹不能忍耐,就出大事了,不能玩,这话还是说不得。已经吃下去了,怎么办呢?不要紧,我来和他好好商量。"大老爹!""哎,怎样?这个老虔婆怎样欺我?""我来者是居心对你说的,我这一刻想想又不敢说了。""是何道理?""你不要多心啊,你这人性子太急。我刚才和你闹了玩的,你还气成那个样子呢;如把这句话说出来,比那个要重十倍百倍都不止,那一来你格外要生气了。这一气你就不能忍了,一个不能忍,不是要斗了吗?斗,你斗不过她,鸡蛋和石头碰,何至于吃苦呢?我也对不起你啊!我的意思你这一刻不要问,我这一刻也不说,耳不听,心不烦,眼不看,嘴不馋。多晚才说呢?等你家兄弟武二爷回来。他一回来,我就和盘托出,让武二爷和对过斗,这就兵对兵、将对将了,免得你老人家吃亏,好不好?""啊,好大胆的小畜生,你敢骗我的酒肉吃!""啊咦喂,才冤枉哩!你说我骗你的酒肉吃,这一来挤住说了,这一来逼住说了!我说你不能生气啊!""我不动气。""好哩,我来告诉你。"

（选自《扬州评话王派《水浒》·武松》王丽堂口述,中华书局,2005年。口述者王丽堂是王少堂的孙女,直接受祖父王少堂、父王小堂传授。王少堂口述的《武松》的整理本在20世纪的下半叶有江苏人民出版社、江苏文艺出版社几种版本。选用本在网络上方便查找。以下的附录材料,录自同一版本。)

附录材料（二）

"酒"为"色"之媒（金莲戏叔）

"王派《水浒》"《武松》第一回《景阳冈打虎》之四《金莲戏叔》与《水浒传》第二十四回《王婆贪贿说风情郓哥不忿闹茶肆》比较。"金莲戏叔"是伦理与情色冲突的戏。从《水浒传》到《武松》都一贯地让伦理力量占了绝对支配的地位,金莲的"情色"本位规定要败给武松的"伦理"本位。"情色"与"酒食"的关联也是一贯的。男女之"表"情"现"色,读书人有"琴挑"之类的游戏,市井中人往往借酒为媒,饮食男女方是正途,潘金莲则是一个市井情色的经典符号。无论《水浒传》原书还是扬州评话《武松》,都以饮食场景安排叙述,在寻常的家居小酌中铺叙反常的嫂嫂调戏小叔。只是《水浒传》原书叙述金莲戏叔是在武松上任土兵都头不久,《武松》则安排在解费去东京回家辞行时。原书两番叙述都不回避饮食,在王少堂书台上表演,"合掌文章"不大方便,所以就两次并作了一场来表演。

水浒传

那妇人把前门上了拴,后门也关了,却搬些按酒、果品、菜蔬,入武松房里来,摆在桌子上。武松问道:"哥哥那里去未归?"妇人道:"你哥哥每日自出去做买卖,我和叔叔自饮三杯。"武松道:"一发等哥哥家来吃。"妇人道:"那里等的他来?等他不得。"说犹未了,早暖了一注子酒来。武松道:"嫂嫂坐地,等武二去烫酒正当。"妇人道:"叔叔,你自便。"那妇人也掇个杌子,近火边坐了。火头边桌儿上,摆着杯盘。那妇人拿盏酒,擎在手里,看着武松道:"叔叔满饮此杯。"武松接过手来,一饮而尽。那妇人又筛一杯酒来说道:"天色寒冷,叔叔饮个成双杯儿。"武松道:"嫂嫂自便。"接来又一饮而尽。武松却筛一杯酒,递与那妇人吃。妇人接过酒来吃了,却拿注子再斟酒来,放在武松面前。

那妇人脸上堆着笑容说道:"我听得一个闲人说道:叔叔在县前东街上,养着一个唱的,敢端的有这话么?"武松道:"嫂嫂休听外人胡说,武二从来不是这等人。"妇人道:"我不信,只怕叔叔口头不似心头。"武松道:"嫂嫂不信时,只问哥哥。"那妇人道:"他晓的甚么! 晓的这等事时,不卖炊饼了。叔叔且请一杯。"连筛了三四杯酒饮了。那妇人也有三杯酒落肚,只管把闲话来说。武松也知了八九分,自家只把头来低了。

那妇人起身去烫酒,武松自在房里拿起火箸簇火。那妇人暖了一注子酒来到房里,一只手拿着注子,一只手便去武松肩胛上只一捏,说道:"叔叔,只穿这些衣裳不冷?"武松已自有五分不快意,也不应他。那妇人见他不应,劈手便来夺火箸,口里道:"叔叔,你不会簇火,我与你拨火,只要一似火盆常热便好。"武松有八分焦燥,只不做声。那妇人不看武松焦燥,便放了火箸,却筛一盏酒来,自呷了一口,剩了大半盏,看着武松道:"你若有心,吃我这半盏儿残酒。"

武松劈手夺来,泼在地下,说道:"嫂嫂休要恁地不识羞耻!"把手只一推,争些儿把那妇人推一交。武松睁起眼来道:"武二是个顶天立地、噙齿戴发男子汉,不是那等败坏风俗、没人伦的猪狗,嫂嫂休要这般不识廉耻,为此等的勾当。倘有些风吹草动,武二眼里认的是嫂嫂,拳头却不认的是嫂嫂! 再来休要恁地!"那妇人通红了脸,便收拾了杯盘盏碟,口里说道:"我自作乐耍子,不值得便当真起来,好不识人敬重!"搬了家火,自向厨下去了。

武　松

武二爷才坐下来,金莲也进来了。金莲就朝对过靠房门口这张椅子上一坐。武二爷见嫂子坐下来,心里不安。为什么呢?你叫我到房里来,这是我的房间,你就应该上楼到你房间里去,要各避嫌疑,这怎么讲啊?照这一说,就应叫嫂子出去。想想,也不能。在我认为,年轻叔嫂应避避嫌疑,我家这个嫂子年纪轻,她还有点小孩子脾气,在她是不避嫌疑;再则,听见我要出远门,也许有什么家常话,特为要同我谈谈。我如叫她走,未免叫嫂子心里不乐。武二爷只得把头一低,坐在那里不开口。

金莲把他望望,心里也好笑,这个人真老实。老实人我也见过的,没有见过他这样老实的,坐在这里大眼望小眼。哎!要防他坐不住,他一个坐不住,站起来走掉了怎么办?嗯,有个章程了,他喜爱喝酒,最好不过拿壶酒给他稍微消遣消遣。"二叔叔!""嫂嫂。""一人静坐无聊,愚嫂拿壶酒给二叔小饮,候大郎回来,再为畅饮。""好,多谢嫂嫂!"这一点武二爷心里很中意,最喜爱的就是酒,坐在这里等也难过,不如弄壶酒打打岔吧!金莲起身出了房,酒炖在锅里,锅盖一掀就拿到了。她面对灶神,恭恭敬敬,端端四拜,暗暗祷告。祷告的话语很低,等于在她肚里,这叫心到神知。这刻我不能以心相照,喉音当然要高一点:"灶神菩萨:女弟子潘氏金莲,想与二叔结个鱼水之欢,望神圣庇佑,早点成功,大香大烛,拜谢菩萨!"她家菩萨可在家?怕是不在家,早已吓得溜掉了。什么道理呢?嘿,灶神乃一家之主,灶神管你家周正事,不能管这些没魂的事,还不吓溜了吗?

金莲祷告之后,锅盖一掀,拿了一壶酒和两碟菜,锅盖朝起一盖;还有一壶酒两碟菜,等丈夫回来再吃。拿了两双杯筷,进了房,就朝桌上一放。里口座位上摆了一双杯筷,金莲自己这边座位上摆了一双杯筷。"二叔请上坐!""是。"叫武松坐在里口一张椅子上。武二爷想想,先坐下来再说,等哥哥来了,首座座位再让给哥哥。武二爷提着衣服,跨过火盆,绕过桌角,到里口座位上坐了。他以为坐下来嫂子就可以走了。嘿,金莲不仅没有走,在对过把酒壶一把抓:"二叔请用酒!""啊唷!得罪嫂嫂!"武二爷心里不安,你把酒拿来就让我自己吃呗,怎么好要嫂嫂斟酒呢?已经倒下来了,金莲把她面前的酒杯也斟满了。武二爷望望,以为代哥哥虚设的。哪知金莲把酒壶放下,又朝椅子上一坐。武二爷诧异:啊!你你怎么又坐下来呢?金莲手一抬,把酒杯一端,面带笑容,两眼关顾着武松:"二叔请!"啊,奇怪了,哪晓得嫂子特为坐下来陪我吃酒。年轻的叔嫂岂能同席,何况又没有旁人,这太不雅观了。武二爷倒也好,头一低,没有理她,把金莲惶下来了。

金莲把酒抿了一口,看他没有动,把杯子朝下一放,把他望望:有趣!这个人真老实得好玩呢!你不开口就让你不开口了吗?我非要来同你谈谈,挑逗挑逗你。"二叔叔!""嫂嫂。""愚嫂听伙计言道你要出差,不知上哪里去?""进京解费。""多晚动身?""就是今天。""几时回来?""要到明年春末夏初方可回来。""要这许多日期?""路程怪远。"就谈到这里为止。金莲住了口,武二爷又把头低下来不开口了。

金莲好笑:笑话!我说一句,他答一句;我不开口,他就不说话了,再来找两句话挑逗挑逗:"二叔,你此次奔东京,家中有个人儿,你怎样放心得下?""这个,啊,莫非是咱的大哥吧?不妨,有嫂嫂照应。"金莲才听到大老爹,双手齐摇:"不是大郎。""啊?"武二爷诧异:奇怪了!我只有把我哥哥放在心里,试问,除掉了哥哥还有哪个?没有了。我对你这个嫂子并没有放在心上哎,这不是诧异吗。"不是大哥是谁?""你休要蒙混愚嫂,愚嫂早已知道了。""知道什么?""愚嫂坐在楼上,听见街坊人传说,说二叔在东街上娶了一房婶婶了。你此次奔东京,婶婶何人照应?""嘿嘿!"武二爷望着她冷笑。这话怎讲?她直接讲武松东街上有个相好的了。武松可有这件事呢?他有这件事我能赌咒。既没有,金莲因何又说呢?金莲晓得他没有这回事,有意拿这句话来挑逗他。

武二爷并不生气,反而好笑:"嫂嫂,你老未曾同小弟多处,不知道小弟的个性,等大哥回来,你老就明白了。"心里话:我也不至于同你辩白了,你同我家哥哥谈谈,我是哥哥手里领大了的,看看我是什么人?我从来就怕同妇女们说话,今日同你嫂子坐下来谈个三言五句,真算难得的,我哪里来这些事呢?你不相信,你问我家哥哥就晓得了。武二爷把头又低下来,不开口了。金莲望着他,坏了,这个人真正老实,我同他远转山摇,直接没用,不能耽误时间,丑鬼丈夫要回来了,同他开门见山地谈吧!

金莲站起身,走到火盆前,就把炭篓里一双火筷子拿了,拣了两块生炭,把火盆里的炭堆了堆,手拈住一只火筷子,底下就挂搭着一只,两眼望着英雄,两摇两晃:"二叔叔,你看这火筷子天天成对,日日成双。""这个……"武二爷诧异,不解其意。火筷子在一起么,因当中有个小铁链连着,你如果把小铁链摘断了,也就东一只,西一只了。这话不懂,既不懂就不敢乱答话了。武二爷又把头朝下一低。金莲把他望望,直接是对牛弹琴,一窍不通。哎,不能再耽搁了。金莲急了,就把火筷子朝炭篓里一插,手一抬,就把自己面前这一杯酒朝起一端,跨步准备绕过炭火盆。绕炭火盆怎么样?她就想到武松旁边,直接朝他大腿上一坐,不容他分说,右手就把他一搂,左手就把这杯酒朝他嘴里倒。嘴里还有话:"二叔,你休要装假,你早已就有愚嫂在心了,你把这杯酒吃了吧!"说着,就要跨炭火盆了。

附录材料(三)

设宴请邻/杀嫂祭兄

《武松》第二回《杀嫂祭兄》之十八《杀嫂祭兄》与《水浒传》第二十五回《偷骨殖何九叔送丧　供人头武二郎设祭》比较。设定一个饮食场面,席间杀人,无人能阻。祭奠兄长的伦常之举与干犯朝廷律令的故意杀人,都在一个饮食场合进行,不无饮食场中埋伏杀机的历史经典"鸿门宴"的影响在。金圣叹的评点却揭示出了所请诸位邻居的系统符号意义,其与市民生活哲学——酒色财气——要素的关联。姚文卿是"财",赵仲铭为"色",胡正卿家卖"酒",卖馉饳的张公有"气"。《水浒传》原书并不注重酒席上的饮食,只是借请客吃酒的名义把这些人拘在一块,让他们成为见证。《武松》则在饮食上有较大的发展,尤其是其中的两个人物萧城隍、李土地,他们的全部生活目的就是混吃混喝,不曾想混入了人命是非中来。这二人替代了卖馉饳的张公,"王派《水浒》"没有完整地照顾着酒色财气。扬州评话用萧城隍、李土地吃"冰糖烧猪头肉",在紧张的场面中渗入了喜剧因素,用以调剂紧张气氛,这是评话的说噱本色。评话的细腻说表要求事事不虚,所以饮食也要落实，故此只写三位高邻，腾出笔触来叙述萧城隍、李土地与"冰糖烧猪头肉"。略去请客过程不论，《武松》叙述饮食是《水浒传》原书的数倍篇幅扩充。

水 浒 传

先请隔壁王婆。那婆子道："不消生受，教都头作谢。"武松道："多多相扰了干娘，自有个道理。先备一杯菜酒，休得推故。"那婆子取了招儿，收拾了门户，从后门走过来。武松道："嫂嫂坐主位，干娘对席。"婆子已知道西门庆回话了了，放着心吃酒。两个都心里道："看他怎地！"武松又请这边下邻开银铺的姚二郎姚文卿。二郎道："小人忙些，不劳都头生受。"武松拖住便道："一杯淡酒，又不长久，便请到家。"那姚二郎只得随顺到来，便教去王婆肩下坐了。又去对门请两家，一家是开纸马铺的赵四郎赵仲铭。四郎道："小人买卖撇不得，不及陪奉。"武松道："如何使得！众高邻都在那里了。"不由他不来，被武松扯到家里道："老人家爷父一般，便请在嫂嫂肩下坐了。"又请对门那卖冷酒店的胡正卿。那人原是吏员出身，便瞧道有些尴尬，那里肯来?被武松不管他，拖了过来，却请去赵四郎肩下坐了。武松道："王婆，你隔壁是谁?"王婆道："他家是卖馉饳儿的张公。"却好正在屋里，见武松入来，吃了一惊道："都头，没甚话说?"武松道："家间多扰了街坊，相请吃杯淡酒。"那老儿道："哎呀！老子不曾有些礼数到都头家，却如何请老子吃酒?"武松道："不成微敬，便请到家。"老儿吃武松拖了过来，请去姚二郎肩下坐地。说话的，为何先坐的不走了?原来都有土兵前后把着门，都似监禁的一般。

且说武松请到四家邻舍，并王婆和嫂嫂，共是六人。武松掇条凳子，却坐在横头，便叫土兵把前后门关了。那后面土兵，自来筛酒。武松唱个大喏，说道："众高邻：休怪小人粗卤，胡乱请些个。"众邻舍道："小人们都不曾与都头洗泥接风，如今倒来反扰。"武松笑道："不成意思，众高邻休得笑话则个。"土兵只顾筛酒。众人怀着鬼胎，正不知怎地。看看酒至三杯，那胡正卿便要起身，说道："小人忙些个。"武松叫道："去不得！既来到此，便忙也坐一坐。"那胡正卿心头十五个吊桶打水，七上八下，暗暗地寻思道：

"既是好意请我们吃酒，如何却这般相待，不许人动身？"只得坐下。武松道："再把酒来筛。"土兵斟到第四杯酒，前后共吃了七杯酒过，众人却似吃了吕太后一千个筵宴。

只见武松喝叫土兵，且收拾过了杯盘，少间再吃。武松抹了桌子。众邻舍却待起身，武松把两只手只一拦道："正要说话。一干高邻在这里，中间高邻那位会写字？"姚二郎便道："此位胡正卿极写得好。"武松便唱个喏道："相烦则个。"便卷起双袖，去衣裳底下，飕地只一掣，掣出那口尖刀来。右手四指笼着刀靶，大拇指按住掩心，两只圆彪彪怪眼睁起道："诸位高邻在此，小人冤各有头，债各有主，只要众位做个证见。"

武　松

武二爷这个样子难看哩。嫂子坐在他左边，他歪到右边桌角这个地方，左脚搭在凳头上，竖眉轮目，一脸怒色。邻居们不敢再谦了。"正翁啊，主人已经安席了。你不必客气，请上坐吧！""我胡正卿放肆！有占了。"胡老爹同赵老爹首席，姚文庆同王婆对座，萧、李二公在上横头也坐下。姚文庆紧靠武松旁边，望望他这个样子，吓得不敢看武松。

"伙计们！""都头。""酒来！""啊。"伙计把酒壶朝武松手里一递。武二爷右手执壶，先来敬酒。桌上没菜么？他今日不是正式的酒席，如果是上品的酒席，譬如其是五碗八碟的，四冷四热，应该有四个冷碟先摆下来。因他们在酒馆里没有喊到酒席，是买的材料家里伙计办的，就办了几样滑头菜，所以桌上没有座碟。敬过酒当然就上菜了。敬酒应当从首座来起："胡老爹、赵老爹请！""得罪都头。"代对过上横头都斟了，也代金莲斟了一杯。"伙计们，换大杯来！"武松喝酒不喜欢小杯，换了一只大杯。把酒斟满了，伙计把酒壶接过去，武松双手带着酒杯："诸位太爷们请！""都头请！"武二爷一饮而尽。"太爷们干！""都头，吾等告罪。我们莽酒吃不来，都头海量不可自误。"伙计们又代武松把大杯斟满了，厨房里的伙计上菜了。一大头碗，红酣酣颜色，一寸见方的块子，火功到家了，都烧趴下来了，卤子都起了粘丝了，朝桌子当中一顿。三位邻居望望，吓得不敢动，他们早已说过的，忌大荤，生怕停在心里。王婆同金莲更不吃了,她们也害怕,吃不下去。萧、李二公掉眼看见这样菜,眼睛都笑细了,口水都淌下来了。

究竟是一样什么美肴?说出来并不奇怪,冰糖烧猪头肉。你把萧、李二公说得这么馋,口水都淌下来了?他们也不是馋,有个君子不夺人所好,他俩就喜欢吃冰糖烧猪头肉。这是他们心尖上的一样菜,最喜欢。可邻居们不动筷子,武二爷也不敬菜,萧城隍、李土地也不敢动。到了席面上有规矩,无论什么菜上来,都要等首席上先吃,旁人才能动筷子。李土地实在忍不住了:"上好的菜,邻居太爷们为何不吃?都头又不奉菜,我来替都头效劳,代奉一筷!"李土地搛了一筷五花三层就朝胡正卿面前送了:"胡老太爷请用!""唉喂,不敢当,谢谢。我转敬吧,我胡正卿今日是斋期。""啊呀,阿弥陀佛!就敬隔壁赵老爷。"赵直明双手直摇:"不能玩!今日肚子拉得可怕,拉了几十遍了。""啊呀!不好,肚泻又不能吃大荤。"就掉过来回敬对席姚老爷。"得罪得罪!我姚文庆在少年就不大吃肉,纵吃块把瘦肉,肥的嫌腻人,现在连瘦肉都不能吃了。我的牙齿不好,瘦肉容易胖牙,胖进去扒不出来,胀得难过呢。我姚文庆赌咒不吃肉了。""啊呀!我这块肴倒惶住了,还没处托销,就敬我们靠膀的老大哥!"朝萧城隍面前一送。萧城隍好欢喜:"兄弟啊,哥哥单欢喜五色楼梯档。""再来一块耳朵边子。""还有块眼睛珠子。""还有块舌头根子。"左一块,右一块,接着吃了有十几块。他们的吃品还算不错,只因为桌子上六个人没有吃,显得他们格外难看;果然余下那六个人一齐陪着他们动筷子,他们这个吃品像好的哩。怎么好法?他们吃起来有歌诀,叫"吃一、望二、眼观三"。嘴里吃着一块,筷子搛着第二块,眼睛就望着碗里的第三块。任何人都吃不过他们。每每人说话动口,他们是吃起来就动手。他嘴里吃着,筷子上搛着,眼睛还要瞄住旁人。旁人在碗里搛到一块好的,才夹起来,他们手里一块送到嘴里,接着把筷子上这一块就搛过来了。他们吃起来得手,稳而又准。萧、李二公的筷子同失了火差不多,两个人痛啖一顿。

你且慢说萧、李二公,我们有句话要问你:你上文说武松心急得很,既已开了席,为何不把金莲抓过来,拔刀问供呢?武二爷还不敢动。什么道理?就因为这三位邻居到这一刻还没有吃东西,年纪大的人,饿着肚子受不住来去,我猛然把刀拔出来,不要把邻居吓出事来。所以武松这刻不敢拔刀,先来劝邻居少吃一点。"三位高邻,太爷们为何不吃?莫不是肴不中口?"胡正卿一笑:"都头何出此言?吾等酒一杯未饮,肴也一块未吃,都头何见得我们肴不中口?""太爷们因何不吃?""胡正卿斋期。""赵直明破腹。""姚文庆赌咒不吃肉!"武二爷躁煞了,哪晓得三位邻居都不能吃荤。我早知如此,办素席了,又省钱,又省事。这刻再辗转办素菜,来不及了。武松认为他们说的是真话,岂不知全是说谎。

胡正卿、赵直明他们能说谎,唯有姚文庆,他天性不会说谎。他长到七十三岁,今日说谎,还是第一次。哪晓得没有说过谎的人,勉强说谎,比害场大病还难过,嗓子里爬爬的,如同有蛆在拱。他实在忍不住了:"都头,我姚文庆天生不能说谎,我有句话要说出来,心里才好过哩。我实对你说吧:胡正翁并非斋期,赵直翁也非破腹,我姚文庆也不是赌咒不吃肉。"他这一说,胡正卿急死了:"文翁啊,你老霉啦,说不得啊!""不要紧,我倒实对他说了。""你们为什么不吃呢?""就因为尊府今日请客,三十邀把我们邀来。你不要见气,我们没有见过请客这样请法子,这是越乎情理之外,不在规矩之中。在我们度量,都头今日决不是请我们来吃酒的,就怕府上今日有件特大的大事,也不晓得是什么事。你把这件事告诉我们,如不告诉我们,我们揣不到深浅,吓得不敢吃了。你把这件事告诉我们,我们放心了,我们就吃了,你就再来一大碗,我们都吃得下去。"武松心里苦笑,能对你们说么?我没有说,你们已吓得不敢吃了;我果然说出来,你们不要厥过去吗?"三位高邻放心,晚生实系请太爷们吃酒盘桓,没有别的事。""都头,这话我不信。我们同你老实,你同我们说话不老实,你不说我们也就不吃。"

武二爷一听:坏了,拼量我拼不过你们,我现在时间要紧,时间一大,我就来不及了,我还要去杀西门庆哩。最好不过我来骗他们先吃一点:"胡老爹!""都头。""你们三位邻居叫晚生讲,可以,我先敬太爷们三盅酒。你们能把三盅酒干了,吃点菜,晚生就讲了。""都头放心,你莫说三盅酒,六盅酒我们都是来的。""好!"武松喊伙计把酒壶拿过来,叫伙计拿六个小杯,两个大杯,武松同邻居面前摆上三个杯子,把各人三个杯子都斟满了,酒壶叫伙计们拿过去。武松把三大杯一饮而干:"太爷们干!""都头,我先前就告罪,我们猛酒吃不起,你都头赐的酒我们都吃。究竟府上今日三十邀把我们邀来是件什么事?你先告诉我们,我们自然吃。"

武二爷听听,坏了,骗是骗不过去了,只有对他们实说了:"各位太爷,晚生今日把各位请过来,没有别的事,是件家务事,请太爷们排解排解。""都头,我要断你的贵语,家务事要请公亲族长来排解,我们是外姓,岂能代尊府排解家务呢?""太爷们不知道,我有个苦衷,晚生不是此地人,祖籍北直广平府清河县,移居此地。我们身落异乡,哪有公亲族长?今日把邻居太爷们请过来,公论公论。""好!世事难逃公论。请问都头府上是件什么家务呢?""容晚生细禀。"武松说着,把肋下风裆一解,把孝衫两个袖子一脱,两手把这件孝衫反手一甩,甩到厨房门口:"伙计们!接衣服!"一阵风把这件孝衫甩了有三四尺高,没大小伙计来得快,伸手接着,把这件长衫朝房间里一放。武松两膀一抬,露出肋下这口烁亮的钢刀。胡正卿、赵直明害怕犹自可,姚文庆吓煞了:"正翁啊,他腰里还有刁、刁、刁哩。"他把刀吓得说成刁了,舌头都伸不直了。"我叫你问不得,你不相信,谨防他玩刀!"邻居吓得要死,武松的右手伸到背后,他背后就是供桌,在供桌上拍了一下,把桌子拍得震震的,哥哥的灵牌震得晃晃的。武二爷高声喊叫:"大哥,你老生前忠厚,死后阴灵要有感一点,咔住这个贱婢叫她讲!"

附录材料(四)

"王派《水浒》"《武松》第三回《斗杀西门庆》之一,与《水浒传》第二十五回《偷骨殖何九叔送丧 供人头武二郎设祭》比较。一般是吃酒,所请客人大异其趣。原书是吃花酒,扬州评话则请打手。晚清时期,从北京到扬州,都有"打手"这一行当。老舍茶馆第一幕为鸽子打架,来的那些相扑营中的脚色,正是帮打的打手,这些人图的是一碗"烂肉面"。扬州评话中的打手,也是混吃混喝混钱,故而饮食鱼肉成为叙述不可或缺的要素。两书叙述对象略有差异,"打手"替代了"粉头",其实仍不脱"酒色财气"。一样地摆"酒",原书人物之宾为"色"(色艺佐餐),评话人物之宾为"气"

（好勇斗狠），两书中人物之"主"都是"财"主。扬州评话《武松》叙述这一段，加以创造性的改编，篇幅与细腻的叙述手段有了大的发展，无奈仍然离不开饮食的场合与过程。

水 浒 传

且说武松径奔到狮子桥下酒楼前，便问酒保道："西门庆大郎和甚人吃酒？"酒保道："和一个一般的财主，在楼上边街阁儿里吃酒。"武松一直撞到楼上，去阁子前张时，窗眼里见西门庆坐着主位，对面一个坐着客席，两个唱的粉头坐在两边。

武 松

今日西门庆在酒楼上做甚？他专门为请客。他请的不是旁的客，请的全是打手。打手在哪里请来的？他是从打行里请来的，难不成纳帖开打行？名目叫打行，全是些无业游民，不堪之辈，亡命之徒。三十个，五十个，聚起来拜班弟兄，为首的头目大爷，总有点拳棒功夫，他们自称为打手。每每生意人同人淘气，打架，力量不够，就跑出去请他们来帮场。帮什么场？帮助打架。如果打出祸来，他们不管，你这个请打手的人要负责。打过了要请他们吃一顿，还要用银子酬谢。所以西门庆今日全是请的打手。请打手为何不在家里请呢？这个畜生也是有用意的。在家里请打手，外人不晓得，他特为选择狮子桥口望月楼。这个地方在城中心，四通八达，你来他往，人才晓得他是在请打手，他是专为摆威风给武二爷看的。行人口内就是风，你传我，我传你，也会有人带信给武松：武二爷，你不必找西门庆了，对方也不怕你。他本人花拳绣腿，又有几十个打手伴护左右，谅你汗毛都动不了他一根。最好放漂亮些，找出两个有面子的人来，把你家嫂子嫁给他。他还想跟武松认门亲，这不是做美梦吗？

他今日请了十六个打手和两个师爷。师爷是干什么的？就是打手的头头。十六个弟兄，都是这两个师爷手下的徒子徒孙。每个师爷是五钱银子一天，十六个弟兄，每人是三钱银子一天。就从今日起，他们打手就时刻不离大官人的左右。今日是头一天，在这里吃酒是头一顿。西门庆左右这两个，就是两个师爷，着实有点拳棒功夫。西门庆伏在桌边上，两只眼睛望着桌子当中，眨都不眨。他望什么？因为今日叫了五个大菜，已经吃过三个了。第四个大菜是清蒸白鱼。桌上的菜吃光了，白鱼还没有来。楼上跑堂的正在厨房里等着白鱼。桌上的菜吃光了，不能吃寡酒，就停杯不饮专等白鱼。

这四段附录材料仅仅选自同一话本《武松》，愿有助于理解扬州的饮食文化的传统。关于饮食叙述的文字，在扬州评话"王派《水浒》"的其他书目中俯拾皆是。同样，说三国、西汉、西游记、万年青、清风闸各式各样书目的，大都离不开饮食叙事，更离不开酒色财气的市民哲学语境。

（原载《文艺研究》2010年第1期，收入本书时有改动）

第三篇
"雅得那样俗":旧派文人与"鸳蝴"

感伤"鸳蝴"和"才子"人文

——旧派小说家的风格与人格

"鸳鸯蝴蝶"小说承续传统余绪，在新文学起来之前的民国小说历史中曾经蔚为大观，这是学界广泛承认的事实。对此类小说的风格特征与那一代旧派小说家的才子人格之间的关系，人们还缺少认识。"鸳蝴"小说的感伤风格与民国才子人格是一致的，这种一致仍然能够印证"风格即人格"的说法。"鸳蝴"小说的作家、叙述者和主人公之间"才子身份"的一致性为其他现代小说少有，江南才子情感细腻，与良家女子之间的互动婉约柔弱，总体风格偏于感伤。细读其文，寻绎渗透其间才子人格特征，可以看出辛亥之后、五四之前中国文学叙事风格内容的衍变。

为方便说明"鸳蝴"风格和才子人格紧密相连的理路，我仍采用范烟桥氏的"旧派小说"说法，而不循"现代通俗小说"的习惯称谓。旧派小说承接中国传统叙事文学两大源头：一是源自唐代士子温卷中的风流才子的传奇，一是源于宋代勾栏瓦肆中的市井说话。唐宋源头延至明清小说高峰，前者在文人创作中演变为"人情小说"，后者则是"才子佳人"。进入民初前后，小说受现代生活浸润，关涉现代性方方面面，却不曾完全屏除传统。民国才子佳人的典范当推徐枕亚的《玉梨魂》：才子写，写才子；多情的叙述主体，叙述多情人。感伤的风格本自社会变迁，才子的人格彰显本土人文。

感伤"鸳蝴"

徐枕亚和同时代写言情小说的才子们身上带有传统向现代过渡的色彩，在新旧文化夹缝里，其生活与价值都受到了挑战，其生命痛苦往往借言情故事传达。言情小说以"情"的痛苦方式作了"五四"时期"灵的文学"的先导。《玉梨魂》《雪鸿泪史》奠定了徐枕亚的言情小说地位，也促生了"鸳鸯蝴蝶派"①。这一派如鲁迅所谓："新的才子+佳人小说"，"佳人已是良家女子了，与才子相悦相恋，分拆不开，柳荫花下，像一对胡蝶，一双鸳鸯一样，但有时因为严亲，或者因为薄命，也竟至于偶见悲剧的结局"②。题材内容如此，民初言情小说的整体风格也大致如徐枕亚的《玉梨魂》。其传达的夸饰的才子气的抒情风格，恰能表达与传统一脉相承的民初一代才子的人格特征。

"才子"的词采、叙事文章与"君子"文章有别。徐枕亚的文采风格不像讲义理的桐城晚期人物林纾，谈不上什么含蓄褒贬，其主旨客观上表达了恋爱婚姻的不能自主的问题，但动机并非为社会问题而写作，只是为着"才子"与"佳人"之间的那段"情"。才子是旧时代里能稍稍表现自己个性的人，所以他们时时感到受环境压迫，他要点有限的自由，但是才子有了自由以后所想的仅是个人的喜怒哀乐，生命目标局限于一己的圈子。才子又有点任性，本来歌哭任意，但他受所处的礼教专制环境的压迫，结果是不能歌而只能哭，一哭便不可收拾，结果便成了郑逸梅所说的"淫啼浪哭"。才子的任性还在于他在虚构中将生命看得轻，为着一段"情"，可以抛却性命，为情而死是生命价值的体现。君子的生命价值观是"修齐治平"，思想被伦理道德的意识形态训练得定了型，生活常常是索然寡味；才子的生活则随着性情来，他们是性情中人、易于动情，因而他们自己的生活即是小说的天然好材料。徐枕亚是这些才子的代表，他叙述自身的才子生涯，有种种成功的便利；一旦他脱离了才子身份，去叙述种种社会生活，如《毒药瓶》，常常破绽百出。

言情小说家对人生的表现只局限于情感需求的层面，并将这一层面夸张扩大到全部生命的极限，等同生死，而超出情感层面以上的自我实现和超越的需求都不被"才子"们考虑，因而造成言情小说狭窄的生命空间，这些才子型的作家们都以为，只要有了一段生死情缘就足以构成全部人生。《玉梨魂》就是一个狭小的生命世界的例证。小说将爱情故事的地点设置在蓉湖畔隔绝城市的乡僻所在，

---

① 鸳鸯蝴蝶派是整个旧派小说中的一个分支。
② 鲁迅：《上海文艺之一瞥——八月十二日在社会科学研究会讲》，见《鲁迅全集》第3卷，吉林大学出版社2009年版，第101页。

人物有崔家老少三代四人与寄居的男主人公。小说结局借武昌之战了结何梦霞生命，实际上小说主要内容与社会不大相干。鸳鸯蝴蝶的小说主人公一旦钻入"情"的圈子，即觉得这是全部人生意义实现的时候，"情"代表一切，有所谓情天恨海之说。出于对"情"的这种认识，小说中的男女双方都生死系之。何梦霞在与梨娘两次通书信以后，因朋友远赴海外，酒醉伤体，蒙梨娘赠兰花以伴病躯，霍然而愈；续有"赠影"一事，何梦霞便心意坚定，把一腔爱意都落实在了梨娘身上，于是有了生死信誓。接下来就是如痴如醉、如梦如幻的沉湎，不能如意而终于发生真正的生死问题。生死主题的作用是将一段"哀情"推上高潮，才子任性的走极端的脾性总是喜欢用生死来了结一段情缘。

旧派言情小说中大都以死为必然归属，一位曾经以"倡门小说"著名的旧派小说家曾这样阐述言情小说中的生与死："苟婚姻之事不谐是万缕情丝未能于此种归束处归束之，俯仰天地，此身竟无处安顿，其苦如何？于是而大彻悟、大解脱，约同为情死，当其偎抱待死之时，窃知亦必窃窃私语曰：'郎不负侬，侬不负郎，此生之事止于此矣。'止者亦可乐之处也。否则人孰不畏死哉？故予曰情死者之愉乐为可贵也。予再就其可贵之点加以断语曰：情死者具有真正之愉乐，亟言之即无上之愉乐是也。"[①]生命的最大满足即在于此，这样的倡导几乎是所有的鸳鸯蝴蝶小说作者的共识，许多的小说都响应重复着这一模式，于是殉情便成了许多鸳鸯蝴蝶小说的当然结局。在《玉梨魂》的同时及其后，言情小说风靡，吴双热的《孽冤镜》等一大批的同类小说都写生生死死，影响社会上不幸青年男女，易于导人入死路。

言情小说模式很简单：一个才子，一个佳人，形势阻隔。这个模式并非是徐枕亚一辈人所创，而仅仅是传统在新的历史状态中的重写。它的源头在明代的"佳话"，佳话的内容"大率才子佳人之事，而以文雅风流缀其间，功名遇合为之主，始或乖违，终多如意"[②]。明代的才子佳人小说经过清代，走上狭邪的道路，到徐枕亚才又回到了良家妇女意义上的佳人。但有区别，已经不是"佳

---

① 何海鸣：《求幸福斋随笔》，上海书店出版社1997年版，第5页。

② 鲁迅：《中国小说史略》，人民文学出版社1981年版，第160页。

话",而是"哀话"。佳人仍锁在深闺,但她们往往受过点新式教育,梨娘即是,书中"题影"一章描写其形象:"画作西洋女子装,花冠长裙,手西籍一册,风致嫣然。"这样的新式佳人有了决定自己终身大事的愿望,然而民初已经没有了皇上钦赐玉尺以量天下之才的机缘,时代又没有开放到可能给予她们充分的自主选择,只给以"乍暖还寒"的环境,最难将息。以才子论,民初处境的最大变化是失去了"功名遇合"的可能,小说内外的才子都被杜绝了功名。民初时节的才子们无法确定自己的社会角色,百无聊赖地在"情"里寻安慰,可是既然与时代乖违,最终也就失去了如意的可能性,悲剧性的结局早给他们安排了。才子的出路何在?当时人困惑,后人没有心思去理这个陈旧的问题。今天,回首那一代人走过的路,发现他们处境尴尬——除了丢弃才子身份、作一个现代人以外无从适应社会,然而从传统中承受的文化深深地烙印着,他们无从获得开始新生的斩截力量,虚拟的壮烈从军显然不真实。从中我们也可以看出为什么徐枕亚后来会那样潦倒,并且有那么多类似结局。才子佳人的鸳鸯蝴蝶小说,正是他们的痛苦无望挣扎的折射。

中国小说传统中对灵魂问题缺乏关顾,但民初的言情小说中开始了灵魂的痛苦,尽管它只浮在了情感表层。从王国维《〈红楼梦〉评论》开始,中国的文学批评开始在哲学层面上意识到爱欲给人生以痛苦,然而王国维的解决途径是叔本华的悲观主义与佛教的放弃。他对待灵魂痛苦的方法是进入一个无我的主体虚静状态,把一个进入现代化不得不面临的问题淡化虚无地处理了。可这不是一个现代理性的解决方法,王国维的阐释让一代人感受到爱欲意志的痛苦,却不能让他们避免痛苦,没有精神引导的一代人只有用放纵宣泄来排遣,他们不再中庸节制,却又缺乏寻求出路的力量,所以在虚拟的世界中安排热烈的情感痛苦与生死的解脱就是唯一的解决途径了。《玉梨魂》中寄托痛苦最深切者,是那些充满哀乐的情诗和书信,叙述者对这些书信的阐释言说,推波助澜地将这痛苦的漩涡搅动着。那位"求幸福斋主人"说过这样的话:"书之能最感动人者为情书,故情书者有魂灵之物也。"①这话用来解释徐枕亚的结构与

---

① 何海鸣:《求幸福斋随笔》,上海书店出版社1997年版,第78页。

言说方式正是最恰切不过。只是他所谓的"魂灵"与"灵魂"仍不是一物，这些情书确实是中国小说灵魂呼之欲出的先兆。

徐枕亚们才子痛苦的"倾诉"与对此的"言说"难比真正的现代痛苦，后者是鲁迅式的满载着灵魂大痛苦的《野草》的"独语"。鲁迅式的表达是将痛苦变成了力量，进而启迪人们去消除痛苦的根源；徐枕亚式的表达却只是以一个无助者的哀伤博取人们的同情，甚至给人一个与痛苦对象难舍难分的印象：在咀嚼哀伤的自怜中有快慰。徐枕亚痛苦得病态，鲁迅等真正意义上的现代作家痛苦得健康向上；徐枕亚痛苦得狭小，鲁迅等则痛苦得深广博大；徐枕亚只是一个才子在向别人喊心痛，鲁迅则是为天下的人心痛。可我们也不应该忘记，鲁迅式的大痛苦正是从徐枕亚们的哀感的中国历史中走出来的，徐枕亚们是中国不可回避的一代人。如果再考察一下从"新小说"中的"志士们"到顾影自怜的"鸳鸯蝴蝶小说"中的"才子们"的退化，考察一下南社成员以民族革命为己任到无可作为地回归才子佳人的哀情小说，能说不是中国人在民初时期的灵魂痛苦吗？

其实才子佳人小说不一定都写哭哭啼啼的情感痛苦，民初也有其他形式的才子佳人小说，林纾那样以历史褒贬为目的的小说家也以才子佳人设计小说。鸳鸯蝴蝶的小说看重的是"风流"情致，尽管是"哀"情；林纾小说看重的"儒雅"，他笔下的才子（兼英雄）的生命不仅仅以男女相悦为最高目的，也不是眼泪鼻涕地为情而哀，更不故意利用什么阻隔的力量使他们面临悲剧的境地。作者为他们设置的处境大都是以西方小说为参照，男女之间也不如《玉梨魂》那样几乎隔绝，彼此共同经历一些时代社会的风波锻炼以后结成佳偶，他们常常由患难而成夫妻。林纾那样崇奉圣贤的君子，绝不愿意搞出一个有悖人伦的结局来。即使社会不圆满，他也愿意普通人生有个圆满相。但林纾也不是才子佳人类型小说变化发展的必然方向，真正体现这个方向的是五四以后的个性解放的新一代男女青年知识分子，他们不哭哭啼啼，其"伤逝"是比才子佳人更深的悲剧。

鸳鸯蝴蝶小说的才子们是落在时代发展后面的一代人。他们曾经在清末以"新"标榜过自己，然而他们在读了有限的一点新书以后，很快就回归到"旧"派中来，他们身上秉承着旧读书人的种种癖好，诸如孤芳自赏，自艾自怨，多愁善感，顾虑丛生……。当他们孤芳自赏时，便以为自己是天下最高雅的一类人，可是一旦正视一下面临的时代的现实，就立即变成了最可怜的人；他们没有和时代面对面的勇气与能力，一旦碰壁就退回内心，接下来并不是重新鼓足勇气去争取、斗争，而是怯懦地退让；他们更适应一种心理状态，忧郁地为对方作毫无益处的担忧，并以这种忧郁与痛苦作为寄托精神的处所，由心理上向生理上的发展就又落进了"倾国倾城貌兼多愁多病身"的窠臼中去了。他们的人格力量的卑弱正表明其作为历史的中间物的一代人的客观地位。他们很快地就被新文化运动中起来的新一代取代了地位，但不能说他们没有在新一代人身上留下过印痕：创造社的才子们的忧郁感伤情绪与鸳鸯蝴蝶的才子的关系，正如洋场才子与狭邪小说中的"大少"们的关系一样，都是擦不去的历史痕迹。

"才子"人文

旧派小说家中，以吴趼人、李涵秋、包天笑、徐枕亚和姚鹓雏等民初前后一辈体现传统文化特征最明显。传统文化范型中的文人的修养、生活情感和行为方式在他们身上有生动表现，集中表现为"才子"人格。

才子的称号是别人奉赠或旧派作家阵营中人过后的反思。赠与旧派作家、作品才子称号的并让它在文学史上留名的是鲁迅，那是《上海文艺之一瞥》的功绩。他从明代以后开始考察，以《红楼梦》《花月痕》《海上花列传》《海上繁华梦》《青楼梦》《九尾龟》《迦因小传》的不同的译本为对象，贯穿线索则为小说中才子的恋爱方式的变迁和小说家的才子式恋爱、婚姻观的发展，用"鸳鸯蝴蝶"的象喻概括民初前后小说叙述主体的特征。鲁迅说了才子的一部分，虽片面却犀利深刻，这是他的杂文的特点。

才子的人文解释得上溯。"才子"一词在《左传·文公十八年》中出现时与文学无关，"昔高阳氏有才子八人……齐圣广渊，明允诚笃，天下之民谓之八恺"。那是说才德兼备的人。若作富于文才讲，当始于唐。唐以前士庶阶级分明，而唐代富有文才的诗人是受尊重的，下层知识分子有了凭才干进入上层的机会。元人辑集的《唐才子传》几乎全是诗人传记。唐代才子呼声最高的是元稹，《新唐书·元稹传》称："稹尤长于诗……宫中呼为'元才子'"。这和鲁迅所说才子："还要做考试用不着的古今体诗之类"①的源头。五代的选家又把才子和女子香艳气息拉拢在一起，那命名《才调集》的香艳的闺情诗就是。唐代元稹名高，人称元白，后世论诗则很少这样推崇他，人们记得他主要因《会真记》，那个《西厢记》所本的张生与莺莺的恋爱故事。他是个作诗的才子，更因传奇而影响后世，小说中托名杨巨源的《崔娘》诗，元稹自撰的《会真》诗三十韵，实在是小说中卖弄词章的源头。固然唐传奇有诸体皆备的"行卷"特点，但影响于后世唯以元稹的才子风格为最。如果才子的内涵仅止于此，那么鸳鸯蝴蝶的内容恰是与之一脉相承。

才子观到晚明、清初起一大变化。李卓吾狂禅一流人物竭力以"去圣化"行为将圣贤等诸常人，何况才子。他以圣人等同世俗的态度去评《论语》，也同样看待小说、传奇，在金圣叹那儿，才子表面上从高蹈的诗的王国降至传奇、小说，其实升至了与孔子、庄子和司马迁同等的位置。金圣叹把才子的文学观照拓展开来，《西厢记》仅是他举的六部才子书中的一部，庄、骚、史、杜和水浒一视同仁。虽然他只完成批注了《水浒传》《西厢记》两部，却提出了一整套小说创作、鉴赏的理论。他"以为《水浒》之文精严，读之即得读一切书之法也"②。同理，"《西厢记》亦是偶尔写他佳人才子，我曾细相其眼法、手法、笔法、墨法，固不单会写佳人才子也，任凭换却题叫他写，他俱会写。"③这时的才子直是一个以自然之心融通儒禅境界、了悟一切的哲人。所以他说："《西厢记》是《西厢记》文字，不是《会真记》文字。"④金批两部书，差别在水浒人物众多，头绪纷繁，故在人物性格、章法布局上多加强调，其余文章作法、人情事理都是一致的。比较起来，后世人学唐才子易，学金

---

① 鲁迅：《上海文艺之一瞥——八月十二日在社会科学研究会讲》，见《鲁迅全集》第1卷，中国人事出版社1998年版，第647页。

② 陈曦钟等辑校：《水浒传会评本》，北京大学出版社1981年版，第11页。

③ 艾舒仁编次、冉苒校点：《金圣叹文集》，巴蜀书社1997年版，第349页。

④ 艾舒仁编次、冉苒校点：《金圣叹文集》，巴蜀书社1997年版，第350页。

圣叹的才子极是不易。旧派小说家中学其技法者即或有成，得其心胸的却一个也没有，姚民哀的《小说浪漫谈》所表现的金批技法的继承即是一例。总的说来，旧派作家是在唐才子（典范是元稹）与明末才子的依违之间。他们往往既是南社诗人又是旧派小说家，作诗没有唐代的宏伟深厚，写小说没有狂禅思想家的了悟透彻。

唐才子的特征后来转成写小说的文人喜好弄词章，《水浒传》《西厢记》中明末才子所见的成分则仅存小说技术层面的特点，而《会真记》到《六才子》的流脉却一直贯穿下来。两种才子特征顺理成章地结合成了明末清初的佳话小说，于是有了才子佳人以词章考较，相互悦慕，奸人作弄而生波折，终于由朝廷亲自验证诗才，奉旨成亲的大团圆故事。《玉娇梨》《平山冷燕》都是这样的小说，有人说二书作者同为一人，合刻本称"七才子书"①。才子佳人小说里不大见到世俗的生活描写，似乎男女主人公都靠词章为生活营养，思想平庸。这样的才子书居然在欧洲有影响，《玉》的法译本《双堂妹》为哲学家卡莱尔一群人转相推荐，"谁读过此书后都觉喜爱，说它一定出自一个天才之手，'一个天才的龙的传人'"②。异国生活内容固然新鲜可喜，"才子"二字是否译成了"天才"？

即使是《红楼梦》也有词章特点，不过曹雪芹将它控制得恰好，一点也不含炫才的成分。受其影响的《花月痕》在词章上却变本加厉，书中才子与校书都会词章往还。秋痕本不会诗，也在痴珠的教诲下学会了作诗。《红楼梦》中香菱也学诗，作者没给她卖弄的机会。旧派小说家中，不通词章的几乎没有，小说中除了诗词穿插，又讲究用典。叶小凤"谓《花月痕》白话中每插入文言，极为精妙，如韦韩欧洪愉园小饮一段，几乎无语不典……苟择语相称，自有风流跌宕，顾盼生姿之概"③。旧派小说中的词章特点在民初非常普遍，《玉梨魂》几乎全是词章砌就。20年代的旧派小说中词章成分减少，但《春明外史》中杨杏元与李冬青的此唱彼和，乃至绝笔、自挽都是哀艳词章。

①引自《合刻天花藏才子书·序》，龚秋散人编次、冯伟民校点：《玉娇梨·校点后记》，见中国小说史料丛书《玉娇梨》，人民文学出版社1983年版，第227页。
②辜鸿铭：《东方智慧 辜鸿铭随笔》，北京大学出版社2010年版，第5页。
③郑逸梅：《小说丛话》，见魏绍昌、吴承惠编《鸳鸯蝴蝶派文学资料》，上海文艺出版社1984年版，第283页。

　　唐才子式的词章比明末才子的笔法更显在，更能体现作者的才调与情怀，清末才子的狭邪小说更接近身边的都市生活（这种狭邪文学也是由唐而降的一大流脉，《霍小玉传》《李娃传》都是写妓女的，狭邪一词也源自《任氏传》），所以旧派小说作品中词章、冶游成了十分明显的两大特色。前者是才调，后者是风流，都是才子本色。鲁迅所称才子还只指了徐枕亚、李定夷一类作家，其实整个这一派作家都具有才子特点。唐才子、明末才子和晚清才子的贯穿传统是其一，由更广泛的文化生活传统决定的才子生活方式也是十分重要的因素。

　　以民初作家为代表的旧派小说家们的生活方式也是才子型的，其表现形式是偏擅玩赏。这些处在两种社会转型期、在文化上很大成分归属于传统的旧派作家，可称之为"末代才子"，他们的生活本身就富有审美意味。他们在群居、独处生活中的情趣，艺术化人生的修养，事业中的游戏趣味都是一种特定时期的特定文化的表现。这些都得从他们的生活态度谈起。

　　这批才子们有怎样的社会态度？他们有知识，却很少现代知识分子的使命感；他们读过经，应过试，却放弃了在修齐治平各个层面上努力；他们接受许多新事物，却很少唯一认同的。他们以一半正经、一半赏玩的态度对待生活中的一切；他们愿意对社会负一点责任，也乐于坐享生活；对社会的变化、时代的发展，他们也时时认同、追随，又从未有过高度内在化的自觉。他们不同深度地依恋传统道德，又不同程度地赞成新的社会制度。这一切，比起具有新文化自觉的激进知识分子，进取的显得微不足道，余下的就是"封建的"批判对象了。排除政治意识形态因素，从精神文化出发，他们正像辜鸿铭与欧洲比较的那样，"中国人的玩赏意识超过了他们的道德或宗教意识"[①]。才子在中国人中尤其富于玩赏意识，他们比世俗能玩不会赏的更有文化的优越。

　　"玩赏"的时候，才子的风雅本色便充分显露出来了。"鸳蝴"一类的旧派小说家的玩赏形式有群居也有独处，群居的有社团雅集、朋友乐游，独处的也有趣味一致处。苏州旧派小说家社团星社

---

　　① 辜鸿铭：《辜鸿铭文集》，黄兴涛等译，海南出版社1996年版，第36页。

的成员都是才子。星社与现代文学社团不同，完全是一群诗酒风流的文人的雅兴的聚会，没有明确的宗旨，没有立一山头、门户的愿望，没有内部商榷、没有对外论战，甚至连正常的组织形式也不具备。15年的活动中，有春禊游赏、重阳酒叙、持螯挥毫、新年射虎、趣味展览会上各自收集的工艺品……，"这种萧闲如六朝人的生活，无论那一个团体望尘莫及"①。说这番话，不应该忘记苏州10多年前的南社，星社中也有几个南社社员。南社有"反满"的民主宗旨，落实在诗文上仍是才子怀抱居多，每次的雅集也是诗酒留连，其生活情趣、活动方式，直是星社的前导。吴中出才子，从冯梦龙、金圣叹到星社群体都与小说密切有关，其生活方式多少有些影响。

才子们除了团体雅集，冶游也是一种游乐方式。曾朴从第七回接写《孽海花》，开始第一个大的动作，便是金雯青一行出苏州阊门游春，叫了傅彩云的局，有了金榜状元和花国状元的聚合，才开启了赛金花轰轰烈烈的人生。《老残游记》有老残与环翠。包天笑编《小说大观》，要登名校书照片，也去堂子里向相识收罗。后来纳宠，星社众人也曾称贺。毕倚虹作《人间地狱》，看重"文人名士＋恬静派官人"的"清游风味"，并拿旧派作家中的朋友作为小说原型②。其本事记录在包天笑《钏影楼回忆录续编》中。这些举动多方证明了才子生活方式中的"玩赏"意识的分量。吴趼人且于玩赏间考量《花丛事物起原》《北里变迁之大略》《上海游客之豪侈》《上海花丛之笑柄》，并为一批名妓作传。毕倚虹这样的才子也会由妓女身上触动自家的身世情怀，道德意识一时占了玩赏意识的上风，《北里婴儿》就是这样深度体验的结果，但不是自觉的人道主义。

在玩赏意识的支配下，才子们竭力给自己营造一个艺术化的生活环境，小说只是他们的诸种技能之一，笔记、词章、古文、白话、书画、篆刻、戏曲、工艺，真是多才多艺。数十年后的今天，书画市场上常可见到他们的作品被拍卖③。这种玩赏的雅趣时常由个人生活环

---

① 引文见天命《星社溯往》，事实参见郑逸梅《星社文献》，皆收芮和师，范伯群，郑学弢著《中国文学史资料全编·现代卷·鸳鸯蝴蝶派文学资料》，知识产权出版社2010年版，第191～212页。

② 范伯群：《秋波之恋·编者按》，见《中国近现代通俗作家评传丛书》，南京出版社1994年版，第33～35页。

③ 包新铭：《鸳鸯蝴蝶扇》，1997年1月29日《解放日报》。

境中溢出，扩张到事业中来。由这样的作者和编辑的玩赏心态与多才多艺特点决定了他们刊物的版面栏目特征，如《礼拜六》的封面画与题签。《礼拜六》后100期，由书画玩赏扩展到包罗万象，甚至有小说家自己冠以各种雅题的作者小影①，雅士丹青题材却以照相的形式出现，既新鲜又有传统意味。当时，这些小说家在一般公众心目中有明星风采，小影既有吊影自怜的才子情调，也不乏编者哗众的动机。凡此种种带有传统艺术趣味的成分构成了编者、作者与读者共娱的效果，读者的熟悉的心理感受保证了刊物的销量。

旧派小说家的个人生活大都有艺术化的倾向，而且带有浓郁的地域文化色彩。最有代表性的是周瘦鹃、郑逸梅。周的盆景艺术享有盛誉，曾得过大奖。他的案头总是不缺一盆"紫萝兰"，且有个人杂志《紫萝兰片》。早年的"文字劳工"其实是个充满浪漫情调的诗人，人到中年，既无力于国家又不能改社会，便自然地走上了传统知识分子退回内心的老路，"种树读书，终老岩壑，则为吾生平唯一宏愿，始终不变，但愿其终有实现之一日耳"②。郑逸梅希望的身心归属也与他一样③，魏晋六朝的隐逸与禅的心隐深深地植根于他们意识底层。周、郑在花草木石的园林以外，只是把玩书籍古董，他们不曾有四海泉林逸致、也没有天下云外之想。对这批雅士来说，虎丘、灵岩已是高远的所在，他们毕竟是苏州人，即使经过上海的洋场局面，圈在墙里的静定的园林生活仍是茶寮酒肆以外的理想。南方的旧派小说格局不大，这也是个原因。

往深层看，在他们的雅玩下面，很有点孤芳自赏的心理基础。正是这点自赏与赏物的内心的超越要求使他们能够保持才子的脱俗。然而，随着海上文化的洋场特征越来越突出，一方面旧派才子的玩赏意识中的"玩"渐与"赏"分了家，日益失去超越性；一方面，江南地缘结构的传统文化从静定型向趋时流动型发展④，助长

---

① 郑逸梅：《民国旧派文艺期刊丛话》，见魏绍昌、吴承惠编《鸳鸯蝴蝶派研究资料》，上海文艺出版社1984年版，第380页。

② 周瘦鹃：《紫兰小筑九日记》，见《鸳鸯蝴蝶派文学资料（上、下册）》，福建人民出版社1984年版，第619页。

③ 郑逸梅：《艺林散叶续编》，中华书局2005年版。

④ 范伯群：《从通俗小说看近代吴文化之流变》，《苏州大学学报（哲学社会科学版）》，1991年第3期，第90～97页。

着世俗消遣游戏生活态度的活力。多数才子日益向物质世俗化靠拢。中国人的生命中雅俗表现一般不在灵肉冲突，世俗社会总是保持着物的迷恋的热度。这才导致世纪初以来的小说有那么多的谴责内容。民国以来，《歇浦潮》《上海春秋》《人海潮》中对物的描绘越来越多：汽车、电话、一品香的西餐、股票交易、生财保险、书业繁荣使人一头扎在物欲堆里。19世纪末以来，以妓女活动为中心构成的"申江胜景图"又把她们的活动环境变成了领风气之先的西洋物质文明引进的展示场所，游上海的人皆以一睹为快[①]。才子中相当一部分也成了物质欲望潮流的屈服者，《人海潮》里来自乡间的才子的生活变化即是一例。才子与世俗一样成了"玩角"，只不过玩得斯文一点。当此时刻，《礼拜六》提倡"买笑耗金钱，觅醉碍卫生……晴曦照窗，花香入坐，一编在手，万虑都忘……"[②]的休闲方式，可算是"玩"得不太俗，并仍保留一丝"赏"的雅韵。

许多的小说杂志都在"玩（游戏、消遣）"上变花样。于是有了一群才子的点将小说、集锦小说、别裁小小说、悬赏小说各色小说游戏。悬赏是在编者与读者间的游戏，同时也是杂志增强公共关系的商业性打算。登载一篇由名家作的只有上半截的小说，由读者竞相续写，从中评选优胜，一显才情。公众参与使得刊物在读者心中的地位更为巩固。别裁小小说是程瞻庐的创造，有：金蝉脱壳、首尾相接、掉尾转头、前矛后盾、叠床架屋诸体，不外从灯谜等民间艺术形式受启发而创此一格。点将、集锦本是一回事。小说本应是独创性的劳动，编辑偏偏要让一群名家共同写一个中篇长度的小说，各人写一段，末尾临时嵌入指定续作的作者名字，并故意留点难度，这就是点将。各人所作的一段集中起来，成为情节贯穿的一体，也就是集锦小说了。这一游戏形式与酒令有一脉相承的联系。刊物登载这种小说，读者始终翘首以盼，被作者故意制造的奇幻情节吸引，并且要比较各人的才情。这比一般的连载小说更能控制读者。这种以玩为主的小说当然负不起什么社会责任，与人生无大关

---

① 叶凯蒂：《清末上海妓女服饰、家具与西洋物质文明的引进》，《学人》第9辑，江苏文艺出版社1996年版，第381～438页。

② 王钝根：《〈礼拜六〉出版赘言》，见魏绍昌、吴承惠编《鸳鸯蝴蝶派研究资料》，上海文艺出版社1984年版，第183页。

系。一般人看来，才子式的急智与机巧却是很有趣，的确能让人玩得"万虑皆忘"。

从以上两方面的论述，我们可以看出民初才子们的人文特征：追求艺术化的人生形式，以艳丽词章及评点批评理论的技巧为重要文字表征，以玩赏为主要意识中心，表象、外在地观鉴现实生活，把玩赏意识外化为小说中的消闲、游戏的趣味性，与现代文化的流动特征相适应，渐渐失去了安逸静定的雅玩心境，日益趋于世俗化。这些特点投射到他们的作品与编辑工作中。

感伤是才子心性的一部分，"鸳蝴"小说是才子人格的片面呈现。不是他们不想完整表现人格，而是他们天生缺欠理想的人格力量。"鸳蝴"小说必然被取代，其为历史中间物的存在，必须有一个全貌，所以要在复现他们的小说风格与才子人格之间的一致。

（原载陈思和、王德威主编《建构中国现代文学多元共生体系的新思考》，复旦大学出版社，2012年版）

林纾小说在雅俗中西文体间的折衷

　　林纾于清末民初小说的意义在"文体"，正如梁启超的意义在"观念"。林纾在文体上体现着中国文学传统中的"文变染乎世情，兴废系乎时序"的规律性，梁启超则开启了感应外国思潮的"观念变化"。梁启超们对小说的观念采取的是颠覆的态度，林纾对小说的文体则是采取继承与转移的方式，他们都对中国小说的现代化的先导时期发生过重要作用，梁启超的对文体认识的不足正是由林纾来补充，林纾却未必认同梁启超的观念变革，这一层意义应得到正视，更值得重视的是林纾在中国小说走向现代化的大门口徘徊的步履姿态。

　　林纾翻译了大量的外国小说，对20世纪初中国小说由文化边缘走向中心发生过巨大的推动作用，许多现代文学的大师们都承认由林译小说中汲取过营养，从而对中国文学的现代化建设作贡献[①]。然而林纾存在的意义并不单在这一向度上，他又是继承1000多年来的古文传统成就最显著者[②]。在对民族固有文化和西方新进文化同时负责的意义上，他用古文自著的小说的意义是兼顾两个方面的；所以，这里选择林译小说以外的林纾自著长篇小说来讨论其长篇小说文体变迁的意义。这是个至今未曾受到人们适当重视的现象，也是一个至今未曾充分发掘其意义的话题[③]，林纾所著大量的笔记小说，基本上不脱晋唐风格，文体上未曾有显著的变化，则不在论题范围之内。讨论林纾自著长篇小说的用意并非为发掘又一个新的研究对象，给文学史的人物传、作品排行中增添点什么，而是因为林

---

　　① 郭沫若、钱钟书等都有过明确的表述，钱钟书还有专论《林纾的翻译》。

　　② 钱基博：《中国现代文学史》记载，林纾《畏庐初集》"出，一时购读者六千人；盖并世作者所罕觏焉。"虽然他被章太炎斥为与蒲松龄一流，但二者的抗衡正足以说明他在古文上的成就与地位。

　　③ 郑振铎：《林琴南先生》中曾有过论述，肯定他对章回小说体式的突破，和对时事叙述的价值，但比较着翻译的价值还是不足道。

纾所著小说在新小说向旧派小说流变的过程中发生过无可否认的作用，也是中国小说由古代向现代过渡阶段的一个不可忽略的环节，它是当年的中国小说对于古今中西折衷的探索，这是一个不容缺省的历史经验。这一折衷的成败得失，客观上是后来的"五四"小说完全取法西化的鉴戒。比较而言，林纾自著长篇小说不能如翻译小说那样开拓一个世界文学的艺术空间，但就中国文学的传承关系来讲，自著小说比之介绍工作更深切地体现着本民族文学自身的转型与建设；且林纾带着翻译作品的文体因素进入创作的行为，本身即代表了将西方小说的诸因素整合到中国小说中来的价值重构的初期过程，尽管那种整合是以传统文体与叙事方式为本位，最终并不成功。

五四以后，文学史越过了古文叙述的表现方式，林纾以古文写作的小说渐渐为人遗忘，甚至研究中国现代文学的专家也很少留心林纾写作的《剑腥录》《金陵秋》《劫外昙花》《虎牙余息录》《冤海灵光》《巾帼阳秋》几部长篇小说（《荆生》《妖梦》却记得）。现在重提林纾的古文长篇小说的意义何在？我的注意力并非集中于他留下了什么样的作品，而是留下了什么经验！林纾因无力对抗五四新文化运动而从文坛隐去，时间过了70多年，已经没有谁会理睬他曾有过的"悠悠百年，自有能辨之者"①对文言白话重新作论的期待，在白话已经有了高度成就的今天，谁也不会不识时务地要重新推崇文言，但从林纾的文言小说中分辨出哪些该是值得我们汲取的经验，理清其在走向现代化的历史大趋势中的雅俗变化的轨迹，作为鉴戒，应该是时候了。

林纾是个文化悖论，其小说中体现着文化的冲突与调和。他用古文的审美规范来统驭小说文体的塑造，将文章技法运用于小说组织，建构其不乏近代西方色彩却又保持古雅风格的小说体式；在整个文化的发展要求言文合一的时候，在近代语体小说基本占据了文学的中心地位以后，他坚持援引古典语体的散文形式入小说，是一个始终保持着强硬姿态的可敬的保守主义者；他的古文小说，在叙事学原则客观地要求将历史与文学（尤其是小说）对象在现代化意

---

① 林纾：《论古文白话之相消长》，见《文艺丛报》1919年4月第1期。见许桂亭选注《林纾文选》，百花文艺出版社2006年版，第96页。

义上进行区别时，始终不离开历史叙述的骨架，却又有着史料以外的普通人生的细致描写；林纾并未对世界文化潮流取完全对抗的态度，狄更斯这样的小说家在他心目中的地位比曹雪芹还高，可他内心里有一个无法取代的民族精神文化内核——"古雅"的文体美；他的小说中的主体特征完全是一个"君子"，可他的影响却更多地被及"才子"，创作中追求以雅驭俗，影响了一批旧派小说家，其不俗的表现却成为旧派通俗小说的文体源头之一。

一、古文体制

林纾动手创作小说是在他开始翻译外国小说的多年以后①。外国文学曾一度是林纾满足叙事审美需求②与表现才华的对象，当他回归到根深蒂固的古文，用它来创作小说，他更有了坚守精神家园的成就感。外国影响不知不觉地促使过他进行文体（理解与实践）上的整合，根深蒂固的传统又让他固守着古典的语体。他作小说采取古文文体，仍是一个历史时期内中国的知识分子对小说现代化的思考及方向的合理选择；在逐渐形成的现代化环境中选择古典文体，使他不期而然地成了一个集合着悖反文化内容的过渡时期的文化象征。

林纾虽然选择古文体制来翻译小说并进而以这种文体来创作小说，但是其主体选择所有过的现代意义却不可忽略。《巴黎茶花女遗事》的翻译出版正是梁启超小说界观念革命之前，知识界对小说的看法正潜在地酝酿着变化，出过国门的人（王寿昌那样的翻译合作者）对西洋小说已经有了不同于本土小说的观感，在他们的引导下，林纾不再固执传统知识界对小说的偏见，决定用古文来翻译这些西洋的具有高尚品质的小说。采用古文这种中国的"崇高"文体，本身即反映了对小说持价值高尚的评价态度，与不久后梁启超将小说提升到"最上乘"有着方向上的一致，与世界文学历史上近

---

① 林纾46岁开始翻译《巴黎茶花女遗事》（1897年），在翻译了数十种外国小说并且创作了相当数量的笔记小说以后，他于62岁（1913年）出版了第一部自著古文长篇小说《剑腥录》。

② 林纾译《巴黎茶花女遗事》原因是刚刚丧偶，借他人酒杯浇自己块垒，传达一股凄清幽婉的美。此后所译也多有感伤的言情风格的作品。

代阶段的形式主流也取得了一致（古代戏剧—中古抒情诗歌—近代散文叙事的小说），这些都表明那时的林纾是与时俱进而非顽固保守。他用古文翻译小说，是对小说的一种"抬举"。林纾的一生的所作所为都有特立独行的特点，他认准的传统的固有价值一定拘执不放，新进的有价值的也不坚拒。尽管林纾有时对翻译作品作出一些改动，但这种叙事主体的选择毕竟是受限制的，创作中的古文叙事更能体现他的选择与运用的主体独立性。在小说实践中坚守古文体制正是他的一贯处，即使白话小说成了主流、全面替代了古文之后，也不可否认林纾的古文小说对中国小说由传统向现代化的过渡仍是一种可贵的探索。但过渡仅仅是两个大的历史时期之间的一段短短的经历，他以不变的文体去与迅疾变化的时代对话，被时代抛撇是必然的。

林纾的古文小说，无论是翻译还是创作都曾有过相当的生命力[①]。他的文体创新在一段时期里证明了古文在古代向现代社会转型时期仍然具有的生命力，清末小说读者对古文小说的接纳更加强着他对古文文体的信心。1908 年，徐念慈在《余之小说观》中谈到古文小说与白话小说的出版比例："就今日实际上观之，则文言小说之销行，较之白话小说为优。"他对为什么文言小说胜于白话小说的销行进行过市场分析，因为小说读者是：

> 百分之九十出于旧学界而输入新学说者，其百分之九，出于普通之人物，其真受学校教育而有思想、有才力、欢迎新小说者，未知满百分之一否也？所以林琴南先生，今世小说之泰斗也，问何以崇拜之者众？则以遣词缀句，胎息史汉，其笔墨古朴顽艳，足占文学界一席而无愧色。

从旧派中来，惯于读古书、作古文的小说接受者，仰慕林纾当时的古文名气，所以特别地能够欣赏林纾。即使这样，他的翻译小说印数一般地也不超出一万！徐念慈立足于当时的书业的分析是客观的，但并不足以说明其影响，还有一个材料可以构成补充，施蛰

---

① 郑振铎在与 1924 年写《林琴南先生》还提及人们称赞林纾自著长篇小说的话，见钱钟书著《林纾的翻译》，商务印书馆 1981 年版，第 17 页。

存在80年后说：

> 林纾用古文翻译外国小说，还在题记序跋中阐发原作者的文笔，有与司马迁、班固异曲同工之妙。这样，他首先把小说的文体提高，从而把小说作为知识分子读物的级别也提高了。《巴黎茶花女遗事》一出版，风行一万余册，读者都是知识分子。他们一向读古文、写古文，可是从来没有读到用古文写的长篇言情小说。这种形式的小说，文体既不是唐人传奇，内容又不同于《红楼梦》，于是，他们对小说另眼相看，促成了文学观念的一大转变。[①]

这表明在清末民初小说从传统向现代转化的过渡时期，古文小说曾经发挥过巨大的作用。在中西文化现代沟通的发端期，林纾就努力地要在东西方的叙事文学作品之间建立起一种合乎他理想的互融关系，在翻译介绍大量西洋小说作品的过程中他有了许多属于自己的发现，这些西方的小说的叙述与中国的历史散文叙述相比较，竟然有那么多相通的东西，于是他就在自己创作的小说中将二者融合呈现。他写的不是章回小说，而是古文掩盖下的西式结构的小说，他是第一个有意地将东西方的叙述进行整合的小说家。林纾在翻译和自己创作小说中运用古文，走过了一段不短的路程：始于提升小说品格的功臣，继而是积极的文体探索者，抓住即将失去活力的古文工具、局部地整合西方语言，努力使中国的小说向前走出一大步，终于五四新文化运动兴起时为坚持古文而反对白话，因而被看作是历史前进的障碍。朱自清先生曾经揭示过批评的任务："将中国还给中国，一时代还给一时代。"[②]本着这样的精神，对林纾这样一位产生过巨大影响的人物，我们必须将他放回到当年中国小说的历史情境中作出令人满意的解释，否则就不好对那段中国历史做个交代。就古文论古文，林纾的文体成就很高。这并不因为章太炎对他的摒斥，和胡适们对他的抨击而变得毫无价值。尤其是他在小说

---

① 施蛰存：《翻译文学集一·导言》，见《中国近代文学大系1840~1919》（第11集，第26卷），上海书店出版社1990年版，第24页。

② 朱自清：《诗文评的发展》，见朱乔森编《朱自清全集·第3卷·散文编》，江苏教育出版社1996年版，第25页。

中运用古文，是对这一文体的可塑性的一次重要的探究，事与愿违的结果不能归罪于这一文体和林纾的动机。于梁启超提倡新小说的同时，林纾曾一度积极地与时俱进，梁启超自撰的《新中国未来记》在文体几乎没有什么创新，而林纾却走出了一大步，尽管他的前进颇有些类乎"张果老倒骑毛驴"。

林纾一直使用古文（除了曾写过的白话"道情"外）叙述，翻译阶段他具有"新小说"特征，民初以后的古文创作小说则明显地回归传统，成为"旧派小说"。林纾的"新小说"特征除了原作的西方思想意识文化习俗外，语体也能说明，翻译小说中无可避免地要适应西方小说的语体、文体，有时他"不仅不理会'古文'的限止，而且往往忽视了中国语文的习尚"①。这里作一回文抄公，摘取点钱钟书先生对此的其他论述，钱先生曾经分析《巴黎茶花女遗事》中的某一例句"整个句子完全遵照原文秩序，浩浩荡荡，一路顺次而下，不重新安排组织"，其保留的外来的宾语从句的句式结构使全句失去了古文的简括凝练。"林纾译书所用文体是他心目中认为较通俗、较随便、富于弹性的文言。它虽然保留若干'古文'成分，但比'古文'自由得多；在词汇和句法上，规矩不严密，收容量很宽大"。钱钟书也曾惊讶："意想不到的是，译文里包含很大的'欧化'成分。好些字法、句法简直不像不懂外文的古文家的'笔达'，却像懂外文而不甚通中文的人的硬译"。突破"古文"规矩的林纾，"收容"的词汇多数可见于当时"新民体"散文中，甚而有其不及者如"列底（lady）"这样的译名；其与"诗界革命"的标准："新语句，而又须以古人之风格入之"，基本处于同一改良进程中。轮到他自己创作的小说，他基本回到了合乎义法的古文的规矩中，但是长期的语体翻译已经培养起林纾诸多的西语习惯，但这不是一个两个新的名词，而是深入的句式语气的变化。在他自著的长篇小说《金陵秋》第十六章《誓师》的开头，有这样的一个句子：

非骄王弛紊其权纲；非奸相排笮其忠谠；非进退系乎赇请；非赋敛加以峻急；非是非颠倒，使朝野暗无天日；非机宜坐失，使利

① 钱钟书：《林纾的翻译》，商务印书馆1981年版，第42页。

权蚀于列强;非朘四海之财力,用之如泥沙;非出独夫之威棱,行之以残杀;非无故挑边,任邪教兴师于无名;非妄意偾军,使天下同疲于赔款,而国又乌得亡! 而革命军又胡从起!

这是一个有十个从句的长句, 而这些从句又以排比的形式出现, 主句部分又是并列的, 它确确实实是中西两种语言的融合, 措词是古文方式, 结句是西文方式。明显地, 即使林纾再推崇古文, 他自己也不可避免地要让古文进行部分的蜕变或改良了。

林纾从"新小说"向"旧派小说"的复返的时间标志与核心是什么? 要想发现它, 在钱钟书论《林纾的翻译》中也能得到支持。钱钟书先生关于林纾的翻译的阶段变化有一重大发现, 这一说法恰恰能指示我们林纾向旧派小说"复返"的时间标志。他说林纾:

> 接近三十年的翻译生涯鲜明地分为两个时期。"癸丑三月"(民国二年)译完的《离恨天》算得前后两期之间界标。在它之前, 林译十之七八都很醒目;在它以后, 译笔逐渐退步, 色彩枯暗, 劲头松懈, 使读者厌倦。这并非因为后期林译里缺乏出色的原作。分明也有塞万提斯的《魔侠传》, 有孟德斯鸠的《鱼雁抉微》……, 塞万提斯的生气勃勃、浩瀚流走的原文和林纾的死气沉沉、支离纠绕的译文, 孟德斯鸠的"神笔"(《鱼雁抉微·序》,《东方杂志》第一二卷九号)和林译的钝笔, 成为残酷的对照。

钱钟书先生揭示其翻译风格变化显出了超凡的判断力, 可是对其原因的解释却令人有不满足感。他对此的解释是:"一个老手或能手不肯或不能再费心卖力, 只依仗积累的一点熟练来搪塞敷衍。前期的翻译使我们想象出一个精神饱满而又集中的林纾, 兴高采烈, 随时准备表演一下他的写作技巧。后期翻译所产生的印象是, 一个困倦的老人机械地以疲乏的手指驱使着退了锋的秃笔, 要达到'一时千言'的指标。他对所译的作品不再欣赏, 也不甚感觉兴趣, 除非是博取稿费的兴趣。"所论译笔的表现无疑是准确的, 但产生的原因是否会更复杂一点呢? 解释前后两期区别的原因能否有其他的途径呢? 我以为如果跳出单纯考察翻译小说, 加强关注他创作的小说中的古文文体的自觉追求与体现，不仅对此会有另一番解释，而且能够揭示林纾小说向旧派小说回归的核心问题。

我们先留心一下林纾眼中的创作与翻译之间的关系。文坛上的一些掌故常常很能说明问题，康有为曾经在答谢林纾的一首诗中有这样的句子"译才并世数严、林"，却惹得严复和林纾两个人都不愉快，这两人之间的关系本还不错，可是两个人都不愿意别人将他们在翻译家的身份上并称，严复以为没有不懂外文的人可以称为翻译家，林纾则不愿以翻译家名。严复不承认林纾的翻译小说，却绝不低估林纾的古文成就。另有一个掌故，钱钟书在《旧文四篇·附记》中录下严复为林纾所作画题的诗，两首诗都谈到林纾的古文和翻译，总是将他的"文"置于小说之前，其"文"是"上追西汉摛文藻"、"尽有高词媲汉始"，而"小说"则以笔记"虞初"一总其名。对他的翻译，严复用的是"重译"（"更搜重译到虞初"）这意思很明白，严复私意中的翻译小说的功劳不应都记录在林纾的名下，他的翻译是二度的加工，其归宿语言在古文，从来以古文作小说的只有笔记体，而他长篇小说也不脱笔记风调，所以总归到传闻的西汉小说家始祖"虞初"那儿。林纾自己也不以翻译作为其代表性的成就，他自视甚高的只有古文，小说也只是统帅在古文下面的一个分支。如果注意到他自己将后期创作与前期翻译所作的比较，我们会吃惊：林纾在1917年8月出版了他的最后一部长篇小说《巾帼阳秋》，这有点乏味的类乎断烂朝报的小说（颇具春秋笔法的意味），他却说远胜其译作《巴黎茶花女遗事》；而当年他在《冷红生传》（林纾自传）中，为了证明自己的性情，单举"所译《巴黎茶花女遗事》，尤凄婉有情致"为例证，言下颇以其为自豪。再注意这样一个事实：《离恨天》之后的译笔蜕变现象与他的古文长篇小说的创作正是同期产生，并且他对古文道德的研究心得总结也是这时候完成[①]，这之间必有点什么内在的联系。如果有这样的联系，它又体现出哪些共同本质呢？

回答上述问题，首先应注意林纾在民初时期的文体实践的价值取向发生了变化。在他的翻译作品中，虽然是古文，但是其文体已

① 林纾从1910年起在大学执教"经文"课程，几年中他的研究著作有《韩柳文研究法》《春觉斋论文》，编撰《左转撷华》《修身讲义》。

经不自觉地显露向欧化与世俗大众化靠拢的倾向。然而一入民初，从《剑腥录》开始，林纾就回到了古文的旧文体轨道上去了。虽然他没有在理论上作明白的阐释，但从他的创作和教学理论研究中可以看出，他以纯粹的"古文"为自己的追求目标。在其从事的诗文书画的文艺活动中，林纾将古文推崇到了极致，并对自己的古文成就极为自信，毫不客气地称"六百年中，震川外无一人敢当我者"[①]。除了一个归有光，一切人物都不在他的眼下，这不像是一个谦谦君子的表述，倒像是与谁在赌气争胜。我们以前都说林纾用古文翻译创作小说，其实他的翻译小说的文体只能称之为"文言"而非"古文"，这一点钱钟书先生已经差不多说明白了。林纾的翻译小说中有种种"隽语""佻巧语""流行的外来新名词""欧化"的句法等，这与"古文"的"雅洁"法度相去甚远，也不是林纾追求的"文"的特征。一旦林纾完全自主地从事中国本土的叙事写作，他就不再有翻译体的那点欧化色彩，也不再表现出对俗语话本、道情口吻以及对"新民"意识时尚浸染过的语体的兴趣了。

回归古文，似乎是在开历史倒车，然而这是林纾的具有合理性的自觉追求。文体选择的本质是对语言的选择和运用。在小说史的语言进化层面上考察，林纾几乎成了一个倒行逆施者——甚至比翻译小说、"新小说"更向后倒退了一步。他表现出来的对小说语言文体的去取态度，直接和历史对抗。中国小说自唐以后，变成了两种语言并存的局面：既有古文的笔记小说，又有说话人开辟的口头叙述文体的白话小说，从话本而拟话本以至文人小说都走着白话的道路，到曹雪芹也不例外。林纾却不以为然，他几乎不承认白话是文[②]，也不大愿意承认白话写成的小说是有价值的文章，仅仅对《红楼梦》例外，于《水浒》就颇有些贬词了。他自奉的小说老师是段成式，不仅学《酉阳杂俎》笔记小说的做法，而且在长篇小说中一仍其旧地保持"笔"的特征。于是，林纾成了以古文写长篇小说的第一位作家。他不用白话而采用古文写小说，当年并未遭受到接

---

① 林纾给李宣龚的信，见钱钟书著《林纾的翻译》，商务印书馆1981年版，第50页。

② 五四时期，林纾作《论古文与白话之相消长》，他心目中的"文"的地位是崇高的，白话不够"文"的资格，所以他不像新文学中的人称"白话文"。林纾死后，他的追随者们谥他为"贞文"，算是他真正的知音。所以他以为小说若要有地位，首先得是"文"，当他承认了小说的作用地位以后，第一是用古文翻译小说，接着就是用古文作小说。

受者的抵抗，因为当年知识界以为用古文写小说是对这一文体的提升，它与梁启超的"最上乘"新小说观并行不悖。当时周氏弟兄翻译《域外小说集》采用比林纾还要古奥的古文，鲁迅作《怀旧》用古文，苏曼殊用古文作《断鸿零雁记》、章士钊用古文写《双枰记》，叶圣陶"五四"前的旧小说也是用古文。在一定的历史阶段中，古文曾是最合理的小说文体。

古文文体是林纾小说旧派小说化的核心问题，他回到这种文体有着内外两方面的原因。外在的原因是，他很受了些章太炎的刺激；内在的原因是他的主体特征是"君子"而非"才子"，作君子是必须恪守古文道统的。先说他与章太炎的争论。民国初年，章太炎提倡魏晋文，以文字训诂为利器冲击桐城古文，对林纾的古文也毫不客气地批评，其攻击要点正在其小说。章太炎分析：当世于古文，"下流所仰，乃在严复、林纾之徒。复辞虽饬，气体比于制举，若将所谓曳行作姿者也。纾视复又弥下，辞无涓选，精采杂污；而更浸润唐人小说之风。夫欲物其体势，视若蔽尘，笑若龋齿，行若曲肩，自以为妍，而只益其丑也。与蒲松龄相次，自饰其辞而祇敬之曰：'此真司马迁、班固之言。'……既不能雅，又不能俗，则复不得比于吴蜀六士矣。"进而在给了严复、林纾以"诡雅异俗"的一致总评以外，又对林纾的小说加以贬斥："夫蒲松龄、林纾之书，得以小说名者，亦犹'大全'、'讲义'诸书，傅于六艺儒家也。"[1]林纾对此极为介意，立即反唇相讥，称章太炎为"狂谬巨子"，一时桐城古文与魏晋古文两派不能相容。1913年，林纾与桐城姚永概因为与京师大学堂中的魏晋文派的势力不相能，一起辞去了教职。就是这一年，他出版了钱钟书称之为前后期翻译风格变化标志的《离恨天》，为该年唯一的一部林译小说。

林纾对章太炎的攻击以实绩加以反击，其致力者与本题论述相关最大的就是在翻译与自著小说中恪守谨严的古文法则，这就决定了他的自著小说纯粹古文的语体风格，并带来了此后的翻译小说与以前的风格上的巨大差异。当然，林纾其时并未自认小说翻译中的文体不是纯粹正宗的古文，而是奋力地抨击章太炎为："庸妄巨子，

① 章太炎：《与人论文书》，见钱基博著《现代中国文学史》，岳麓书社1986年版，第85页。

剽袭汉人余唾，以掊扯为能，以钉饾为富，补缀以古子之断句，涂垩以《说文》之奇字，意境义法，盖置勿讲。侈言于众：'吾汉代文也。'伧人入城，购搢绅残敝之冠服，袭之以耀其乡里；乡人即以搢绅目之？吾不敢信也。"看得出，其措词手法都与章氏针锋相对，对章太炎本人而外一并攻击其学生为"庸妄之谬种"，所以日后有"桐城谬种"的又一反击。林纾本来与桐城派并不是一体，或者说他并不以桐城的辞章雅洁为追求目的。经此一番争论，林纾开始与桐城派结成了同盟；不过他在桐城义法之上更讲究古文的"意境"。章太炎与林纾的争论不想却对中国的小说的发展构成了影响：林纾整顿过的那些古文应知应做的准则，被他贯彻在其自著小说中；而西方小说的影响在林纾那儿被大大地打了个折扣，甚至连原作的精神都被林纾变了点味道。

　　林纾古文的文体有哪些原则内容？他曾有一套颇具价值的古文理论的系统论述①。林纾1906年即来京师大学堂教授经文，民初的《春觉斋论文》对古文的基本特质的揭示很深入，其中《应知八则》（下引不注明出处）的基本理论的阐释尤为重要。我关心的并不是这些基本原则，而是林纾将其运用到小说中去对小说文体的发展的影响。林纾的古文概念不止于桐城派，桐城的义理、考据、辞章的义法林纾是赞同的，而对桐城为文的八项：神、理、气、味、格、律、声、色的粗精之说则加以发展。林纾声称"古文无所谓派"，不愿沉溺于一派之格局，因为他明白："一沉溺其中，便成薄弱。法当溯源而上求诸欧、曾，……欧、曾二氏不得韩亦无能超凡入圣地。"②所以他提出古文应知八则：意境、识度、气势、声调、筋脉、风趣、情韵、神味。这些原则进入小说后又是如何体现？这才是我们更应该关心的问题。

　　林纾的"意境"实际上是提出了一个作者主体的问题。他称"意者，心之所造；境者，又意之所造也"，"意境者，文之母也"。他讲究意境的目的是寻求立身之道并进行传播与阐释，"不讲意境，

---

　　① 有意思的是，林纾的古文理论曾经得到过章太炎的嫡传黄侃先生的赞同，在1921年林纾的古文讲义稿《文微》出版后，他说："彦和以后，非无谈文之专书。而统纪不明，伦类不析。求如是书之笼圈条贯者，盖已稀矣。"

　　② 林纾：《桐城派古文说》，见邬国平、黄霖编著《中国文论选·近代卷（上册）》，江苏文艺出版社1996年版，第464页。

是自塞其途，终身无进道之日"。这表明林纾是典型的"文以载道"论者，他正是凭着其道心，在他的小说中创造了一个个有着浓厚的"道理"气息的英雄邴仲光（《剑腥录》）、王雄（《金陵秋》）等。作者的道学主体精神只能产生有道学气息的人物，所以林纾自著的长篇小说中处处可见道学精神境界，却没有真正的审美意义上的意境。他的古文原则基本上不适合于小说的现代审美的发展方向。林纾在古文的"识度"原则中体现着叙事文学结构的宏观把握的审美眼光。他要求作文的人要有远识、有阔度，尤其重要的是他指出前人"但指论事之识，不知叙事亦自有识"。并以《史记》中的《列传》为例，"一入手便将全般打算，有宜重言者，有宜简言者，有宜繁言者，经所位置，靡不井井。此惟知得传中人之利病，但前后提挈，出之以轻重，而其人生平尽为所摄，无复遁隐之迹。此非有定识高识，乌能烛照而不遗？"这些论述与他在翻译小说的一系列序言中指出的中西相同的叙事原理是一贯的。他还要求写文章的人要能"通融"，"通者，通于世故也；融者，不曾拘执也。一拘便无宏远之识，一执便成委巷小家子之识"。这种识的来源，林纾告诉我们，"舍读书明理外，无入手工夫。若泛滥杂家，取其巧思，醉其丽句，则与识度二字愈隔愈远矣"。这种"识度"的表现，在其自著小说中的历史叙事过程中体现得尤为突出。他对戊戌前后（《剑腥录》），民前（《金陵秋》）和民初（《巾帼阳秋》）的中国历史的叙述总是表现出他个人的独立判断，其结构安排处置的繁简轻重也都是能服从于他的"识度"，比之同时期的其他人创作的小说，在结构上显得更有法度。上述二点，是林纾高度内在化的传统意识的体现。这两点所述是最根本的问题，即以什么样的主体哲学思想去观照世界把握叙述对象，林纾没有别的精神来源，只是要求人们读圣贤书、明大道理。这个出发点注定了林纾的自著小说不能比拟其翻译小说的多元的丰富的精神世界的呈现，而且他的这个出发点的日益加强，反过来妨害了翻译作品的原有精神的传达。钱钟书之所以用《离恨天》为其翻译风格的前后分界，其因大半应在于此，而较少地关涉于稿费。如果连中国人历史上的各家都不能兼取，就注定了对后来的西方各种思潮持反对态度了，也注定了他在完成了翻译介绍西方文学的任务后，就不能再对历史作出更大的贡献了。

林纾的古文原则并不是都无足取。他在"气势"的原则中讲到"深于文者，必敛气而蓄势"。这是说的对行文的控制能力，是主体对叙事的节制与驾驭的功夫。对气势的体认，也是对叙事主体的精神力量的推崇。就这一点来说，鲁迅的叙事文体的成就和林纾是秉承着一个原则。他论"风趣"，"由见地高，精神完，于文字境界中绰然有余，故能在不经意中涉笔成趣"。作为文体家的林纾，其语言文字的调度功夫远非近日的一般小说家能企及，这种功夫仍然来自于见地与识力，文字的表现力正是源自思想的力量。他论"情韵"，"知其恳挚处发乎本心，绵远处纯以自然，此才名为真情韵"，"欲使韵致动人，非本之真情，万无能动之理"这些都是说着了艺术的真理。在"神味"的原则中，林纾表明他的追求是永恒的艺术生命，"神者，精神贯彻处永无漫灭之谓；味者，事理精确处耐人咀嚼之谓"。达到这一步，林纾以为在于养成创作主体的人格，"以道、理之言，参以阅历，不必章绪句饰，自有一种天然耐人寻味处"。他心目中的文，应追求《六经》《论语》《孟子》所达成的境界，"以融汇万理万事，衷之以道，故亘万世不能轻易一字"。这些原则在他的创作小说中都有所体现，我们可以挑剔林纾的思想意识的保守，但就古文而论，林纾的几部小说确实是一个良好的范本。

读林纾所著小说，对其叙事主体的获得的认识最终只可以归结于一点：这是一个"君子"的叙述，而不是历来人们对中国小说的一般主体——"才子"的才学展示。这是一个对现实与历史有着严肃思考的认识主体在进行着他对世界的叙述，一种态度保守的叙述。在林纾反复地强调了古文的叙事体制以后，他满眼只能看到既往的古文的成就，而对西方小说的诸多叙事特长也渐渐淡忘了。当他开始翻译外国小说的时候，他开始了一个不太自觉地与世界文艺交往的过程；当他开始梳理他的古文理论系统时，他又把自己封闭在古文的既定范围中了。这种封闭的深层原因却是在于伦理道德的因素，其坚守古文与十一次谒清室皇陵是同一本质，临终时还以手指在儿子的手上写："古文万无灭亡之理"。一个对新学有过浓厚兴趣的人，最终顽固地反对新文化；一个对文学现代化有过贡献的人，最终以反对现代化而收场，这其中的内心历程与文化悖论的内在含义正不容忽视。

二、叙事：小说还是历史？

如果说林纾不懂什么是小说的真义，也许大家会觉得是奇谈怪论，但确实如此。中国人到鲁迅为止，大概都没有严肃地认清小说的虚构本质。人们读林纾翻译的小说是当作故事（story）来欣赏，而不是当作虚构（fiction）来领会的。小说的真正意义正是通过虚构的世界来传达。林纾自著小说非但不重视虚构，并且很少是故事，他的作品大都是借一二人物串起一段真实历史，他的小说内容可以给讲现代史的人们当作参考资料，其价值是与历史缠夹在一块的。林纾虽然翻译了那么多的西方近现代小说，但并不了解现代小说的概念，可这不妨碍他的出色叙事。他最为注重叙事和事实后面的伦理道德的判断，且管作品叫小说，实际上小说与历史是混为一谈。他的这种历史与小说的混淆正是当年小说文体并未真正独立的表征。顺着这种小说与历史的混淆状态进行追问，它源自何方？重大历史事件进入小说始自民间说话的讲史，然而我们不能从林纾那里得到这一文体与讲史小说之间的丝毫瓜葛，这是与历史演义全然不同的东西。那它究竟是什么呢？

林纾小说中的文体面貌实际上最为类似历史散文，中国典范的历史散文就是《史记》与《汉书》，也就是林纾一再称道的班、马，史、汉的文体，这就是他的古文传统的源头。他在外国小说中看见的是与《史记》《汉书》相一致的笔法，因为他的心中早就被史传文学占据着了。如果说他开始翻译《巴黎茶花女遗事》时文章还有一点"才子"气息，而到了民初前后的时候就完全是"君子"面目的史传文笔占绝对优势了。他称赞狄更斯（林纾称迭更司）的《冰雪因缘》，以为在其所有著作中"当以此书为第一"，其理由有二：第一就是笔法上有中国史的特征，"左氏之文在重复中能不自复；马氏之文，在鸿篇巨制中，往往潜用抽换埋伏之笔而人不觉，迭更氏亦然。岁细碎芜蔓，若不可收拾，忽而井井胪列，将全章作一大收束，醒人眼目"。第二条理由也是将其与历史著作比较中见出叙事之工。他举《北史》为例，其成功在："于不易写生处出写生妙手，所以为工。此书情节无多，寥寥百余语，可括东贝家事，而迭更司先生叙致至二十五万言，谈诙间出，声泪俱下。……正以不易写生处出写生妙手耳。"①他以史传眼光看待外国小说每每还以外国历史上的事实来惊醒国人，并志愿以此为自己的"实业"②。

林纾小说的渊源也不纯粹是历史散文，不能想象一部小说中尽是运用历史散文的方法，必得有其他的叙述方法对历史散文作出补充，使得小说有着自己的趣味。这也显示在他对所翻译的作品的评价的中国参照体系的确立与取舍中，他的标准有着历史散文（古文）的雄深雅健与民间的生动活泼。他翻译司各特的《撒克逊劫后英雄略》，欣赏其符合中国古文家数的叙事方法，同时也比拟民间表演性叙事艺术。他说："纾不通西文，然每听述者叙传中事，往往于伏线、接笋、变调、过脉处，大类吾古文家言。"评述书中滑稽人物，则又比之于班固："孟坚文章，火色浓于史公，在余守旧人眼中观之，似西文必无是诙诡矣。顾司氏述弄儿汪霸，往往以简语泄天趣，令人捧腹。文心之幻，不亚孟坚。"③而小说的艺术高妙处常常在对话中显示，《史记》《汉书》中固然不乏精彩的对话，但比较起以"说话"为主要方式的后代小说来，毕竟不如。所以，宋元以后的话本中的精彩对话常常为后来的评点家们推崇备至，金圣叹在《读第五才子书法》中对《水浒》中的人物对话有这样的评述："一样人，便还他一样说话，真实绝奇本事"。林纾对《撒克逊劫后英雄略》的对话则有这样的比拟："吾闽有苏三其人者，能为盲弹词，于广场中，以相者囊琵琶至，词中遇越人则越语，吴人、楚人则又变为吴、楚语，无论晋、豫、燕、齐，一一皆肖，听者倾靡。此书亦然，述英雄语，肖英雄也；述盗贼语，肖盗贼也；述顽固语，肖顽固也。虽每人出话，恒至千数百言，人亦无病其累复者"④。如果仔细比较一下，可以发现，林纾的这一段话和金圣叹几乎完全是一个意思，但为何林纾闭口不提金圣叹，他在小说家与经史之间的取

①林纾：《〈冰雪因缘〉序》，见许桂亭选注《林纾文选》，百花文艺出版社2006年版，第78页。

②林纾：《〈爱国二童子传〉达旨》，见许桂亭选注《林纾文选》，百花文艺出版社2006年版，第57页。

③林纾：《〈撒克逊劫后英雄略〉序》，见许桂亭选注《林纾文选》，百花文艺出版社2006年版，第18页。

④林纾：《〈撒克逊劫后英雄略〉序》，见许桂亭选注《林纾文选》，百花文艺出版社2006年版，第17～18页。

舍又说明了什么？

提出这个问题很有些意义，林纾对金圣叹的回避有许多曲折与关节，对此作一番探究有益于中国小说的雅俗文体的明辨。首先我们要看到清末小说界金圣叹的影响，同时也并存着对金圣叹的排斥。自打金圣叹评点《水浒》以后，小说界有了自己的美学评价标准，将小说与经史等区分了开来。金圣叹对《史记》等历史散文的看法与林纾的价值取向恰恰相反，林纾是要以经史的典范来规范小说叙事，而金圣叹只是以"才子"标准衡量《庄子》《离骚》和《史记》。金圣叹的价值标准的背景是明末的思想解放运动，因而他不管以前有过多少神圣的标准，一心一意地建构自己的以精神自由为特质的"才子"的艺术价值体系，这个体系自觉地将自身与经典神圣相区分。同样是《水浒》评点，在李贽身边的小和尚怀林记述："《水浒传》讹字极多，和尚（引注：指李贽）谓不必改正，原以通俗与经史不同故耳"①。李贽承认通俗的小说与古雅的经史有明确的区分，要求标准也不一样，但他却坚持鲁智深那样的世俗的莽和尚一样能入圣。金圣叹则在经史与小说之间发现了另一"才子书"的共同标准，这无疑会伤害到保守的读书人的认同经史的崇高的自我感觉，所以后来金圣叹很不受道学气息浓厚的读书人欢迎，晚清尤其受到张之洞的排斥。张在他的《輶轩语》《书目问答》中肆力诋消金圣叹，并告诫诸生："凡为圣叹一派习气，皆小说批评语一派气习也。小说批评语不可以为考据，不可以为词章，不可以为义理。君子出词，须远鄙倍，甚至不可以为立谈，凡恶之避之是也。"随着晚清小说的兴旺，金圣叹愈益受到小说批评界的重视。1897年邱炜蓥在他的《菽园缀谈》中谈金圣叹的小说批评："圣叹通彻三教书，无所用心，至托小说以见意，句评节评，多聪明解事语，总评全序，多妙悟见道语；又是词章惯家，故出语辄沁人心脾"。并力言小说的重要性："诗书六艺之外，所不可少者，其惟小说乎！"晚清评述《水浒》者，多与金圣叹一派语气，1907年《新世界小说报社》上有人撰文《中国小说大家施耐庵传》，进一步将《水浒》思想与清末的民权、尚侠、女权思想相提并论。一派站在经史的立场上

---

① 陈曦钟等辑校：《水浒传会评本》，北京大学出版社1981年版，第25页。

排斥小说批评，一派站在新思潮的立场上发扬光大金圣叹的小说批评，并以后者逐渐地占了上风。林纾不同于晚清的任一派，他将经史与小说进行整合，以经史的文体规范小说的叙事。经他的手，古文出现了从未有过的叙事容量，以前的历史散文，无论是谁，都没有出现过如此专门的长篇巨幅的叙事；经他的手，长篇小说有了从未有过的古雅气息。出于这种纯粹的古雅的审美观念，林纾当然不能让金圣叹混淆了他的风格追求、文体纯洁。但是他也时时地感到古雅文体的不足，所以他需要以家乡说书盲艺人的成就来弥补，尽管说书人的成就与金圣叹批评的《水浒》成就相一致，他也不愿承认金圣叹。他的小说翻译与创作都是有浓厚古雅色彩的历史散文体，他不能认同于通俗的话本小说的章回体。

林纾自著小说中鲜明地体现着史传散文的褒贬特色。由于竭力要体现古雅的风格，以别于当时的中国小说，他舍弃了宋元以来的话本小说传统，不用白话，不用章回体，上溯《史记》《汉书》的史传散文传统。史传传统的散文的特点并不在人物塑造形象，刻画性格，而是对历史事实进行判断。刘勰《文心雕龙·史传》中讲《尚书》《春秋》所述历史，"诸侯建邦，各有国史，彰善瘅恶，树之风声"，也就是说历史是用来褒贬善恶的。这在林纾的几部反映历史事件的长篇小说中反映得很突出，他自己也承认其小说是为褒贬而作的，《剑腥录·附记》所述的创作宗旨是"意在表彰修伯苟之忠"；而林纾在作为翻译小说分期标志的《离恨天》的《译余剩语》中也有这样的文字："书中之言曰：'文家者，立世界之范，使暴君乱臣，因而栗惧。而己身隐于草莽，忽生奇光，能掩帝王之威力。'呜呼！孔子之作《春秋》，非此意乎？"竟直接赋予了外国小说"乱臣贼子惧"的中国史书特征。一旦这样的道学气息占了上风，小说中的趣味与灵氛自然得大大削减了。把外国小说看成是寓褒贬的"春秋笔法"，于自著的中国小说中当然更其注重褒贬色彩，最浓的一部小说就是《巾帼阳秋》。他在以历史事件为主体的小说中每每安排一个冷眼旁观者，或是一个功成身退者，其实这都是代作者为判断而设。林纾本人的仕途一直不顺，老来虽然屡次蒙废君恩宠，并且极力地表示忠忱，致使他有了副遗老的面目。然而从戊戌维新到袁世凯的种种闹剧，他都是一个独立的旁观判断者。《巾帼阳秋》中的阿良直接是作者的化身，民初的各种政治丑闻都不出他的眼底，作者以他的老练的笔记录下当代历史，然而却常常忘记了应怎样处置他的人物，阿良在小说中往往是充作一个记录见证的角色出现，记录政客们怎样"以手枪炸弹得议员，自应以拳头脚尖成省制"，但记录方式却未免太简单了，不外乎"阿良——闻之"，或者对一些重大事情以报纸的客观记载代替直接的描写，又让"阿良取而读之"。这一系列的"皮里阳秋"的笔法是以牺牲艺术表现为代价的，然而这又是林纾故意为之。他对自己的笔法相当地感到欣慰，否则不会自认这部小说为最佳作品。以艺术眼光看，阿良的形象是极为暗淡模糊的，我们最深的印象就是小说一开始时他的武侠绝技，以及作为贯串全篇的线索的他与素素之间的在礼法限度之内的诗书共赏。如果能接受史传文学本来就不是为塑造人物的观念，那么我们对林纾的自著小说就不会苛求了。同时，我们也得承认，林纾的写法将小说已有的进展倒退了许多。这里剩下的更多的是历史，而不是小说。

　　林纾给我们提供了一种严肃的历史叙事的规范。中国人既往的历史小说的特点，诚如黄人在《小说小话》中所言："中国历史小说，种类颇夥……。然非失之猥滥，即出之诬谩，……惟感化社会之力甚大，几成为一种通俗史学。畴人广坐，津津乐道，支离附会，十九不经。试举史文以正告之，反哗辩而不信。即士林中人，亦有据稗官为政实，而毕生不知其误者。"他所说的应是指《三国演义》一类的评书的影响。林纾所著长篇小说是对这种现象的矫枉过正，过分真实的历史事实将小说的味道都给冲淡了。郑振铎当年对他的小说的历史记录的成就却给以过较充分的肯定，他以为："中国小说叙述时事而能有价值的极少；我们所见的这一类的书，大都充满了假造的事实，只有林琴南的《京华碧血录》，《金陵秋》，及《官场新现形记》等叙庚子义和团，南京革命及袁氏称帝之事较翔实；而《京华碧血录》尤足供给讲近代史者以参考的资料（近来很有人称赞此书）。"[①]如果就历史的真实性而言，林纾的小说无疑是最好的，当年关于袁世凯称帝的小说颇多，包括袁世凯的二儿子袁寒云都曾要写这一段史实，然而惟有林纾最能表现历史真实。民国年间

---

① 郑振铎：《中国文学研究》下册，人民文学出版社2000年版，第348~349页。

的历史小说大都受"报人小说"风格的影响，将社会上的种种捕风捉影的事情混杂其间，比《三国演义》一类的以评书为基础的小说更缺乏历史的真实性。在此意义上说，林纾是对历史小说有贡献的。林纾而后，只有到20世纪30年代李劼人写作《死水微澜》时，才又见到了历史小说的真实可靠。然而，林纾在他的长篇小说中表现出来的仅仅是一种历史叙事，他的基本风格是历史散文，比起他翻译的那些西方历史小说，如司各特《撒克逊劫后英雄略》来，就显得历史叙事有余，小说艺术的叙事不足了。林纾对小说自身的艺术特质的体认距离现代化的要求毕竟还相当地远，这在那个时期是很不易被认识到的，只有周作人做过明白的表述："夫小说为物，务在托意写诚而足以移人情，文章也，亦艺术也。欲言小说，不可不知此义。而今人有作，或曰：此历史小说，吾将以之教历史焉。不知历史小说乃小说之取材于历史，非历史而披小说之衣也。其在西国，使文中虚实少有未调，论者即目为传奇体史，不可谓小说。"[1]周作人几乎为当时唯一完全持有西方小说艺术观的批评家，林纾翻译了那么多的西方小说，于观念上却无法比拟周作人。周作人是"艺术"的、"情感"的，林纾是"褒贬"的、"道德"的；周作人是小说本位的，林纾是文史不分的；周作人心中有艺术的取材于表现的思考，林纾却只有对史实的繁简调度与叙述的控勒。周作人作论在前，林纾所著小说在后，并非林纾在翻译作品时对此毫无体会，而是他的道统观妨碍了他小说现代化的路上走出更远的步子。

林纾的小说具有当代史的意义，更具有历史散文叙事文体的样板作用，却少有小说应有的文章之美，原因都在创作主体"史"的观念冲淡了小说艺术观念。在他的长篇小说中历史散文式的叙事俯拾即是。小说中的一段描写交代了林纾的"史"的创作宗旨。他的小说不像才子佳人小说男女主动或被动地相互回避，《剑腥录》中男女主人公邴仲光与刘丽琼之间常常见面（其他的长篇也是如此），但总是不离谈论诗文的正大题目。二人谈及王船山史论——李后主之死与徐铉的关系，仲光引宋代王铚的《默记》来证实王船山所论不

① 周作人：《论文章之意义暨其使命因及中国近时论文之失》，文章写于1908年，原载《河南》杂志第四、五期，署名独应。见陈子善、张铁荣编《周作人集外文 上 1904—1925》，海南国际新闻出版中心，第56页。

确。博得了美人的赞语"仲兄大有史眼"其父也称赞："仲光以稗史证正史，令人闻之爽然。"一席对话表达了林纾心目中的小说（稗史）与正史之间的关系："证"。其实，在他的小说中更多的是几乎直接与正史相等。《巾帼阳秋》中记述袁世凯在京城制造兵乱，作为不肯应孙中山南下之邀的口实，作者字字含有褒贬：

> 　　方大掠时，全城鼎沸，几几惊及大内，而恨程（引注：指袁世凯，袁为河南项城人，音谐）声色不动，既不镇压，亦不慰抚。众服其雅量。于是大总统之车驾罢南行矣。

这是一段典型的春秋文字，袁世凯的奸雄、阴谋家本色从字里行间处处显露出来，而"声色不动"与"惊及大内"相形击，旧日君臣之间的关系亦不着痕迹地交代了，恰恰将袁世凯的"乱臣贼子"的身份暴露无遗。林纾曾十一次谒光绪皇帝陵，以清遗民自居，其心态与孔子恰恰吻合，作这样的春秋文字也是理所当然。所以，有人说出这样的话来，我们丝毫也不必大惊小怪："使孔子生于今日，吾知其必不作《春秋》，必作一最良之小说，以鞭辟人类也。不宁惟是，使周秦诸子而悉生于今日，吾知其必不垂空言以诏后之人，而咸当本其学说，作一小说以播其思想，殖其势力于社会，断可知也。"[1] 由此可知，林纾的小说创作最终离开西方的小说文化参照体系、回归传统的经史，是社会上相当一部分人的共同心态，他采取小说形式正是中国人眼中最合乎时宜的做法。他们的内心都不是艺术家，而是秉承经史传统的君子，他们是以小说来参加现实社会政治的对话，小说是他们的一种社会姿态。林纾当年翻译小说虽然时时表达他的爱国的热切之心，但走上翻译之路却完全是出于偶然的心绪排遣，最终一发而不可收；而他作小说却是出于其社会责任感。所以，有人说他翻译小说时可以与人笑谈，自做文章却是态度极为庄重。

　　在作者的主体态度不利于小说之外，在行文体制上更能体现历史散文文体与小说之间冲突的，无如林纾这样的一段自供。《剑腥

---

① 梁启超等：《小说丛话》，该段言论为"侠人"所出。

录》欲述庚子年间义和团事，却是以郯仲光一人形迹落笔，说到八
国联军打破京城，头绪纷繁，林纾只好自己登场了：

> 外史氏曰：京城既破，八国联军长驱直入，千头万绪，从何着
> 笔？此书以郯仲光为纬，然全城鼎沸，而郯氏闭门于穷巷，若一一
> 皆贯以郯氏，则事有不涉于京城者，即京城之广，为郯氏所不见
> 者，如何着笔？今敬告读者，凡小说家言，若无征实，则稗官不足
> 以供史料；若一味征实，则自有正史可稽。如此离奇之世局，若不
> 借一人为贯串而下，则有目无纲，非稗官体也。今暂借史家编年
> 之法，略记此时大略，及归到郯仲光时，再以仲光为纬也。

这一段文字按照今天的批评眼光，直接是元小说的写法，而且
林纾比元小说繁复，其间更有编年史叙事。然而这并不标志着林纾
的叙事艺术的先进，他不是有意地调动种种艺术手腕，却正是被窘
得露出了自己在历史家与小说家角色之间的两难处境。他穿行于小
说历史之间实际上很累，但有了机会，他还要故作轻松：在整整说
了一章的内外历史全局以后，他援引翻译对象的话来为自己回到叙
述对象上张目："昔者西人哈葛德有言，为小说者，最有权力，笔之
所向，能使读者眼光随笔而趋，今吾书绕叙到北京矣。"这样的问
题，在今天的小说家其实是很好处理的事情，只需应用点侧面描写
即可。但是，林纾给自己背上了直笔证史的任务，就显得一支笔运
转不灵了。

不能说林纾没有将气力用于郯仲光的形象性格的刻画，但他明
显的没有以人物的塑造作为首要的任务，也没有将主旨与主要人物
的活动从头到尾地建立起呼应关系，他的褒贬对象都没有贯串小说
的整个过程。同样，他的性格刻画与传统小说相比明显地不如《水
浒》那样鲜明。即使是他主旨的传达，也不是借助现代西方的同时
代的象征暗示等艺术手段，却是直接地表达着褒贬。同样的毛病在
另两部表现历史内容的小说中也普遍存在着。在人物设置上，《剑腥
录》中的郯仲光与刘丽琼，《金陵秋》中的王仲英与胡秋光，《巾帼
阳秋》中的阿良与素素，都是以正人君子与开明淑女之间的关系来
串连全书，表现基本雷同。这在林纾实为无奈，要正面"证"史，

无法不造出有别于才子佳人的君子淑女来做历史的见证人，他们是精神上的英雄，也是武功上有所擅长者。

要说林纾的小说没有成就也很不客观，他在许多地方都表现得圆熟甚至高明，特别是在传统技法为主的处置上。如果脱离了历史来做小说，林纾则能表现得更有些生动气息。《怨海灵光》这部小说不以写历史为对象，就比那些含有"春秋笔法"的历史小说要有趣得多，而且也细腻得多。林纾在这部小说中所要表现的不再是英雄佳人，而是他在《〈孝女耐儿传〉序》中所言"以至清之灵府，叙至浊之社会"。他佩服狄更斯："从未有刻画市井卑污龌龊之事，至于二三十万言之多，不重复，不支厉，如张明镜于空际，收纳五虫万怪，物物皆涵涤清光而出，见者如凭阑之观鱼鳖虾蟹焉"。在他的作品中，《冤海灵光》正是这样一部刻画市井卑污的小说。它可以与中国传统的公案相比较，也可以与翻译介绍的侦探小说相关联。写一庄户人家所娶刁民恶妇与仆相通，谋杀亲夫的故事。林纾将笔触延及这一刁顽悍妇的日常表现，描写她为析产、称霸于室的所作所为：

> 阿三(引注：女之父，霸一方者)遂导女以力争，于是遇刀砧则刀砧之声与咒詈之声疾徐互答；遇盘碗则无晨无夕皆一一锵鸣；鸣时亦必挟诟厉之声，如浮屠诵经之必助以钟磬饶钹者，翁媪不能堪。

读了林纾这段文字，只觉得满屋子的诟骂之声不绝于耳，悍妇形象跃然纸上。这类文字的风格又超出于归有光平淡的闲谈絮语式语体之外，在中国的古文中可谓前所未有。林纾认为中国小说中惯有的是"英雄美人"，他也未尝没有意识到自己也在写那些风雅老套的英雄美人，登峰造极如《红楼梦》仍"终竟雅多俗寡"。怎样写出一种如狄更斯的"扫荡名士美人之局，专为下等社会写照"的作品来，对林纾是一个诱惑。《冤海灵光》这部小说可以视为这方面的一个很有成就的尝试。虽然这种小说与"稗史"体的作品有了很大的区别，但在描写下层社会的同时，叙述文字的背后，仍是一个充满着道德裁决意识的林纾，他说此类文字"要皆归本于性情之正、彰瘅之严，此万世之公理，中外不能僭越"①，终归出不了"褒贬"的历史散文的价值范畴。

总体地评价林纾的自著小说在中国小说形式发展史上的意义，大概如郑振铎在20世纪20年代所论："中国的'章回小说'的传统的体裁，实从他开始打破——虽然现在还有人在做这种小说，然其势力已经大衰，……什么'话说''却说'，什么'且听下回分解'等等的格式在他的小说里已绝迹不见了。"这些虽都是表面的，却都是最重大的发展变化。在这些变化的背后，是中国文章学的价值体系与西方小说的价值形态的部分整合。中国文章学当然不能脱离历史叙事的背景，但由纯粹文体上说，林纾更注重的是他曾总结过的文章的结构方式，即是他所说的："伏线、接笋、变调、过脉"等等，于这些地方往往最能看出林纾的匠心所在与文章功力。

《冤海灵光》中有一段女主人公素素的肖像描写，就能看出其"接笋"之妙。林纾将肖像描写设置在第八章，在阿良与素素出场数度，彼此交换了许多文章世道的看法以后。当时，素素正边读书边与阿良谈论政局，阿良"语次睨视素素，则仍低首翻石经，发黑如漆，不粉而额润过羊脂之玉，双眉侵入鬓间，自鼻以下不之见，然其状已足倾城。良默然痴立，久不作声"。这是一段严格的现实手法的描写，大致符合西方绘画投影理论，视线与所见都是科学的写法，"不作声"所含意思实已昭然。接着二人谈论了一段宋诗，进食莲子，"阿良见素樱唇微动，齿白如牛乳，因私叹谢安石于盛暑中，食热白粥而不汗，方之玉人，其风度盖过之也"。前后两部分，将唇齿与上文的由顶及鼻部分续接，这才构成了一个完整的肖像，为什么不爽快点一气画成一幅美人图呢？这就是林纾的古文的顿宕与接笋的妙处，它很像作者自叹能解而不能为的韩愈文章，或者说这里是有意地追随韩文妙处："因事设权，每制一文，必创一格，近断而远续，伏于无心而应于弗觉，变化微渺"②。本章并不是专为写素素的肖像，更重要的一点是写政局，然而如果一览无余地写后者，

---

① 林纾：《〈孝女耐儿传〉序》，（今译《老古玩店》），见许桂亭选注《林纾文选》，百花文艺出版社2006年版，第62页。
② 林纾：《百大家评选〈韩文菁华录〉序》，见林薇选注《林纾选集（文诗词卷）》，四川人民出版社1988年版，第149页。

必然寡味，肖像与政局的相互调剂就使得一篇文章生出波澜变化来，这调剂过程中最难者是"断续""伏应"，更难者是能够做到续得变化多端，应得婉转曲折。半幅肖像已经构成倾城的效果，如再加上齿白唇红的一般描画则无味，所以下文改变了静态的描写，在其进食过程中写其樱唇皓齿，愈增动人处。林纾运笔还有难能、难见的妙处，这就是为何有下文的谢安石三伏天吃热粥而不出汗的典故的用途。这是写此刻阿良对素素，在能见的肖像之外，顺着原来的描写思路而下有了出神之想；而这种想象却又难免有亵渎之嫌，借着食粥而不汗（其时十月十日，袁世凯就任总统）的凉爽感与下文直接描写的"方之玉人"，正好构成一种"冰清玉洁"的感受，所以能在易于走向亵渎的思路中来个光明正大。这一系列的隐微曲折的用意与写法，实在是很高雅的匠心，也是很可怜的礼法拘禁下的庄重表现。这也是为什么叙述至第八章才进入到对女主人公肖像的描写，因为阿良对素素的了解过程是渐进的，此时的肖像的打量方才能证明阿良不是那种一见钟情、为"色"所迷的浮浪子弟。真可惜，林纾是在运用一种逐渐失去了生命力的文体在写作，在他完成了这种写作不久，就完全失去了读者，今天已经很少有人有兴趣、或是能够领略他的文章的幽微的妙相庄严。林纾的种种线索脉络的安排与展现都有人所不及的地方，在《剑腥录》《金陵秋》中也随时能够遇见，即如郏仲光与刘丽琼从会面到结合之间的线索安排若断若续，追寻起来，是一种很愉快的阅读游戏。

林纾一方面借鉴西方小说，一方面不脱离中国散文叙事传统，形成了其小说结构的两个突出特点：其一是整体思维的小说构思与半开放式的结尾，其二是自叙传色彩。整体思维的构思是对章回小说结构的一个巨大的提升，这一功劳非林纾莫属。章回体的形式动因并非是为着回目的漂亮，而是因为在口头叙事中遗传下来的断片连缀制约了小说结构的进化。中国的小说除了《红楼梦》是个例外，其他的小说无不具有断片的特征，这是人所共知的事实。林纾自著的长篇小说没有一部有结构上的明显缺陷，而传统章回小说的结构缺憾则在在皆是。在以历史叙事为主的小说中，林纾常常效法于英法小说的构成方式，截取一大段自己生活在其中、对中国现代社会发生了巨大影响的历史进行过程为叙述对象，立下一个"正大"的宗旨，杜撰一对德、才、貌具备的青年男女，以男女成其大礼来结束叙事。这样就具备了历史阶段性（无结局）的整体叙事的特征，目的是为着"证史"。男女情爱故事所起作用是"笋""线""脉络"，有鲜明的终端特征。这样他的小说在不同层面上就呈现出不同的结构风貌：在历史层面上它是开放的；在男女情爱层面上却又是封闭性的。从林纾个人的仕途特征来看，他从未真正地参政，对社会历史的变动总是抱一种冷眼旁观的态度，对政局有一种距离感，有一种静观其发展的审视，所以他在翻译、见识了许多的外国小说以后，很自然地采取了开放式的结尾，而摒弃了"三国归于晋"或者是"真命天子出世"的民间历史叙事的结局方式。然而，林纾又是个坚守儒家人伦道德的君子，人伦使命决定了他的生命价值观，男大当婚，女大当嫁，为贯串情节而设计的青年男女也必须服从于成其大礼的人伦要求，这正是中国叙事文学的共同旨趣所在——大团圆。现实历史的发展带有了某种程度的悲剧性，忧道不忧贫的君子可以抱定宗旨"穷则独善其身"，但却不习惯忍受悲剧性的历史定命，唯一可以对此进行调剂的就是一个圆满的个人生活结局，虽然缔结一个既让长辈满意又惬合己意的婚姻只是新的生活阶段的开始，但传统的中国叙事文学则将其看作一段美满生活的结束——"大团圆"。林纾小说中杜撰的人物，男者必定是一个英雄，他的历史处境虽不是英雄末路，却也无可选择自己的道路，惟有一条现成的礼法之路可以维持其心理的平衡。而平衡其心境的那一个砝码正来自于女方的德才兼备，林纾对女性的态度在那一时代可谓相当开放，因为整个小说叙事除了正史由男性承担其叙述外，其他的一部分日常生活叙事靠她们维持着。林纾笔下的女子较传统女性有相当的自由，但她们的意识却更自觉地与传统伦理保持一致，这正是他所谓的"律之以礼，必先济之以学；积学而守礼"的女子。男女故事结构的封闭性大部分是由她们决定的。历史叙事的开放性与情爱叙事的封闭性共同构成了林纾小说的结构的特点——半开放性。就是这样，林纾带着中国小说从基本封闭的结构模式——大团圆走向了相对开放的现代结构模式，尽管它比起鲁迅"救救孩子""大团圆"的结尾缺些震撼人心的力量。

自叙传的特点在"五四"后的新文学中曾经被鲜明地提倡过，

其实"自叙传"并不一定尽如郁达夫那样取自海外。在林纾的小说中，起码《剑腥录》是有明显的自叙传色彩，《巾帼阳秋》等小说的主体特征也完全是叙述着林纾的精神。只是林纾的自叙传不像后来的创造社的人们完全抒发内心，他只能在相当严格地服从于正史的基础上叙写自身，所以在自身活动之外，他愿意像作历史散文一样去谨慎地在"考据"上做文章。林纾的自传观念与西洋的毕竟有所区别，在他那儿这一概念常常可以被"阅历"所替代，而这个阅历又守着道、理，所以从这样的自叙传中我们体会不到真正的个人。林纾在道理之间讨生活的真义，他是否有过不满足呢？每个人都可以悬置一个道、理的人生准则在目前，可是世界上没有一个人能够将生活与道理每时每刻打成一片；不管一个人如何推崇真理，他还是常常觉得道理不是一条最适应本心或最简捷的路。中国人每觉得力量受拘限，则往往幻想剑侠的力量，林纾也不例外，所以他的小说中的英雄每每以剑侠身份登场。这些每每用来自寓自况的人物（邴仲光、阿良、荆生等等）都得力于剑侠，其中正透露出林纾卫道之乏力，这种剑侠就是一种无奈的化装。所以他的自叙传就不能够传达出一个真实的现代的人来。

对林纾在历史与小说中的折衷就谈这一些，实际目的在于让人们看到中国小说在林纾一辈人的手上要实现蜕变是何等的艰难，可艰难也不等于没有向现代化进了一步。

三、"古雅"、新变及其余韵

考察林纾小说的美学追求更方便我们把握世纪初到"五四"前的中国小说精神、艺术的价值取向。林纾虽然译了不少先进的西方小说，但自著小说与世界文学现代化的进程无法一致，因其与过去时代固有文化之间的关系太紧密，因其价值观之无法彻底地变更、重塑。林纾重视古文，表现出他的心目中的文学价值与王国维一样存有着"古雅"之美的崇高地位，但他也和梁启超们相似，能够吸收当时世界小说的先进观念，在古雅之外有着繁简雅俗的新变，起码地说，林纾的小说观念上当年比章太炎更开明！他的古雅的美学风貌下面，有着道德"君子"的传统，与一般的"才子"小说家的主体不是一个类型。林纾也没有因为新文化运动而销声匿迹，他在旧派小说家中保持了相当长时期的影响。

　　林纾坚持古文是中国传统文化人普遍的审美文化情结的表现，他译了一二百种外国小说后用古文写小说，而没有像鲁迅那样读了上百种外国小说后用白话写出西方小说形式的作品来，根本上是出于一种文化选择。看一看与之具有相近情结者，更能增进对林纾的了解，王国维就是这样的一个。王国维殁于林纾之后，而且是自尽，就其死社会上有种种说法，而真正具备理解他的深度的莫过于同为清华导师的陈寅恪。王国维自沉以后，陈寅恪以知识分子的了解的同情与设身处地的体验向人们揭示其死因。他作了挽诗，又作了挽词，挽词前的长篇序文是极为精彩的文化情结的分析："或问观堂先生所以死之故。应之曰：近人有东西文化之说，其区域分划当否，固不必论，即所谓异同优劣，亦姑不具言；然而可得一假定之义焉。其义曰：凡一种文化价值衰落之时，为此文化所化之人，必感痛苦，其表现此文化之程量愈宏，则其所受之苦痛亦愈甚；迨既达极深之度，殆非出于自杀无以求一己之心安而义尽也。……其所殉之道，与所成之仁，均为抽象理想之通性，而非具体之一人一事。……近数十年来，自道光之季，迄乎今日，社会经济之制度，以外族之侵迫，致剧疾之变迁；……盖今日之赤县神州值数千年未有之巨劫奇变；劫尽变穷，则此文化精神所凝聚之人，安得不与之共命而同尽，此观堂先生所以不得不死，遂为天下后世所极哀而深惜者也。"不好设想，如果林纾活到与王国维自沉那一天会怎样表现，他的谒皇陵、风吹草动则担忧"惊及大内"都比王国维更强烈地体现着与旧文化的联系。其临终嘱咐也表明着同样的文化情结、同样的内心痛苦。在弥留之际，林纾用手指在儿子手上写："古文万无灭亡之理，其勿怠尔修。"

　　古文所体现的雅致的"美"是林纾与文化传统之间的最深刻的联系，林纾心目中以语言文字表达的形式，只有古文才能最充分地体现着"古雅"之美。"古雅"的概念是从王国维那里借用的，这个概念是一般视固有文化为生命的人们的一个价值共名。对它作进一步阐释而又在时间、意旨上最接近者应数浦江清。王国维以为"古雅"属于美学上第二形式，任何形式的美都必须经过第二形式才更能显示其美。"古雅者，可谓之形式之美之形式之美也"，"优美及宏壮，必与古雅相结合，然后得显其固有之价值"①。浦江清解释："此第二形式之美，先生无以名之，名之曰古雅。实则以今语绎之，即艺术之美的风格耳。"②而林纾以为文章至"神味"而能事已尽，乃是以文字体现风格的极致，而这样的风格舍古文则无从获致。所以他终其一生为古文而争地位，他瞧不上白话，以为白话不能获得这"第二形式之美"的风格。客观地讲，一直到林纾去世（1924年），真正有风格的白话还没有出现——鲁迅的文字明显地得力于魏晋古文，其他人的语言也不免古今中外的杂糅，纯粹白话并未形成，所以他毕生维护古文的"古雅"价值有其必然。古文真正的价值何在？如果肯定了它的价值，就必然要问：取林纾而代之的白话文在美的形式意义上究竟有没有毛病？

这些问题最好是由当年的"新国学家"来回答，他们的立场是新文化的，研究对象是旧文学的，应该没有什么偏颇。浦江清在20世纪20年代对古文与白话有评价：

> 吾国之文言，其美在庄严简洁，其病则在如结晶品之固定而乏弹性。……胡氏（引注：胡适）之运动，虽以白话文学相号召，而实则其目光专注于实用之方面，而无暇及于美术也；专注于语言之方面，而无暇及于文学也。昧于艺术必须具第二形式之理，举一切古雅之原质而尽摧毁之，使天下之文学，无所附丽，遂呈一极昏乱之现象。至于今日，则语体中稍稍有文学之作品矣。而察其所以成文学者，则以仍具有第二形式之故。不过其第二形式，非中国固有文学之第二形式，而为西洋文学之第二形式耳。……而今日流行之欧化文学，与中国固有之文学，断然不相衔接，为中国文学上之一大缺憾。③

浦江清绝非顽固保守者，仅是一个美的形式的崇拜者。他对形式之美的要求也曾反映在对《小小十年》的批评中，他还热心地介绍当

---

① 浦江清：《浦江清文史杂文集》，清华大学出版社1993年版，第10页。
② 浦江清：《浦江清文史杂文集》，清华大学出版社1993年版，第10页。
③ 浦江清：《浦江清文史杂文集》，清华大学出版社1993年版，第11页。

时的世界文学最新动向。这都能保证上述的话在当日（1928年）的语言形式美学上的客观、公正性。这说明在距离新文学真正的第二形式（有待20世纪30年代老舍等）的美质形成之前，"古雅"的美仍在注重形式的批评家心目中占据重要的地位。林纾长篇小说中的古文叙事风格正昭示我们那种古雅之美，他的简洁，他的庄重的褒贬措词，他的亭匀的章节安排；如果我们敢于正视现实，那将发现整个现代文学的历史上并没有几个作家具备这样的风格之美。几十年来的现代汉语的发展并没有全力地向着语体形式之美的方向发展，比之从古文中陶冶过的老一辈小说家，我们很难找到一个全然从现代汉语中成长起来的文体家。

承认林纾的文体风格之美，却不能肯定他的风格是一种独创。这就是新旧文学之间的区别，新文学确实是在谋求一种创造，起码是相对于古代的文学，他们在自觉或不自觉地模仿着西方的叙事形式，他们更加重视的是造出一种中国人从未有过的思想与情绪。林纾却是重复着自古至今的褒贬尺度，重复着由司马迁直到桐城派的古文法则。但林纾可贵处在于不是单纯的重复，他的重复是一种集大成。又因为他要集古文美之大成，所以他要对既往的所有历史负责，间或还得向狄更斯们负点儿责，他肩起了一个文化的末代人极难承受的重任，接着又面临了一个更有生命力的文化的挑战。他将主体的力量（义理）凝聚在小说中创造的意境里，将褒贬藏在每一个字眼中，还得注意着在前无古人的巨大篇幅（他的古文小说以文章的观点看，从来没有谁做得这么长）中谨守着法度。因为要遵守重考据的古文作法，他在小说中也注意言必有据。单就考据来看，林纾就字字句句着力。《剑腥录》所载庚子年间事，都从友人目击的记录中来，小说的《附记》中特地申明事之所本为《庚辛之际月表》，并言"事颇纪实，不敢为诋讪之谈"。《金陵秋》又本于林述庆"军中日记四卷"。具体描述又无不讲究考据，《剑腥录》写城中杀戮平民无辜：

> （伍伯）以手近眉际，招囚人跪，严绳横囚口，挽而合诸发上，引而长其颈，复以人挽囚臂。中有年少者拔刀，刀钝则力举大呼，跳而斫之，非斩也，打而断之也。童子见之大呼，或有晕者，妇人

亦然。以次杀十数人，横尸自仲三元店肆门外，延长至十余丈以外，尸皆卧血泊中，状至奇惨。

这样的笔法，比方苞《狱中杂记》有过之而无不及，每一个细节都有考据的力量支持其真实性，将血腥气息完整地保留在一个正直的民间知识分子所做的历史记录中，"打而断之"在质实的文字中寓褒贬，极具张力，是典型的春秋笔法。林纾的文字张力的另一种体现是在严整的文字之外，常常能在平淡的絮语中藏着深深的趣味，以现代作法论则是注重以喜剧性细节写悲剧性实质内容，写到这些无辜者被绑赴刑场时的天真趣味，愈加表现出作者的态度与文字的控勒力量：

> 有一年少女郎，可十七八，以发自覆其面，凄咽可怜。童子则不知俄顷且死，尚探怀中蚕豆食之。……车中有一妇人辄问监者："将吾到何处去？"监者不答。妇人指怀中尚有未完之履片，自云防一遗落，异日为履肆所索，无以应也。闻者笑且怜之。

这类文字比大声疾呼更富有艺术张力，以谐趣写出大悲哀来，气定神闲中包孕了大激动。情境是荒诞的，措词是严正的，对人物充满着同情，却不轻易地表露出来。刻画愚昧无知的老妇，天真的孩童，无援的少女，笔墨省俭，跃然纸上，生命一例地将被儿戏般结束，大荒唐，大悲剧，真是前无古人后无来者，无论是古文还是现代的白话文字中，都难得见到如此精致。

林纾对古雅的语言风格的推崇与对历史散文中的君子式的褒贬传统的坚守，主观上决定了他必然要排斥来自民间的世俗的道德界限不明的叙事方式。在这个意义上，林纾的小说代表着与世俗对立的雅传统。为了更清楚地昭示中国小说与传统之间的关系，我将林纾在叙事中的态度与在晚清重新获得民间知识分子尊重的金圣叹的《水浒》批评作一对照，发现这两个秉承不同传统而又对小说作出重大贡献的人的艺术手段中的诸多一致和价值取向上的重大分歧，这种一致与分歧共同表现着中国小说在向现代化方向进发时的选择的艰难。

他们的一致在于叙事艺术上对传统的承受，而分歧则在作为接受传统态度的出发点的人格差异：林纾的"君子"人格和金圣叹的"才子"人格。这种人格传统的区分在明代以前没有十分明确的标志，在20世纪人们的意识中才日益突出，给以鲜明的揭示的还是鲁迅。20世纪30年代初，鲁迅在《上海文艺之一瞥》中指明30年前的"读书人，大概可以分他为两种，就是君子和才子"。君子读四书五经，做八股；才子读《红楼梦》及其他的小说，玩弄词章。林纾虽然也读小说，但他的注意焦点不是传统的小说，而是西洋翻译小说，他的文章不止八股，但他致力的经史原是八股的根本。所以他后来作小说也不是走章回小说的传统路子，而是从经史中另辟一途，结合着翻译小说的特点，以古文来叙事。金圣叹在清初被异族统治者杀害，清末迎合着反清推翻专制的浪潮，人们对他的小说作出符合时代政治需要的新阐释①；随着新学风气渐开，也有专门从小说的美学批评上着眼的。林纾活跃于翻译界之时正是金圣叹被小说批评者们推尊之日，在他们之间建立一种联系当不属牵强。

直接出现在他们陈述中的一个契合点是对历史散文的典范性认同，二人都对小说中的叙事与历史散文之间的关系有过基本一致的看法，不约而同地将小说与司马迁的史传文学的叙事原理进行过比较。差别在于：金圣叹将《水浒》与庄、骚、史、杜一视同仁，以为都出自"才子"机杼，作为一种精神自由的产物，出于一种创造性的人格力量，但他在林纾前二百年，对西方的小说一无所知，对小说的虚构性特征的认识不及林纾；林纾除了有世界文艺的虚构小说的参照，更常常将小说当作史来写，他认为小说"虽有别于史传，然间有记实之作，转可备史家之采摭"②，所以史家叙述的典范（司马迁的《史记》、班固的《汉书》）也成为了他的小说叙事的圭臬，在虚构与写实二者之间，林纾一直没有找到一条最佳线路。金圣叹生得太早，人们不可能在他的小说批评中找到走向现代化的道路；林纾对艺术的归附比起他对道德伦理的衷心显得太弱，经传

---

① 无名氏：《中国小说大家施耐庵传》，作者将施耐庵作为民族主义者。民主主义者，反对异族虐政与理学余毒，以为施耐庵有民权思想、尚侠思想、女权思想。

② 林纾：《〈践卓翁小说〉序》，见薛绥之、张俊才著《林纾研究资料》，福建人民出版社1983年版，第121页。

史乘又耗取了他大部分的力量，清末民初的中国小说只能到此为止了。历史典范并不能带领中国小说走向现代化，必得有大力量的人出世，才能顺应世界历史潮流将中国小说领上现代化的道路。终于，我们在林纾之后有了鲁迅既"深切"又"特别"的小说创作，是他奠定了中国小说的现代性基础。

从纯粹的美学批评观念上说，由金圣叹到林纾的小说审美批评并无显著的进步标志。林纾的一些译序中的看法并未比金圣叹有多大的发展，他们有不少差异，也有很多的共同处。金圣叹对小说的批评集中在《读第五才子书法》里，他的批评明显地比林纾在译序中来得自由。他对人物的批评基本采用人伦品鉴的方法，以天性真淳为上品，定出人伦品第来，颇有点受诗歌品鉴的传统的影响。他对小说方法技巧的批评也明显地体现出世俗化的趋向，那许多评点者意欲引起读者注意的文法，都是借了俗语的或是绘画技法的譬比，诸如：倒插法、草蛇灰线法、大落墨法、背面敷粉法、獭尾法、横云断山法、鸾胶续弦法等十数种手法。林纾则不愿随意地给文章的叙述方法命名，只是一总称为文章义法，如人们熟悉的伏线、接笋、变调、过脉诸种方法。在小说《冤海灵光》第六章，林纾自陈补叙的方法："作者译小说至百种，自著者亦五六种，文字留一罅隙，令人读时弗爽，欲贻书来问，又属莫须有之事，故必须用补笔，以醒读者眼目。此亦文中应有之义法矣！"林纾是现身说法，金圣叹是批评他人，其实二者的许多文法都是相通的，只不过金圣叹喜欢另行命名以体现才情而已。在对文章叙述方法的历史与今天的关系的批评过程中，二人的思维方向刚好相反，金圣叹说："此本虽是点阅得粗略，子弟读了，便晓得许多文法；不惟晓得《水浒传》中有许多文法，他便将《国策》《史记》等书，中间有若干文法，也都看得出来。"金圣叹是教人家子弟由读《水浒》开始读书，读得懂《水浒》就能读懂《史记》等历史散文；林纾则相反，他翻译到每一外国小说与中国的《史记》《汉书》文法相类者，必定要拿历史散文来衡量中外作品。翻译完哈葛德的《斐洲烟水愁城录》，他慨叹："西人文体，何乃甚类我史迁也"，古人已经确立了崇高的规范，天下文章不出此道。以这种态度来批评别人的，写作自己的，必然不会有全新的创造。如果作一个假想，以金圣叹的思维方式与林纾易位，以他的张扬个性的倾向性，必然不会屈从于以古例今的模式，而是以今例古地在中西交通中有较林纾自由得多的充满活力的创造。

如果将林纾与先于他的金圣叹和后于他的王国维的小说美学思想相比较，一个处处旁逸斜出于经史之外，另一个则移植了一套全新的生命哲学思想到中国的小说批评中来，金圣叹的感悟不便确立新的规范，王国维走得离中国人的传统太远，而且没有指示任何文体途径，林纾则在经史传统中浸泡得太久，浑身散发着道学气息。然而，我还要说林纾在同时代人中还不完全是保守的，相形之下，章太炎对小说的看法远不如林纾能变通。章太炎持论素以富有挑战性闻名，他的观点也以敢于自立门户而为人瞩目，可是他关于小说的看法却很有些保守，这些观点又正是出于对林纾的不满。他说：

> 小说者，现在九流十家，不可妄作。上者宋钘著书，上说下教，其意犹与黄老相似；晚世已失其守。其次曲道人物、风俗、学术、方伎，史官所不能志，诸子所不能录者；比如失遗，故可尚也（宋人笔记尚多如此，犹有江左遗意）。其下或及神怪，时有目睹，不乃得之风听；而不刻意构画其事；其辞坦迆，淡乎若无味，恬然若无事者，《搜神记》《幽明录》之伦，亦可以贵。唐人始造意为巫蛊媟嫟之言，晚世宗之，亦自以小说名，固非其实。夫蒲松龄、林纾之书，得以小说名者，亦犹'大全''讲义'诸书，傅于六艺儒家也。[①]

章太炎以魏晋文著名，他欣赏的小说也是以魏晋为下限，对唐人传奇已经多有疵议，尤其是对林纾有所贬抑。他作文好倚仗《说文解字》，谈小说则基本上是先秦学术标准，不愿越出先秦流别规范。以小说的承传而言，他接受笔记体，而坚决否定传奇类作品，所以他可以接受宋代的笔记而不能接受唐人的传奇变格，不承认其小说的正宗地位。他承认宋人笔记，却对唐人的笔记小说不赞一词，这与林纾的笔记体小说具有明显的唐人风格，并且公开表示对

---

① 钱基博：《现代中国文学史》，岳麓书社1986年版，第85页。

段成式的敬佩多少有关①。更主要的因素则在于小说观念，章太炎只能承认笔记小说而否认小说的虚构性，在这一点上恰恰与小说现代化的世界趋向相反。

反对小说虚构也不自章太炎始，蒲松龄与纪晓岚的两派小说风格之争由来已久。纪晓岚态度鲜明地反对小说虚构，他明白表示："《聊斋志异》盛行一时，然才子之笔，非著书者之笔也。虞初以下，干宝以上，古书多佚矣。其可见完帙者，刘敬叔《异苑》、陶潜《续搜神记》，小说类也；《飞燕外传》《会真记》，传记类也。《太平广记》事以类聚，故可并收。今一书而兼二体，所未解也。小说既述见闻，即属叙事，不比戏场关目，随意装点。"纪晓岚仔细地分别出小说与传记（传奇类记述）两者之间的文体区别，对将二者融合的蒲松龄的文体表示不解："燕昵之词，媟狎之态，细微曲折，摹绘如生。使出自言，似无此理；使出作者代言，则何从而闻见之？又所未解也。"②纪晓岚反对虚构暗含着一个预设：小说应是纪实性的著书，其作者合乎古例，是"君子"立言；利用无事实根据的想象的作品，没有"立言"的价值，是才子卖弄才情的文笔，二者文体不同，精神也不在一个价值层面上。无疑，纪晓岚以其《阅微草堂笔记》坚持着古代小说的笔记体的"古雅"传统，不愿意向民间的世俗的戏剧展示的艺术表现方式妥协，所以他的小说中没有细致的外在描写，也没有传奇文体中的曲折的人物内心情绪的描写，更不愿作出戏场上演出的场面与悬念。他的笔记小说注重可信而不重想象，重文笔简括而不繁缛，重质朴而不追求华丽辞藻。章太炎对小说的态度正与纪晓岚一脉相承，并以传统为根据攻击林纾，指摘其违背古雅的小说传统，丢失了这一文体的真精神所在。反对小说虚构的本质是一种保守的策略，纪晓岚保守是因为当年只有笔记与传奇的两相比较，章太炎的反虚构则是因为他无视西方小说，眼中只有诸子时代的无从据实的小说典范，他指责林纾败坏了小说的传统实在是他不了解小说的现代品质。

林纾的小说叙事是否恰如章太炎所说"既不能雅，又不能俗"

---

① 林纾：《〈践卓翁小说〉序》言："计小说一道，自唐迄宋，百家辈出，而余特重唐之段柯古。……浅学者几不能句读其书，斯诚小说之翘楚矣。"

② 纪昀：《全本阅微草堂笔记》，巴蜀书社1995年版，第446页。

呢？章太炎不是无端发论，林纾究竟是雅俗两副笔墨都不行，还是雅俗兼济？我们能不能将章太炎的话变个表达方式，称之为"既能雅，又能俗"呢？林纾能够时时逸出古雅的成规，将世界文艺中的一些艺术方法与他的小说实践相结合，形成种种在古雅基础上的新变。他虽然服膺于历史散文的叙事方法，但也深知在历史与小说之间还是有着很清楚的界限，所以他在简括的史笔之外也有着记叙世俗生活的繁笔。他的雅正体现在那些史笔上，而他的俗也正体现在那些散淡的生活趣味上。如先前举例，叙述袁世凯丑恶政治的史笔与女子肖像及饮食交叉叙述，正是这种雅俗共存的印证。他在《剑腥录》中这样说："小说之体，非编年之书。有可记者，则虽琐琐屑屑咸著于编；苟无可记，则一行之间，可越过一年"，这可视为他对繁简这一叙述原则的理论阐述，这也是同时期小说界对这一文体最清楚的认识之一。

繁简问题恰恰正是那一时代的雅俗文白的一大关键所在。林纾论述这一问题是在古文范畴内而言，而其他人则多数将繁言直接与白话相等，把繁言看作了从古文向俗语转化、从笔记体向现代小说转化的一个标志与象征。林纾与众人的错位正是他与文学界潮流相左处，其与众人共同对繁简问题有所认识，又正是林纾与世界文学现代化相一致的地方。他对繁简问题的认识与一般人的来源又不一样，多数人对繁简问题的认识来自梁启超等对新文体的提倡，来源于评书俗语体的逐渐书面化，林纾对繁言的认识却是来自对《史记》和狄更斯作品的翻译的领悟。他最佩服狄更斯叙述家常平淡之事，能"刻画市井卑污龌龊之事，至于二三十言之多，不重复，不支厉"。他对繁简问题的实践在不同的小说中是有所参差的，对与当代历史有关的题材的处理仍然是以简括为主，而像《冤海灵光》这样带有侦探（公案）小说浓厚世俗色彩的小说则以繁言为主。在这部小说中，林纾以大量的对话与琐事交代，将破案的前前后后，叙述得严丝合缝；其笔法在《金陵秋》等小说中是罕见的，其每章的篇幅长度是《巾帼阳秋》的三四倍以上。林纾是少有的对不同题材有不同处理手段的作家，在这一点上他真正够得上文体家的称号。

林纾的繁简理论因其仅存在于古文范畴而与其他人的繁简内涵不尽一致。从新小说提倡开始，人们就注意到繁简理论的问题，楚卿在1903年的《新小说》上论述过小说中的五种对立构成因素，他说："凡文章常有两种对待之性质，苟得其一而善用之，则皆可称佳文。何谓对待之性质？一曰简与繁对待，二曰古与今对待，三曰蓄与泄对待，四曰雅与俗对待，五曰实与虚对待"。他的对立构架的辩证思维颇有传统与现代结合的特色，可五种对立并不是并列的范畴，所以仅一对繁简即足以概括雅俗等其他诸项。他的繁简立论的出发点与梁启超的"新民说"有必然联系，他将繁简的用场分派为"传世"与"觉世"，"在传世之文，则与其繁也，毋宁其简；在觉世之文，则与其简也，毋宁其繁"。注意的焦点在社会作用而不是艺术风格。他举例欧阳修与众人一同在街上见到奔马冲突致伤人命，各人记事，欧阳修六字为文："逸马杀人于道"，而其他人或十数百言。至20世纪20年代，用现代文与古文相对照来说明繁简的有周瘦鹃，说有人向他征求十字而且要情节曲折的小说，以"某生遇綮者悦之弗谐死"应，有人说："言情小说，意多雷同，此寥寥十字，亦能抵得他人千言万语。"这是与20世纪20年代的旧派小说中的白话言情小说比较，古文简而概括力强，俗语繁而说得细、说得透。他们的繁简建立在文言与白话（或"新民体"）对照的基础上，从近代文学的进化、审美与传播的立场上谈繁简的还有成之（吕思勉）。他在《小说丛话》中归纳近世（即今天所谓现代）文学之特质凡三：切近、详悉、事实而非空言。对"详悉"作了如下阐述："凡言语愈进化愈详明，故古文必简，今文必繁。小说者，极端之近世文学也，故其叙事之精详，议论之明爽，迥非他种书籍所及"。他在"繁"与"近世"（现代性）之间建立了必然的联系，"繁"是现代的、是精确细腻的表现、是新观念传播的必经途径。林纾的繁简则是纯粹的审美的，由于他的笔下不存在文言、白话的区别，所以在古文范畴内讲繁简与在文言白话之间讲繁简就不是一回事。林纾的繁简是量体裁衣，是对崇高题材与世俗题材采用不同的表现方法，但无论繁简，林纾的语言文字都具有充满张力的表达效果，这不是一般的古文家能够做到的。其实在林纾的心目中是无所谓繁简的，他1914年在北京的一次讲演中说："古文一道，本不能以一人之见，定为法律；一家之言，立为宗派；一先生之说，侈为嫡传"。这话虽然有对着章太炎而发的意思，但在各宗派之间折衷的确是林纾的与传统之间最主要的关系。当古文处于末世的时候，能够认识到这一点的还有他的志同道合者①，姚永朴对繁简就引用顾炎武的观点："辞主乎达，不论其繁与简也。繁简之论兴而文亡矣。《史记》之繁处，必胜于《汉书》之简处"②。他与林纾一样，都是在古文范畴内谈繁简，而出了这个范畴谈繁简，"繁"所指示的就不是古文了，姚永朴若是在这个意义上说"文（古文）亡"，倒是把握住历史的真实了。

　　林纾与章太炎都作古文，但他没有章太炎的古僻与坚硬，也没有后来徐枕亚那样的轻靡、纤弱；林纾的文字在《冤还灵光》中有近俗的一面，《巾帼阳秋》中则尤其能体现他的古雅的一面，然而在近俗的一面近的是世俗生活，而不像后来民国的旧派小说中的叙述主体的人格之俗。读林纾的小说，繁言简语中我们看见得最多的仍然是他的"君子"人格。他的小说出于表现各色人等的目的而不回避对话中的俗语，这虽然与古雅的文章风格相违背的，但我们能处处体会到文章的字里行间仍然是那个秉笔直书的君子风格。这正如他的朋友姚永朴所说："雅俗全在人品上分别，人品全在心源上分别"③。林纾的正人君子风格与传统道学几乎成了一体，而他的脾气又颇倔强，临到新文化运动一起，他的表现就很不能令人满意了。这时，他的古文对白话小说的现代化发展非但不能助成，直接成了障碍。

　　繁简也好，雅俗也罢，我们如果有暂时将他在古文与白话之争中的表现搁置一边的雅量，我们就应该承认林纾自著的古文小说对中国小说的现代化的发展是曾有过贡献的。说这样的话当然不是指他的小说的思想内容（全篇至此都是在谈他的文体，他的自著小说中的思想与他的翻译小说中的译序表达的有进步性的思想且不可同日而语）。周作人论述《中国新文学的源流》，讲到桐城派、提及林纾说："到吴汝纶、严复、林纾诸人起来，一方面介绍西洋文学，一方面介绍科学思想，于是曾国藩放大范围后的桐城派，慢慢便与新要兴起的文学接近起来了。……这次文学运动的开端，实际还是被

---

　　① 王遽常：《桐城姚仲实教授传》载，"往岁谒闽候林琴南孝廉纾，亟称今世治经传莫若桐城姚先生"。可见林纾对姚的尊重与意见相投。

　　② 顾炎武：《日知录》，周苏平、陈国庆点注，甘肃民族出版社1997年版，第853页。

　　③ 姚永朴：《文学研究法》，许振轩校点，黄山书社1989年版，第159页。

桐城派中的人物引起来的"①。具体到小说文体上，林纾的作用就更明显了，相信今天我们是有承认这个事实的勇气的。

最后要说的是，林纾自著的小说当时及后来都发生过较大影响，他曾切实地影响过旧派小说家的创作。民国以后的旧派小说，在文体的来源上大概有三种途径：其一，李伯元、吴趼人们的谴责小说的文体，特点是外在谨严的章回标题，内部却是一堆新闻（报章的、口头的）材料缺乏艺术性的组织；其二，林纾用古文来叙述当代历史及其他内容，却暗含着现代小说结构的文体；其三，词章派徐枕亚《玉梨魂》的哀感抒情的一派。我们现有的研究往往给了第三类以较大的注意，即"鸳鸯蝴蝶派"，而最大的忽略则在于林纾；我们的研究忽略文体而只论思想内容，只会将这数种小说笼统地对待，结果将中国小说现代化先导期内极为复杂的对象进行简单化的处理。小说作为一种语言文字的艺术类型，当然会受到种种既有的和新生观念与思潮的影响，但其价值仍在自身的独特性，文体正是这种独特性的集中体现，研究林纾小说的文体在古今中外的历史语境中的变化，研究创作主体在这个语境中的折衷选择，是找回中国小说历史发展中的重要的一环。这项工作的价值在于此。

按照中国文学的历史逻辑，林纾本应为中国小说发展中的一个重要环节，却因为五四以后的新文学小说直接承受了西方小说的影响而被悬置起来，只在旧派小说家那里被局部地珍视着。鲁迅的《狂人日记》之后，中国小说因与传统的脱节，在较长一段时期内都未出现像样的长篇小说，尤其是具有当代史意义的长篇小说，林纾们的传统悬在了半空，直到李劼人才出现了融合中西的新面貌的长篇历史小说。然而，林纾在十多年的时间里并未被所有人遗忘了，起码他的学生记得他，并继承着他的传统。在林纾的学生的作品中，我想提起这样一部小说，那就是"云间二雏"之一的姚鹓雏的《江左十年目睹记》（一名《龙套人语》）。该小说作于1929年，记民初至北伐以前的江南政治局面：军阀、官僚、省宪会的种种丑态，规模与意旨基本类于林纾《巾帼阳秋》，重褒贬彰瘅。这部小说在1984年根据柳亚子的三册手抄本重印。为什么柳亚子如此珍视这

---

① 关于林纾是否属于桐城派是有争议的，周作人提出的"放大范围后的桐城派"实际上是我们解决争议的最佳途径。

部小说？原因可能是多方面的，有朋友间的个人友谊因素（同为南社社员），有对历史存真的兴趣，另一重要的因素当是小说中传达出来的那种旧知识分子特别欣赏的"古雅"之美。姚鹓雏在旧派小说已经完全通俗化以后仍然坚持着这种古雅气息的风格。

对比一下林纾与姚鹓雏的文学主张，我们就可以清楚地看出那种一脉相传的师承关系。姚鹓雏在林纾去世五年之后写出这样一部有师承风范的小说来，说明了林纾的重褒贬的历史散文风格的叙事的生命力。在郑逸梅的《民国旧派小说名家小史·姚鹓雏》中，记述姚鹓雏的文学成就及主张："云间姚君鹓雏，文宗畏庐，而写情处婉约风华，如老树着花有余妍者，则虽畏庐亦有所不及也。……鹓雏出语往往隽永……云：人人意中所有之境，人人境中所遭之事，人人事后所留之影，无相似也；于是梦梦然胶粘于意境形三者中无能脱矣。又云：绝顶聪明之人，欲功名，天即予以功名；欲财色，天即予以财色；惟淡然无欲，天方予之以道"。他的意境形的理论在林纾的"意境"基础上有所发展，"形"的重视正好补充林纾过于简淡、少形象化描写之缺；其"梦梦然"的形象化过程十分传神地揭示了小说构思的特征。姚鹓雏与林纾师承之外的区别，更有"君子"人格之外带有"才子"特征，因而构成了"道"与"形象化"之间的微妙的艺术平衡，因此姚鹓雏即使如林纾一样地追求"道"，却没有林纾那样的卫道者的气息。

举姚鹓雏的例子，为的说明林纾小说文体恰曾在文学史上有过袅袅不息的余韵，他在中西雅俗之间的折衷是严肃认真的，是值得后人记取的。

（原载徐德明著《中国现代小说雅俗流变与整合》第三章，社会科学文献出版社，2000年版，收入本书时有改动）

从《春明外史》女主人公更替
看言情小说的转型

长篇章回小说《春明外史》是张恨水的成名作，"实际上是一部典型的社会言情小说"，在现代通俗小说中相当重要①。小说比较成功地糅合了"言情"与"社会"两个通俗小说文类。现代通俗社会小说的功能之一是通过连载方式即时叙述当下生活，《春明外史》对北洋政府时期的北京社会状况的反映是无可替代的。但既有的研究，对小说中占很大比重的言情内容认识不够充分，遗漏了对近现代言情流脉的考察。本文集中讨论小说中的"言情"内容，将其置于中国通俗小说的流变中，看它如何将晚清狭邪小说转向现代言情小说。这一转变的标志是言情故事中的女主人公身份的更替与转化，叙述主体也有保留地由才子向现代知识者逐步转移。

———

理解《春明外史》必先明白其结构。小说中女主角的人物更替是小说的显著特点，它在结构上不止意味着一个男人感情生活的赓续方式，更重要的是标志着中国现代通俗小说的主体演变。小说中女主角的更替不仅仅是结构内容的变化，同时也是小说作者社会认知的变化与男女情爱的社会结构的变迁。

晚清以降的通俗社会小说通常无结构，从吴趼人开始的报人小说往往在确定了起于何处、大致写什么内容之后，就依赖于层出不穷的事实连缀，信笔所之，在何处收束作结，常常不能预定。相比之下，晚清民初的另一类型的狭邪、言情小说却不缺乏基本线索，要么是大团圆，要么是悲剧性结局的完整结构。《春明外史》的结构

_____

① 范伯群：《中国现代通俗文学史（插图本）》中将《春明外史》作为张恨水成名作，《金粉世家》才是其代表作，《啼笑因缘》则是其标志性作品，北京大学出版社2007年版，第447~448页。

方式介于两者之间，因为作者心中有个谱，言情与社会小说的结构模式形成互补，有意避免结构的散漫。张恨水承认了这部小说取法讽刺与社会小说，而对狭邪、言情小说的影响则因时代关系而有所避讳："《春明外史》，本走的是《儒林外史》《官场现形记》这条路子。但我觉得这一类社会小说犯了个共同的毛病，说完一事，又递入一事，缺乏骨干的组织。因之我写《春明外史》的起初，我就先安排下一个主角，并安排下几个陪客。这样，说些社会的现象，又归到主角的故事，同时，也把主角的故事，发展到社会的现象上去。"① 这个主角当然是杨杏园，几个"陪客"中重要的是两个女性梨云和李冬青，她们的地位是"宾中之主"，实际上是女主角②。此外就是何剑尘、史科莲等一般朋友真正作为陪客出现。"主角的故事"没有阐明，其实就是与梨云、李冬青两个女主角之间的爱情故事。杨杏园与梨云的关系很纯洁，但仍应归属狭邪范畴；与李冬青则是才子佳人的言情与现代恋爱故事兼而有之。这两段情感纠葛在全书中有很重的分量与结构性的作用。

《春明外史》的连载时间很长，1924～1929年连载于北京《世界晚报》副刊《夜光》，共登载了57个月。小说始终是在社会与言情的变奏中展开，社会内容的铺展是以杨杏园为视点人物，基本是外在于主角杨杏园的生活，叙述是松散的，时时夹着讽刺的议论。激动着杨杏园情感主体的，是与两个女主角的情爱叙述，其间有明确连贯的线索。漫长的连载时间是作者的认知与情感充满变数的过程，张恨水面对读者，全书有无总体布置的不同说法，没有简单地认可与否定，只是强调："一时有一时之兴致，即一时有一时之手法"③。这"兴致"的表现重点不再像新闻记者一样及时地捕捉社会现象，因为若无重大历史事件的书写，"社会相"充其量只能是

① 张恨水：《写作生涯回忆·十五·关于〈春明外史〉（一）》，见张占国、魏守忠编《张恨水研究资料》，天津人民出版社1986年版，第33～34页。

② 张恨水在《我的小说过程》中另样的表述则是："我插进去几个主角来贯穿全局，……把这个法子说破，就是用作《红楼梦》的办法，来作《儒林外史》。"（见张占国、魏守忠编《张恨水研究资料》，天津人民出版社1986年版，第274页。）"几个主角"除了杨杏园，当然就是梨云、李冬青。《红楼梦》的办法侧重"言情"，《儒林外史》的结构正是无固定主角的"社会"。

③ 张恨水：《春明外史后序》，见张占国、魏守忠编《张恨水研究资料》，天津人民出版社1986年版，第232页。

"断烂朝报"，说得难听点便是一本流水账。小说开始的时候，表现出来的"兴致"在现代才子杨杏园与清纯雏妓梨云之间的才子佳人故事。这类小说，在晚清有狭邪兼才子佳人的《花月痕》，民初有鸳鸯蝴蝶的《玉梨魂》等，这等写法终难有所新创。于是张恨水在小说进展不到1/3时就对这段故事作出了结，梨云的一病而亡，叙述转向另一个端绪。这新启故事的"兴致"是人物在新旧之间进退维谷，心潮激荡演化为词章才情而非现代人的心理分析与展示。女主人公李冬青是学校中的女子，这是一个蜕旧变新的人物，她接受的是现代教育。杨杏园与李冬青的接触方式不再类同胡乱行走于北里而结识梨云，那是朋友圈子里的现代社交。这后一个言情故事，因李冬青的生理问题而必然陷入男女双方的心理矛盾，于是她以退为进地和杨杏园以兄妹相称。小说无法让爱情故事获得进展，第53回让李冬青回南方而暂时中断，第85回李冬青重到北京，杨杏园已经病入膏肓。这中间的二十多回书，除了以李冬青荐为自己替身的史科莲作为副笔（对杨杏园的生活几乎没有产生影响），基本上是以社会小说为重心。

总的说来，《春明外史》一旦涉及言情内容结构便紧凑，笔锋转向社会则结构松散。"言情"中有人，"社会"则只存在一些事实。如果按照老套的文学与人学的关系理解《春明外史》，我们应该更重视小说中的言情内容。

二

中国的"青楼梦"的梦幻情色想象止于现代，《春明外史》中的梨云是一个终结；如果有值得讨论的，那就是郁达夫式的"颓废"。因为古代女子生活的不自由，中国传统小说中的恋爱，大多集中在风月场合。唐代传奇中的恋爱的女主角，往往在北里，至晚清就演化形成了"狭邪"小说的大宗。中国小说由晚清进入现代，才渐渐地转入良家女子，但是狭邪一路还有逐渐萎缩的市场，连翻译小说《茶花女》也有末代兴衰的印迹。

封建时代男人出入平康的传统，在历代小说中一直被演绎为各色人等的故事，张恨水写《春明外史》，开始时还是不能摆脱小说沿此路径的惯性。杨杏园的两段情爱生活的叙述，就难以摆脱《花月痕》的美学风范①。鲁迅评《花月痕》"其书虽不全写狭邪，顾与伎人特有关涉，隐现全书中，配以名士，亦如才子佳人小说定式。"进而鲁迅又指出《花月痕》的修辞美学的特点："行文亦惟以缠绵为主，但时复有悲凉哀怨之笔，交错其间，欲于欢笑之时，并见黯然之色，而诗词简启，充塞书中，文饰既繁，情致转晦。"②《花月痕》中的韦痴珠与秋痕的词章游戏与爱情悲剧是《春明外史》先声，梨云死后，杨杏园向朋友何剑尘解释："那和张船山梅花诗的八首本事诗，我是完全仿《花月痕》的意思。"杨杏园与梨云的交往，因她原本不识字，所以无多文饰，悲凉哀怨却是主要情调，梨云的收场足当哀感顽艳；杨杏园与李冬青却是旗鼓相当的文字对手，诗词往还，展现的其实是张恨水的词章家本色。

文人涉足北里、青楼由来已久，晚清民初则随都市与物质进化而弥新。晚清妓女俨然是社交界明星，清末狭邪小说中的上海长三堂子，每逢夜晚都有诸般男人混迹其间，朋友、同事、同僚、生意伙伴之外，如果没有相好的倌人，男人在场面上是不成功的。写民国年间的《春明外史》，杨杏园侪辈出入胡同除了一点儿文人的积习，更出于新闻访员的职司，他们甚至探勘富家女人俱乐部乃至日本妓女的艳窟，但是胡同里、班子中的妓女在小说中已经不再是明星，男人也不是《九尾龟》中的章秋谷之流。不让寄托自己理想情操的男主人公因混迹于胡同而降低人格，这不仅与张恨水"重气节，最富正义感，最爱惜羽毛"③的生活价值观一致，更因为新时代的价值观不同了。

杨杏园有人情关怀与洁癖，他对享名的红妓女不感兴趣，兴致在出污泥而不染的清倌人，雏妓梨云便成了《春明外史》初期的女主角，杨杏园和她有一段悱恻缠绵爱情。清倌人是狭邪场合中的清醇与纯情，梨云代表着妓家真情的绝唱。《春明外史》中八大胡同中

---

① 张恨水自从开始写小说，就受《花月痕》影响，他在《我的小说过程》中说二十二岁时，"作了好几部小说，一是章回体的《青衫旧》，体裁大致像《花月痕》，夹着许多词章，但是谈青年失学失业的苦闷，一托之于吟风弄月，并不谈冶游。"见张占国、魏守忠编《张恨水研究资料》，天津人民出版社1986年版，第272页。

② 鲁迅：《中国小说史略》，江苏文艺出版社2007年版，第203～204页。

③ 老舍：《一点点认识》，见《老舍文集》第14卷，人民文学出版社1989年版，第263页。

的妓女交际是受限制的，除非被军人叫条子，她们走出胡同的经验很少；显宦们的兴趣中心更多地集中在走红的优伶身上。妓女身体属于妓院中的老鸨，她们接客只是充当老鸨的赚钱工具，其"花"的性别色彩是有钱人的消遣游戏的装饰。作为色欲与伎艺的消费品，她们生命中的青春光艳只有四五年，渐次消减了生命力而黯然收场是她们共同的结局，从良的机遇又是那样难逢。民国年间的青楼，比之晚清是每下愈况。

梨云与杨杏园的交往，《春明外史》第一回两人结识，不过一年时间（第二十二回）梨云便生病早亡。一个十五六岁的不自由的女孩，家在苏州的而身为讨人，身体属于鸨母无锡老三。鸨母对她严加督管监视，唯恐她轻易失去可供"点大蜡烛"的本钱。梨云入世尚浅，对未来的生活有一份憧憬，隐隐地寄希望于杨杏园。因为这个才子既有才情而又善于体解人意，更不会胡闹。杨杏园教梨云识字，打开了她的心灵自由的空间。梨云暑天私下托人送西瓜慰问，担着被无锡老三惩罚的风险来会馆探病，让杨杏园相信她的真情。单纯的梨云只有和杨杏园在一起时才能真切地感受自由放任，在杨杏园请吃饭时她才可以痛痛快快地吃一餐，她表白"我说的痛快，不是要多吃东西，说的是没有人管，我要自由自在的吃一餐。"梨云比起《花月痕》中的秋痕要纯洁得多，后者对痴珠撒娇，不许他学元稹（第16回《定香榭两美侍华筵梦游仙七言联雅句》），虽然是不失文雅地表达爱意，却也显示出风月惯熟。梨云只是一个天真的女孩子。

杨杏园与梨云摆脱不了历来书生青楼恋爱的限制：妓女是不自由的，书生是没有钱财的。梨云与杨杏园的交际注定是悲哀结局，杨杏园无法保证她长久地享受这种自由，他承担不起给倌人赎身的经济代价。梨云病逝的叙述前提之一是经济。梨云和杨杏园之间的旧式才子佳人恋情的文学地位必须让出，她给中国式的青楼恋情画上了一个句号。

三

杨杏园与李冬青的关系，不是在梨云之后与另一女子重演情爱故事。两个女子的文化身份有很大差别，这并非设计成妓家与良家的对照，而是一种历史人物类型退出文字情色想象的空间，让另一类新兴人物登场。梨云虽然清纯，但是身份印记毕竟是妓女，这种文字的展开跳不出前现代青楼想象的轨道，现代生活逼迫着张恨水改弦易辙，他只能换一个角色登场———一个女学生李冬青。

李冬青家道略有根底（在南方有些薄产），所以她才能和母亲弟弟一道在京城读书、生活。读书之余，为补给生活费用，她也充当开明家庭的主妇的西席并备受尊重。在何家的地位也是一个重要的标志，她是一个女学生，更是一个端庄稳重的"女先生"，这不同于个性解放的青年女学生，更完全不同于青楼历史上"校书"意义的"先生"，而是一个携带传统道德的女性现代知识主体。正是因着教何剑尘夫人读书，李冬青才进入了杨杏园朋友们的交际圈子。她与杨杏园不逾规矩地自由交往，由友情而心生爱意，受生理限制又退回到兄妹之谊。仔细衡量这段情感纠葛，自始至终都不是五四式的个性解放，不含有任何冲破家庭束缚的意识形态理念。让他们彼此吸引、进而建构情谊的基础，是寄托于才子式的文字因缘与相对宽松的社会环境。杨杏园有传统才子的素养，更擅词章；李冬青可算是一个女杨杏园，她的词章工夫不在其下。二人能够心心相印，多是才子的惺惺相惜。所以这二人的真实身份是经历过知识结构改良，具有一定的介入现代生活能力，却在内心保持着某种道德操守的，亦新亦旧的才子与读书人。他们不是五四知识分子，所以他们的恋爱结局便不是《伤逝》式的对中国女性生活的深深反省，而是不脱传统哀感顽艳美学风格的悼亡。

《春明外史》全书86回，第22回梨云的故事结束，便用李冬青作为女主人公。第23回，杨杏园首先是做了一回李冬青的读者，未见其人先睹其诗文。他所住会馆中的邻人请教读诗，拿来两本木刻本的《花间集》，内中附纸有"冬青"印记的跋文一段，阅后感受"竟是一篇六朝小品，好清丽的文字"，猜测"一定还是几十年前的大家闺秀"，书上圈点之处，都是些哀感的句子，更推论"一定是个伤心人……也是个女词章家了"。读到后来，又见到两首绝句，感慨"这样的女子著作，我还不多见呢。"张恨水为李冬青出场所作的铺垫比之梨云大不同，性情、才学、不同流俗的古雅风韵的暗示，给读者以很大的想象空间，造成阅读的悬念，可见张恨水全力写此人物的用意。

张恨水关于两个词章家的接触，叙述得处处合"礼"。在何家门口惊鸿一瞥，然后进一步在陶然亭见到何剑尘夫人陪李冬青与她的母亲李老太太游园，彼此正式见面，而且有母亲见证。杨杏园春日游万牲园，无意间邂逅李冬青姐弟，一同观赏杏花，便有了请教诗作的文字应酬的开端，文字酬简从此渐密。第29回一起观赏杏花以后，杨杏园步张船山原韵作八首杏花诗赠李冬青阅。读到情真处，李冬青感叹"冠盖满京华，斯人独憔悴。"杨杏园看李冬青："这人虽然是个女学生，完全是个旧式女子"（31回）。心曲相通而相互关切，爱情基于诗情，古雅之美使他们两人相互吸引。

李冬青与杨杏园的社交与恋爱，历经文字为媒、陶然亭巧遇、万牲园同观杏花、传诗酬简、给李母拜寿、因杨杏园为人家西席而迁居为邻、兄妹相称、荐女代嫁，进一步退两步，始终语不涉情乱，行不逾矩。现代社会男女平等的交际方式中仍然贯彻有不逾礼俗的传统意识，这就是20世纪20年代张恨水的意识与男女恋爱尺度。在这个尺度下，他们的恋情表达的过程大都系于词章文字交，这个交往终止于生死存亡，李冬青祭杨杏园的长篇悼文堪称绝妙好词，全然不是现代青年恋爱与情感的表达方式。这种叙述完全基于张恨水的好弄词章的文人习性，他在叙述中将词章家的身份分别投射到杨杏园与李冬青身上。李冬青是一个自己终止了学业的学生，在张恨水眼中，李冬青从学校已经无可学，因为学校中的女学生的行为举止（学校也是小说中社会讽刺的对象）根本不入他的法眼，李冬青是一个高不可及的女学生范本。其实，张恨水自知这个女子仿佛是几十年前的人物，她是想象中的大家闺秀，而大家闺秀是礼俗陶冶与锻炼出来的。张恨水对女学生的期待与理解，是让传统"士"与"才子"的精神气节渗透于女性人格。他对现代知识结构与人格构成关系的了解与表现几乎是空白，只是将一己所好的意蕴注入李冬青身躯，确立一个近乎女君子的行为准则。仅凭这一点，就不能有一个自由恋爱走向婚姻的逻辑。李冬青不遂人愿，原因在于叙述主体对现代婚姻不乐观，她的暗疾与杨杏园的病故是客观的原因，也许连张恨水都未必自觉，这是一种新时代的旧悲剧的文化隐喻。李冬青的暗疾隐喻指向新旧双重身份（佳人/女学生）的内在化的冲突，小说家无法进入其精神与心理，就靠隐喻负载的象征意味来弥补与平衡。

《春明外史》从梨云到李冬青的叙述，不仅仅是小说女主角的置换，更重要的是社交身份的交接。梨云的陨落，未始不是女性传统的色艺交际方式的自然退场，取而代之的必定是一种现代身份地位的人物，这就是围绕着李冬青的女学生的社交圈。但是对这个圈子，张恨水有所保留。因为出现在社交场合中的多是富贵人家的女子，又在现代教育中获得女学生的特殊身份，一时间既成了令人侧目的"新人类"，也是风头正健的摩登人物。社交场合也转移到大饭店、游乐场与中山公园之类的地点。在延续5年的写作与刊载中，《春明外史》对女学生社交生活的叙述语调因对象不同而犹疑多变：或讥讽、或赞誉、或堂皇地肯定。因女学生的个体身份的斑驳，叙述者讥讽的语调常常认同于市民式的保守；缘才子性情与独立处世的品格，叙述者的语调近乎杨杏园的心声。尽管张恨水叙述李冬青式的女学生一往情深，其实她是新人旧"学问"而内涵才子素质，是一种相对单纯的蜕旧变新的过渡。

我们的结论是：《春明外史》的言情价值或大于讽刺暴露社会，它产生的同时，新文学小说的社会批判比单纯的谴责暴露更深刻，但是现代爱情小说的价值并不能掩盖古今演变与转型中的言情。张恨水从狭邪到现代才子的恋爱叙述有新文学不可替代的价值与作用，梨云与李冬青的主角更替的标志性作用正在于此。

（此文为作者参加2011年5月"新时期张恨水研究"国际学术研讨会的论文）

现代大众小说：新旧小说的流变与整合

我提出中国现代大众小说的概念。它是在系统思想的指导下，根据20世纪30、40年代中国小说的现代大众特征，追溯20世纪小说在中西传统交汇的背景上，新旧两派小说对峙、交融、衍生，最终整合成现代大众小说的过程。进而阐释"现代"与"大众"的特质与结合方式，以期获得现代小说史的新的建构模式。

依我看，中国小说系统在20世纪上半叶应包含三个子系统：旧派小说系统、新文学小说系统、现代大众小说系统。后者是前二者流变、整合的自然结果，它是中国小说几十年在外来传统与本土传统的对峙、交融中所取的必然的会通之路。

20世纪前50年的中国政治急剧震荡、精神意识激烈变动，它相当程度地构成了小说的系统环境，并影响着小说的系统编码。三个子系统因不同的宗旨、时代意识内容、文化价值标准和审美风貌相区别，并在不同时期占据主流地位，大致为：其一，19世纪初到"五四"前是"旧派小说主流时期"；其二，"五四"到20世纪30年代中，"旧派小说和新文学小说对峙、衍生时期"；其三，前期对峙中的交融与会通，衍生出抗战前到20世纪40年代末的"现代大众小说主流时期"。按现代传统理论，传统在现实中的延续与演变形式大致为："增添"、"冲突—融合"、在一个普泛性新中心主题下形成新的范型。中国古代小说传统，在20世纪延续的表现形式就是"旧派小说"，西方小说的传统在中国表现为"新文学小说"，两个传统之间的关系正印证着这样的发展规律。这一演变形式也恰与三个主流时期相吻合。

—

　　旧派小说在一定历史阶段的主流地位是无法否认的。

　　旧派小说（或称旧派通俗小说）的系统概念大于"鸳鸯蝴蝶派"的流派概念。它的外延包括五十年里所有以传统方法为主的作家及其写出的具有一定文学性的小说作品。它具有复杂而又丰富的内涵：直承传统文化与小说余绪，又受清末改良维新的文化影响，在非自主性选择中接触到西方以二三流作品为主的小说，于是对传统做法进行点点滴滴的改良；小说的主体特征是，在参差不齐的"经史"基础上的"才子型"人格，并随时代发展而由诗酒风流式才子向洋场才子过渡，作品内容也以现代都市为主，一边风流自赏又自伤，一边绘世又愤世、骂世，一边自命脱俗又媚俗；作者的价值标准以世俗描述性价值标准为主，又因为作者世界观的多元认同而间以封建士大夫与新文化价值的一些杂糅；审美方式以表象化、风俗性、模式化为主要特征；作者与读者之间的关系既是宣诚式的，又提供消遣娱乐，读者与作品的关系是直接沟通，不需要或很少要进行艺术的译解，因上述几个特点而决定其通俗倾向。

　　旧派小说主流时期，是小说史上"繁荣""全盛"时期。它直承古代传统的小说类型，又根据清末民初的系统环境的需要而有所改良丰富，有着良好的读者基础。其和缓的政治、道德意识的改良与市民的精神发展基本和谐，客观上成为下一阶段的文学革命的先导；到新文化运动前，它的改良主义色彩已被消遣游戏所掩，部分作品的娱乐特征与刊物的商业气息都带上了浓厚的通俗色彩。无论怎样，它延续五十年的生命在这一阶段最具独立的系统特征，"增添"所赋予它的外部系统环境与内在的艺术编码的变化也有着不容忽视的价值。

　　民国前后的两个十年里，旧派小说作者群起，报刊作品有声有色。从而，形成了颇有声势的通俗文学的潮流。这期间京、津与沪、苏各聚集着一群小说作家，而又以后者的阵容蔚为壮观，来自苏州、扬州、南部沿海及湖南等地，名家济济一堂。李伯元、吴趼人、林纾与"五虎将"（徐枕亚、李涵秋、包天笑、周瘦鹃、张恨水）们在小说史上留下抹不去的成绩。林纾的小说创作也许不足以在历史上占据地位，但他对整个旧派小说起了不可忽略的影响①。刊物有清末的四大小说杂志《新小说》《绣像小说》《月月小说》《小说林》，其后著名的有《小说时报》《小说月报》《小说大观》《民权素》《礼拜六》，这时的杂志仍以同人刊物为主，只有个别的体现一些商业色彩。新文化运动前的刊物上登载的几乎都是旧派小说。报纸连载小说虽有更久的历史，但成为风气还是在民初，《玉梨魂》《广陵潮》及稍后的《人间地狱》《歇浦潮》都是通过报纸形成巨大影响的。旧派小说家们虽然常常又是报人，但还是迈开了小说专业化的进程的步子。专门刊物与娱乐兼载小说的杂志形式一直是此后三十年中国都市小说传播的媒体方式。不可否认，这是小说生态现代化的标志之一，也是古典小说传统步入现代在系统环境上的"增添"方式。

旧派小说无论长短篇都在这一阶段进行着改良，是"增添"的另一种方式。

短篇的意识内容与形式改良是不应轻忽的成就。包天笑的民前小说《秋星阁笔记》文体虽是笔记，但还是通过人生的失误与愧悔表现了破除迷信与探讨婚姻问题的现代主题；民国以后的小说白话短篇《在夹层里》《沧州道中》便是典型的现代技法了。徐卓呆的《入场券》《买路钱》称得上是"人生有意义的片段"。他的文明剧式的滑稽是一贯的特色，场面描写也能代表吴趼人、陈景韩们的努力。周瘦鹃偏擅"中西合掺"。应该承认，民初前后的短篇小说是很可喜的开端，所增添的艺术成分使它一定程度地脱离着古典的传统形式。

"五四"前确有许多短篇小说够得上是现代的结构、富于人道主义的同情心。鲁迅的《怀旧》、叶圣陶文言小说中的许多篇、刘半农的几个短篇，都是这样的作品。若没有这一基础，他们的新文学创作恐怕难以有那么高的起点。而当时他们的作法、意图并未超出恽铁樵《工人小史》、俞天愤《卖菜儿》多少。苏曼殊"自哀"与"流

---

① 旧派小说家中一批人是他的弟子，如"云间二雏"等；其翻译作品给"婚恋"言情小说既增添了异质又起着导向作用；其混同西方小说与中国经史的小说观念规定了相当数量的旧派社会小说、历史小说的创作。

浪"双重主题的言情体，不仅在旧派中独标一格，而且是"五四"身边小说的先兆。他已将"灵的成分灌注到了自己的作品中"。这一切都是十几年来西方思想、翻译小说逐渐渗透的结果。毕倚虹的《北里婴儿》结尾的人道精神的震撼力在一般新文学作家那里也是少见的。后来包天笑的《烟篷》所表达的欲说还休的情结，个中深味不是一般人能以白描出之的。旧派小说有资格列入现代小说系统，在"五四"新文学以前体现出一些现代特征，一定程度在于短篇小说。

长篇小说普遍关注社会现实与一般人的婚恋问题也是小说系统内在的一种新的态度。社会小说《广陵潮》不同于谴责小说，也不像后来都市社会相集览的长篇作品。李涵秋不离丰富细腻的世俗人生，又有把握社会历史大局的气魄。民初前后的长篇言情小说为数甚多，吴趼人的《恨海》为始作俑者，徐枕亚的《玉梨魂》代表着最高成就。《玉梨魂》文体走极端，不同章回而用诗骚，暗里却把西方小说的手法用得不露痕迹，但终究不是小说的坦途。它的故事可概括为"恋爱＋革命"，它当时的风靡不在一般大众而在青年读书人。它与旧派"俗"的总体倾向很不类似，才子佳人的俗套而外，新进的时代意识与古雅的文笔取得了奇妙的平衡！它创造了一代读小说的知识青年，并散布着久久不散的感伤氛围，要等创造社的小说来取代。

借科学之由，循公案之绪，程小青成功地移植了侦探小说。侦探小说是外来的通俗小说形式，技术是现代的，目的却是娱乐。形式虽新，由于与"人生"的关涉有限，一直未被纳入新文学。

旧派小说的种种"增添"方式，性质只是改良，而且限于点点滴滴，但客观上已在两个传统之间建立了联系。虽然它接着就与新文学产生了对峙，然而正是有了这样的基础，才能在对峙中有会通，衍生出新的系统特质。

二

新文学运动完整地引进了西方小说传统，也揭开了现代史上小说的两个传统冲突—融合的一页，可称之为"对立衍生"的过程。

在与世界文化的交流中，对立衍生"不仅是个过程，而且具有中国小说发展的基本模式的意义。它能代表世界格局中的中国小说的发展方向。

"对立衍生"的模式包孕着丰富的原理与事实。新文学小说在与世界的交流中引进了先锋探索的意识、文体，和本土的旧有小说的缓慢的应变特征构成两极对立。新旧小说各持不同价值标准，难以沟通对话。旧派小说主流时期，林纾曾老大自居地将外国小说纳入我国的文史规范，以"娱读"达到了消解对立的效果，可那是一种自欺行为。新旧派对峙在小说系统内部创造了一个亟待填补的空间，就是这个空间为现代大众小说系统的衍生、变化、发展提供了可能。在这个空间里，现代小说家掌握着两个传统，可以自由地将它们以各种方式进行融合，不同程度地创造出自己理想的现代大众小说来。中国现代小说之所以在世界文学引进后有异样的成就，并非单纯地由哪个传统派生出来，而是在两个并存、对立、冲突、融合的传统间衍生的。所以，我们要客观评价20世纪20年代新旧派小说的对峙双方的历史作用和对峙产生的影响。第一，不该简单地把旧派小说当作文学发展的障碍加以抨击，它是当时文学的客观实在与本土基础，没有它对新文学外来传统小说的抵触，无从形成小说大众化的反思。第二，认为中国小说仅仅在"五四"基础上发展到后来的模样，只是一种受意识形态支配的一厢情愿与力求简单化的文学史思路。"五四"时期，虽有鲁迅的小说空前绝后的思想，郁达夫震惊世俗的情感表达方式，但由他们的新文学传统无法派生出张爱玲的小说。第三，对峙会引起双方攻击对方弱点，也会让置身阵外的人在比较中更为看清双方的优点，让后起之秀分别汲取，获取更丰富的营养。20世纪40年代出现的现代大众小说家中有不少这样的人。第四，新文学小说的思想艺术的强大生机与旧派小说的广泛基础是各自的强项，对峙暗示那些不闹阵营意气的作家去汇合双方的优点，扬长避短。第五，没有新旧两派的先锋与世俗层次的鲜明对照，就不会激发现代大众化小说的雅俗共赏的整合。总而言之，对峙提供了中国现代小说发展的良机，"衍生"意味着对中国小说历史的丰富、变化。"对立衍生"的历史发展模式是个自然合理、无法否认的模式。

对这个模式，我们还须证之以历史阶段的发展史实。这一时期的新旧对峙与现代大众因素的衍生又可分为两个阶段。"五四"到20世纪20年代末的完全的对峙，特点是泾渭分明，这是第一阶段；20世纪20年代末到20世纪30年代中是对峙中有衍生，两个系统复杂化交融，是第二阶段。

三

第一阶段："对峙"期。

新文学小说在对峙阶段呈现出这样一些与旧派小说的对照特点：

一、意识上的对立与目的、价值的不相容。从《狂人日记》开始的新文学小说系统的激进的民主意识与旧派系统一半改良、一半残留的封建意识无法相容，理想的"人的文学"的价值规范与旧派小说的以生活元素构成的描述性价值标准又是对立的，周作人直接称之为"非人的文学"。鲁迅将精神界战士的意识、品质深深地烙印在新文学小说的系统密码里。文学研究会强调"将文艺当作高兴时的游戏或失意时的消遣的时候，现在已过去了"，完全否定了旧派小说的娱乐功能，意味着要终止以这一功能为主的大多数旧派小说的生命。新文学小说系统的诞生，标志着旧派小说一统天下的局面结束了。

二、刊物阵地的对立。改组后的《小说月报》成了新文学小说的主阵地，它体现了前此任何旧派小说杂志没有宏阔视野、开拓性的学术气息和翻译世界名著的典范性。而商务印书馆为维持旧读者办的《小说世界》、复刊的《礼拜六》、新创刊的《红杂志》及一批其他刊物与小报①仍自发表着为一般大众接受的旧派小说。《小说月报》上的作品则体现着清醒的文学的自我意识，小说有明确的社会目的，不再是游戏，也不再是历史的附庸。20世纪20年代中期以后，鲁迅以外的小说大家都在《小说月报》上亮了相，老舍、茅盾、丁玲、沈从文和巴金的成名作都发表于此。

三、艺术参照体系的不可对话性，系统编码无法通译。新文学

---

① 据郑逸梅《民国旧派文艺期刊丛话》统计，民国初及20年代的旧派刊物有80多种。

小说的作者所操作的话语系统只属于知识分子，无法为大众接纳。上述《小说月报》发展的小说风貌与旧派小说相去甚远，意识内容之外，选取题材、叙述方式、语言表达和艺术趣味也是判然两样，艺术形式的隔膜与作者们对人生的意义的发掘都足以让当时的一般读者望而却步。这就决定了它的接受者大都是知识阶层的人，而不包括世俗大众。新、旧小说的作者阵营、读者对象都不一样，自然地形成了一种壁垒。它的消除必有几个前提：一有待于新文学在创造自身时创造读者大众，一有待于教育相对普及、大众文化素质有所提高，也有待于新文学走出先锋文体的狭窄领域，有待于旧派小说在新文艺思潮的影响下继续其点滴地改良。这个过程延续了近20年。完全消除则是不可能的，小说创作中总是有探索的先锋。

四、生活审美内容的异向归趋。即使是同样的材料，新文学要发掘人生价值、社会意义，旧派小说却看重趣味及风俗人情；旧派小说家同俗，甚至媚俗，新文学作者常常有自恋倾向；旧派小说家写婚恋题材风流才子式的多愁善感，创造社的才子们却是浪漫主义、表现主义的个性解放与苦闷。

五、作品量与精神地位的反差。20世纪20年代新文学小说在数量上没法与旧派小说比，但却占据着精神界的主导地位和代表了当时的艺术成就。造成这样反差的原因，其一是新文学小说对当代社会发展有影响。旧派小说一般的以游戏消遣为主，严肃点的以短篇响应一下时代，长篇只当作野史来写。其二是旧派作者提供给社会的作品即使写当代生活，也缺乏"当代性"，他们总是用过去的眼光看当代的生活，没法传达出时代精神。

旧派小说在对峙中的应对策略是通过传播与时尚来吸引大众，做法为：

一、利用传播优势与文化消费的生产机制，助成流行。20世纪20年代的旧派小说因与新闻出版业的密切配合而愈加通俗化[①]。小说的连载在各种报刊上普遍出现。出版商随时窥测阅读消费的动向，不失时机地制造与顺应潮流。作者与报刊、出版商之间于友情捧场、助成局面外，形成了供给与生产互惠的关系，稿费制度已建

① 期刊影响较大的有：《半月》《紫罗兰》《良友》《星期》《红杂志》《红玫瑰》《小说世界》；报纸副刊影响大的有《申报·自由谈》《新闻报·快活林》；小报则有《晶报》《金刚钻报》。

立。连台本戏、电影改编，将文字的读本变成了可视的动作与影像，造成了通俗流行的时代潮流。西方工业化社会的大众传播方式、文化生产与消费机制已在现代中国生根，此后由"海派"与其他文化力量培育成长。

二、调整、调和类型结构和内容，增强吸引力。这一时期"言情"开始与"社会"小说合流，多采用语体。张恨水取代了徐枕亚们的地位。《春明外史》是社会言情合二而一，《金粉世家》则在大家族生活中描写言情内容。两部言情小说在报上连载了好几年，均引起轰动。20世纪20年代末《啼笑姻缘》在《快活林》上连载，轰动了上海滩，张恨水驰誉南北，成了作品最畅销的作家。这时的言情已可用"恋爱"二字代替了，张恨水的女主人公的身份多有了一定的解放、社交自由，以表示追随时代。梨云式的青楼情已让位于李冬青式的知书识礼的女学生恋爱，冷清秋以女中学生的身份唱起了与世家公子恋爱婚姻戏的主角，沈凤喜由鼓姬变成女学生去演那打破阶级观念的几角恋爱。毕倚虹《人间地狱》中的妓女利用法律，为脱离老鸨、获得自由而努力。

三、以社会、侦探小说紧跟现代都市生活节奏，揭露黑幕，投合都市大众口味。20世纪20年代的社会小说仍然很有声势，并树立了都市通俗社会长篇的典范。《歇浦潮》的影响不下于《广陵潮》，虽然没有后者的庞大布局，但都市生活的独特内容，在上海及其经济、文化辐射区域内的市民中形成了极大的吸引力。作者能够将市民们了解不全、看不清楚的身边生活活灵活现地展示眼前，这也可以说是"黑幕"，但它被形象地有机组织到复杂的长篇结构中。黑幕的价值，或许主要不在文学，而在社会学、风俗文化史，象朱瘦菊那样组织得有匠心的很少见。相似作品有《上海春秋》《人海潮》，这些社会小说几乎可以改称"世相小说"。

侦探小说的地位因一系列"中国的福尔摩斯"的走俏而得到巩固。"程小青以霍桑探案驰誉，陆澹安却以李飞探案著名，孙了红更有东方亚森罗苹……"形成了侦探小说热[①]。读者中除了着迷于福尔摩斯，也着迷于霍桑。侦探小说是舶来品，在欧洲也属通俗文

①郑逸梅：《民国旧派文艺期刊丛话·侦探世界》，见《郑逸梅选集（第6卷）》，黑龙江人民出版社2001年版，第466页。

学。程小青的成功，说明中国旧派小说也善于从环境中吸收现代营养，但面临价值系统的差异时，则裹足不前了。侦探小说较少面对人的价值的问题，因而在旧派中最近于欧美小说的写法。通俗作品门类的世界沟通比代表文化价值方面的作品容易得多，后来孙了红在写作技巧上几乎与新文学小说没有什么差别。

四、最奏效的竞争是发展现代武侠小说。向恺然《江湖奇侠传》一出，群起效尤，武侠小说红透了半边天。北方武侠小说最有成就的是赵焕亭，他与平江不肖生并称"南向北赵"，《奇侠精忠传》《英雄走国记》都负盛名。武侠小说以"侠"而言，它有超凡脱俗的品质；就"武"而论，又拘泥于技；小说中的武侠英雄又都是世俗化的。如果说阅读言情小说寻求共鸣是爱情生活高度压抑的国人的替代行为，那么读武侠小说恰是积弱国民的另一种发泄。这都是弗洛伊德所强调的人的两种基本本能。为什么20世纪40年代在日本侵略者统治的华北出现那么多武侠小说家，这应该是答案之一。

姚民哀开创了空前绝后的"会党小说"。《四海群龙记》等给人们创造了一个由血腥、强悍、特殊的道义、势力构成的奇异世界。江湖上的种种帮规、切口、道义，真人真事为原型，叙述语气信实、真切、栩栩如生，加上各篇之间的连环格局，让你不得不信这是一个真实的世界。他把水浒寨搬到人们的身边，写出了一种奇异而动人心魄的人生。

冲突提醒双方保持清醒的自我意识，谋求发展，巩固自己的营垒。新文学小说在知识阶层获得了成功，旧派小说在点滴的改良的过程中更好地满足了大众的文化消费需要，鲁迅给母亲寄张恨水、程瞻庐的小说能说明这一点。

四

第二阶段："衍生"期。

"衍生"是两个传统冲突—融合的过程，在交互变化中产生新质。20世纪20年代末、20世纪30年代初，对峙仍在延续，但双方的态度都有了变化，很快就转入了现代大众小说的衍生期。随着小说作品中衍生出来的各种现代大众表征愈益明显，到抗战前，一个现代大众化小说系统整合的趋势已非常明朗了。这一过程是很复杂的，包括理论、创作两方面的多种动因。理论上主要是"大众化"的讨论；创作则有新旧雅俗双方向过去对垒时的空阔地带的挺进，随之出现的复杂融合的现象，表现为雅俗"双向位移"的种种迹象、小说家群体的盛衰、第三种力量的切入、小说大家在融合（包括冲突）中的独特方式。

一、"大众化"讨论成了新的系统衍生的理论动因。此时，新文学小说家已由对峙中的"高蹈"、雄视的态度变为积极去争取森严壁垒间的空阔地带。1930年始，新文学阵营有了持续四年的"文艺大众化问题"的讨论。与多数的讨论一样，大家并没有共同的理论规范。而就"大众语"发表的意见，实际上掩藏着"知识分子叙述话语"与"大众叙述话语"的分歧，至今人们很少给予注意。左翼的瞿秋白则发现，旧派善于改良旧式大众文艺的体裁，易为大众接受，新文学小说家必须向"大众化"方向努力。讨论也刺激着圈外的旧派小说家向"现代"靠拢。

二、新旧系统的对垒中，个别力量在向中间地带的扩张中接纳了对方的特点，出现了"双向位移"的迹象。迹象之一是刊物的壁垒森严局面被打破了。20世纪20年代的新文学人物是不屑在旧派刊物上发表作品的。20世纪30年代，老舍的一些短篇小说就发表在《良友》上。叶灵凤是新文学小说在现代派以前的先锋作家，可也有大众化的中篇《时代姑娘》《未完忏悔录》连载于旧派的《时事新报·青光》副刊。迹象之二是两个对立系统内的有影响的作家写出了体现对方特色的作品，这就是"二张现象"。20世纪20年代中期开始，张资平逐渐滑离新文学的价值体系，《苔莉》《最后的幸福》等显示出一条渐趋世俗化的轨迹。20世纪30年代初，他已成为通俗的三角恋爱模式专家，《北极圈里的王国》则以世俗的态度去致力于性爱表现，一些作品发表在旧派的专门期刊上。他的小说成了西方文学的技巧，言情的内容情节，冲决道德约束的本能的三位一体。他和张恨水是学生时代张爱玲们的流行读物。张恨水是旧派小说在20世纪30年代的中坚，《啼笑姻缘》表明他是旧派中最讲究长篇结构的，已基本摆脱了旧派传统中的《儒林外史》式结构与新闻"编辑"式体制。在他最为走红的时候，旧派的骨架里已经有了不少新的血肉。表现一二·八题材的小说集《弯弓集》开始了他抗战小说的历程，在追随时代方面、结构技术上，他都不逊于新文学小说家。

三、在对峙系统的复杂融合中，作家群体的态度与盛衰发生着变化。

新旧系统的融合的特点是此长彼消。新文学小说家的队伍日益壮大，无论京派、海派都发生了重大影响。旧派小说家在一二·八国难中也曾振作过，程瞻庐、顾明道、汪仲贤、徐卓呆都写了小说来反映这一事变。但整个旧派小说从20世纪30年代走下坡路，作家与刊物的影响都今非昔比。主要有下述原因：一是民初作家搁笔，像包天笑那样写到20世纪40年代的极少，北方的后起之秀还刚刚露头。二是通俗时尚难以持续，民初的哀情、20世纪20年代的武侠的潮涌已退下滩去，张恨水的新式言情到《啼笑姻缘》也高潮难继。三是都市商业性文学生产机制破坏旧派作家的责任感，粗制滥造、影射谩骂。四是出版阵地减少。标志是黎烈文替代周瘦鹃主持《申报·自由谈》。虽然周瘦鹃又办了《春秋》，影响却差多了。20世纪30年代初到抗战，旧派期刊只有数种。五是旧派小说家在改良过程中向新文学靠拢。张恨水、徐卓呆、汪仲贤一直处在新旧边缘上，他们与张资平在双向运动中会了面。

与旧派阵营的萎缩相反，20世纪30年代新文学小说系统开始全面占领对峙时的空阔地带。他们已逐渐深入大众。显著的标志是审美思维结构开始了立体的变化。小说家思路大为开拓，不再执着于20世纪20年代的"身边"、"问题"、与相对狭窄的乡土题材。都市的、乡村的，现代的、历史的，知识阶层的、世俗的，个人的、家庭的，林林总总无不进入小说家的审美观照。20世纪30年代新文学小说对旧派小说显示了审美的包容性，凡旧派涉及的题材我无不能写，而且在处理的角度与技巧上显出优越。

四、小说坛"第三种力量"的切入，使系统衍生趋于复杂。文学当流派纷争的时候，与对立双方没有关系的"第三种力量"往往是最有价值的。李劼人就是当时小说坛上的"第三种力量"。他的三部曲《死水微澜》《暴风雨前》《大波》曾使郭沫若"陶醉"。李劼人究竟是旧派小说家，还是新文学小说家？在"五四"前，他就是川中有影响的小说家，后留学法国。以价值观念论，他是个高度内在化的新文化人：两段创作生涯留下的作品却不带一点"洋"文字与意识的气息。郭沫若不平："李劼人这样写实的大众文学家，用着大众语写着相当伟大的作品的作家，却好像很受着一般的冷落。"①曹聚仁近30年后说："到今天为止，我认为当代还没有比他更成功的作家。"②两年后的林语堂的英文小说《瞬息京华》也是旧式，因语言隔膜，至今也冷落。真正的大众文艺时期还没有到来，理论家多少有点叶公好龙。李劼人是从旧派中走出来的，中西学养与翻译使他知道本民族语言和叙述的优点，作了第一个寂寞、成功的大众小说家。

五、茅盾、巴金、老舍这样的小说大家对"大众化"的介入方式使得对立系统间的冲突、融合、衍生得以强化，也更为复杂化。茅盾的《子夜》以科学的社会分析使得旧派"社会相"集览黯然，他在大众化问题上的贡献是确立了明白晓畅的小说书面叙述语言。巴金以爱恨交织的情感去发掘中国文化的核心——家族文化，并开创了大众化的"家族母题"。《家》的成功昭示：新文学小说在创造自身时，也创造了自己的读者。它在传统与现代的鸿沟上搭上了跳板。老舍小说的大众题材与旧派小说有相似处，但问题不在写什么。老舍似乎有意矫治旧派小说中的一些弊端，把旧派的描写对象重新置于新的伦理价值标准下进行观照。他又充分照顾传统叙事的风格，把人的文学的宗旨与世俗欣赏习惯有机融合，让作品真正可以雅俗共赏。

此外，一个复杂而更有说服力的现象值得注意：对峙隐存于许多现代作家的创作发展中。只是那些带有先锋性的新文学小说家们，在创造小说的现代特质时，暂时将大众传统放在了一边。这在一系列作家那儿可以得到印证。把精神界战士"狂人"气质与《阿Q正传》开头的"开心话"大众趣味作个比较，明显地可以看出鲁迅是怎样撇开大众方式的，转而严肃地发掘"精神胜利法"的国民劣根性。鲁迅以后的那些带先锋性小说家常常有两副笔墨，探索与大众化并存。叶灵凤是中国心理分析小说的先驱，他有性心理分析的作品，有新感觉派的现代文体，也有意在"吸引一般刚从旧小说

---

① 郭沫若：《中国左拉之期待》，见《中国文艺》，1937年第1卷2期。
② 曹聚仁：《书林新话》，生活·读书·新知三联书店1987年版，第292页。

转向新文艺的读者"的"大众小说"《时代姑娘》①。穆时英的《南北极》用大众口语，与读者交谈式的叙述和评话风格很接近，而《公墓》则是另一种风格。"同时会写两种完全不同的情绪，写完全不同的文章。"②实际上，他是同时在大众化与先锋派两个方面上进行探索，并体现着新文学小说系统内的张力。人们记住了先锋派的穆时英，而忘记了大众化的穆时英。新浪漫派作家徐讦、无名氏，一边探索现代人生哲学、表达现代感觉，一边讲述着都市大众喜爱的故事《鬼恋》《塔里的女人》。对这些先锋作家而言，"大众"始终是个缠腿的幽灵，让他们迈不开步去，让"海派"小说总是从先锋向世俗蜕变、转移。

"衍生期"的两派小说以融合、会通为主要活动方式，新文学小说系统回瞻传统、注意大众化，旧派小说的代表人物向新文学靠拢，带来了整个小说系统的变化，亦即构成了"对立衍生"模式。抗战前，衍生出来的"现代大众小说"系统已略见轮廓了。

五

我愿继续对20世纪30年代小说上述"衍生"的内在根据略作几点分析，并推知其整合的可能。

一、将中国小说作为一个自在的有机生命，我认为冲突—融合乃至整合是中国小说此一阶段历史的固有情结。20世纪的中国小说是个"浪子"，它具有"漫游情结"和"故园情结"。自由的个性与对奇异的兴趣，驱使它在精神、感觉的各个向度上出外漫游、探索，这是"漫游情结"。所谓漫游，乃是因为20世纪的历史文化环境给中国小说提供了目迷五色的域外景观，使它不能自禁地要去作目的性并不一致的探索。探索者的主体能力的差异令多数不能见着险远之观，浅尝辄止。50年里，小说两番被提到"新民""改造国民性"的精神高度，还是为世俗人生内容取代的原因即在此。本民族文化的根深蒂固的影响，世俗大众的生活方式、情感方式、价值标准中的传统因素存在一天，小说总要反映这种内容，这是它的

---

① 苇明、乃福:《叶灵凤散文选集》，百花文艺出版社1992年版，第215页。

② 穆时英:《公墓·自序》，见《南北极》，人民出版社1987年版，第173页。

"故园情结"。回到故园的浪子已不复是离家时的样子。既是浪子，总是不安于室，仍得再次"漫游"与回到"故园"。正因为这种情结，中国小说才会不时地把某种传统暂时放在一边；正因为这种情结，才有"现代大众小说系统"；这两个情结的不可分离，就是整合的基础。

回想林纾当年的漫游经历，只是走马看花，匆匆译过，立即回到了自家传统。译完《块肉余生述》，他大为感叹迭更司的文章笔法，如《水浒》《石头记》，如史班。只有回到自己的故园，他才心安理得，所以不惜妄将异族的精神产品当作自家的土宜。包天笑、周瘦鹃的翻译根本没走出林纾的暗影，他们的创作自然也与林一路，仅是以语体超出了林的古文限制。鲁迅的漫游可谓到达了奇伟瑰怪、非常之观。他的探索方向也明确一定，重塑国民灵魂，借鉴被压迫民族文学。然而，他终于从果戈理、安特莱夫回到了《理水》《铸剑》的民族脊梁。距《小说月报》的翻译专号近十年后，《现代》作了次《美国文学专号》的漫游。我们有了现代派，并有了精神分析小说。可是，施蛰存最著名的实验却是借《水浒》中的市井英雄石秀完成的。什么时候，这两个情结合为一个、熔为无形，就到达了中国小说至大光明境界。我们看到一次次的漫游、回到故园，看到那些衍生的特点，离那个光明境界——现代大众小说——越来越近了。

二、理性的民族文化的自觉、自信是衍生的催生力、是整合的凝聚力，这股力量随着民族抗战而达于最强点。现代大众小说这时只是个前景，而大众在现代化的历史命题前所表现的态度是不一致的，大众与小说现代化的内心理距离也不一致。他们有三种成分：都是大众、乡村大众、一般市民大众。都市大众以上海人为代表。他们生活在东亚的工商都会、金融中心，适应现代特点，是有相当文化且具欣赏力的现代小说读者。他们感觉生活丰富。与上海都市现代化的过程并行，大众的情感方式里的"鸳鸯蝴蝶"的"情"逐渐让位给对现代物质文化的"感"。上海大众对声、色、香味的敏感是异地的人无法比的。他们适应了小说商品化、时尚流行、文化消费等一系列都是文化景观。乡村大众，所谓"乡土文学"是用知识分子的叙述话语表达的，与乡村大众没有主观联系。他们经验中的艺术，是民间方式，是"板话"、传奇式的章回小说。他们满足于"文摊"上供给的读物，求自然而不求精致。"乡村大众"心目中的现代，是一种导致他们生活变化的文明力量。一般市民大众，现代都市与乡村外，北京及许多被拂着现代文明风气的中小城市里，大量的老舍笔下的"新派市民"式的人物，与极少量的"老派市民"都市小说的读者公众。从内心到行为，他们都能在新旧之间进行调和，在精英与大众之间取得平衡。他们没有都市大众的移民风格，对地缘结构有深刻的认同，与传统文化有较深的血缘关系，不好时尚而习惯特定地区的风俗文化，在相对固定的人伦关系中表现人的性格与冲突。

抗战前，救亡主旋律与新启蒙运动的呼声是双重变奏，后者的文化任务是综合的，是"五四"新文化运动的深入。知识分子意识到"所要造的文化不应该只是毁弃中国传统文化，而接受外来西洋文化，当然更不应该是固守中国文化，而拒斥西洋文化；乃应该是各种现有文化的一种辩证的或有机的综合。一种真正新的文化的产生，照例是两种不同文化的结合……"在启蒙的普及任务外，"新启蒙运动的文化运动却应该不只是大众的，还应该带些民族性"①。知识界造就一种现代理性的民族自觉、自信的有高度凝聚力的大众文化。所以，廓清乡村大众眼前的蒙昧，破除一般市民大众的保守性，涤除都市大众的"租界文明"的殖民色彩，使之全面认同现代民族文化，也是小说家们的任务。为此，小说实现着由知识分子叙述话语向大众叙述话语的转移，整合西洋小说中的有鲜明理性色彩的现实主义创作方法，而不吸纳非理性的现代主义，这些都从创作主体与接收主体两方面促成了现代大众小说系统的诞生。

三、在上述的文化背景上进行反思，一二十年来的新文学小说忽略了传统中的哪些成分，而这些成分是"综合"的文化不可缺少的？1.首要的是"家族"。中华民族以伦理立国。修身齐家治国平天下，每一个传统的中国人都在涟漪般的人伦关系中才有生存的价值。中国每一阶段的改革，其最深刻的标志是对人伦关系的影响。它的基本结构"家"是小说展示社会人生变革的最重要的结构方式，李劼人的三部曲就是这样结撰的。"五四"文学以反传统的姿态出现，新文学小说到20世纪30年代初，个性解放的情境一般都设置

---

① 张申府：《五四纪念与新启蒙运动》，原载1937年5月2日《北平新报》。见《张申府文集》，河北人民出版社2005年版，第192页。

在脱离家庭的生活境遇中，一半置身于传统之外来反传统，这不能说不是一个缺憾。看不到代表中国文化核心的家族整体的生存状态，看不到个体生命对这个整体的既依恋又冲突的复杂关系，要去表达反传统的主题，总有点隔膜。巴金的"家族母题"的衍生是现代大众小说系统整合的一个重要契机。2.与家族相关联，中国小说中的人不以表现"神性与人性""灵与肉"对立为要旨，而是以人伦关系中的性格表现为重心。觉新、瑞宣乃至蒋纯祖，其深刻性全在于个人性格与家族人伦背景的关系。3.自然。王国维《宋元戏曲史》说元曲的佳处在"自然"，这种论述可以完全移诸同时的白话小说。《水浒》《红楼梦》的好处在自然，目前及往后，老舍、巴金（后期）、赵树理、张爱玲、苏青妙处都在自然。20世纪20、30年代的新文学小说则常有种种的不自然。4.情理与常识。林语堂曾把中国人的心灵特点概括为"庸见"，也就是根据情理与常识来把握人生与世界①。中国小说习惯以人情物理来把握叙述，并以常识来展示。具体的方式有：说故事、剖析风俗民情、将人生的重大的阶段（婚嫁、功名、生死）与琐屑生活熔为一炉。这是中国小说独特而重要的审美特征。林语堂的《瞬息京华》是典型的体现。上述的这四种成分已逐步地被结合到小说创作中来并正在发展。

四、"五四"的意识内容与文体形式，部分地被旧派认同着，到抗战时期，已成为新旧两方都能承受的传统，对峙消失了。对旧派小说家来说，"承受"当然不是全盘接受，但张恨水是明显地向新文学小说靠拢着。他的意义是，一个有影响的、拥有读者大众的作家的转向会带来读者、阅读趣味的转移，从而逐渐模糊新旧之间的楚河汉界。旧派小说家从文艺思想上承受新文艺，以《万象》综合新旧，提倡以现代大众小说为代表。他们以曹聚仁战前的预言为思想根据："'新的文艺之花'将和过去的纯文艺或带政治宣传作用的文艺不同，它是综合新旧文艺，兼采新旧文艺之长，而为一般大众所喜爱的。"②《万象》的通俗文艺观与平襟亚（秋翁）的历史小说，有力地说明着旧派小说整合到现代大众小说系统里来的历史动向。对峙消失后，文坛力

---

① 林语堂：《吾国吾民》之"中国人的心灵"，见林语堂著、张振玉等译《林语堂文集》（第8卷）之《吾国吾民·八十自叙》，作家出版社1995年版。

② 陈蝶衣：《通俗文学运动》，载于1942年10月《万象》第2卷第4期，第130页。

量多极化:战时的军事、政治力量的区域占领,导致相对独(孤)力的地区内的有相近特色的小说作家与作品,仅沦陷区就有东北、华北、"孤岛"各个中心;旧派小说重心转移,力量分化;新文学小说出现了根据地等新生力量。在新启蒙综合的民族大众文化的凝聚力作用下,"现代大众"的普泛性中心主题由各个方面汇成了:在重庆,"文协"号召"文章下乡,文章入伍";在延安,《在延安文艺座谈会上的讲话》规定了工、农、兵方向;在上海,旧派小说家陈蝶衣主持《万象》的通俗文学运动;在华东,《国民杂志》《中国文艺》讨论文艺大众化,是"文学革命的更进一步的发展"。现代大众小说成了势所必然。

概而言之,现代大众小说的系统概念的内涵是:以中西文化的综合为背景,在战前的大众化讨论与创作实践的基础上,形成融合传统与现代的普泛性主题,由作家沿着这个方向持续努力产生的作品整合而成。现代大众小说由于对民族历史文化有很强的适应性,成功地填补了新文学小说系统与旧派小说系统间的很大范围的空白。它拥有中华民族的人伦特点和充满人道情味的普通人叙述主体;来自大众的语言表达,叙述语言摆脱欧化的语法结构,有谈话风,人物对话乡土化、高度个性化;选材切近普通人生活,在世俗人生中寻求民族文化的底蕴;叙事结构在自然中求变化,既不作旧派式平铺直叙,也不作先锋式时空交错,情绪宣泄;不作抽象的人性的哲理剖析,又不让密不透风的事件潮流淹没掉"人";透视民间的风土人情美,重人文意蕴,而不为民俗学异化;没有确定的意识形态中心,又不失对民族、文化的责任感;将世界和传统小说作为两个平等的对话者,较少偏废;和读者的交流在大众文化层面展开,俗中寓雅,雅俗共赏。

六

了解了现代大众小说由衍生到整合的内在机理,了解了系统特质,我们更易于把握系统现象。对作品概貌的论述,可以从许多角度切入,我仍采取按现代程度划分区域大众的依据。

同时必须说明,现代大众小说系统的整合并非是统合新旧两派。它们各自仍有一脉发展，与现代大众小说并存。这一时期有先锋意味的新文学小说的代表是主观精神扩张的现实主义小说与新浪漫派小说，但无论是路翎、徐訏还是无名氏，其作品中总有与本土传统相呼应的一点。南方的旧派小说已是强弩之末，北方刘云若的言情小说在技巧上逐步接近新文学，心理描写、戏剧性（发现、转变）的情节很有吸引力。武侠小说大行其道。王度庐、宫白羽、郑正因、李寿民都有很大影响，王的侠情、宫的反讽、郑的技击、李的奇幻与神韵，各有成就，影响及于20世纪60年代港台武侠小说。

下面以点面结合的方式对现代大众小说系统的作品现象做一些分析。

都市现代大众小说以上海为代表。由于读者的文化素质较高，感觉敏于变化，与出版媒体形成了较固定的需求与供给关系，"五四"新文学小说通俗化的工作早就有所成就。予且是一个代表。《如意珠》《伞》戏剧性地表现物质力量对世俗男女关系的拨弄。男女都对这种力量平静地认可，是都市人婚恋观念最有价值的体现。《戒烟》《酒》一类小说的长处是把最琐屑的俗事在人的精神上的小小震颤表现出来。他对上海知识市民的心态与价值的把握细致而又准确。张爱玲是《万象》推出的，她对韩邦庆、朱瘦菊、老舍、张恨水一视同仁，不在受西方文学影响的新文学小说与中国的旧派小说中分轩轾，昭示着一种健康宽容的态度。《传奇》的叙述，不作审视众生的超人，写人生的苍凉，平凡地几乎融入世俗大众。苏青的《结婚十年》写一个知识女性度过的平凡世俗的婚姻生活及离异。张爱玲说："踏实地把握住生活情趣的，苏青是第一个。她的特点是'伟大的单纯'"①。苏青是以本色演员的特点说故事；张爱玲不动声色得熔铸中西文体、创造出带有悲哀美感的、境界不大的、日渐逝去的世俗人生，给现代小说增添着大众化的新质。"秦瘦鸥的《秋海棠》，有人认为其内容和形式都是旧派小说的'异军突起'之作。"②秦瘦鸥之为异军，正与苏青、张爱玲同。在上海这个先锋探

---

① 《女作家聚谈会》，原载于《杂志》1944年4月号。见于青编《张爱玲研究资料》，海峡文艺出版社1994年版，第493页。

② 范烟桥：《民国旧派小说史略》之《尾声》，见魏绍昌编《鸳鸯蝴蝶派研究资料》，上海文艺出版社1984年版，第356页。

索与通俗并存的文化基地上，面对现代化，传统失去了控制；沦陷为孤岛，主流文化失去了影响；眷恋本土化的人生方式，先锋吸引不了他们。由这种种因素的交互作用，他们这支异军适时地"突起"了。这就是现代大众小说。

现代大众小说里的乡村内容当然以延安为主。这是一个研究得比较充分的作家群体，我只说与系统质有关的一点。这里的大众化小说的最高成就体现在语言上，赵树理的叙述、描写、对话，无不明白如话。1946年，老舍在美国演讲《现代中国小说》，他总结说："第二次世界大战间以至战后，出现了丢开本世纪初以来创作上最突出的使用欧化语法结构的趋向，转而使用地道的普通民众的日常口语。""今天的作家在他们的短篇小说、长篇小说和剧本中越来越多地使用了简单明了、直截了当的人民语言。他们正在努力创造一种'纯'汉语，它大体上不受外国语法结构、外国词语和西方写作技巧的影响"[①]。无疑，赵树理有典型意义。《新儿女英雄传》等新英雄传奇采取拟旧标题，改造利用旧派小说的章回体形式。延安以外，姚雪垠的《差半车麦秸》写乡村大众转变为战士，信实可爱；长篇《长夜》写河南"杆子"，让人想起了20世纪20年代的姚民哀。吴组缃的《山洪》写皖南山乡农民投身抗战生活，正体现着老舍上述的特点，去《菉竹山房》的哥特式氛围很远。

表现一般市民的现代大众小说范围既广，内涵又丰富，这里只作两个抽样，逐个剖析则超出了这篇概念建构的文章的使命。老舍代表着表现一般市民的现代大众小说的文化品格。抗战促使他作出更深入的文化反思与建设的构想，也强化其自觉责任："作一个现代的中国人须担当得起使这历史延续下去的责任。……你必须知道古的，也必须知道新的；然后，你才能把过去的光荣从新使世界看清，教世界上晓得你是千年的巨柏，枝叶仍茂，而不是一个死尸啊！"[②]作为人伦文化延续的象征，老舍选取了一个市民家族形象：

---

① 该文原载英文《学术建国丛刊》第7卷第1期，译文载《中国现代文学研究丛刊》1986年第3期。

② 老舍：《参加郭沫若先生创作二十五年纪念会感言》，见《老舍文集》第14卷，人民文学出版社1989年版，第193页。

《四世同堂》。他以世俗化的胡同显示中国的地缘文化结构，以现代市民知识分子所承担的家族责任与公民责任的冲突表示历史文化的冲突。他把巴金开辟的家族文化母题拓展到了世俗大众的范围。按照他提出"灵的文学"的目标，世俗生命的表层下处处能触摸到人的灵魂。小说一百段，每段匀调齐整，恰像旧式章回小说。这才真正做到了雅俗共赏。在雅俗之间体现着巨大张力的，除了老舍，唯有张爱玲。

黄谷柳的《虾球传》的典型意义在于它的现代大众品格是由作者、编辑、评论家共同操作，三位一体地确定的。小说描写广东下层市民生活，香港黑社会及游击队生活，主人公虾球的经历曲折、惊险，有传奇性。夏衍让作者"按照报刊上连载小说的方式进行修改"，作者也愿意"向香港的那些章回小说家学习"，茅盾则肯定他在风格上"打破了'五四'传统形式的限制而力求向民族形式与大众化方向发展"[①]。关于"五四"的"限制"与"打破"的说法证实着现代大众化小说的合理性与历史必然性。

20世纪30、40年代的其他一些代表性作家的作品都体现着明显的现代大众倾向。张天翼的《包氏父子》讽刺世俗，沙汀《在其香居茶馆里》的"吃讲茶"的世俗风习的故事骨架，茅盾《霜叶红似二月花》的日常语言与传统结构都是有力的例证。张恨水这样的由旧派脱胎的作家，则以现代价值观念指导的世情批判来体现这个方向。20世纪40年代的小说家与"大众化"无涉的真不多。关于现代大众小说系统现象轮廓的论述就到这里。

我之所以努力构建现代大众小说的概念，并试图证明它，有对中西文化在20世纪中国共生态的关注作背景，有小说史的构想，更有对当今小说发展思考的现实原因。我发现了前后50年的相似的"对立衍生"格局。冲突—交融是文化生命的标志，失去对立势力，可以保持立于一尊的地位，然而也最易造成发展生机的萎缩。因为在单一传统下，只会有简单的派生，而不是可能有增加异质因素的丰富发展机会。历史给过我们惩戒。20世纪50年代开始，现代大众化小说中的延安传统迅速蔓延，成了现代唯一的传统。现代派、后

---

① 夏衍：《忆谷柳——重印〈虾球传〉代序》，见《新文学史料》1979年第3期，第138～140页。

现代思潮的涌入促生了八九十年代的新潮小说，形成了第二次的外来与本土的对立格局。我看新潮小说无法一统天下，本土小说也不能固步自封，新的衍生系统必然形成，当代性、先锋性、大众性如何有机融合，创造出世纪转折期的现代大众小说，形成新的系统，值得人们拭目以待。"对立衍生"模式仍适合于20世纪后50年的小说。只要中国小说与世界交流的格局不变，不同系统间的冲突、融合、衍生总会继续下去。

（原载《文学评论》1998年第2期,收入本书时有改动）

第四篇
世变风俗：乡下人进城

乡下人进城:中国现代化生命命题的文学表述

　　"乡下人进城"是一个中国现代化与最广泛的个体生命联系的命题。我们关心：历经一个世纪的中国后起现代化及文学叙事形式的现代发展，与21世纪当下中国小说的关联在哪里，是普泛的、犹疑的现代抑或后现代？没有现成的答案，多元的政治、经济、文化与叙述形式使得当下的小说拿不定"主义"！为寻找当下小说与现代化关联的价值所在，我于2003年春、夏间，带领研究生们作过一个期刊阅读调查。范围抽选《收获》《当代》《十月》《钟山》四种大型期刊，从2001年第5期到2003年第2期，共10期40本，共阅读小说275篇。起初预设分类：都市、农村、历史、日常生活①，研究生补充列出官场类，都未能突显小说叙述与中国社会现代化发展的关联点。"有的叙述由农村及于都市，究竟如何归类？"在回答研究生对其间类别交叉暧昧处的发问中，我有了收获，踏破铁鞋无觅处，原来叙述乡下人进城的文本正关涉当下中国的现代化与最广泛的生命。

　　由此出发，参证其他刊物（如《人民文学》《长城》等）的同时、同类文本，我发现作为农业大国的主体农民在现代化中的行动选择及心路历程已为小说叙述捕获，成为一种"亚主流小说"。随着中国城市化与劳动力市场的变化，乡下人脱离乡土进城谋生持续了一个世纪的行为，在当下语境中突然别具意义了。21世纪初，小说叙事中呈现出来的农民的当下心态、行为的变化，赋予了现代化概念一种道德伦理上的暧昧，而进城农民的主体的尴尬又暗示着现代化进程的诸多缺憾。这类小说的叙述主体之间的差异是对作为知识者的小说家身份、态度内涵的多元呈示。这些小说与20世纪的小说

---

① 农村44篇，占16%；都市69篇，占25%；历史45，占16.5%；日常117篇，占42.5%。

形成对话，并发明其诸多未曾显露的意义①。

一、乡下人进城：亚主流小说

什么是当下小说的主流？被倡导的未必有那么多的作者与文本的产出；执著于日常生活的拘限太过，为数虽多却难以动人；都市的性感没有坚实普泛的生活基础；农村的疏离了写中心的号召，又没有找到个人立场，显然没有多大建树——没有主流未必不好！乡下人进城的叙述却最接近当下中国的社会结构模式，它与城市化趋向的相关性最强。"乡村/城市"的基本社会模式不再是简单的二元结构，都市与乡村之间的双向的流动创造了当下中国最复杂而又丰富多姿的生活景观。乡下人进城的移民生活是都市召唤的结果，进城后的乡下人生活的缺乏保障或多样可能，使折返于乡村和城市之间的人的精神行为的叙述极富张力。乡下人进城的叙述即使不是主流，也有其"亚主流"的特征。其为"亚"，一是因其不是倡导的产物，二是因其叙述主体的意识水平的不一致而没有鲜明的整体感，三是因其创作量还不够丰富。抽样阅读范围内的《民工》（孙惠芬《当代》2002、1）、《歇马山庄的两个女人》（孙惠芬《人民文学》2002、1）、《谁能让我害羞》（铁凝《长城》2003、3）、《蒙娜丽莎的笑》（何顿《收获》2002、2）、《奔跑的火光》（方方《收获》2001、5）、《泥鳅》（尤凤伟《当代》2002、3）、《上种红菱下种藕》（王安忆《十月》2002、1）、《瓦城上空的麦田》（鬼子《人民文学》2002、10）、《小姐们》（艾伟《收获》2003、2）、《爱你有多深》（荆歌《收获》2002、3）、《女佣》（李肇正《当代》2001、5）都具有上述特征。这类文本中有进城又返乡的，甚至《奔跑的火光》没有进城定居，但是其双向流动性对叙述具有规定性影响。当下批评的责任就是给"乡下人进城"的亚主流小说文本作出独立的有良知的分析与阐释②。

---

① 这一观点曾在2004年1月汕头大学、中国现代文学学会举办的"全球华语境下的中国现当代文学"国际研讨会上初步表述，发言题目：《乡下人进城：20世纪里的文学现代化质素分析》。着重于本文第四部分的内容。

② 调查抽样不意味着全面现代化中乡下人进城的叙事就是从它们开始，上个世纪末的小说中有些乡下人进城的叙述，《浮躁》已启这一叙事之端。世纪初的乡下人进城的叙述是以创作潮流的形态呈现出来的。

　　为什么说是乡下人进城，而不说农民、民工进城？"乡下人、农民、民工"是三个不一样的概念。"民工"强调的是一种"打工"的劳动力资源，他们进城谋生的身份是手艺人或苦力，它几乎成了当下社会学的一个专名；"农民"本来务农，现在进城后可以务工、为佣、经商乃至拾荒（一种特殊的生意），他们的身份比民工复杂得多，一度曾与工人一样，是一个带有浓厚政治色彩的身份标志；"乡下人"则是一个更为宽泛的概念，它最主要是作为都市/城里人的相对性概念，包含有身份悬殊，既得权利与分一杯羹者的竞争，它还是一个有悠久传统的历史概念，带有社会构成的一端对另一端的优势，现代历史上既有大都市称呼内地人为乡下人的，也有小城镇上的人称来自乡间的人们为"乡下人"（在沈从文、叶圣陶等20世纪30年代的小说叙述中），数十年来上海人称呼苏北、内地的外来者统统为"乡下人"。当下的乡下人进城指20世纪80年代以来从有限的土地上富余的农村劳力中走进城来、试图改变生活的带有某种盲目性的上亿计的中国农村人口。他们带着梦想、带着精力与身体、带着短期活口的一点用度本钱，到城里来谋取一片有限而不无屈辱意味的生存空间。他们给城市奉献出血汗、皮肉与尊严，他们无声无息地为一座座城市拓展着空间，其所有劳作的价值都在一个堂皇的现代化社会命题下被悄悄地吞没、消解了。当然乡下人进城的谋生途径不一定是务工，高考是一个进入城里精英行列的公正渠道，但失败者只好如《民工》中鞠广大儿子鞠福生去当民工，女性可经营特殊行当（《小姐们》等），李四（《瓦城上空的麦田》）进城不为务工，却可以作为一个伦理变化的尺度去考验获得了城里人身份的儿女们对待乡下人父亲的态度。乡下人是一个最适合文学叙述分析的宽泛概念。乡下人进城的叙述把现代社会人的空间转移引出的诸种可能性都包含在内，其包含民工、农民的概念自不待言。如此多的人的生活变化本身就是当下社会的主流，关于它的叙述理所当然可以占据主流，我权且退一步称其为"亚主流小说"。

　　文学现代性在乡下人进城叙述中得以展示的过程，很大可能是一个生命价值与历史方向性进展相纠缠、矛盾乃至对立的过程。中国大陆乡下人进城与资本全球化共生，中国内地的城市化扩展中的人口补充必然大部分地依赖乡下人进入正在成型的自由劳动力市场，乡下人在当下语境中作为最广大而又处于底层的人力资源，与国际国内资本共同完成着大陆现代化进程。中国内地的乡下人正形成一股迁移的潮流纷纷进城，他们与所进入的生活空间的矛盾冲突，其生命价值的体现与被毁，理当是最具有审美价值的文学叙述的内容。在抽取阅读的时间范围内出现上述列举的众多关注同一对象的虚构性叙事作品，表明乡下人进城已经是一个当下不容回避的美学命题。物质的现代化比起人的现代生活的场域变迁来说，应是小部分的内容，当下文学的现代性理应由乡下人进城谈起。但是现代性追求在当下中国语境中却很暧昧，乡下人进城所携带的资本无法进入任何竞争，他们在自由流动中的技术成本极低，然而他们确实在大规模地流动。乡下人进城的流动方式相当程度是盲目的，其主体的盲目暧昧决定其生活选择中所付出的代价。他们在进城过程中的追求与代价也无可争议地是当下中国人生命价值呈现的主流部分。所以，低姿态地称其为"亚主流小说"是不应置疑的。

二、乡下人主体："生意"无不在焉

中国的现代化是一个充满生机的大生命（与生机相伴的腐败也是生命形式之一），譬之于一棵生气蓬勃的大树，乡下人不止是些枝叶。钱穆《〈朱子四书集义精要〉随劄·大学》中引朱子言："譬如百寻之木，根本枝叶，生意无不在焉。但知所先后则近道耳。岂曰专用其本而直弃其末哉。"[1]无论现代化的百寻之木的根本是什么，占中国人口绝大比例的乡下人在现代化中身份地位的变化，其在边缘而进入中心的努力、尴尬，其生命在全球市场化背景下呈现的精神状态都不容弃置。所以我为乡下人进城的文学叙述而鼓吹，为其"生意"而欣然、痛然；为叙述者没有忽视乡下人主体而显现的知识分子良知赞叹。

我给"生意"以个人解释："生"是生命力，"意"则是该字拆解开来的心音。乡下人进城的文学叙述就是代陈其充满生命力的痛苦心音。乡下人进城为谋生存，是一种生命力的存现的呈示，痛惜

---

① 钱穆：《〈朱子四书集义精要〉随劄·大学》，见《宋代理学三书随劄》，生活·读书·新知三联书店2002年版，第5页。

的是上述列举的文本中这种存现方式常常是饱尝资本与权力对生命力的压抑。乡下人进了城，个人的横向的空间经验转移与纵向的历史身份变化形成了巨大的心理压力，而农民式的坚忍与意识到、没有意识到的难以承受的境遇之间的张力成了小说叙事的一个巨大的情感、精神领域。当下的中国的都市正快速地发展，乡下人走进平安无事的都市却往往发出心灵的呻吟，他们努力用发展、生存的无声誓言将轻微呻吟声压下去，这就是鞠广大与国瑞们的特殊的心态，他们没有控诉、没有悲伤。但是叙述者没有无视他们的痛苦与悲哀，所以这样的叙述就有了代天地立言的悲壮。人类生活的目的，依马克思主义的阐释是一要生存、二要发展。乡下人进城体现出来的"生意"就是这种生存发展中的悲痛与欣喜的心音：鞠广大求生存，送水少年要发展（《谁能让我害羞》），国瑞（《泥鳅》）介于二者之间，他既要生存又求发展，没有少年那样的沉溺幻想的可怜的美梦，也不像鞠广大只为挣钱改变乡下的生活。他们生活在自尊与屈辱里、挣扎在希望与失望之间，但是他们没有说出自己的屈辱与失望，只是因为他们执著地想要从中走出来。

我从"生意"视角切入以下文本：

《民工》最精彩的笔触是鞠广大与儿子福生之间的紧张，在紧张中他们共同体味着进城民工在城里和女人在家乡的双重屈辱的生活。父子之间曾经有过高度一致的过去，手艺人鞠广大把彻底改变生活的希望寄托在儿子的高考上，没有考上大学使得父子两代人生意黯然。从乡下走向城里当民工，父子俩都不愿意同行，他们无法面对子承父业的宿命。死了老婆/母亲，父子不得不一同奔丧在城里回乡下的路上，而且接着又面对另一个屈辱：妻子/母亲在生活处境不利时候犯下的不贞的罪孽。如此黯然而没有生意的生活填充着他们共同的生命阶段：奔波在城市与乡村之间。

《泥鳅》叙述进城的乡下人为使生命充实、焕发却在权力构陷中丧命的故事。国瑞因乡下生活处境的问题，受进城的"生存理性"的导引，进入一个生存盲区。他从搬家公司的黑劳工开始了进城后的生活，毫无保障的生活逼得他作了牛郎，作为工具而满足城里高等女人的欲望，并因此被扯进了权力圈子。他非但不能认识自己身处险境，还以为获得了一个发展的好机会，于是认真地学习、负责地工作，直到成为陷阱中的牺牲品。向上的国瑞，在刑场还努力地要做一个守规矩的本分人，他跪着挪上一步与另外的被执行对象列队看齐，至死也不知自己做了有权势的城里人的替罪羔羊。他的"看齐"与阿Q的"画圈"，是何等的令人悲哀的历史循环。国瑞生命的悲哀既在于他无知地参与了城里人的现代化交易，更在于生意黯然的"大团圆"结局为什么都命定在乡下人的生命中。国瑞这一人物的命名不无寓意：一地（按"入国问禁"的意思，国乃指一个具体区域）的太平祥瑞、经济发达以牺牲一个无知的乡下人性命为代价。无论国瑞还是鞠广大，他们都像20世纪30年代的进城拉车的骆驼祥子那样要强，"在自己所处的特定资源与规则条件下，为寻求整个家庭的生存而首先选择比较而言并非最次的行为方式"，"……外出异地打工、拾荒、经商"，等待着他们的往往是"不曾期望的后果"①，这种种悲喜出于望外的背后是城市与乡下的社会结构，是乡下人进城的漫漫长途。

尽管城里权势者的幸运是乡下人的不幸境遇的另一半，乡下人还是执迷不悟地努力向城里人看齐，《谁能让我害羞》中的送水少年正是努力按他理解的城里人的方式做人。乡下人愿意认同城里人的价值标准，却身临阿Q不准姓赵的境遇。乡下少年精心以城里人的标准装扮自己，尽管他把自己打扮得不伦不类，但是穿上别人的西服，少年在心理上有了一个质的飞跃与发展。他在炎热中忍耐干渴、竭力负重爬上八楼，为一个有地位的女人送水，却被身份歧视逼得以暴力姿态出现，以至于被警察拘捕。少年阅世不深，但是他努力要读懂城市、读懂城市里的女人，他渴求沟通、希望被接受，但是他的好意被拒斥了，他由艳羡而转为仇恨，他的精神被摧毁了，他的盎然的生意被扼杀了。莫名其妙地，他成了一个未成年罪犯。一个乡下的少年只能凭一把死力气穿行在混凝土丛林中上上下下地搬送矿泉水，一个刚刚学步的幼童却会打110电话叫警察，这是何等的差异？

上述的乡下少年与成人身上都有努力向上的愿望，有着显而易见的充沛的体力，他们的劳作与追求比之城里人更为生意盎然，鞠

---

① 黄平：《当代农民寻求外出——迁移的潮流》，见《印迹》第2期《"种族"的恐慌与移民的记忆》，江苏教育出版社2004年版，第106页。

广大手中的砖石参与了城市的现代化塑型，国瑞和少年都把他们的精力注入城市的运行过程中，等待着他们的是死亡与犯罪的结局，他们却至死也不愿意离开城市。《爱你有多深》叙述进城的乡下妹子马红出入于各样暧昧的餐饮、发廊之后嫁给落魄的城里人，患上癌症不治，临终时候想见乡下的父母诀别，却拿不出车费钱。再看看国瑞身边来自乡下的原本生意盎然的女子们，要么在发廊之类的地方"做生意"而腐烂、要么不肯作这样的生意住进了疯人院。乡下女孩进城付出的生活代价不是沦落、疯癫就是死亡，能不让人惊讶？

《小姐们》例外地不以进城后的城乡冲突建构故事。母亲死了，奔丧的大姐从城里带回了六个在她手下从业的小姐，于是在生与死之间，婊子与天使之间，本能与伦理之间展开了一场狂欢。大姐俨然是一个城里的成功者，母亲为不便启齿的原因不让她进门二十年之久。但是随着母亲的死最后防线崩溃了，进城的女人返乡了，短暂的几天，她已经完成了城里人的乡间殖民的活动，把一个禁欲的丧祭场所变成了带有都市色彩的欲望场所。大姐是一个熬出头来的小姐，她已经完成了乡下人向城里人身份的角色转换。有意思的是她手下的小姐们，她们来/回到乡下不需要"做生意"了，却焕发出她们原来具有的生意：在阳光下的山间的池塘里，她们纵情地洗浴、作弄，然后袅娜地走在阳光下的山道上。原来，城市里的罪恶到乡下涤清后也会变得那样的美丽与生意勃勃。

这些文本向读者召唤：瞧哪，这些曾经和现在仍然生意盎然的乡下人！尽管身处困境并有着自身的混沌与蒙昧，他们仍葆有其自然生命，在现代化的大树上正枝繁叶茂与枯萎。

三、乡下人进城的叙述众声

叙述者是如何给乡下人进城的现代化迁移故事以个人命意的？调查范围内列举的文本叙述者并没有统一的价值标准与思想维度，叙述的方式也不一致。叙述主体与形形色色的叙述对象之间的不同对话方式，主体间的差异性带来的乡下人进城故事的面貌区别，正是这一方兴未艾的中国现代化生命命题的文学表现形式的活力与生机所在。21世纪初的文学叙事不再单纯受文化思潮的涌动而变化，

20世纪80年代的观念变化决定文学叙事的历史已经成为过去；经过90年代个人化、世俗化的无主流状态，当下社会资源变动不居、分层升降频仍，影响于文学叙事者大莫过于乡下人进城，海归、出国、从政、经商、考学入城对社会生活中人的生命的影响广度与深度都无法与之相比，当下文学叙述应是实际生活远大于观念的时期。实际生活的丰富复杂的差异是文学叙述主体不能一致的根本原因。

王安忆《上种红菱下种藕》自然平和地叙述着江浙区域的乡下人走向城市化生活的渐变过程；铁凝反思城里人的立场与情感态度，质问城里人《谁能让我害羞》；尤凤伟的《泥鳅》尖锐地呈示陷落在城市的乡下人的无助，其与资本、权力对立时所处的劣势；鬼子将乡下人幻视中的希望《瓦城上空的麦田》进行拆解，质问、探询乡下人为什么、怎样来到城里的现代化的悖谬因果；孙惠芬把她的人道主义同情公正地投给做《民工》的男人和留守/回到乡下的《歇马山庄的两个女人》，直到目前她仍在《城乡之间》游走，叙述《狗皮袖筒》那样的民工故事（《山花》2004、7）；刘玉栋则将逝去的乡下人进不了城的历史远景拉近，回到那个只能内心祈祷神祇的城乡禁锢时期，听乡下人在心底呼唤《芝麻开门》；方方让她叙述的对象接近城市的边缘，又被乡村所拒斥，被激发起来的乡下人的生命燃烧着如《奔跑的火光》；艾伟却把乡村作为过滤自然生命的场所，让城里的《小姐们》从病态的生活里回到自然；李肇正对乡下人进城的命题做不出应答，《女佣》难究根底，只是停留在事相表层，原因却在失去了人的关怀精神。

王安忆《上种红菱下种藕》所采用的孩子视角与地缘开拓的空间叙事结构的形式寓含她理解与表达乡下人进城的特殊方式。秧宝宝的童真的未经开拓的视野带有原始的乡村认知的经验原型，然而她的经验丰富、发展的叙事动力正是来自城市化的现代经济。父母忙于自己的生意，将她托给镇上的李老师家监护培养，空闲时候他们又将她带到城里，住进星级宾馆享受现代化的物质生活内容。父母的生意往绍兴发展，秧宝宝最终便不得不告别那"经不起世事变迁"的小镇，随同前往。人物经验的渐变模式与江浙地区的小城镇的先期现代化水平相关，这里的人们和孩子不同于内地民工不远千里进入大都市，他们大都带着自己的资本把生意一步步做大，他们所处空间的现代化水平与格局也愈向都市攀升。这个故事空间扩展就是从"溇"到"田塍、河磡"、到沈溇村庄、再到华舍镇而县城、绍兴；而故事的另一面，却是文化的根源，秧宝宝的外公像藕扎根于河底一样，坚定地与浮华世界对抗，但不是本文申述的对象。以孩子的视角看，王安忆像她习惯的做法一样得以避开政治经济文化事件的干扰，集中笔触写人的生命的盎然意趣，秧宝宝自己及周围的生意盎然的变化与她的平静态度之间的张力是小说诗性价值的中心。正因为此，王安忆的叙述便不染有激烈尖锐的城乡现代化冲突了。

铁凝的短篇心理小说《谁能让我害羞》表达一个质问：城里人凭什么端起贵族的架子表达其对来自乡下的底层人的嫌恶，凭什么会存在这样的心理不平等？寄居在姑母家的"孱弱，面目和表情介乎城乡之间"的送水少年，被一个丈夫"常驻国外做生意"、衣着华贵、开着汽车的女主顾慑服了。他努力想得到女人的注意，渴求被这个城里的上层人承认。在苦力与贵族之间展开了一场心理战，被羞辱的少年激愤之下有了无意识的暴力冲动，警察替代女人解决了问题。当女人知道少年奋力负重登上八层高楼为她服务的真相后，女人自问"我要为他的劳累感到羞愧么？不。女人反复在心里说。"这样的道德自信来自于哪里？是谁赋予了女人心理上的优势？城乡人物的强势与弱势地位，在当下经济、道德、伦理乃至政治上的合法性依据是什么？要不，这女人怎么能够色厉内荏地坚持自己的立场呢？铁凝用一个非常简约的情节叙述表达她对新的不平等的思考，举重若轻。

尤凤伟的《泥鳅》不同于王安忆渐进地与都市现代化接触，国瑞这样的人物进城以后就是一个城市的异己，他将铁凝的不平等的叙述发展成为权力利益空间里的尖锐城乡对立。国瑞在城里的所有职业选择、日常生活都处于屈辱的地位，然而他没有放弃过向善的努力，即使作为牛郎（鸭），他也把服务对象贵妇人当作真情奉献的对象。国瑞仿佛在地狱里也能做一个好鬼！犯罪的是城里的权势者，而作为替死鬼被枪毙的却是国瑞这样的乡下人。尤凤伟是当下文学想象中的权力、利益的分配的最直接有力的质问者。

乡下人在城里的这种遭遇不禁让人发问：乡下人为何还要来城里，他们能得到什么？鬼子的《瓦城上空的麦田》正是陈述着这一问题。小说中的叙述人是一个名叫胡来城的拾垃圾的小孩，通过"胡来城"发问乡下人为什么来到城里？他的父亲回答："成为瓦城人"，让"住在村上"的"永远比不上"。城里捡垃圾也比乡下的生活值得羡慕！进城是一个神话，值得人们为之付出一切。小说中有一个重要的道具："身份证"。"李四"的身份证被警察错误地换成了意外死去的"胡来"，从此就失去了他的亲人，因而一直拾垃圾到遇车祸暴死街头。乡下人进城的身份，是一个在无所不在的权力标志面前不被承认的巨大悲哀！于是，李四也好，张三也罢，他们进城收获的只是一个种在虚空中的庄稼——"瓦城上空的麦田"的意义就在于此。

鬼子将城乡冲突的叙述放置到对现代家庭伦理质疑的维度上进行。李四将自己耕作的那一片"麦田"（三个儿女）移植到城里。他们在城里辛辛苦苦谋取生存与发展的权利，也逐步疏离了乡村生活伦理。他们不约而同地忽略了父亲的六十大寿，父亲则坚持子女无须提醒也应该将上人的生日牢牢记住，于是不动声色地进城来考验子女的孝心。一场伦理认同的冷战开始了，子女的疏忽惹起父亲愈加强烈的对立情绪，他采取了一种宁为玉碎不为瓦全的态度，与拾荒的为伍，不与背弃乡村伦理的子女们妥协，由不可回避的伦理冲突引出了一个悲剧结局。当父亲成为一个拾荒者以后，家庭伦理矛盾演变成社会身份与经济地位的冲突了。让三个已经获得城里人身份的子女认一个最底层形同乞丐者为父，与记得父亲的生日就不是一回事了。初步拥有一点小权力的儿子，宁可调动警察的力量去欺侮一个老人，也不愿冒险甄别、验证一个形同乞丐者与父亲之间可能的身份联系。这个荒诞的故事中包含着深刻道理！

鬼子告诉人们对进城的乡下人的同情是无力的也是无效的，孙惠芬却仍然诉诸人道主义。《歇马山庄的两个女人》在对照中展开叙述，李平进过城并曾在城里以身体为资本生活，这个失去尊严的乡下女人因这样的经验而无法回到进城之前的身份人格；另一个女人潘桃则饱尝着男人进城后留给女人的虚空的世界。李平一类的乡下女人在城里从事当下时尚的最古老的女性职业，原指望这是一个熬过去就可以抛开的积累生活资金的过程，当她们想重新获得尊严过上平常日子时，比在城里更大的伦理陷阱等着吞噬她们。何顿《蒙娜丽莎的笑》叙述有相同经验的金小平回到乡下后，为挽回做人的尊严而不得不反抗、杀人。城市的消费文化向乡间延伸，都市伦理向乡下的渗透，却挽救不了受其浸润而不得不仍然生活在乡村伦理中的人们，方方《奔跑的火光》说的是另一个这样的悲剧故事。艾伟努力做一个逆命题，《小姐们》的恣肆也只能是短暂的。荆歌《爱你有多深》中的马红则连回到乡下的可能性也没有，不得不在不能满足的还乡欲望中把饱经苦难的身躯遗留在城市。

乡下人进城的漫漫路途上一向有说不尽的悲哀。《芝麻开门》可算是一篇进城的历史文献，它不叙述财富与幻想空间内的事情，而是前市场经济时代的进城故事。刘玉栋用诉求性的标题，表达当年乡下人打开城市户口之门的愿望。但是进城顶替工作的大哥的结局是自卑压抑的精神病、死亡和心灵的干枯，父亲最终带着他回乡下去了。刘玉栋在一个与历史对话的维度上展开叙述：20世纪的下半叶，城里的干部、工人往返于城乡之间，把种种生活的可望而不可即的景观显示给一般乡下人家，乡下人梦寐以求城里生活的合法性地位。当下这种生活的可能性出现了，乡下人进城的普遍意义是要进入一个曾经拒斥过他们的更优裕的生活领域！面对《女佣》，我们却感受到叙述主体的暧昧与混沌。一个乡下女人进城后的亦佣亦娼的生活故事，在叙述者的津津有味态度中停留在事件的直观呈示中。

带有明显差异的主体叙述反映也考验着当下小说家的社会良知与道德自觉，叙事知识主体与身份立场确立了他们的叙述框架与出发点。小说家们不再是一个统一的群体，他们对现代化的认知方式、对当下中国乡下人生命体认的差异，表明作家这个概念已经不大适用于这些叙述者了。20世纪50、60年代的笼统的作家概念正在或已经处于解构过程中，他们不再为一个中心任务而写作，"乡下人进城"这一对象的众声不一的叙述正印证着这个日益明显的判断与事实。

四、21世纪初乡下人进城叙事对20世纪的发明

乡下人进城这一命题的文学叙述，在当下与历史两个维度上与物质、文化语境展开对话，对当下的生活作出阐释，对过去不绝如缕的乡下人进城的历史表述尤有重新发明的功效。对话的两个支点是：与现代化相关，与生命相关。这一命题体现了文学的当代性，积极介入了当代人的生活，表达着知识界部分严肃思考着的人对当下生活的态度，小说叙述如此直接地参与公共空间的言论生活，不甘于边缘化，这在近年的文坛上很难得。它在与历史对话/辩证的过程中，有论今知故，阐发幽微之妙。这种对话与辩证又分两个层面：与历史上的叙述对象对话，和过去叙述的主体展开辩证。我不愿进行简单的比较，而是要求在与叙述对象和叙述主体的对话中围绕问题产生相互发明的作用。

历史上的乡下人进城的典故，前现代中国著名莫过于"刘姥姥三进大观园"，进入现代社会以后，肇始者是《海上花列传》中的赵朴斋。考刘姥姥进大观园（且不论其自身沾溉权门的意图）的作用，不外是两重的见证作用：观光见证权贵世家的豪奢，是一；三次进荣府及大观园应和着贾府兴衰，起到了王谢堂前燕的作用，是二。它的叙事关涉对象主要是家族，而无关于现代意义的社会，这本是前现代文学叙述题中应有的限制。晚清开始进入现代社会，乡下人进城的叙述最多的是来自乡间/内地进入上海一类都市而不识世故的乡曲，被晚清和民初的众多小说叙述命名为"曲辫子"，其中赵朴斋最著。

赵朴斋们与百年以后进城的乡下人显著的区别是携带着少量的资本，不像当下来自内地的乡下人除了一身气力几乎身无长物。赵朴斋们也不像现在的乡下人全然来自农村，那个特殊语境中的乡下人是站在上海人立场上对外埠小乡镇人的称呼，这些人资本运用的特点是将原来有意向做些经营的本钱都转入到观光冶游，他们的观光资本也是一种消费性的投资，之所以投资于消费，是因为前现代资本的无作为的历史惯性在起作用。赵朴斋进上海之后先见舅舅，并交代母亲的嘱咐：想找点生意做做。然而不久，他的本钱就为冶

游观光在妓家花了个罄尽，于是赁一辆黄包车做起苦力生意；吃不了苦头，便打起让妹妹二宝作倌人的主意，于是女人的生意替代了投资的生意。不可忽略的是当年的上海滩上做这样"生意"的乡下人在福州路一带真是蔚为壮观。事隔三十年，应该留心一下《子夜》第八章中的冯云卿，这个乡间的大地主因"内地土匪蜂起，农民骚动"而在上海作了寓公，他出售的土地和收起来的田租都作为资本投资到公债中去，还搭上了女儿。冯云卿是源自乡下的"观光资本"向"投资资本"转化的一个标志性人物。赵朴斋、冯云卿们这起乡下人代表被都市吸纳的农村流动资本，上海这个大都市的发展除了外来资本以外，众多的乡下人的贡献仍可记一笔。不管多少，他们融入了中国的现代化的早期的资本活动中。此后的中国历史语境，就只有战区与敌后的流动，后续者则是不能流动的体制。暌隔六七十年，乡下人又进城了，尽管有那样的生命艰难。

当下的乡下人，如秧宝宝父母的小资本运作者为数不多，大都作为劳动力资本进入都市市场，他们投入的是生命，并且在没有多少理解的情况下，把自己的生命和中国的现代化捆绑在一起，他们当然较历史上的小投资者处境艰难。赵朴斋、冯云卿们的得失与快意/伤心，并非是生命深度投入后的高峰体验，国瑞、鞠广大与送水少年们付出的却是自己或亲人的生命与血汗。后者的庞大群体涉及中国最大多数的人口，前者只是少数人。后起的中国现代化，从初始阶段到当下的全面发展，投入大众的生命数量在急剧膨胀，因此当下乡下人进城关涉到绝大多数中国人的现代化生活，但自觉到这许多生命的代价者太少，因此这样的文学叙述弥足珍贵。

再看不同语境中的主体的辩证。韩邦庆在晚清叙述的乡下人进城与中国现代化基本同步，然而彼时中国社会仍未被以现代化命名，渐进现代化的上海滩，在韩邦庆们看来观光游乐的价值占了第一位，所以他专注于游戏场上的叙述，"牵连租界商人及浪游子弟，杂述其沉湎征逐之状"①。那时候小说叙述中的为了进城观景而成为游戏景观的乡下人进城，于今观之，有点没心没肺。韩邦庆的叙事没有结局，可赵朴斋从事过的乡下人职业——车夫倒变成了进城

---

① 鲁迅：《中国小说史略》，见《鲁迅全集》第9卷，人民文学出版社1973年版，第235页。

的乡下人的世袭继承专利。《海上花列传》以描述为满足，见不到叙述主体有关生命的价值判断，这与韩邦庆科场失意而充满风流意蕴的才子身份有关，他能够从科场中跳出来，却难以从游戏场中跃出。叙述主体滞后于叙述对象的现代化是韩邦庆时代的特征，这也是许多文学史论者不承认晚清、民初文学的现代性的原因之一。

在一些人以为中国已经进入了资本主义社会的时期，茅盾用民族资本的失败来证明其对社会性质的明确判断①。《子夜》中的乡下人进城叙事直接服从于茅盾的现代化框架设定，他的社会剖析视界中的乡下人进城未免有点看得生命太贱太易，吴老太爷一进入都市就魂断上海滩，吴家的小姐却很快被现代化价值观念收编。吴荪甫输给买办资本，冯云卿的公债投资是源于乡间的民族资本的支脉，其失败必然要先一步。然而茅盾忽略了劳动力资本，夏衍的叙述聚焦于乡下进城的劳动力，报告文学《包身工》可视为《子夜》叙述乡下人进城的补充，然而它本身的视野也受到文体的限制。无论怎样，20世纪30年代乡下人进城叙述的明晰主体，正是当下叙述的缺憾。

就叙述主体对生命关怀的深度而言，为生计问题进城的乡下人阿Q、从乡下来到城里拉车的祥子都是当下国瑞、鞠广大们不能达到的。体面、要强、向上的祥子，终于成了个人主义的末路鬼，阿Q也因进城时参与革命中的一点劣迹，被"团圆"掉了，国瑞正遥遥向这两个形象致意！祥子悲剧的精神深度比他的"三起三落"的故事重大得多，国瑞在当下语境中经过的事情要比祥子来得复杂，然而他的精神退位却是当下文学表述的一个致命因素。国瑞的生性老实与阿Q的游手好闲中的愚昧毕竟不是一回事，国瑞身上有些阿Q品质，却没有他的个性的复杂，他仍然在阿Q的共性笼罩之下。由此可见，性格复杂化的审美深度也从文学中退位了。鲁迅对阿Q的认识超出了乡下人范围，他不仅考虑阿Q能否融入城里人发起的辛亥革命，更关心城乡共有的阿Q性格是如何阻碍着中国人健康地进入现代世界。老舍在对生命体认的沉潜中彻底否定了事事孤立的个人奋斗的祥子的行为方式与狭隘的精神境界。当下叙述者们终于

①《子夜》的写作动因之一就是参与中国社会性质的讨论，参见《子夜·序》。

没有能够让国瑞们从经历的"事"中跃出，成功建构进城的乡下人的精神世界，并试图批判改造。仅有同情是不够的，客观地看，全靠体制的安排也不一定能够解救得了这些进城的乡下人，也不能够想象那个送水少年憧憬的贵妇人对他施以颜色就能够改变其地位。在这些乡下人进城的故事叙述中，最深刻的就是乡下人"胡来城"、城里人"我要……羞愧么"的质问，然而其他的叙述往往事情太实，就对人的理解而言，让我深深地感受到主体的缺失。

上述抽样的乡下人进城的叙述与20世纪50—80年代之间的叙述构成的对话另有一番意趣。建国后小说中的乡下人进城是一个被强制中断了的叙述，被认可的是乡下人"上城"而非"进城"。坚持乡村中心的梁生宝上城买稻种的经历被赞可，因为他有一个赋得的理想，响应了合作化的中心任务。撇开意识形态的内容，应该承认梁生宝作为一个单纯的而富有理想的新农民，陈奂生的狡猾与卑劣，都不失其审美的价值。陈奂生是短暂地被从体制下释放到城里去观光的"游民"的形象，他利用了"粮票语境"的封闭性被打破的机会上城卖油绳，货比三家地买了一顶帽子，歪打正着地替改革开放政策作了一个注脚。梁生宝、陈奂生"上城"以后，又都"下乡"了。而今天的乡下人却有着"胡来"的精神，进了城死也不愿下乡。他们还有多少可歌可泣的故事，值得我们拭目以待。当下语境里的乡下人进城就回不去了，我们已经不会再有沈从文回避、拒绝现代化退回乡间的可能。如何让进城的乡下人拥有并分享健康的都市化的过程，写出他们挣扎、奋斗中的精神世界与血肉共成的生命，是对小说叙述也是对批评提出的挑战。

（原载《文学评论》2005年第1期，收入本书时有改动）

《桂花蒸阿小悲秋》·《柳腊姐》·《二的》①
—— 乡下进城的现代女佣谱系

这几个来自乡下的女人，被城里人家雇为女佣，是大半个世纪里络绎不绝地从乡下来到城里的某一类女性的代表人物。她们——阿小（1944）、柳腊姐（1964）、小白（2005）——是各自时代进城乡下人的一个侧影，伴随着中国现代化进程构成一个现代女佣的谱系。她们经历了华洋杂处的洋场、城乡社会主义革命、经济改革开放中的城市化的生活，以女佣的身份完成了"乡下人进城"主题与中国现代历史错综的互动阐释。

一、城乡、主仆、男女

论述将集中在城乡、主仆、男女三个方向上展开，探讨现当代小说作品每一特定历史阶段关于女佣的想象，其个人生活之间若断若续的联系，正是中国现代化叙述的见证。城/乡着力讨论流动迁移的乡下人与城里人的共处空间，以及由此可能产生种种歧视的态度与冲突；女仆/男女主人，是阿小、柳腊姐、小白这些女人在城市中人际关系的职业关联，更重要的是她们（仆佣）进入这种关系的既定地位与身份；男/女则是一种爱欲的可能性，而女佣和男主人之间一旦产生什么情爱的可能，马上就会被证实是一种错误。小说的艺术创造和作家的美学追求可以避免这三个方向讨论的同质与单一性，张爱玲、严歌苓和项小米笔下的主仆、城乡、男女的文学想象因时/人而异。就人物的自主性而言，乡下女人如何看待自己最重要，女佣"我是谁"的自我认知的成熟相当程度地决定了她们的生

---

① 论述抽取的个案限于短篇形式，内容标准注意时段与题材的典型性。《桂花蒸阿小悲秋》（1944），张爱玲，《传奇》增订本；《柳腊姐》，严歌苓，《十月》2003年第5期；《二的》，项小米，《人民文学》2005年第3期。除了严歌苓写记忆中的人物，另外的都是根据当下生活。

·274·

活处境。

　　《桂花蒸阿小悲秋》的标题是一个矛盾修辞的方式，桂花时节仍然热气蒸腾，一场暴雨之后，却道天凉好个秋。就主仆关系而言，女佣阿小早早地面临了一个全球化的资本主义语境，其外国主人有大多数西方经济入侵者的秉性，人格下流也能维持一副贵族做派。他让阿小称之为"主人"，令其意识到自己的婢仆身份，发布指令则用按铃的方式，而当他主动称呼的时候，尽管使用的是对上海滩上女仆的通称，却带有一点纡尊降贵的笼络口气，柔和地唤一声"阿妈"。阿小被定位于婢仆身份，她知命并且满足与男人、儿子的生活。她决不想男主人对她另眼垂青，洋主人也知道："同个底下人兜搭，使她不守本分，是最不智的事。……好的佣人真难得，而女人要多少有多少。"两下里都把身份地位、相互关系把握得恰到好处。这就是阿小的成熟。从城乡向度看，这篇小说最为特殊，跨国资本的输入也带来了资本家与中国人的生活的交叉互动，即使在今天，仍是一种前卫题材。阿小来自讲究自尊的苏州乡下，"苏州娘姨最是要强，受不了人家一点点眉高眼低"，进入都市上海，她只想生活在固定的女佣/"阿妈"程式中，从来也不想要进入"外国人"的生活，对通过电话与这个外国人联系着的女人（李小姐等），阿小从来没有过羡慕，只是为她们叹惋。阿小知道："外国话的世界永远是欢畅，富裕，架空的"，她只要属于自己的踏踏实实的生活：儿子百顺和男人，在乡下的姆妈。那个架空了的世界与自己没有真切关联，只属于现代社会中可以主使自己的一流人物。阿小相处最近的人，除了自己的亲人，就是一同来自乡下的娘姨们。她们会在某个中午一起聚集在阿小工作的主人家，谈谈各自的生活状况。那几乎是一个女佣俱乐部，是一个都市里的乡村群落。阿小是其中最不爱打扰别人，干涉别人私生活的人。小说叙述交代"阿小是个都市女性"，正是因为她摆脱了地缘关系的影响，摆脱了依赖别人生存的惰性心理。如此自立的阿小，骄傲拥有自己的"正经女人"的世界，而那个代表着城市的外国人的世界、那些与这个世界交缠着的女人（李小姐们）是令人"难为情"的。小说透露出阿小的家庭应是非婚的，她们结不起婚，房子等等总是问题，她"虽然有男人，也赛过没有；全靠自己的"。男人是个裁缝，还得不到乡下娘家的公开承认，所以请别人写信时，乡下姆妈从来不在信中提起她的儿子百顺，更不提及她的男人。她与男人有感情，他们带着儿子一起享受过城里人的现代生活——看电影。然而他们无法拥有一个自己的私人生活领域，夫妻生活只是临时的约会，并且会被风雨阻隔。阿小的生活态度淡泊而且坚定，决不因为外国男主人而有什么变动。

《柳腊姐》的女主人公进城养病出于偶然，而被驱遣回乡才是必然，因为从20世纪50年代开始了中国的城乡分治的时代。柳腊姐是个乡下人——被公公送到亲戚家养病的乡下童养媳。因为是乡下户籍，所以她不能得到城市生活的有限自由；因为是养媳妇，她被夫家的家长权威控制着。柳腊姐却有她自己的梦——青春期的乡下少女的憧憬与追求，她要学习城里人的生活方式，不仅是城里人的基本生活，而且要偷师城里人演戏的艺术活动。她并不曾敏感过主仆名分，当穗子赐予她以"丫鬟"名义时，她似乎还欣然接受了，进而"穗子妈便有正式封她为丫环的意思"。柳腊姐拿了女佣们通常工资的一半，作了女佣们该做的一切事情。她把每月五元钱积攒着，要给小弟去念书。通过洗衣服，她知道了"城里女人的奶是不自由的，……但不舒服是向城里女人的一步进化"，"进化"意味着乡下人到城里人是一个低级动/生物向高级发展的过程。穗子妈是柳腊姐的学习榜样，是一个要努力效仿的城市"模特"，依照穗子妈的各种内衣，柳腊姐用低廉的布料一一地给自己置办。柳腊姐不仅开始了自己的努力追求，而且被期待着、被鼓励着做一个出色的城里人，做一个能够被万众瞩目的黄梅戏演员。穗子爸夏天送柳腊姐"洋气典雅的布料"做连衣裙，冬天送她"红黑格的粗呢外套"，领着她去拜名演员为师，语重心长地说："真成了朱衣锦的关门徒弟，你这童养媳就翻身了"。柳腊姐这样一个美人胚，落到了乡下人的户籍里，而且穷得只能给人家做童养媳，如果经一个剧作家和一个名演员共同造就成人，是一个多浪漫的过程！穗子爸和柳腊姐之间从来没有过主子与"丫鬟"的关系、名分，却通过障人耳目的身体有限接触，明白地显现出一种隔代的钟情，他不愿她就那么轻易地失去发展的前景。这个革命时代的浪漫泡影很快地就破灭了，柳腊姐的公公进城来带她回去圆房，于是她将一切模仿制作的城里女人穿的内衣、裙子和男主人悄悄送的大衣搁下，跟着公公回到了她人身依附的童养媳家中去了。天真的柳腊姐结束了她的城市人的梦。不久"文化大革命"开始了，这场革命赠与她红卫兵的身份，于是柳腊姐起来革命了，乡下人说："养媳妇造反，才叫真造反。养媳妇都去做红卫兵了，这还了得？"童养媳的封建秩序、城乡分治的户籍秩序，这些毁灭了一个有姿色、有天分、有发展前途的少女，一旦机会来临，柳腊姐要向压制她的人们造反，终究还是要进城去（"野在县城什么地方"），这一场革命在柳腊姐那里有了充分合理的依据。

《二的》仍以人物作为标题，与小说叙述中的主人公小白不是同一个人，而是一个重要对位关系。"二的"是一个没有名字的女孩的所指符号，是小说主人公小白的亲妹妹，是一个得不到重视的乡下生命，有病不送医院医治，任其死亡。这个符号有三重能指，具体的小白的妹妹所指而外，指涉所有的乡下人与城市的关系。波伏娃曾经用"第二性"来指出女性在人类社会中的地位，自古至今的崇城抑乡与当代中国数十年的城乡分治历史，都造成了乡下人比城里低人一等的文化与经济地位，如果城里人是"大的"，乡下人就是"二的"。小说中最能表现这种城乡差别的是两个女人的并置，女主人"单自雪打骨子里瞧不上小白"，女佣小白心中有数："咱乡下人到城里就是来挣钱的，不指望顺带还让你瞧上"。她毕竟只能成为城市中地位低下的女佣人，这很容易唤起她的尊严与不满，从而产生与女主人的敌对。心理上的不满足与物质上的不满，是这类乡下保姆题材叙事作品的基本旋律，到处回响着不能满足的敌对音调。只有当男主人将她们作为满足自己欲望的对象，她们方能得到一些物质补偿。小白进入城市的策略，很容易地在男主人的诱导鼓励下从挣钱变成了对女主人单自雪的"彼可取而代也！"这是一条乡下女人改变自己的身份的捷径。开始的时候，只要得到男人的承诺，乡下女孩便奉献出自己的身心，暂时甘心作为"二的"与女主人（"大的"）共存。然而，乡下女佣小白终究发现有身份地位的城里男人的承诺是靠不住的，必须改变一下做城里人的方式。于是，小白离开了这一家的主人们，尝试着重新开始自己的生活，从专心奉献给一个男人，到无心地奉献给所有男人，她们和许许多多的乡下女孩一样，成为城市中有血有肉的另一族类。小说的所有好处，都在于这三重能指的实现，成功与局限都在于此。

二、安稳、张力、急切

依照谱系的安排，设定相同的方向尺度解读不同作品，当然会产生以上的成绩。但是谱系的规划毕竟只注重题材的历史延续性，不同时段作家相异的美学趣旨在小说中的呈现，是小说家主体在人物身上投射的另一重价值。相同的谱系、不同的美学追求，这样的交错阅读将更为丰富我们的感知。张爱玲《桂花蒸阿小悲秋》的安稳世故中融入苍凉，严歌苓《柳腊姐》往事只待成追忆，在平和与革命的暴力之间的张力美学。项小米《二的》有当下小说普遍的热切，生活中有太多的欲望要呈现，有许多的阻遏惹人生恼，尤其是近几年"乡下人进城"小说的叙事，总是容易由不平而走向愤激。从张爱玲把人世的大波澜化作水波不兴的平静世故，到严歌苓回首往事、遗憾难抑，少了点欲说还休；再看项小米不甘人后，作为"二的"的憾恨不已，诉说社会阶层的不平的急切的观念因素远远地大于审美的难以言明。

没有再比"桂花蒸""悲秋"更现成地说明张爱玲包寓"安稳"与"飞扬"对照的"苍凉"美学了。馥郁芬芳、蒸腾热辣的生活，恰如楼下伸出来的阳台一角，留下的是"一地的菱角花生壳，柿子核与皮"，那是别人的生活，是别人在作践这个世界。阿小一直静静地看着"这么些人会作脏"，从第一天傍晚看着楼下少爷乘凉，"吃了一地的柿子菱角"，接着在黑暗中又吃了一堆花生，这个意象也暗示了阿小的外国主人反反复复地与各式各样的女人一同"作脏"的"飞扬"情境，也暗示着楼上争吵打闹半宿第二天继续请客的新夫妇如何"作脏"。阿小清清楚楚地看着他们，"好在不是在她的范围内"，现代生活彼此隔离、相关而无大碍。张爱玲的"苍凉"美学造就了阿小的沉稳世故：她领略过现代都市的物质文明，日逐与电车、电话打交道，也曾偶或和自己的男人、儿子一起去看看电影；她能够把握得住自家与这个复杂都市的关系，阿小已经成为"都市女性"，她不追求与都市的时尚、物质现代化之间的一致，却能够得体地与都市打交道；她对自己在都市中的生活时有怨愤不满，但不久又平静地接受它，这从对儿子百顺的斥骂与不违其愿的态度上可以见出。由此，我们看出文学史家所谓张爱玲"用精细而且富于同情的手法，替我们勾划出一个中国农妇的性格"，"阿小是一个纯朴拘谨而又爱家的乡下女人"的判断，与小说的叙述有点相互抵触①。

阿小周围世界里的人的表现是"参差"的。张爱玲擅长处置诸多人物在一定篇幅内共存的叙述，并且让她们显示出各自的区别。阿小联系着两个参差对照的世界：外国人交际的女人世界，乡下女人的帮佣世界。前者的有闲兼无聊，恰恰对照着后者的劳苦与烦忧。因为阿小与外国主人之间毫无瓜葛，"公事公办"使得阿小不用介入主人的私人生活圈子。外国人身边的女人世界需要借助于电话来传达，电话那一头联系着一个个无聊地把自己"作脏"的李小姐、"黄头发女人"等。阿小与这些女人的接触经验愈多，那个飞扬的世界的肮脏愈是隐蔽在不可捉摸的电话另一端。这个和外国人联系的世界，主人的极度自私、个人主义（超人）飞扬的特点，分隔隐蔽着的电话另一端的女人的痛苦与无聊，也是现代性的一个注脚。乡下进城的女人的交流是直接的，女佣们必是三五成群、七嘴八舌，在那么一个中午安稳地吃着自己的饭食，抛开了自家的烦忧，围绕着一个后辈的婚事的操办，各自发表意见。她们是阿小同乡的老妈妈、经阿小介绍洗衣服的阿姐、亲近一点的是"她自家的小姊妹"、在黄头发女人那里的女佣秀琴。她们热心地谈论秀琴的嫁妆的一些细节与周围人家的婚嫁，表达着各自的见识。两个世界正所谓"一方面是隽永的讽刺，一方面是压抑了的悲哀"②。

张爱玲不仅能在有限的篇幅中写出两个世界的对照，还能在同一世界中写出"安稳"与"飞扬"两样不同的生活态度③。秀琴考究乡下夫家住房的房间，要铺上地板，还表示"乡下的日子我过不惯"，结婚的戒指定规不能是包金的。阿小的婚事不曾经过"花烛"热闹，秀琴的"尊贵骄矜使阿小略略感到不快"。阿小的"安稳"与秀琴的"飞扬"，两人态度的参差，正表达着都市现代物质浮华对乡下人的浸润与改造。同样是女佣的头发，张爱玲像使用她的画笔一

---

①夏志清：《中国现代小说史》，香港中文大学出版社2001年版，第356页。
②夏志清：《中国现代小说史》，香港中文大学出版社2001年版，第356页。
③张爱玲：《自己的文章》，见金宏达、于青编《张爱玲文集》第4卷，安徽文艺出版社1992年版，第176页。

样，寥寥几笔就勾勒出她们对现代都市文明的认同程度：阿小"梳着辫子头"，"对门的阿妈是个黄脸婆，半大脚，头发却是剪了的"，秀琴则"披着长长的卷发"。梳辫子头与披长卷发仍是一个安稳与飞扬的参差对照。无论是"苍凉"抑或是"参差对照"的美学，都成功地服务于阿小形象的塑造：一个兼容农妇的坚韧与现代都市道德的成熟的女佣，一个实现了从乡村向都市转型的女性。

《柳腊姐》采用儿童视角的记忆追怀，诉说一个"丫环造反"的故事。严歌苓成功地把城乡对立的张力，表现成驯顺的"丫环（女佣）"和诉诸革命暴力的红卫兵身份行为之间的张力美学，而故事中的一切俱往矣，剩余的是对流逝生命的追怀。绽放青春美丽、天真活力的柳腊姐如今安在？这恐怕更是小说家看重的。人事追怀的背后是历史的变迁，小说把柳腊姐从历史的深处打捞出来，只是为了让我们重新走上过往的时间之路，在一个驿站上驻留。我们应该注意到：驯顺的"丫环"与暴烈的"红卫兵造反"都是同一个柳腊姐。柳腊姐"丫环"时候的天真纯朴、吃苦耐劳和青春萌动，在戏剧化的革命语境中得到展示与发展。柳腊姐从乡下进到城里亲戚家，应该是"文革"开始前的一年，城乡分治的十多年的结果已经让乡下人服气了自己低人一等的身份，如果按照城里亲戚的榜样打扮自己就是"过分"。"丫环"柳腊姐与小主人穗子之间经常游戏相处，但这种形式难以抹平存在于个人生活之间的城乡鸿沟。柳腊姐向城里女人学习的愿望极为强烈，以至于让穗子反感："'你想跟我妈学？我妈是到办公室上班的，你在哪里上班？'柳腊姐也意识到自己向城里女人学习的企图过分快也过分露骨了"。由于男主人的垂青，她有了为城里人羡慕的学习演戏的机会，但做个不凡的城里人的美梦很快就被强行打断了。小说叙述没有停留在柳腊姐内心的悲哀上，却把这份内心的痛苦转化成了不为人解的暴烈行为的动力。历史上的革命被人们记取，理解革命中人的衷曲更是重要，若不是被强行剥夺了个人发展的机遇，柳腊姐不会对公公婆婆"恩将仇报"。十五岁的青春，要么让她朝着美丽健康发展，要么就是青春激情的逆反与暴力行径，小说中决定其发展方向的正是那个城乡分治的权力和乡村的封建家族权力。

相比张爱玲时代，项小米们似乎又在重新开始前人走过的路，当年的阿小已经是都市女性了，小白却需要重新"进入城市生活"。乡下人必须进入都市，她们身在城市却难以真正进入都市生活，这样的意念很容易直接决定叙述的路径安排。张爱玲在琐屑无事的生活中的参差对照，严歌苓以"圆房"事件作为柳腊姐的生命转折点，连接和平与革命的张力空间，项小米设计出来的核心事件可谓简单，让小白无限接近男主人而获得进入城市人生活的机缘。于是，便有了主人家婆媳冲突、老太太住院而让女佣小白日夜服侍，进而感动了男主人，发乎情而不止乎同居。男主人的承诺最终靠不住，小白仍然没有进入城里人的生活。小说径直的发展方向与急切的叙事风格令文字少了该有的生趣。小白的飞扬态度少了点安稳做底子，她的男女主人乃至小说中的人们都采用同样的生活态度，我们得到的是一种单调，人人都在求财，成为金钱的奴隶，我们接触到了一种把女佣的精神世界和时代同质化的处理方式。

从阿小的安稳到小白的飞扬，我们看到了大半个世纪的进城的乡下女佣主体世界的变迁：阿小平静安稳的自我抉择，柳腊姐对城里人生活的憧憬与破灭转变成她革命的动力，小白/"二的"弱小生命对强势身份的依赖与失望。从阿小到柳腊姐、小白，女佣们主体的独立性、对世界的清醒认知在逐渐衰退，这是个主体逐渐萎缩的过程——越来越不知道自己是谁，不知道如何去选择自己的道路。柳腊姐的屈从是认命，然后才是突然的革命机遇，拼全力去和城里人的权力秩序进行一次迟到的抗争；小白从依赖于他人到幡然醒悟，却演出了一场出走的哀情剧，这是错将他乡作故乡的自身误置。这不是单纯的美学风貌的变化，审美的阅读也是小说人物和作家心态的精神主体的认知。看当下小说中人物对城市中人"取而代之"的急切，回观阿小"却道天凉好个秋"的从容，正好完成对张爱玲的一个体悟："超人是生在一个时代里的。而人生安稳的一面则有着永恒的意味，虽然这种安稳常是不完全的，而且每隔多少时候就要破坏一次"[1]。

---

[1] 张爱玲：《自己的文章》，见《张爱玲文集》第4卷，安徽文艺出版社1992年版，第172页。

三、历史的"穿插藏闪"

这三个短篇小说与三个女佣固然不足以构成完整的现代女佣谱系，也隐隐约约透露出一点中国女性与现代化历史的相关消息。现代女佣并不是自张爱玲笔下始，仅凭女佣们生活经验的认识难以到达的历史才是构成谱系的主要依托，这个历史应该存在于作家心中。说张爱玲是"记录中国都市生活的一个忠实而又宽厚的历史家"，揭示了"人这个动物如何不得不适应社会上的风俗习惯"的真理是精当的①。夏志清所言的历史家，毕竟不是撰写正史的。小说家是通过艺术想象的方法，在人事中包孕着历史。写女佣们的历史与写出一部正史之间有巨大的张力空间，文学的历史想象最好采用穿插藏闪的叙述结构。在此技术手段之上，小说家须如张爱玲"眼前永远有一幅中国民族文化的全景"②，在急速变化的时代中写出变动的社会，变动的时代、生活和行为。

现代小说不再像中国古典小说那样，由《三国演义》一类的"讲史"书专门担当起与历史的关联。古典小说写的是既定的历史，无外乎提供一种新的解释，或者以历史为框架，填充或改造一些人物和事件。现代小说写变动，写人对历史语境的限定与形塑，没有这些人物的历史是不完全的；有如此内涵的一系列小说中的人物历时性地感应社会，必然形成自身的谱系。现代女佣谱系则是由系列小说中作用于环境的人物建构起来，这种作用并非是人物做出了惊天动地的事情，而是一旦失去了她们，历史语境就少了血肉、残缺不全。张爱玲笔下的阿小、严歌苓的柳腊姐都是这样的人物，她们是那特定时代的女佣们的标志，即使是项小米笔下的小白，也不缺乏这样的标志性。他们各自和此前此后的女佣们联络呼应，共同阐释着中国的都市现代化是如何落实在人的日常生活中的。

现代女佣不再是人身依附、卖身为奴的仆役，她们大都是来自乡村、被自由雇佣的职业劳动者。这样的雇佣关系，和现代化的大多数新生事物一样，仍然发源于上海。当年进入上海当女佣的乡下

---

① 夏志清：《中国现代小说史》，香港中文大学出版社2001年版，第356页。
② 夏志清：《中国现代小说史》，香港中文大学出版社2001年版，第366页。

人，首先进入的不是一般家庭。她们原来也可以有其他的选择，堂子里老资格的娘姨下过断语："……面孔生的标致点，做个小姐；面孔勿标致，做仔大姐"。所谓做小姐，其实是书寓中买个"讨人"。最初从乡下进入都市的女人们，为娼为佣，只是由先天条件决定的。在堂子里服务的女佣"大姐"，往往和堂子里男仆配成一对，正是："开堂子个老班讨个大姐做家主婆"[①]。娘姨、大姐的服务范围从堂子扩展到普通殷实人家，渐次地乡下女佣进入了一般的小公馆，然后城市中有了专门的中介机构荐头行，把"李妈"这样的乡下女人推荐到各式有产家庭中去。固然也有如阿小那样的"连贯效应"，一个接一个地为本乡本土的女佣介绍工作，于是形成一乡一地专门出产"女佣"的特色。

现代小说中女佣们的家乡与供职地方的联系无法中断，她们往返于城乡的活动标志着中国城乡迁移的粘滞。都市化作为一个方向性的现代社会变动，往往不是来自乡间的女佣们所能理解的，乡间的亲情牵扯让这些女佣长期保持与家人的联系，赡养老人的生老病死，供奉幼稚的读书上进。但是随着历史时段的变化，有的女佣们回到了她们生长的地方（建国初，张爱玲《秧歌》中的月香），有的（如当下生活中的小白）则坚决不愿回到乡下去。她们或多或少地体现着那一时期的历史意志。《海上花列传》长三书寓里的大姐阿巧打破了玻璃灯罩，老鸨要她赔偿，洋货店要二角洋钱，阿巧说："我做俚哚大姐，一块洋钱一月，……勿满三块洋钱，早就寄到仔乡下去了"；阿小的妈妈从乡下来信，关照带回乡下"三日头的药"和"绒线衫"，乡下亲人的健康与温暖是阿小和一般女佣们的责任。王安忆《富萍》叙述"奶奶"的"箱底"积蓄，原是为孙子娶媳妇防老。小白决绝地离开男主人之后，"她给正在上高三的三白（弟弟）丢下一大笔钱就又走了"。有些进城的乡下女佣尽管不愿回乡，在城里的辛劳仍是为在乡下的家人，自家城里的生活也因为和乡下对比而有了非同寻常的意义。

以我们抽取为案例的三篇小说而言，他们与中国现代历史的指涉关系仍是历历在目。《桂花蒸阿小悲秋》是中华人民共和国成立之

---

① 《海上花列传》六十二回《偷大姐床头惊好梦》中的小妹姐总结她的乡下进城的外甥女阿巧的归属时所说的话。

前上海华洋杂处的家庭缩微。阿小与外国人雇主在同一个空间里相处，其分野明确的服务与雇佣关系的背后，是张爱玲的历史洞察：透过阿小看上海，看洋场上的异国生活形态。凭着社会主义革命的名义，柳腊姐与穗子家的关系不可能像阿小与哥儿达那样明确雇佣，她与穗子家有亲戚之名，实际上她接受了被穗子与她母亲确认的"丫鬟"身份，柳腊姐在城里亲戚家只是充当一个价廉物美的女佣。小白在中国一部分人富起来之后，从乡下进城为一个白领之家帮佣，女主人是专职太太。主人家一时间的夫妻情感裂罅，促生了小白取女主人而代之的愿望，其实她和身为大律师的男主人之间有着巨大的城乡鸿沟、有着普通人与成功者之间的遥远距离，城里的人们还没有为她们预备下实现理想的空间。洋场、革命和新一轮的贫富悬殊，在在都是历史的言说。

为论述的方便，我们限定了60多年里这三个乡下女人的逻辑联系，其实从现代都市兴起，女佣们就身列其间了：晚清长篇小说《海上花列传》（韩邦庆）中的阿巧早就开了乡下人进城为女佣的先河；《李妈》（王鲁彦）展示了乡下女佣获得经验以后，与城市雇主之间的尖锐对立；《秧歌》（张爱玲）中的月香（金根嫂）带着多年在上海帮佣积累的"私房"，自己回到革命了的乡下，她与柳腊姐回乡之后的"革命"前后映照，把"十七年"的历史连接起来；《富萍》（王安忆）中的奶奶贯穿两个不同时代，阿小是她的前世今生；与小白有着相似遭/待遇的乡下姑娘则是当下小说中一再出现的题材，差别只是有的成了牺牲、有的一直耽溺于男主人给她们设定的境遇、有的反思之后幡然觉悟[①]。这些女佣穿插在跨越百年历史的长短篇小说中，昭示着一个世纪的中国城乡之间的不平衡互动关系。女/佣们成为20世纪延续下来的中国城乡迁移的或藏或闪的注脚。

那些成功的小说，女佣生活总是遵循着"穿插藏闪"的叙事美学得以呈现，若想完整呈现她们的生活，必须要花点复原的气力。《海上花列传》中的女佣阿巧，从十四五岁在"卫霞仙书寓"做小大姐，清晨第一次碰上赵朴斋（第2回），此后着力叙述她一天的辛劳

---

① 我们做过的阅读调查中，有几十篇叙述乡下女孩进城为佣（如《为妹妹柳枝报仇》等），被男主人"始乱终弃"的故事。

和所受的欺侮，谋求跳槽（第23回），终于嫁给为挂牌营业的妹妹打把势的赵朴斋为妻（第62回）。韩邦庆可算是有始有终地叙述了一男一女的乡下人进城的故事，不经意间把阿巧从幼婢到婚嫁、在上海立住脚的过程穿插叙述完成。韩邦庆《海上花列传》"全书笔法自谓从《儒林外史》脱化出来，惟穿插藏闪之法，则为从来说部所未有"①。致力韩邦庆研读的张爱玲深得此法，叙述阿小的经验，有许多无文字而可意会得之的内容，最著的一点是她的婚姻，非得补齐藏闪之处才得以明白。女佣的生活大多数是琐碎的，不能够全面地叙述，必得经过剪裁之后，穿插着完成；而合成一个完整的女佣，则必须在有文字和无文字处模仿得之。《柳腊姐》主人公如何做了童养媳，如何从城里回到乡下婆婆家和男人圆房，怎样地成为红卫兵，又"野在县城什么地方"，全无叙述。她在城里的那段生活对后来人生道路的影响，其中的逻辑，正是想象完全柳腊姐所必需依凭的。一个乡下女子与文化大革命历史之间的互动关系也浮出了地表。纵观韩邦庆到严歌苓，不同的女佣的生活经历正是穿插在中国现代化的历史过程中，她们若被视为一个集合概念，其对现代性的阐释正是不可缺失的社会组成部分。

项小米《二的》的藏闪处，已经不是韩邦庆的面目。小白乡下故去的妹妹"二的"是城里故事的对位，二者构成一种和声的效果，证明一个处于"二的"地位的乡下人并不能真正为人重视。"二的"从同胞姊妹小白那里得到的温暖与尊重，是小白从城里人那里得不到的。弱势的"二的"和她的姊妹相濡以沫，其相互依存的模式在城里不可重复。一种最能焕发激情的男女关系，却没有小白与"二的"持久可靠。除此之外，小说家对城里生活的叙述，代表着当下一批小说家对乡下人进城题材的叙述方法，几乎没有什么穿插藏闪，差不多所有事实都在表面上。那些乡下人进城后并没有成熟的生活态度，一种急切不能满足的欲望，按捺不住地直面跳出来。没有从容的审度与安排，故而没有了艺术的结撰，没有了穿插藏闪。小说家来不及消化生活，急切地面对城乡迁移的丰富多彩，一切都以炫目的方式呈现，直接把它形诸文字就是。小白与男主人的故事

---

① 韩邦庆：《海上花列传·例言》，人民文学出版社1982年版，第2页。

本来就是一个错误，现实中有无数的相似故事在重复着，成为当今乡下人进城的一个不断重蹈覆辙的宿命。所以这个故事的价值不在于它的隐喻或者人性的发掘，而在于它是现实生活中不断重复的事实。所以大量的叙述乡下人进城的小说都不太好用艺术尺度衡量。这些小说家都在与社会对话，和一种思潮交流，对一些现象发言，没有像张爱玲那样对人性和未来的悲哀乃至恐惧。

是该为一些无名的人物编排谱系的时候了，历史正是由这些人构成，文学的/文化的批评应该尽到这个责任。

（原载《小说评论》2008年第2期，收入本书时有改动）

后　记

　　这本文集所选文章四类：一是作家作品研究，二是另类的现代文学——扬州评话研究，三是现代文学研究领域缠夹多年的雅俗问题，四是批评一类当代作品——"乡下人进城"小说。

　　我应算是现当代文学研究的第三代学人，从师承讲，我的硕士导师曾华鹏、李关元教授都是以作家作品论标志其对中国现代文学的贡献，我的硕士论文的研究对象是老舍。第一类文章中，有大学本科分析老舍短篇小说《断魂枪》的作品论，也有近年取向文化批评的《老舍创作生命的自主与持续》，同样是作家研究，其间也有渐进的里程轨迹。

　　扬州评话研究算得上是现代文学吗？这取决于如何看现代文学研究的学科边界。开始考虑它是另类的现代文学，源自老同学汪晖的设问，在他和我谈及这个话题之后，我才逐渐悟及。从晚明兴盛至今的扬州评话，以特殊的本土现代性标志着它是特别的"现代"文学。在哈佛大学的演讲与其他的国际学术交流中，我发现瞩目王少堂者，似乎比对许许多多现代作家更有兴趣，他们不以这里的学科界划为前提。

　　投身讨论现代小说的雅俗问题快20年了，选择这个方向的直接原因是我跟随范伯群老师攻读博士学位，深层是源于我的"俗"根，我研究的家乡的文学艺术形式——扬州评话被认为比张恨水们的小说更俗。中国白话小说传统本来就有市井化的通俗，新文学的小说中则屡见政治与其他意识形态的通俗化，所以我的论题是"雅俗流变"。这个问题不能不从晚清开始，我研究"鸳蝴"和"才子"的方法论，其实颇有点土生土长的文化研究的味道。讨论林纾则更重小说本体。20世纪40年代的"现代大众小说"概念是我原创，若是被学界接受的程度渐大，倒是值得高兴。

当代批评的成绩不多，但是获得"王瑶学术奖""紫金山文学奖"却是为此。自以为"乡下人进城"小说的批评实曾有开风气作用，城乡问题的当代文学批评如果有什么成就，我也算与有荣焉。城乡问题是真正的中国经验与问题，当下学人多学科与多角度切入这个问题，我是从生命、人心与迁移的互动着眼的。这个问题有变动不居的一面，也有恒常的一面，还值得深入研究。

30年的学术关怀，却有这么多的变化，成绩有限就很自然了。现当代文学研究对象不如古典研究那样经典化，文化研究的对象又未必需要是大家作品，看起来相对容易一点，但往往因在某一条路上独行而难于迈步。我不喜欢扎堆，即如老舍研究，我的文章可以鲜明区别。所选文章尽量反映我的学术路向，因为不是主要方向，诸多有反响的文章也没有选。

编这个论文集的过程，自疑大于自矜，问自己的学术逻辑究竟是什么，研究成果对当代中国有毫末用场？这就产生自危，警醒自己下一步须更审慎。我的研究只是在路上，半道上出一本论文集有多大价值？每每有不出的念头。但是处于师大文学院的学术团队中，也有义务一起壮壮阵容。

归根结底：要感谢师长辈引领我成长到今天，有的老师已经辞世，他们的学术脉络流动在我们文章中；要感谢海内外学界朋友，我常常从他们的学术研究中得到启发；感谢我的学生们，每一次教学过程都催我精进；感谢安师大文学院的领导创造共同展示的机会。

团队齐上阵，番号安徽师范大学文学院，个人记号是什么？为文俗到极处反生雅意，身处文津园中，论文集姑且叫作"俗雅文津"——只是自己的文章津逮！

徐德明

2014年8月29日于芜湖